Jeffery Deaver
Manhattan Beat

Jeffery Deaver

Manhattan Beat

Roman

Aus dem Amerikanischen
von Gerold Hens

Rotbuch Verlag

Die Deutsche Bibliothek – CIP-Einheitsaufnahme

Ein Titeldatensatz für diese Publikation ist bei
Der Deutschen Bibliothek erhältlich

Originaltitel: »Manhattan Is My Beat«
zuerst erschienen bei Bantam Books, New York 1989
Umschlagkonzept: Meta Design, Berlin
Umschlaggestaltung: projekt ®, Hamburg
Fotografie: © image 100 Ltd.
Herstellung: Das Herstellungsbüro, Hamburg
Satz: Greiner & Reichel, Köln
Gesetzt aus der Sabon
Druck: Freiburger Graphische Betriebe
Printed in Germany

ISBN 3-434-53113-0

Informationen zu unserem Verlagsprogramm finden Sie
im Internet unter www.rotbuch.de

Das Land der Märchen:
wo keiner alt wird und fromm und behäbig
wo keiner alt wird und erfahren und weise
wo keiner alt wird und bitter im Geist

William Butler Yeats

1

Er fühlte sich in Sicherheit.

Zum ersten Mal seit sechs Monaten.

Nach zwei Identitäts- und drei Wohnungswechseln fühlte er sich endlich in Sicherheit.

Ein seltsames Gefühl beschlich ihn – Wohlbehagen, erkannte er schließlich. Genau, das war es. Ein Gefühl, das er seit langem nicht mehr empfunden hatte, und er setzte sich aufs Bett in seinem ziemlich mittelmäßigen Hotel mit Blick auf diesen verrückten silbernen Bogen, der die Hafenanlage von St. Louis krönte. Roch die Frühlingsluft des Mittleren Westens.

Im Fernsehen lief ein alter Western. Er liebte alte Filme. Der hier war *Im Zeichen des Bösen*. Regie Orson Welles. Charlton Heston spielte einen Mexikaner. Der Schauspieler sah überhaupt nicht aus wie ein Mexikaner. Aber wie Moses sah er ja wahrscheinlich auch nicht aus.

Arnold Gittleman musste über seinen kleinen Scherz lachen und erzählte ihn einem mürrischen Mann, der neben dem Bett saß und in einer Nummer von *Guns & Ammo* las. Der Mann schaute zum Bildschirm. »Mexikaner?«, fragte er mit starrem Blick auf den Bildschirm. »Ach.« Er widmete sich wieder seiner Zeitschrift.

Gittleman ließ sich im Bett zurücksinken. Es war auch höchste Zeit, dachte er, dass er wieder einmal komische

Einfälle wie den über Charlton Heston hatte. Frivole Einfälle. Nichtsnutzige Einfälle. Er wollte an Gartenarbeit denken oder daran, Gartenmöbel zu streichen oder seinen Enkel zu einem Spiel mitzunehmen. Daran, seine Tochter und ihren Mann zum Grab seiner Frau mitzunehmen – einen Ort, den zu besuchen er sich sechs Monate gefürchtet hatte.

»Na«, sagte der Mürrische und schaute von seiner Zeitschrift auf, »was soll's heute geben? Holen wir heute Abend was vom Deli?«

»Klar«, sagte Gittleman, der seit Weihnachten 30 Pfund abgenommen hatte – er war inzwischen auf 204 runter – »Deli hört sich gut an.«

Und dann wurde ihm bewusst, dass es sich *tatsächlich* gut anhörte. Seit Monaten hatte er sich nicht mehr auf's Essen gefreut. Ein schönes fettes Sandwich vom Deli. Pastrami. Das Wasser lief ihm im Mund zusammen. Senf. Roggenbrot. Eine Gurke.

»Nee«, sagte ein dritter Mann, der aus dem Badezimmer kam. »Pizza. Wir holen uns Pizza.«

Der Mürrische, der ständig über Waffen las, und der Pizzamann waren US-Marshals. Beide waren jung und ruppig und hatten starre Gesichter und trugen billige Anzüge, die ganz schlecht saßen. Aber Gittleman wusste, dass sie genau die Männer waren, von denen man beschützt werden wollte. Außerdem hatte Gittleman selbst ein ziemlich raues Leben geführt, und ihm war bewusst, dass die beiden, wenn man hinter ihre Fassade blickte, durchaus anständige und kluge Jungs waren – gerissene jedenfalls. Und auf nichts anderes kam es wirklich an im Leben.

Gittleman hatte im Laufe der letzten fünf Monate eine gewisse Zuneigung zu ihnen gefasst. Und da er seine Familie nicht um sich haben konnte, hatte er sie quasi adoptiert. Er nannte sie Sohn Eins und Sohn Zwei. Er hatte es ihnen gesagt. Sie hatten nicht so recht gewusst, was sie damit anfangen sollten, aber er hatte gespürt, dass seine Worte ihnen einen Kick gegeben hatten. Denn eines hatten sie gesagt, dass nämlich die meisten Leute, die sie beschützten, total scheiße seien, und Gittleman wusste, dass er, was immer er auch sein mochte, dies nicht war.

Sohn Eins war derjenige, der die Waffenzeitschrift las, der, der das Deli vorgeschlagen hatte. Er war der Dickere von beiden. Sohn Zwei knurrte noch einmal, dass er Pizza haben wollte.

»Vergiss es. Pizza hatten wir gestern.«

Ein unbestreitbares Argument. Es würde also Pastrami und Krautsalat geben.

Gut.

»Auf Roggen«, sagte Gittleman. »Und eine Gurke. Vergesst die Gurke nicht.«

»Die gibt's immer mit Gurke.«

»Dann mit einer Gurke *extra*.«

»Hey, du gehst aber ran, Arnie«, sagte Sohn Eins.

Sohn Zwei sprach in das Mikrofon, das an seine Brust gepinnt war. Ein Draht führte zu einem Motorola-Handy, das an seinem Gürtel hing, gleich neben einer großen Pistole, die sehr gut in der Zeitschrift hätte besprochen sein können, die sein Partner gerade las. Er sprach mit dem dritten Marshal im Team, der unten im Flur vor dem Aufzug saß. »Hier ist Sal. Ich komm jetzt raus.«

»Okay«, antwortete knisternd eine Stimme. »Der Aufzug ist unterwegs.«

»Wollen Sie 'n Bier, Arnie?«

»Nein«, sagte Gittleman bestimmt.

Sohn Zwei schaute ihn neugierig an.

»Ich will *zwei* verfluchte Biere.«

Der Marshal brachte ein schwaches Lächeln zustande. Die deutlichste Reaktion auf Humor, die Gittleman je in seinem harten Gesicht gesehen hatte.

»Schön für Sie«, sagte Sohn Eins. Die Marshals hatten ihn ermahnt, die Dinge leichter zu nehmen, das Leben mehr zu genießen. Sich zu entspannen.

»Sie mögen kein dunkles Bier, stimmt's?«, fragte sein Partner.

»Nicht so sehr«, antwortete Gittleman.

»Wie wird Bier eigentlich gemacht?«, fragte Sohn Eins, der etwas in der zerlesenen Zeitschrift genau studierte. Gittleman schaute hin. Es war eine Pistole, dunkel wie Dunkelbier, und sie sah bedeutend bösartiger aus als die Pistolen, die seine beiden Ersatzsöhne trugen.

»Wie Bier gemacht wird?«, fragte Gittleman nachdenklich. Er wusste es nicht. Er wusste, was Geld war und wie und wo man es versteckte. Er wusste über Filme Bescheid und Pferderennen und Enkelkinder. Er *trank* Bier, aber darüber, wie es gemacht wurde, wusste er nicht das Geringste. Vielleicht würde er das auch noch zu seinem Hobby machen – zusätzlich zur Gartenarbeit. Eigenes Bier brauen. Er war sechsundfünfzig. Zu jung, um als Finanzbuchhalter in Rente zu gehen – aber nach dem RICO-Prozess würde er auf jeden Fall von nun an Rentner sein.

»Alles klar«, kam die Mikrofonstimme aus dem Flur.

Sohn Zwei verschwand durch die Tür.

Gittleman legte sich hin und schaute den Film an. Jetzt war Janet Leigh auf dem Bildschirm zu sehen. Für sie hatte er schon immer geschwärmt. Er war immer noch sauer auf Hitchcock, weil der sie unter der Dusche umgebracht hatte. Gittleman mochte Frauen mit kurzen Haaren.

Er roch die Frühlingsluft.

Dachte an ein Sandwich.

Pastrami auf Roggenbrot.

Fühlte sich sicher.

Dachte: dass der Marshal-Service seine Sache wirklich gut machte, so, wie er dafür sorgte, dass es blieb, wie es war. Die Zimmer zu beiden Seiten dieses Zimmers hatten Verbindungstüren, aber die waren zugenagelt worden, und die Zimmer waren nicht belegt; die US-Regierung bezahlte tatsächlich für alle drei Zimmer. Der Flur wurde von einem Marshal in der Nähe des Aufzugs bewacht. Die nächste Schussposition, die ein Heckenschütze hätte finden können, war zwei Meilen entfernt am anderen Ufer des Mississippi, und Sohn Eins – der Abonnent von *Guns & Ammo* – hatte gesagt, es gebe im ganzen Universum niemanden, der einen solchen Schuss zustande bekäme.

Sich wohl fühlen.

Er dachte daran, dass er sich morgen auf dem Weg nach Kalifornien befinden würde, mit einer neuen Identität. Ein bisschen Schönheitschirurgie hatte er auch hinter sich. Er würde in Sicherheit sein. Irgendwann würden ihn die Leute, die ihn umbringen wollten, vergessen.

Entspannen.

Sich in dem Film mit Moses und Janet Leigh verlieren.

Es war wirklich ein toller Film. Gleich in der Eingangsszene sah man jemanden, der die Zeiger einer Bombe auf drei Minuten und zwanzig Sekunden einstellte. Dann legte er die Bombe. Welles hatte eine einzige Einstellung daraus gemacht, die exakt diese Zeit dauerte, bis die Bombe hochging und die Geschichte in Gang setzte.

Sich unterhalten über den Aufbau von Spannung.

Sich unterhalten ...

Moment ...

Was war das?

Gittleman warf einen Blick aus dem Fenster. Er richtete sich leicht auf.

Draußen vor dem Fenster war ... Was *war* das?

Es sah aus wie ein kleiner Kasten. Stand da auf der Fensterbank. Daran befestigt war ein dünner Draht, der nach oben verlief und dann aus dem Blickfeld verschwand. So als ob jemand den Kasten vom Zimmer darüber heruntergelassen hätte.

Wegen des Films – der Eingangsszene – war sein erster Gedanke, bei dem Kasten handle es sich um eine Bombe. Aber jetzt, als er sich nach vorn reckte, sah er, dass, nein, es aussah wie eine Kamera, eine kleine Videokamera.

Er rollte vom Bett, ging zum Fenster. Betrachtete sich den Kasten aus der Nähe.

Tja. Genau das war's. Eine Kamera.

»Arnie, Sie wissen, wie's läuft«, sagte Sohn Eins. Weil er schwer war, schwitzte er viel, und jetzt schwitzte er auch. Er wischte sich das Gesicht. »Bleiben Sie vom Fenster weg.«

»Aber ... was ist das?« Gittleman deutete auf etwas.

Der Marshal ließ die Zeitschrift zu Boden fallen, stand auf und trat zum Fenster.

»Eine Videokamera?«, fragte Gittleman.

»Na ja, sieht ganz so aus. Ja. Klar.«

»Ist das ... aber die ist doch nicht von euch, oder?«

»Nein«, brummte der Marshal mit gerunzelter Stirn. »Wir haben keine Außenüberwachung.«

Der Marshal musterte das dünne Kabel, das nach oben verschwand, vermutlich in dem Zimmer über ihnen. Er verfolgte es mit dem Blick und ließ ihn an der Decke ruhen. »Scheiße«, sagte er und griff nach seinem Funkgerät.

Die erste Salve von Schüssen aus der schallgedämpften Maschinenpistole durchschlug die Verkleidung über ihnen und riss Löcher in Sohn Eins, der tanzte wie eine Marionette. Er stürzte zu Boden, blutig und zerfetzt. Zuckte im Sterben.

»Nein!«, schrie Gittleman. »Mein Gott, *nein*!«

Er machte einen Satz in Richtung Telefon, verfolgt von einer neuen Salve; der Killer oben würde ihn über die Videokamera beobachten und immer wissen, wo Gittleman war.

Gittleman presste sich flach an die Wand. Der Schütze gab einen weiteren Schuss ab. Einen einzelnen. Er schlug in nächster Nähe ein. Dann noch zwei. Zentimeter entfernt. Es schien, als spiele er mit ihm Katz und Maus. Niemand würde etwas hören. Das einzige Geräusch war das Krachen von Gipsplatten und Holz.

Weitere Schüsse verfolgten ihn, als er auf's Bad zustürmte. Um ihn her flogen die Fetzen. Dann trat eine Pause ein. Er hoffte, der Killer habe aufgegeben und sei geflohen. Es stellte sich jedoch heraus, dass er es auf das Telefon abgesehen hatte – damit Gittleman keine Hilfe herbeirufen konnte. Zwei Kugeln durchschlugen die Decke, trafen den beigen Telefonapparat und zerfetzten ihn in tausend Stücke.

»Hilfe!«, schrie er. Ihm war übel vor Angst. Aber die Zimmer zu beiden Seiten des seinen waren leer – eine Tatsache, eben noch so beruhigend, und nun so grauenvoll.

In seine Augen traten Tränen der Angst.

Er rollte in eine Ecke ab und schlug eine Lampe um, um das Zimmer abzudunkeln.

Weitere Kugeln krachten herunter. Näher, versuchsweise. Bemüht, ihn zu finden. Der Schütze oben, der auf einen Fernsehbildschirm schaute, so wie Gittleman noch vor wenigen Minuten Charlton Heston zugeschaut hatte.

Tu was, feuerte Gittleman sich an. *Mach schon!*

Er kroch wieder voran und schob den Fernsehapparat auf einem Rolltisch zum Fenster. Er krachte in die Scheibe, zerschmetterte sie und blockierte den Blick der Videokamera auf das Zimmer.

Es fielen noch ein paar weitere Schüsse, aber der Killer war jetzt blind.

»Bitte«, betete Gittleman leise. »Bitte. Hilft mir denn niemand.«

Eng an die Wand gedrückt, bewegte er sich auf die Tür zu. Von Angst geschüttelt, fummelte er an der Kette und dem Riegel, sicher, dass der Mann genau über ihm war und nach unten zielte. Bereit, abzudrücken.

Es fielen jedoch keine weiteren Schüsse, und er riss schnell die Tür auf und rannte auf den Flur. »Er schießt«, rief er dem Marshal am Aufzug – nicht einem der Söhne, einem Beamten namens Gibson – zu. »Da oben ist ein Mann mit einer Kanone! Sie …«

Aber Gittleman brach ab. Am Ende das Flurs lag Gibson auf dem Gesicht. Um seinen Kopf bildete sich eine Blutlache. Noch eine Marionette – diesmal mit durchgeschnittenen Fäden.

»Oh nein«, keuchte er. Drehte sich um, um zu fliehen.

Er blieb stehen. Stellte sich dem, wie er nun erkannte, Unvermeidlichen.

Ein hübscher Mann mit dunklem Teint in einem gut geschnittenen Anzug stand im Flur. In einer Hand hatte er eine Polaroidkamera und in der anderen eine schwarze Pistole, auf die ein Schalldämpfer aufgeschraubt war.

»Sie sind Gittleman, stimmt's?«, fragte der Mann. Es hörte sich ganz höflich an, so, als sei er lediglich neugierig.

Gittleman war keiner Antwort fähig. Aber der Mann blinzelte und nickte dann. »Na klar sind Sie's.«

»Aber …« Gittleman schaute in sein Hotelzimmer zurück.

»Ach, mein Partner wollte Sie da drinnen gar nicht treffen. Wir mussten Sie nur da rauskriegen, damit wir Ihren Tod dokumentieren können.« Der Mann zuckte kurz die Achseln und nickte in Richtung Kamera. »Weil, wenn wir dafür bezahlt werden, wollen die auch einen Beweis. Sie verstehen.«

Und damit schoss er Gittleman dreimal in die Brust.

Im Hotelkorridor, der sonst immer nach Lysol und nun nach Lysol und nach Pulver von den Schüssen roch, schraubte Haarte den Schalldämpfer ab und steckte ihn und die Walther in die Tasche. Er betrachtete das sich entwickelnde Polaroidfoto des toten Mannes. Dann steckte er es in die gleiche Tasche wie die Pistole.

Von seinem Gürtel nahm er ein eigenes Funksprechgerät – ein teureres als das der Marshals und, anders als dieses, klugerweise mit einem dreistufigen Zerhacker ausgestattet – und sprach mit Zane, seinem Partner oben, mit dem Geschick für Automatikwaffen. »Er ist tot. Ich hab das Bild. Komm runter.«

»Bin auf dem Weg«, antwortete Zane.

Haarte schaute auf die Uhr. Wenn der andere Marshal Essen holen gegangen war – was wahrscheinlich der Fall war, da es Zeit zum Mittagessen war –, konnte er in sechs oder sieben Minuten zurück sein. So lange brauchte man für den Weg vom Hotel aus zum nächsten Restaurant, um Essen zum Mitnehmen zu bestellen, und wieder zurück. In das Restaurant *im* Hotel war er eindeutig nicht gegangen, denn dann hätten sie einfach den Zimmerservice gerufen.

Langsam ging Haarte die vier Treppen nach unten und trat hinaus in den warmen Frühlingsabend. Er schaute sich auf der Straße um. Fast menschenleer. Keine Sirenen. Kein Blaulicht von leise vorfahrenden Streifenwagen.

In seinem Ohrhörer knackte es. »Ich bin im Auto«, sagte sein Partner. »Bin in 'ner halben Stunde wieder im Hilton.«

»Bis dann.«

Haarte stieg in ihren zweiten Leihwagen und fuhr aus der Innenstadt hinaus zu einem Park in University City, einem hübschen Vorort im Westen.

Er hielt neben einem braunen Lincoln Continental an.

Am Himmel donnerte ein Jet im Anflug auf Lambert Field über ihn hinweg.

Haarte stieg aus dem Wagen und ging auf den Lincoln zu. Er setzte sich auf den Rücksitz und überprüfte den

Fahrer, wobei er die Hand in der Tasche um die jetzt nicht mehr schallgedämpfte Pistole geschlossen hielt. Der Mann auf dem Rücksitz des Wagens, ein schwerer Mann von etwa sechzig mit Hängebacken, nickte kaum merklich, den Blick auf den Vordersitz gerichtet, was bedeuten sollte: Der Fahrer ist okay, Sie brauchen sich keine Sorgen zu machen.

Haarte scherte sich nicht darum, was der Blick des Mannes bedeutete. Haarte machte sich immer Sorgen. Er hatte sich Sorgen gemacht, als er Bulle im härtesten Revier von Newark, New Jersey, gewesen war. Er hatte sich als Soldat in der Dominikanischen Republik Sorgen gemacht. Er hatte sich als Söldner in Zaire und Burma Sorgen gemacht. Er war zu der Ansicht gelangt, sich Sorgen zu machen sei eine Art Droge. Eine, die einen am Leben hielt.

Sobald er den Fahrer persönlich begutachtet hatte, löste er den Griff um die Pistole und nahm die Hand aus der Tasche.

»Es ist noch nichts in den Nachrichten«, sagte der Mann mit einem nüchternen Akzent, der auf Mittleren Westen hindeutete.

»Das kommt noch«, versicherte ihm Haarte. Er zeigte das Polaroidfoto.

Der Mann schüttelte den Kopf. »Alles wegen Geld. Der Tod eines Unschuldigen. Und alles nur wegen Geld.« Seine Worte hörten sich aufrichtig bekümmert an. Er schaute von dem Bild auf. Haarte hatte gelernt, dass Polaroid-Bilder Blut nie in der richtigen Farbe zeigen; es sieht immer zu dunkel aus.

»Kümmert Sie das?«, fragte der Mann Haarte. »Der Tod eines Unschuldigen?«

Haarte sagte nichts. Unschuld oder Schuld, ebenso wie Verfehlung oder Gnade, waren Begriffe, die für ihn keine Bedeutung besaßen.

Aber der Mann schien auch keine Antwort zu erwarten.

»Hier.« Der Mann reichte ihm einen Umschlag. Haarte hatte schon eine Menge Umschläge wie diesen erhalten. Er dachte immer, sie fühlten sich an wie Holzklötze. Was sie gewissermaßen ja auch waren. Geld war Papier, Papier war Holz. Er schaute nicht hinein. Er steckte den Umschlag in die Tasche. Niemand hatte je versucht, ihn zu betrügen.

»Was ist mit dem anderen Kerl, den Sie erledigt haben wollten?«, fragte Haarte.

Der Mann schüttelte den Kopf. »Ist untergetaucht. Irgendwo in Manhattan. Wir sind uns noch nicht sicher, wo. Wir müssten es bald wissen. Sind Sie an dem Job interessiert?«

»New York?« Haarte dachte nach. »Das wird teurer. Es ist heißer da, und es ist schwieriger. Wir würden Unterstützung brauchen, und wahrscheinlich müssten wir es wie einen Unfall aussehen lassen. Oder mindestens wie nach einem Einbruch.«

»Wie dem auch sei«, sagte der Mann gelangweilt und an Einzelheiten von Haartes Handwerk nicht besonders interessiert. »Was wird es kosten?«

»Das Doppelte.« Haarte berührte seine Brusttasche, in der sich das Geld nun befand.

Eine graue Augenbraue hob sich. »Sie übernehmen alle Ausgaben? Die Kosten für die Unterstützung? Ausrüstung?«

Haarte zögerte einen Augenblick. »Können Sie noch zehn Punkte für die Unterstützung drauflegen?«, sagte er.

»So weit kann ich gehen«, sagte der Mann.

Sie schüttelten sich die Hände, und Haarte kehrte wieder zu seinem Wagen zurück.

Er rief Zane noch einmal über das Funksprechgerät an. »Wir sind wieder dabei. Diesmal auf deinem eigenen Hinterhof.«

2

Auf Rune fiel die Wahl, das Videoband abzuholen, und danach war ihr Leben nie wieder dasselbe.

Sie stritt sich mit ihrem Boss deswegen – Tony, dem Geschäftsführer vom Washington Square Video auf der Eighth Street in Greenwich Village, wo sie angestellt war. Oh, und wie sie sich mit ihm stritt.

Während sie ein Band zurückspulte, mit dem Videorecorder spielte und die Knöpfe drückte, starrte sie den fetten, bärtigen Mann an. »Vergiss es. Auf keinen Fall.« Sie erinnerte ihn daran, dass er damit einverstanden gewesen war, dass sie nie Bänder abholen oder liefern müsse und dass dies die Abmachung gewesen war, als er sie eingestellt hatte.

»So«, sagte sie. »Na bitte.«

Tony schaute sie unter gefleckten, buschigen Augenbrauen heraus an und beschloss aus irgendeinem Grund, vernünftig zu bleiben. Er erklärte, dass Frankie Greek und Eddie damit beschäftigt seien, Monitore zu reparieren – obwohl sie vermutete, dass sie wahrscheinlich nur ausbaldowerten, wie sie heute Abend an Freikarten für ein Konzert im Palladium kämen – und deshalb müsse sie das Band abholen.

»Ich sehe nicht ein, wieso ich überhaupt *müssen* soll, Tony. Ich meine, ich verstehe nicht, wo da dieser Müssen-Teil reinkommt.«

Und genau in diesem Moment hatte er seine Meinung bezüglich des Vernünftigbleibens geändert. »Okay, ich sag dir, wo er reinkommt, Rune. Es ist der Teil, wo ich es dir *befehle,* verflucht. Du weißt schon, als dein Boss. Und was soll überhaupt der ganze Aufstand? Es ist doch nur ein Band abzuholen.«

»Also, das ist doch die reine Zeitverschwendung.«

»Dein ganzes Leben ist Zeitverschwendung, Rune.«

»Schau«, setzte sie nicht allzu geduldig an und fuhr in ihrer Argumentation fort, bis Tony sagte: »Dünnes Eis, Süße. Schieb deinen Arsch hier raus. Und zwar sofort.«

Sie versuchte es mit: »Das steht nicht in der Arbeitsbeschreibung.« Nur weil es nicht ihre Art war, so schnell klein beizugeben, und dann sah sie, dass er ganz still wurde, und kurz bevor er explodierte, stand sie auf. »Ach, reg dich ab, Tony«, sagte sie auf ihre genervt überlegene Art, deretwegen sie vermutlich einmal gefeuert werden würde, allerdings war es noch nicht so weit.

Dann hatte er auf ein Formular geschaut. »Herrje, es ist doch nur ein paar Straßen von hier. Avenue B. Der Typ heißt Robert Kelly.«

Ach so, dachte Rune, Mr. Kelly? Na, das war doch etwas ganz anderes.

Sie nahm das Formular und angelte nach der Retrotasche aus künstlichem Leopardenfell, die sie in einem Secondhandladen auf dem Broadway entdeckt hatte. Sie stieß die Tür nach draußen in die kühle Frühlingsluft auf. »Na schön, na schön. Ich tu's.« Wobei sie in ihre Stimme genau den richtigen Unterton legte, um Tony zu verstehen zu geben, dass sie etwas bei ihm gut hatte. In den zwei Jahrzehnten, die sie auf der Erde weilte, hatte Rune gelernt, dass, wenn sie das Leben so leben wollte, wie sie es tat, es vermutlich eine gute Idee war, sich so viele Leute zu verpflichten wie möglich.

Rune war einsfünfundfünfzig groß und wog hundert Pfund. Heute trug sie eine schwarze Stretchhose, ein schwarzes T-Shirt und darüber ein Straßenhemd, von dem sie die Ärmel abgeschnitten hatte, damit es wirkte wie eine weiße Nadelstreifenweste. Schwarze, knöchelhohe Stiefel.

Und dann noch am linken Unterarm siebenundzwanzig silberne Armreife, alle unterschiedlich.

Ihre Lippen veränderten sich in der Größe, wenn sie sich zusammenpressten und wölbten. Ein Barometer für ihre Stimmung. Sie hatte ein rundes Gesicht; ihre Nase mochte sie. Ihre Freunde sagten manchmal, sie sehe wie eine bestimmte Schauspielerin aus, die immer in Independentfilmen auftrat. Aber es gab nur wenige zeitgenössische Schauspielerinnen, die ihr etwas bedeuteten oder denen sie ähnlich zu sehen versuchte; hätte man Audrey genommen und sie in eine New-Wave-Downtown-Version von *Frühstück bei Tiffany* gesteckt – sie wäre jemand gewesen, dem Rune gerne ähnlich gesehen hätte und in vieler Hinsicht auch ähnlich sah.

Sie hielt an und begutachtete sich in einem Spiegel, der im Schaufenster eines Antiquitätengeschäfts stand, an dem die Worte NUR GROSSHANDEL größer geschrieben standen als der Name des Ladens. Vor einigen Monaten war sie ihre schwarz-purpurne Stachelfrisur leid geworden, hatte die Furcht erregenden Farben ausgewaschen und aufgehört, sich die Haare selbst zu schneiden. Die Strähnen waren inzwischen länger, und das natürliche Braun trat hervor. Mit einem Blick in den Spiegel kämmte sie jetzt mit den Fingern durch ihr Haar. Dann klopfte sie es wieder fest. Es war nicht lang, und kurz war es auch nicht. Durch seine Ambivalenz fühlte sie sich noch unbehauster als normalerweise schon.

Sie setzte ihren Weg zum East Village fort.

Rune blickte noch einmal auf das Formular.

Robert Kelly.

Wenn Tony ihr gleich gesagt hätte, wer der Kunde war, hätte sie nicht so einen Aufstand gemacht

Kelly, Robert. Mitglied seit: 2. Mai. Zahlungsweise: bar.

Robert Kelly.

»Mein Freund.«

Das hatte sie zu Frankie Greek und Eddie im Laden gesagt. Sie hatten ungläubig geguckt und versucht, zu erraten, was sie damit gemeint hatte. Aber dann hatte sie gelacht und getan, als sei es ein Scherz gewesen – bevor die anfingen, zu grinsen und zu fragen, wie es mit einem Siebzigjährigen im Bett sei.

Obwohl sie hinzugefügt hatte: »Na ja, wir sind mal zusammen ausgegangen.« Was genügend Zweifel übrig ließ, damit sie ihren Spaß hatte.

Robert Kelly *war* ihr Freund. Er hatte mehr von einem Freund als die meisten Männer, die sie in dem Laden kennen gelernt hatte. Und er war auch der Einzige, mit dem sie je ausgegangen wäre – in den drei Monaten, seit denen sie hier arbeitete. Bei Tony gab es eine Regel, die es verbot, mit Kunden auszugehen – nicht, dass irgendeine Regel von Tony sie länger als eine halbe Sekunde hätte zögern lassen. Aber die einzigen Männer, die sie in dem Laden je kennen zu lernen schien, waren entweder seit langem gezähmt, oder sie waren genau das, was man von jemandem erwarten würde, der Angestellte aus einer Videothek in Greenwich Village abschleppte.

Hi, ich bin John, Fred, Stan, Sam, nenn mich Sammy, ich wohne die Straße rauf, das ist ein Armani, der gefällt dir, ich bin Modefotograf, ich arbeite für Morgan Stanley, ich hab was zu rauchen, hey, hast du Lust, mit zu mir zu kommen und zu ficken?

Kelly, Robert, Zahlungsweise: bar; hatte jedes Mal, wenn sie ihn gesehen hatte, Anzug und Krawatte getragen. Er war fünfzig Jahre älter als sie. Und als sie ihm angeboten hatte, ihm einen Gefallen zu tun, eine Kleinigkeit, ein Band für ihn zu kopieren, umsonst, hatte er den Blick gesenkt, war rot geworden, und dann hatte er sie zum Dank zum Mittagessen eingeladen.

Sie waren in einen ganz in türkis gehaltenen Sodashop namens The Soda Shop auf der St. Marks gegangen und hatten, umgeben von Studenten der New York University, die es schafften, todernst und ausgelassen zugleich zu sein, überbackenes Käsesandwich mit Pickles gegessen. Sie hatte einen Martini bestellt. Er hatte überrascht gelacht und flüsternd gesagt, er habe sie für sechzehn gehalten. Die Kellnerin hatte den gefaketen Ausweis irgendwie akzeptiert, auf dem ihr Alter mit 23 angegeben war. Dem amtlichen Dokument – ihrem Führerschein aus Ohio – zufolge war Rune zwanzig.

Beim Mittagessen war er zunächst etwas verlegen gewesen. Aber das hatte ihr nichts ausgemacht. Rune hatte Übung darin, ein Gespräch in Gang zu halten. Dann war er aufgetaut, und sie hatten einen Riesenspaß gehabt. Sich über New York unterhalten – er kannte sich echt gut aus, obwohl er eigentlich aus dem Mittleren Westen stammte. Wie er früher immer in Clubs in Hell's Kitchen westlich von Midtown gegangen war. Wie er Picknicks im Battery Park veranstaltet hatte. Wie er mit einer ›Damenbekanntschaft‹ – Rune liebte diesen Ausdruck – im Central Park Radfahren gewesen war. Sie hoffte, wenn sie alt würde, würde sie auch die Damenbekanntschaft von jemandem sein. Sie würde …

Oh, verdammt …

Rune blieb mitten auf dem Gehsteig stehen. *Gottverdammt.* Sie steckte die Hand in die Tasche und stellte fest, dass sie das Band vergessen hatte, das sie für ihn kopiert hatte. Was sehr schlimm für Mr. Kelly war, denn er freute sich so darauf. Aber vor allem war es schlimm für sie – denn sie hatte es im Laden liegen lassen, und wenn Tony herausfand, dass sie von einem Videoband aus dem Laden eine Raubkopie gemacht hatte, Jesses, dann würde er sie mit einem Arschtritt direkt rausschmeißen. Bei Washington Square Video wurden keine Gnadengesuche entgegengenommen.

Aber sie konnte jetzt auch schlecht wieder zurückgehen und das Band unter der Ladentheke hervorziehen, wo sie es versteckt hatte. Sie würde es Mr. Kelly in ein, zwei Tagen vorbeibringen. Oder es ihm zustecken, wenn er das nächste Mal hereinschaute.

Ob Tony es finden würde? Ob er sie feuern würde?

Und wenn? *Na, selber schuld.* Und das sagte, oder zumindest *dachte,* sie gewöhnlich jedes Mal, wenn sie wieder einmal beim New Yorker Arbeitsamt in der Schlange stand, ein Ort, wo sie Stammgast war und wo sie einige ihrer besten Freunde in der Stadt kennen gelernt hatte.

Selber schuld. Ihr Arbeitslosenmantra. Ihr Mantra für das Schicksal allgemein auch, vermutete sie.

Außer, dass sie heute, obwohl sie es leicht zu nehmen versuchte, eigentlich nicht gefeuert werden wollte. Das war ein ungewohntes Gefühl – eines, das über die lästige Arbeitssuche hinausging, die zu dräuen begann, wenn ein Chef sie zu sich winkte und sagte, ›Rune, wir müssen uns mal unterhalten‹ oder ›Das fällt mir jetzt nicht leicht ...‹.

Obwohl es ihnen normalerweise *sehr* leicht fiel.

Rune wurde besser als die meisten Angestellten damit fertig, gefeuert zu werden. Sie hatte Routine darin. Wieso machte sie sich also Sorgen, jetzt abserviert zu werden?

Sie fand es nicht heraus. Irgendetwas in der Luft vielleicht ... Als Erklärung so gut wie alles andere.

Rune setzte ihren Weg in östlicher Richtung fort, über das Gelände, das die NYU und die Städteplaner immer mehr zugunsten von Wohnheimen und langweiligen Wohnblocks dezimierten. Eine üppig gebaute Frau streckte ihr eine Unterschriftenliste entgegen. ›Rettet unser Viertel‹ stand darauf. Rune ließ die Frau stehen. Das war auch so etwas an New York. Es veränderte sich ständig, wie eine

Schlange, die sich häutet. Wenn dein Lieblingsviertel verschwand oder sich in etwas verwandelte, was dir nicht passte, gab es immer ein anderes, das dir gefiel. Man brauchte nur einen U-Bahn-Chip, um es zu finden.

Sie warf noch einmal einen Blick auf Mr. Kellys Adresse. 380 East Tenth Street. Apartment 2B.

Sie überquerte die Straße und ging weiter, vorbei an Avenue A, Avenue B. Buchstabensuppe. Buchstabenstadt. Die Gegend wurde düsterer, schäbiger, finsterer.

Beängstigender.

Rettet unser Viertel …

3

Haarte mochte das East Village nicht.

Beim Münzenwerfen vor drei Wochen, nachdem sie von dem Gittleman-Auftrag aus St. Louis zurückgekommen waren, wer die Wohnung der Zielperson auskundschaften musste, war er froh gewesen, dass Zane gewonnen hatte.

Er blieb auf der East Tenth stehen und überprüfte, ob das Mietshaus auf der Vorderseite bewacht war. Zane war schon seit einer halben Stunde hier und hatte gesagt, der Block sehe aus, als sei die Luft rein. Sie hatten erfahren, dass die Zielperson vor einiger Zeit aus ihrer Wohnung an der Upper West Side – der Wohnung, die die US-Marshals ihr besorgt hatten – verschwunden und ihren Betreuern entkommen war. Aber diese Information war alt. Vielleicht hatten die Bullen ihn wieder aufgespürt – die Wichser konnten jeden finden, wenn sie wirklich wollten – und überwachten nun das Gebäude. Haarte blieb also an diesem Morgen stehen, suchte die Straße sorgfältig nach eventuellen Anzeichen von Babysittern ab. Er sah keine.

Haarte setzte seinen Weg auf dem Gehsteig fort. In den Straßen stapelten sich Müll, verschimmelte Bücher und Zeitschriften, alte Möbel. In den engen Straßen parkten doppelreihig Autos. Außerdem mehrere Umzugslaster. Die Leute im Village schienen ständig auszuziehen. Haarte war erstaunt, dass überhaupt jemand *einzog*. Er hätte sich aus diesem Viertel verflucht schnell davongemacht, wenn er gekonnt hätte.

Heute trug Haarte die blassblaue Uniform eines Kammerjägers. Er hatte eine Werkzeugkiste aus Plastik bei sich, die keine Werkzeuge aus dem Gewerbe der Ungeziefervertilger enthielt, sondern seine Walther Automatik mit dem aufgeschraubten Lansing-Arms-Schalldämpfer. Außerdem war die Polaroidkamera in der Kiste. Diese Uniform hätte nicht überall funktioniert, aber immer, wenn er in New York zu tun hatte – was nicht oft vorkam, weil er hier wohnte –, wusste er, wenn etwas bei den Leuten auf keinen Fall Verdacht erregte, dann ein Kammerjäger.

»Ich bin fast da«, sagte er in sein Kragenmikrofon. Der andere Punkt an New York war, dass man scheinbar mit sich selbst sprechen konnte, ohne dass es jemand für sonderbar hielt.

»Die Straße ist sauber. Habe einen Schatten in der Wohnung gesehen. Das Arschloch ist da drin. Oder jemand anderes«, sagte Zane – in einem grünen Pontiac, der eine Straße weiter geparkt war –, als Haarte sich der Nummer 380 East Tenth Street näherte.

Für diesen Auftrag hatten sie vereinbart, dass Haarte der Schütze sein sollte. Zane war für die Flucht zuständig.

»Drei Minuten, bis ich drinnen bin«, sagte er. »Fahr hinten herum. In die Gasse. Wenn was schief geht, trennen wir uns. Wir treffen uns dann in meiner Wohnung.«

»Okay.«

Er betrat das Foyer des Gebäudes. Hier stinkt's, dachte er. Hundepisse. Vielleicht auch Menschenpisse. Er erschauerte leicht. Haarte verdiente über hunderttausend Dollar im Jahr und wohnte einige Meilen von hier in einem sehr hübschen Stadthaus mit Blick auf den Hudson River und New Jersey. So hübsch, dass er nicht einmal einen Kammerjäger brauchte.

Haarte überprüfte sorgfältig die Lobby und den Flur. Die Zielperson rechnete vielleicht gar nicht mit einem Anschlag, und Haarte konnte möglicherweise über die Sprechanlage anrufen und behaupten, er wolle gegen Kakerlaken sprühen. Vielleicht ließ die Zielperson ihn ja ganz einfach ein.

Aber sie konnte ebenso gut oben an die Treppe kommen, mit einer eigenen Waffe ins Foyer zielen und losballern.

Haarte entschied sich daher für die leise Methode. Mit einem kleinen Stück Stahl knackte er das Schloss an der Eingangstür. Mit einem Klicken sprang das billige Schloss ganz leicht auf.

Er trat ein und nahm die Pistole aus seinem Werkzeugkasten. Dann ging er durch den Flur auf Apartment 2B zu.

Rune staunte, als sie Robert Kellys Haus sah.

Staunte, so wie die Leute manchmal staunen, wenn sie zum ersten Mal einen Freund besuchen. Sie hatte seine einfache Kleidung gesehen und mit einer einfachen Wohngegend gerechnet. Aber das, was sie hier sah, war bettelarm. Der rissige Putz blätterte ab und verlor in staubigen Schuppen seine schulhausrote Farbe. Die hölzernen Fensterrahmen rotteten vor sich hin. Vom Dach war Rostwasser heruntergesickert und hatte auf der Vordertreppe und dem Gehsteig breite Streifen hinterlassen. Einige Bewohner hatten zerbrochene Scheiben mit Pappe und Tüchern und vergilbtem Zeitungspapier ersetzt.

Natürlich hatte sie gewusst, dass das East Village nicht das tollste Viertel war – sie besuchte oft Clubs hier und hing mit Freunden im Tompkins Square Park auf Avenue A ab, wo sie den Süchtigen und den Möchtegerngangstern aus dem Weg ging. Aber wenn sie sich den Gentleman Mr. Kelly vorgestellt hatte, dann war ihr das Bild eines ordentlichen englischen Stadthauses mit Stuckdecken und Blumentapete in den Sinn gekommen. Und vor dem Haus ein schwarzer, schmiedeeiserner Zaun und ein hübscher Garten.

So wie die Kulissen in einem Film, den sie an der Seite ihres Vaters als kleines Mädchen gesehen hatte – *My Fair Lady*. Kelly würde wie Rex Harrison vor dem Kamin im Salon sitzen und Tee trinken. Er würde in kleinen Schlucken trinken (eine Tasse Tee hielt in englischen Filmen ewig) und eine Zeitung lesen, in der es keine Comics gab.

Sie fühlte sich unwohl, schämte sich für ihn. Fast wünschte sie, sie wäre nicht hergekommen.

Rune ging näher auf das Gebäude zu. In dem mit Schmutz übersäten Vorgarten neben der Vordertreppe lag umgestürzt ein dreibeiniger Stuhl. Ein Fahrradrahmen war mit Kryptonitschloss an einem Parkverbotsschild angeschlossen. Die Räder, die Kette und die Lenkstange waren geklaut worden.

Wer wohl sonst noch in dem Gebäude wohnte, fragte sie sich. Ältere Leute, vermutete sie. Hier in der Gegend lebten eine Menge Rentner. Sie würde ihre letzten Jahre lieber in Tampa oder San Diego verleben.

Aber wie war es gekommen, dass sie hier gelandet waren?, fragte sie sich.

Darauf gab es eine Million Antworten.

Selber schuld …

Das Gebäude auf der Gasse genau gegenüber dem von Mr. Kelly war viel hübscher, gestrichen, sauber, mit einem schicken Sicherheitstor am Eingang. Eine blonde Frau in einem teuren pinkfarbenen Jogginganzug und schicken Laufschuhen stieß die Eingangstür auf und trat auf die Gasse. Sie begann mit ihren Dehnübungen. Sie war schön und wirkte widerlich flott und professionell.

Rettet unser Viertel …

Rune ging weiter bis zu den Eingangsstufen von Mr. Kellys Haus. Ihr kam eine Idee. Sie würde das Band abholen, aber anstatt gleich wieder zum Laden zurückzugehen, würde sie erst ein paar Stunden frei nehmen. Sie und Mr. Kelly konnten ein Abenteuer erleben.

Sie würde ihn auf einen langen Spaziergang am Hudson mitnehmen.

»Kommen Sie, wir halten Ausschau nach Seeungeheuern«, würde sie vorschlagen.

Und sie hatte so eine komische Ahnung, dass er mitspielen würde. Etwas an ihm brachte sie auf den Gedanken, sie seien sich ähnlich. Er war … irgendwie geheimnisvoll. Er hatte überhaupt nichts Vertrocknetes – und nicht vertrocknet zu sein, war Runes höchstes Kompliment.

Sie betrat den Eingang des Gebäudes. Unter dem Dreck und den Spinnweben fielen ihr raffinierte Mosaikkacheln auf, Messingbeschläge, geschnitzte Zierleisten aus Mahagoni. Wenn man hier etwas scheuerte und strich, dachte sie, wäre das ein total super Schuppen.

Sie drückte die Klingel von 2B.

Das wäre ein Job, der Spaß machen würde, dachte sie. Verratzte alte Häuser zu suchen und sie aufzumöbeln. Aber es gab natürlich schon Leute, die damit ihren Lebensunterhalt verdienten. Reiche Leute. Selbst eine Ruine wie die hier konnte Hunderttausende kosten. Egal, sie hätte sie gern mit Gemälden aus Märchen bemalt und das Haus mit ausgestopfen Tieren ausgeschmückt und in alle Wohnungen Zaubergärtchen eingebaut. Sie vermutete, dass der Markt für solche Interieurs nicht sehr groß war.

In der Sprechanlage knackte es. Dann war Pause. Dann sprach eine Stimme. »Ja?«

»Mr. Kelly?«

»Wer ist da?«, fragte die scheppernde Stimme.

»Hier ist Johnnyyyyyyy«, sagte sie, wobei sie Jack Nicholson in *Shining* nachzuahmen versuchte. Sie und Mr. Kelly hatten sich über Horrorfilme unterhalten. Er schien eine Menge über Filme zu wissen, und sie hatten sich darüber amüsiert, wie gruselig Kubricks Film war, obwohl er so hell ausgeleuchtet war.

Aber offensichtlich erinnerte er sich nicht. »Wer?«

Sie war enttäuscht, dass er es nicht kapierte.

»Hier ist Rune. Sie wissen schon ... von Washington Square Video. Ich soll hier das Band abholen.«

Stille.

»Hallo?«, rief sie.

Wieder ein Krachen. »Ich komme sofort.«

»Sind Sie Mr. Kelly?« Die Stimme klang nicht ganz richtig. Vielleicht war er es gar nicht. Vielleicht hatte er Besuch.

»Einen Moment.«

»Ich kann raufkommen.«

Pause. »Warten Sie unten«, befahl die Stimme.

Das war komisch. Er hatte immer so einen höflichen Eindruck gemacht. Das hier hörte sich ganz und gar nicht so an. Es musste an der Sprechanlage liegen.

Sie schaute nach draußen, als sie im Innern endlich Schritte hörte, die die Treppe herunterkamen.

Rune ging an die Innentür und spähte durch die verschmierte Scheibe. Sie konnte nichts sehen. War das Mr. Kelly? Sie konnte es nicht erkennen.

Die Tür öffnete sich.

»Oh«, sagte sie überrascht, als sie aufschaute.

Die Frau, Mitte fünfzig, mit olivfarbenem Teint, trat heraus und warf ihr einen Blick zu. Sie vergewisserte sich, dass die Tür sich schloss, bevor sie den Eingangsbereich freimachte, so dass Rune nicht hineinkommen konnte – die übliche New Yorker Vorsichtsmaßnahmen, wenn sich unbekannte Besucher in der Lobby aufhielten. Die Frau trug eine Tasche mit leeren Mineralwasser- und Bierbüchsen. Sie brachte sie zum Straßenrand und warf sie in eine Recyclingtonne.

»Mr. Kelly?«, rief Rune erneut in die Sprechanlage. »Ist alles in Ordnung?«

Keine Antwort.

Die Frau kam zurück und musterte sie eindringlich. »Kann ich helfen?« Sie hatte einen starken karibischen Akzent.

»Ich bin eine Freundin von Mr. Kelly.«

»Ach so.« Ihr Gesicht entspannte sich.

»Ich habe gerade bei ihm geklingelt. Er wollte gleich herunterkommen.«

»Er wohnt im ersten Stock.«

»Ich weiß. Ich soll ein Videoband bei ihm abholen. Ich habe vor fünf Minuten geklingelt, und er hat gesagt, er käme gleich runter.«

»Ich bin gerade an seiner Tür vorbeigekommen, da stand sie offen«, sagte sie. »Ich wohne hinten im Flur.«

Rune drückte die Klingel. »Mr. Kelly?«, sagte sie. »Hallo? Hallo?«

Keine Antwort.

»Ich schau mal nach«, sagte die Frau. »Warten Sie bitte hier.«

Sie verschwand im Innern. Nach einer Weile wurde Rune ungeduldig und klingelte erneut. Keine Antwort. Sie versuchte, die Tür zu öffnen. Dann fragte sie sich, ob es nicht noch eine andere Tür gäbe – vielleicht an der Seite oder an der Rückfront des Gebäudes.

Sie ging nach draußen. Ging zum Gehsteig und folgte ihm bis zu der Gasse. Die flotte Yuppiefrau war immer noch beim Stretchen. Die einzige sportliche Betätigung, die Rune ausübte, war das Tanzen in ihren Lieblingsclubs: World oder Area oder Limelight (Tanzen war ein Ausdauersport, und außerdem baute sie Kraft im Oberkörper auf, wenn sie betrunkene Anwälte und Bankmanager in den gemischten Ruheräumen der Clubs abwehrte).

Nein, sonst war niemand zu sehen.

Dann hörte sie den Schrei.

Sie fuhr herum und schaute zu Mr. Kellys Gebäude. Sie hörte eine Frauenstimme, die voller Panik um Hilfe rief. Rune glaubte, die Stimme habe einen Akzent – vielleicht die Frau, die sie gerade getroffen hatte, die Frau, die Mr. Kelly kannte. »Jemand«, rief die Stimme, »muss die Polizei holen. Oh, bitte, Hilfe!«

Rune blickte zu der Joggerin hinüber, die mit einem ebenso entsetzten Ausdruck im Gesicht zu Rune zurückstarrte.

Dann ertönte hinter ihnen ein lautes Quietschen von Autoreifen.

Am Ende der Gasse bog ein grünes Auto um die Ecke und fuhr direkt auf Rune und die Joggerin zu. Beide erstarrten vor Schreck, als der Wagen auf sie zuhielt.

Was macht er bloß, was macht er bloß, was macht er bloß?, dachte Rune außer sich.

Nein, nein, nein.

Als das Auto nur noch Schritte entfernt war, warf sie sich rückwärts aus der Gasse. Die Joggerin machte einen Sprung in die entgegengesetzte Richtung. Die Frau in Pink hatte sich jedoch nicht so schnell wie Rune bewegt und wurde vom Seitenspiegel des Autos erfasst und gegen die Backsteinwand ihres Wohnhauses geschleudert. Sie traf auf die Wand und sank zu Boden.

Das Auto bog schlingernd in die Tenth Street ein und verschwand.

Rune rannte zu der Frau, die am Leben, aber ohne Bewusstsein war; aus einer klaffenden Wunde an ihrer Stirn strömte Blut. Rune rannte die Straße entlang und suchte ein Telefon. Es dauerte vier Telefone und drei Blocks, bevor sie eines fand, das funktionierte.

4

Mr. Kellys Tür stand offen.

Rune blieb auf der Schwelle stehen und starrte voller Entsetzen auf die acht Personen, die sich in dem Zimmer aufhielten. Niemand schien sich zu rühren. Sie standen oder hockten, einzeln oder in Gruppen, wie die Kleiderpuppen, die sie in dem Importladen auf dem University Place gesehen hatte.

Keuchend lehnte sie sich an den Türpfosten. Sie war von dem Münzfernsprecher zurückgerannt und die Treppe hinaufgestürmt. Diesmal war sie ohne Probleme hineingekommen; die Cops oder die Sanitäter des Notarztdienstes hatten die Haustür offen gelassen.

Sie beobachtete sie: sechs Männer und zwei Frauen, einige in Polizeiuniform, einige in Zivil.

Ihr Blick fiel auf die neunte Person in dem Zimmer, und ihre Hände begannen zu zittern.

Oh nein ... oh nein ...

Die neunte Person – der Mann, dem das Zimmer gehörte. Robert Kelly. Er saß in einem alten Sessel, die Arme ausgestreckt, schlaff, Handflächen nach oben, Augen geöffnet, und starrte himmelwärts wie Jesus oder ein Heiliger auf diesen verrückten Gemälden in der Met. Seine Haut war ganz bleich – überall, außer auf seiner Brust. Die war braunrot von all dem Blut. Es war eine große Menge Blut.

Oh nein …

Sie konnte kaum atmen, nur ganz schwach nach Luft schnappen, sie war wie betäubt. Oh, Gott verfluche ihn! Tony! Dafür, dass er sie gezwungen hatte, das Band abzuholen und das hier zu sehen. Gott verfluche Frankie Greek, Gott verfluche Eddie, weil sie so getan hatten, als würden sie den verflixten Monitor reparieren und dabei nur ausgeheckt hatten, wie sie umsonst in ein Konzert kommen …

Ihre Augen brannten vor Tränen. Gottverdammt.

Aber dann kam Rune ein seltsamer Gedanke. Dass, nein, nein, wenn das schon passieren *musste*, war es besser, dass *sie* anstatt ihrer dazugekommen war. Schließlich war sie Mr. Kellys Freundin. Eddie oder Frankie wären hereinspaziert und hätten gesagt ›Wow, cool, 'ne Schießerei‹, und es war besser für sie, dass sie diejenige gewesen war, die es gesehen hatte, aus Respekt für Mr. Kelly.

Niemand bemerkte sie. Zwei Männer in Straßenanzügen gaben einem dritten Anweisungen, und der nickte. Die uniformierten Cops saßen in der Hocke, machten Notizen, manche streuten ein weißes Pulver auf dunkle Gegenstände und ein dunkles Pulver auf helle.

Rune studierte die Gesichter der Cops. Sie war unfähig, den Blick abzuwenden. Es war etwas Merkwürdiges an ihnen, und anfangs wusste sie nicht, was es war. Sie wirkten einfach wie jedermann – belustigt oder gelangweilt oder neugierig. Dann wurde ihr bewusst: *Das* war das Merkwürdige. Dass an ihnen überhaupt nichts Außergewöhnliches war. Sie alle wirkten wie an einem ganz normalen Arbeitstag. Sie waren nicht entsetzt, und keinem wurde schlecht von dem, was er sah.

Herrje, sie wirkten genau wie die Angestellten bei Washington Square Video.

Sie sehen genauso aus wie ich, machen, was ich mache, wenn ich acht Stunden am Tag, vier Tage die Woche Filme ausleihe: Sie machen einfach ihren Job. Das Große Öde J.

Sie schienen nicht einmal bemerkt zu haben oder sich darum zu kümmern, dass da gerade jemand umgebracht worden war.

Langsam ließ sie den Blick durch das Zimmer schweifen. Mr. Kelly hatte *hier* gelebt? Fettfleckige, von den Wänden hängende Tapeten. Der Teppich war orange und bestand aus dicken, kurzen Schnüren. Die ganze Wohnung roch nach Sauerfleisch. An den Wänden hingen keine Bilder: An einer schäbigen Couch lehnten einige alte, gerahmte Filmplakate. Auf dem Boden lag ein Dutzend Schachteln verstreut. Es schien, als habe er aus ihnen gelebt. Selbst seine Kleider und das Geschirr steckten noch in Kartons. Er musste erst vor kurzem eingezogen sein, vielleicht etwa zu der Zeit, als er sich vor einem Monat in dem Videoclub angemeldet hatte.

Sie erinnerte sich an das erste Mal, als er Washington Square Video betreten hatte.

»Können Sie Ihren Namen buchstabieren?«, hatte Rune gefragt, als sie seine Anmeldung ausgefüllt hatte.

»Ja, das kann ich«, hatte er schlagfertig geantwortet. »Ich bin durchschnittlich intelligent. Und, *wollen* Sie, dass ich's tue?«

Das hatte ihr gefallen, und sie hatten lachen müssen. Dann hatte sie die übrigen Angaben über Kelly, Robert, Zahlungsweise: bar. Adresse: 380 East Tenth Street, Apt. 2B eingetragen. Er hatte einen Kriminalfilm verlangt, und im Gedenken an die alte Serie *Polizeibericht* hatte sie gesagt: »Wir wollen nichts weiter als die Fakten, Sir, nur die Fakten.«

Er hatte wieder gelacht.

Keine Kreditkarten. Sie erinnerte sich, noch gedacht zu haben, dass sie damit eindeutig eine Sache gemeinsam hatten.

Wie lauteten die Worte? Du hast sie einmal richtig gut auswendig gewusst. Wie lauteten sie noch?«

Runes Blick lag jetzt auf *ihm*. Ein toter Mann, der ein bisschen zu schwer war, groß, würdevoll, siebzig, kahlköpfig.

Alles, was mir der Vater gibt, er, welcher Jesus auferhoben hat von den Toten, wird auch unsere sterblichen Hüllen erhöhen …

Was sie am meisten beunruhigte, war, wie sie erkannte, die völlige Reglosigkeit, in der Mr. Kelly dalag. Ein menschliches Wesen, das sich überhaupt nicht bewegte. Sie schauderte. Diese Reglosigkeit machte das Mysterium des Lebens umso erstaunlicher und kostbarer.

Und ich vernahm eine Stimme vom Himmel, welche sprach: Asche zu Asche, Staub zu Staub, voller Gewissheit harre ich der Auferstehung, und das Meer möge …

Die Worte fielen ihr jetzt rasch ein. Sie stellte sich ihren Vater vor, aufgebahrt von den begabten Zwillingen von Charles & Sons in Shaker Heights. Vor fünf Jahren. Rune hatte lebhafte Erinnerungen an den Mann, der da in den Samtpolstern lag. Aber ihr Vater war an diesem Tag ein Fremder gewesen – eine Karikatur des menschlichen Wesens, das er zu Lebzeiten gewesen war. Mit der Schminke, dem neuen Anzug, dem glatt gekämmten Haar hatte er etwas Schmieriges und Spießiges. Er schien nicht einmal tot zu sein: Er wirkte nur merkwürdig.

Mr. Kelly wirkte weit realer. Er war keine Skulptur, er war überhaupt nicht unwirklich. Und der Tod starrte geradewegs zu ihr zurück. Sie hatte das Gefühl, das Zimmer drehe sich, und musste sich auf ihren Atem konzentrieren. Auf ihren Wangen brannten schmerzhaft Tränen.

Der Herr wird mit dir sein und mit deinem Geiste gelobt sei der Name des Herrn …

Einer der Männer bei der Leiche bemerkte sie. Ein kleiner Mann im Anzug, mit Schnauzer. Gepflegtes schwarzes Haar, das sich von der Mitte ausbreitete und mit Spray dicht am Kopf gehalten wurde. Seine Augen standen dich beisammen, was bewirkte, dass Rune ihn für dumm hielt.

»Sind Sie eine der Zeuginnen? Haben Sie neun eins neun angerufen?«

Sie nickte.

Der Mann bemerkte, worauf ihr Blick gerichtet war. Er trat zwischen sie und Mr. Kelly.

»Ich bin Detective Manelli. Kennen Sie den Verstorbenen?«

»Was ist passiert?« Ihr Mund war trocken, und die Worte blieben ihr in der Kehle hängen. Sie wiederholte die Frage.

Der Detective musterte ihr Gesicht und versuchte wahrscheinlich herauszufinden, wie sie in das Spektrum der Beziehungen hineinpasste. »Das genau wollen wir herausfinden. Kannten Sie ihn?«

Sie nickte. Sie konnte die Leiche nicht sehen, ihr Blick fiel auf einen kleinen Metallkoffer, der mit dem Wort SPURENSICHERUNG beschriftet war. Er blieb an dem Koffer hängen und wollte sich nicht wieder lösen.

»Das Band. Ich sollte das Band abholen. Für meinen Job.«

»Band? Welches Band?«

Sie deutete auf eine Plastikhülle, der mit blauen Buchstaben, WSV, bedruckt war. »Das ist mein Laden. Er hat gestern ein Video ausgeliehen. Ich sollte es abholen.«

»Können Sie sich ausweisen?«

Sie reichte Manelli ihren Führerschein und ihre Angestellten-Rabattkarte. Er notierte sich ein paar Angaben. »Haben Sie eine Adresse in New York?«

Sie gab sie ihm. Er schrieb sie ebenfalls auf. Gab ihr die Ausweise zurück. Er schien nicht anzunehmen, dass sie mit dem Mord zu tun hatte. Bei seiner Arbeit bekam man vielleicht ein Gespür dafür, wer ein echter Killer war.

»Ich hatte ihm das Video ausgeliehen«, sagte Rune mit leiser Stimme. »Ich war das. Gestern.« Sie flüsterte wie unter Zwang. »Gestern hab' ich ihn noch gesehen. Ich ... Es ging ihm gut. Ich hab' noch vor ein paar Minuten mit ihm gesprochen.«

»Sie haben mit ihm gesprochen?«

»Ich habe ihn einfach über die Sprechanlage angeklingelt.«

»Sind Sie sicher, dass er es war?«, fragte der Detective.

Sie empfand einen Schlag in der Brust. Erinnerte sich, dass die Stimme anders geklungen hatte. Vielleicht war es der Mörder gewesen, mit dem sie gesprochen hatte. Die Beine gaben unter ihr nach. »Nein, bin ich nicht.«

»Haben Sie die Stimme erkannt?«

»Nein. Aber ... sie klang nicht wie die von Mr. Kelly. Ich hab' mir nichts dabei gedacht. Ich weiß nicht ... ich dachte, dass ich ihn vielleicht aufgeweckt hätte oder so.«

»Die Stimme? Jung, alt, schwarz, spanisch?«

Sie schüttelte den Kopf. »Ich weiß nicht. Ich könnte es nicht sagen.«

»Sie waren doch draußen. Haben Sie irgendwas gesehen?«

»Ich war in der Gasse. Ein grünes Auto hat versucht, uns zu überfahren.«

»Uns?«, wiederholte Manelli. »Sie und die Frau von gegenüber?«

»Genau.«

»Was für ein Auto war das?«

»Ich weiß nicht.«

»Dunkelgrün oder hellgrün?«

»Dunkel.«

»Schilder?«

»Was?«, fragte Rune.

»Die Autokennzeichen. Haben Sie sie erkannt?«

»Er hat versucht, mich zu überfahren, der Fahrer.«

»Sie meinen, Sie haben die Nummer nicht gesehen?«

»Genau. Ich hab sie nicht gesehen.«

»Und was ist mit dem Bundesstaat?«, fragte der Detective.

»Nein.«

Er seufzte. »Haben Sie den Fahrer gesehen?«

»Nein. Die Sonne hat zu stark geblendet.«

Ein weiterer Mann im Anzug kam zu ihnen. Er roch nach bitteren Zigaretten. »Was haben wir?«

»Es sieht folgendermaßen aus, Captain«, sagte Manelli zu ihm. »Die Lady hier kommt vorbei, um ein Videoband abzuholen. Sie meldet sich über die Sprechanlage, und wir glauben, der Eindringling antwortet. Wahrscheinlich, nachdem er das Opfer erledigt hat.«

Das Opfer *erledigt* hat. Rune starrte den Detective ob seiner Rohheit wütend an.

»Knallt ihm drei in die Brust. Keine Anzeichen von Gegenwehr, es muss also schnell gegangen sein. Er hat nicht mal versucht auszuweichen. Und dann noch eine in den Fernseher.«

»Den Fernseher?«

Rune folgte ihren Blicken. Der Killer hatte den Fernseher ausgeschossen. Spinnwebartige Bruchlinien gingen von einem kleinen Loch in der oberen rechten Ecke aus. Ihr fiel auf, dass es ein sehr altes, billiges Gerät war.

»Dann diese Nachbarin von hinten vom Flur ...«, fuhr Manelli fort. Er schaute in sein Notizbuch. »Amanda LeClerc. Sie kommt rauf und findet seine Leiche.«

»Hat denn keiner was gehört?«, fragte der Captain.

»Nein. Nicht mal die Schüsse ... Okay, und dann der Killer oder seine Verstärkung in dem Auto in der Gasse. Er schießt raus und nimmt eine Zeugin mit.«

Und mich fast dazu, dachte Rune. Als ob das jemanden gekümmert hätte.

Manelli zog erneut sein Notizbuch zu Rate. »Ihr Name ist Susan Edelman. Wohnt gleich nebenan.« Er nickte in Richtung des Hauses, wo Rune die Joggerin bei den Dehnübungen gesehen hatte.

»Hat er sie kaltgemacht?«, fragte der Captain.

Kaltgemacht ... erledigt ... Diese Leute hatten keine Ehrfurcht vor menschlichem Leben.

»Nein«, sagte Manelli. »Aber Edelman ist nicht in der Verfassung, irgendetwas auszusagen. Vorerst jedenfalls nicht.«

Rune erinnerte sich an die Frau, die in der Gasse auf dem schmierigen Kopfsteinpflaster gelegen hatte. An das Blut auf ihrem pinkfarbenen Jogginganzug. Erinnerte sich daran, Schuldgefühle empfunden zu haben, weil sie die arme Frau als Yuppie und flotte Biene abqualifiziert hatte.

»Die junge Lady da« – ein Nicken in Runes Richtung – »hat das Auto auch gesehen. Behauptet, sie hätte nicht viel erkennen können.«

»Ja?«, fragte der Captain. »Sie haben einen Blick auf den Deli werfen können?«

»Den was?«

»Den Deli.«

Rune schüttelte den Kopf. »Ich spreche Englisch. Das ist meine Muttersprache.«

»Den Fahrer.«

»Nein.«

»Wie viele Personen waren in dem Auto?«, fuhr der Captain fort.

»Ich weiß nicht. Es hat geblendet. Das hab ich *ihm* schon gesagt.«

»Tja«, sagte der Captain zweifelnd. »Manche Leute denken, es blendet, wenn sie einfach nichts sehen *wollen*. Aber Sie brauchen keine Angst zu haben. Wir kümmern uns um Zeugen. Sie sind in Sicherheit.«

»Ich war keine Zeugin. Ich hab nichts gesehen. Ich bin einem Auto aus dem Weg gegangen, das mich überfahren wollte. Das lenkt einen schon etwas ab ...«

Ihr Blick schweifte erneut zu der Leiche; sie stellte fest, dass sie etwas zur Seite des langsamen Detectives ausgewichen war. Schließlich zwang sie sich, den Blick abzuwenden. Sie schaute wieder Manelli an.

»Das Band«, sagte sie.

»Was?«

»Kann ich das Band haben? Ich soll es dahin zurückbringen, wo ich arbeite.«

Sie sah das Cover der Kassette. *Manhattan Beat*.

Manelli ging zu dem Videorecorder und drückte auf *Eject*. Der Mechanismus knirschte. Das Band kam zum Vorschein. Manelli winkte einen Spurensicherer herbei, der herüberkam. »Was meinst du?«, fragte der Detective. »Kann sie's haben?«

»Eine meiner größten Ängste.« Die mit Gummihandschuhen umhüllte Hand des Spurensicherers nahm die Kassette aus dem Recorder; er musterte sie.

»Wie bitte?«, fragte Manelli den Beamten.

»Ich leihe *Debbie treibt's in Dallas* aus und werde von einem Bus überfahren, bevor ich es zurückgeben kann. Und meine Witwe bekommt eine Rechnung über zweitausend Piepen für einen schmierigen Porno und ...«

»*So was* hat er sich nicht ausgeliehen«, sagte Rune wütend, »und ich finde nicht, dass Sie darüber Witze machen sollten.«

Der Techniker räusperte sich und setzte ein verlegenes Grinsen auf. Er entschuldigte sich nicht. »Die Sache ist die«, sagte er. »Schauen Sie sich den Fernseher an. Wissen Sie, dass er ihn ausgeschossen hat? Vielleicht ist es ja Zufall, aber ich würde sagen, wir müssen das Band erst einmal ganz gewissenhaft auf Fingerabdrücke untersuchen. Vielleicht hat der Deli es sich ja angeschaut. Und wenn wir das machen, also, in *meinem* Recorder würde ich das Band mit dem ganzen Pulver drauf nicht mehr abspielen. Das Scheißzeug verklebt dir alles.«

»Sie können doch nicht einfach unser Band behalten«, sagte Rune.

Nicht, dass sie sich um den Bestand von Washington Square Video geschert hätte. Nein, was sie störte, war, dass die Cops das Einzige behalten wollten, was sie mit Robert Kelly verband. Dumm, sagte sie sich. Aber sie wollte dieses Band.

»Das können wir sehr wohl. Und ob.«

»Nein, können Sie nicht. Es gehört uns. Und ich will es haben.«

Der Captain ärgerte sich über sie, aber Manelli, selbst wenn er ebenfalls sauer war, bemühte sich, höflich zu bleiben, wie es sich für einen öffentlichen Bediensteten gehörte. »Wieso gehen wir nicht nach unten?«, sagte er. »Eigentlich dürften Sie sowieso nicht hier sein.«

Rune warf einen letzten Blick auf Robert Kelly, dann folgte sie dem Detective auf den Flur, in dem es heiß war und nach Staub und Moder und Essensdünsten roch. Sie gingen die Treppe hinunter.

»Was das Band betrifft«, sagte er draußen, an einen Zivilstreifenwagen gelehnt, »das müssen wir behalten. Tut mir Leid. Wenn Ihr Boss sich beschweren will, sagen Sie ihm, er oder sein Anwalt soll beim Gemeinderat anrufen. Aber wir müssen. Es könnte ein Beweisstück sein.«

»Wieso? Glauben Sie, der Killer hat sich den Film angeschaut?«, fragte sie.

»Vielleicht hat er ihn in die Hand genommen, um zu sehen, ob er etwas wert ist«, sagte der Detective.

»Und dann in den Fernseher geschossen, weil er nichts wert war?«

»Wäre möglich«, sagte der Detective.

»Das ist verrückt«, sagte Rune.

»Mord ist verrückt.«

Sie erinnerte sich an das Muster, welches das Blut auf Mr. Kellys Brust gebildet hatte.

»Sagen Sie mal ehrlich«, sagte er. »Wie gut haben Sie ihn gekannt?«

Rune zögerte einen Augenblick mit der Antwort. Sie wischte sich die Augen und die Nase mit einem Zipfel ihrer Hemdbluse ab. »Nicht gut. Er war ein Kunde, mehr nicht.«

»Und Sie könnten uns nichts über ihn erzählen?«

Rune wollte schon ›Aber sicher doch‹ sagen, aber dann stellte sie fest, nein, sie konnte es nicht. Alles, was sie zu wissen glaubte, und das war eine Menge, hatte sie einfach erfunden: die Frau, die an Krebs gestorben war, die Kinder, die ausgezogen waren, eine ehrenvolle militärische Laufbahn im Pazifik, ein Job im Garment District, eine total coole Feier zur Verabschiedung, von der er nach zehn Jahren noch erzählte. In den vergangenen Jahren hatte er sich mit einer Gruppe von Rentnern im East Village getroffen, deren Bekanntschaft er im Laufe der Jahre bei A&P oder auf dem Sozialamt oder in einem der schäbigen Drugstores oder Coffeeshops auf Avenue A oder B gemacht hatte. Nach und nach – er wäre da vorsichtig gewesen – hätte er vorgeschlagen, zusammen einmal eine Partie Bridge zu spielen oder gemeinsam einen Ausflug nach Atlantic City zu machen, um an den Automaten zu spielen, oder Geld zu sparen, um eine Probe an der Met zu hören.

Das waren Szenen, die sie sich mühelos vorstellen konnte. Szenen aus Filmen, die sie ein Dutzend Mal gesehen hatte.

Nur dass keine davon der Wirklichkeit entsprach.

Alles was sie dem Cop sagen konnte, war: Kelly, Robert, Zahlungsweise: bar, trug Anzug und Krawatte sogar als Rentner. Er lachte gern. Er war höflich. Er hatte den Mut, an Feiertagen alleine in Restaurants zu essen.

Und er war ihr sehr ähnlich.

»Nichts«, sagte Rune zu dem Cop. »Ich weiß eigentlich überhaupt nichts.«

Der Detective reichte ihr eine seiner Karten. »Und Sie haben wirklich nichts gesehen?«

»Nein.«

Er gab sich damit zufrieden. »Na schön. Wenn Ihnen etwas einfällt, rufen Sie mich an. Das kommt manchmal vor. Ein oder zwei Tage vergehen, und die Leute erinnern sich an bestimmte Dinge.«

»Hey«, sagte sie, als er sich abwandte und die Treppe wieder hinaufging.

Er blieb stehen und schaute zurück.

»Wissen Sie, es wäre echt gut, wenn Sie das Arschloch schnappen würden, das das gemacht hat.«

»Deshalb tu ich das, was ich tue.« Er setzte seinen Weg fort.

Der Cop von der Spurensicherung kam ihm mit dem Metallkoffer in der Hand entgegen. Rune warf einen Blick auf ihn und wandte sich zum Gehen, drehte sich aber dann noch einmal um. Er schaute sie an und dann wieder weg, während er seinen Weg zu seinem Kombi fortsetzte.

»Ach, eins noch«, rief sie ihm zu. »Zu Ihrer Information, Mr. Kelly hat keine dreckigen Filme ausgeliehen. Aus irgendeinem Grund – fragen Sie mich nicht, wieso – mochte er Filme über Cops.«

Wie groß war das Problem?

Darüber dachte Haarte nach, als er schnellen Schrittes zur U-Bahn ging.

Der Tag war ziemlich kalt – ganz anders als der schwüle Frühlingstag am Mississippi, als sie Gittleman erwischt hatten –, aber er schwitzte wie wahnsinnig. Den Kammerjäger-Overall hatte er entsorgt – die waren zum Wegwerfen, das war Routine nach einem Auftrag –, aber ihm war immer noch heiß.

Er ging noch einmal durch, was passiert war. Zum Teil war es Pech gewesen, aber er hatte auch Fehler gemacht. Zunächst hatte er sich dagegen entschieden, einen einheimischen Helfer zu engagieren, da das Opfer nicht von den Marshals oder jemand anderem überwacht wurde. Daher hatten nur Zane und er selbst sowohl Beschattung als auch Erschießung erledigen müssen. Was bei dem Auftrag in St. Louis gut funktioniert hatte. Aber er hätte wissen müssen, dass hier irgendwelche Unbeteiligte hätten auftauchen können. New York war eine beschissene Riesenstadt. Je mehr Leute, desto mehr Zuschauer.

Dann, fiel ihm ein, hatte er Zane zu früh hinunter in die Gasse geschickt. Er hatte einfach nicht nachgedacht. Dadurch hatten sie keine Ahnung gehabt, wer das Mädchen war, das da aufgetaucht war und die Klingel gedrückt hatte, was genau in dem Augenblick geschehen war, als Haarte hatte abdrücken wollen. Das Opfer war aus seinem Sessel aufgestanden und hatte Haarte gesehen. Haarte hatte auf ihn geschossen. Der alte Knabe war auf die Fernbedienung gefallen und hatte dabei den Ton des Fernsehers stark aufgedreht. Also hatte Haarte auch auf das Gerät gefeuert. Was noch ein lautes Geräusch hervorgerufen und die Wohnung mit einem brenzligen, scharfen Geruch erfüllt hatte.

Dann hatte sich das Mädchen wieder über die Sprechanlage gemeldet. Sie hatte sich besorgt angehört. Und einen Augenblick darauf hatte da noch eine *andere* Frau gerufen.

Grand Central Station, meine Güte.

Er hatte gewusst, dass sie Verdacht geschöpft hatten und jede Minute heraufkommen würden, um nach dem Opfer zu schauen.

Haarte hatte daher beschlossen, dass sie sich aufteilen würden. Er hatte Zane angewiesen, zurück zu Haartes Wohnung zu fahren. Er wollte ein oberirdisches Verkehrsmittel nehmen. Es war keine Sekunde zu früh gewesen. Als er aus dem Fenster auf die Feuertreppe an der Ostseite des Gebäudes gestiegen war, hatte er den Schrei gehört. Dann war Zane losgefahren, und Haarte war auf die Gasse gesprungen und hatte sich davongemacht.

Als sie zehn Minuten später miteinander gesprochen hatten, hatte Zane ihm zu seiner Bestürzung berichtet, dass es Zeugen gegeben hatte. Zwei Frauen. Die eine von beiden war von dem Pontiac niedergerissen worden, aber die andere hatte sich rechtzeitig durch einem Sprung gerettet.

»Haben sie dich erkannt?«, fragte Haarte.

»Kann ich nicht sagen. Die Kennzeichen habe ich schon ausgewechselt, aber ich glaube, wir sollten uns für eine Weile aus der Stadt verziehen.«

Haarte dachte darüber nach. Der Makler in St. Louis würde ohne eine Bestätigung vom Tod des Opfers nicht zahlen. Und Haarte hatte keine Zeit gehabt, ein Polaroidfoto zu machen. Und außerdem wollte er keine lebenden Zeugen zurücklassen.

»Nein«, hatte er zu Zane gesagt. »Wir bleiben. Hör zu, wir brauchen jetzt Verstärkung. Finde heraus, wer zur Zeit in der Stadt ist.«

»Was für eine Art Verstärkung?«, hatte Zane gefragt.

»Jemanden, der schießen kann.«

»He, Sie da.«

Rune, die am Zaun vor Robert Kellys Wohnhaus lehnte, drehte sich um. Die Frau, die sie im Eingang getroffen hatte, die Frau mit der Tasche voller Büchsen, stand mit gekreuzten Armen und tränenüberströmtem Gesicht schwankend auf den Stufen.

Sie hatten gerade die Leiche des alten Mannes herausgetragen. Rune hatte schon gehen wollen, nachdem Manelli in die Wohnung zurückgegangen war, aber dann hatte sie sich entschlossen, zu bleiben. Sie wusste nicht ganz genau, weshalb.

»Heißen Sie Amanda?«

Die Frau wischte sich das Gesicht mit einem Papierhandtuch ab und nickte. »Das stimmt. Woher wissen Sie das?«

»Die Cops haben's erwähnt. Ich bin Rune.«

»Rune ...« Ihre Worte klangen geistesabwesend.

Andere Mieter waren heruntergekommen, hatten sich über den Mord unterhalten und waren dann wieder in ihre Zimmer zurückgekehrt oder auf der Straße verschwunden.

Die beiden Detectives gingen. »Auf Wiedersehen«, sagte Manelli. Der Captain hatte sie nicht einmal eines Blickes gewürdigt.

Amanda weinte wieder.

Unfähig, es zu verhindern, weinte Rune ebenfalls. Erneut wischte sie sich das Gesicht mit dem Hemdzipfel ab.

»Woher kennen Sie ihn?« Amanda hatte einen Akzent, mit dem sie, wie Rune fand, klang wie ein weiblicher Bob Marley. Tief und sexy.

»Aus der Videothek. Washington Square Video. Er hat dort Videos ausgeliehen.«

Amanda schaute sie an, als seien ein Videorecorder und das Ausleihen von Filmen ein Luxus, den sie sich nicht einmal vorstellen könne.

»Woher kennen *Sie* ihn?«, fragte Rune.

»Nachbarn. Ich hab ihn kennen gelernt, als er eingezogen ist, vor einem Monat. Aber wir waren ganz schnell gut bekannt. Das war's bei Robert, er hat mit einem *geredet*. Sonst redet keiner mit einem. Er hat mich immer nach den Kindern gefragt, gefragt, wo ich herkomme. Sie wissen schon … Ist schwer, jemanden zu finden, der einfach nur gern zuhört.«

Amen, dachte Rune.

»Über mich hat er auch 'ne Menge gefragt. Aber über sich hat er nicht viel geredet.«

»Ja, das stimmt. Über die Vergangenheit hat er anscheinend nicht gern gesprochen.«

»Ich kann nicht fassen, dass das passiert ist. Was meinen Sie, was das war? Wieso macht jemand so was?«

Rune zuckte die Achseln. »Drogen, wette ich. Hier in der Gegend … Was sonst?«

»Ich versteh nicht, wieso ihn jemand umbringt. Er war doch für niemanden gefährlich. Wenn sie ihn ausrauben wollten, hätten sie's doch einfach nehmen und ihn in Ruhe lassen können. Wieso umbringen?«

Mord ist verrückt …

»Er war so nett«, fuhr Amanda mit leiser Stimme fort. »So nett. Wenn ich Probleme hab mit dem Vermieter, Probleme mit dem Einwanderungsamt, Mr. Kelly hilft mir. Ich hab ihn erst einen Monat gekannt, aber er hat Briefe für mich geschrieben. Er war echt klug.« Weitere Tränen. »Was soll ich jetzt machen?«

Rune legte den Arm um die Frau.

»Er hilft mir mit meiner Miete. Das Einwanderungsamt, die haben meinen Scheck weggenommen. Meinen Lohnscheck. Ich hab gearbeitet, aber die nehmen meinen Scheck weg. Ich hab einen Antrag auf die Karte gestellt, wissen Sie. Ich hab versucht, es richtig zu machen, ich bescheiß niemanden und nichts. Aber die wollen mir kein Geld lassen … Aber Mr. Kelly, der hat mir Geld für die Miete geliehen. Was soll ich jetzt machen?«

»Werden die Sie wieder nach Hause zurückschicken?«

Sie zuckte die Achseln.

»Wo ist das?«, fragte Rune. »Ihr Zuhause?«

»Ich *komm* aus der Dominikanischen Republik«, sagte Amanda, um dann aber trotzig hinzuzufügen, »aber *das* ist jetzt mein Zuhause. New York ist mein Zuhause …« Sie schaute sich um in Richtung des Gebäudes. »Wieso bringen sie jemanden um wie ihn? Es gibt so viele böse Leute hier, Leute mit schlechten Herzen. Wieso bringen sie jemanden um wie Robert?«

Darauf gab es natürlich keine Antwort.

»Ich muss los«, sagte Rune.

Amanda nickte und wischte sich die Augen mit dem in Auflösung begriffenen Papierhandtuch. »Danke.«

»Wofür?«, fragte Rune.

»Dass Sie gewartet haben, bis sie ihn fortgebracht haben. Um Auf Wiedersehen zu sagen. Das war lieb von Ihnen. Das war sehr lieb.«

5

Kurz vor Geschäftsschluss kam Tony in den Laden zurück.

»Also, wo zum Teufel warst du heute Nachmittag?«

»Ich musste meinen Kopf klarkriegen«, teilte Rune ihm mit.

Tony kicherte. »Dazu braucht es mehr als einen Nachmittag.«

»Tony, kein Scheiß. *Por favor.*«

Er ließ seinen Rucksack vor dem Tresen zu Boden fallen und ging um eine Pappfigur herum, die Sylvester Stallone darstellte, der mit einem riesigen Pappgewehr herumfuchtelte. Er prüfte die Einnahmen. »Du hättest mit dem Cop streiten sollen. Mann, das Band … das kostet im Großhandel über hundert Mäuse.«

»Ich hab dir den Namen von dem Cop gegeben, da kannst du mit dem reden, wenn du willst«, blaffte sie zurück. »Das ist nicht *mein* Job. Du bist der Geschäftsführer.«

»Ja, klar, aber du hättest zumindest danach wieder herkommen müssen. Frankie Greek war ganz alleine hier. Das überfordert den, wenn er ganz alleine arbeiten muss.«

»Den überfordert's schon, wenn er sich alleine die Schuhe zubinden muss«, sagte sie mit gedämpfter Stimme.

Frankie, ein dürrer, hoffnungsvoller künftiger Rockstar und Highschool-Abbrecher, hatte lange Locken und erinnerte Rune an den Pudel auf dem pinkfarbenen Rock, den sie sich letzte Woche bei Secondhand Rose, einem Gebrauchtklamottenladen auf dem Broadway, gekauft hatte. Im Augenblick befand er sich im Hinterzimmer.

»Also, wo *warst* du?«, beharrte Tony.

»Spazieren«, sagte Rune. »Es war mir nicht nach Zurückkommen. Ich meine, der war tot. Ich hab ihn gesehen. Direkt vor mir.«

»Boah. Hast du echt die Einschusslöcher und alles gesehen?«

»Oh, Mann Gottes. Mach halblang, okay?«

»Ist das so wie im Kino?«

Sie wandte sich ab und wischte den Tresen ab. Tony und Frankie rauchten beide. Dadurch wurde das Glas schmutzig.

»Also, du hättest anrufen sollen. Ich hab mir Sorgen gemacht.«

»Sorgen gemacht? Also, da *wett* ich drauf«, sagte sie.

»Das nächste Mal ruf einfach an.«

Inzwischen hatte Rune ein Gespür dafür. Er trat den Rückzug an. Diese Woche also keinen Ausflug in die Arbeitslosigkeit. *Selber schuld …* Ihr war danach, noch einen draufzusetzen, also setzte sie noch einen drauf. »Da *gibt's* kein nächstes Mal. Ich hol keine Videos mehr ab, okay? Das steht fest.«

»Hey, wir sind hier doch alle simpatico, oder? Die Washington-Square-Video-Familie.« Tony schaute sich nach Frankie um, als der dürre junge Mann aus dem Hinterzimmer kam.

»Ich glaub, ich krieg den Monitor hin«, sagte Frankie.

»Ja, schön, das ist nicht deine wichtigste Aufgabe. Abschließen ist deine wichtigste Aufgabe.«

Der massige Mann warf sich seinen schmutzigen roten Nylonrucksack wieder über die Schulter und verschwand durch die Eingangstür.

»Also, ich hab gehört, wie du mit Tony geredet hast«, sagte Frankie.

»Und?«

»Wieso hast du nicht einfach irgendwas erfunden? Weshalb du heute zu spät gekommen bist. So was wie, deine Mutter sei krank geworden oder so was.«

»Wieso sollte ich *Tony* anlügen? Man lügt nur Leute an,

die Macht über einen haben ... Und, wie ist es mit dem Palladium gelaufen?«

Frankie war völlig geknickt. »Wir haben nur eine Karte bekommen, und Eddie, also, der hat beim Knobeln gewonnen. Mann. Und Blondie wär auch dabei gewesen.«

Er warf einen Blick auf einen Stapel von Pornobändern, die zurückgekommen waren und wieder einsortiert werden mussten. Ein Titel schien sein Interesse zu erregen. Er legte ihn beiseite. »Der Typ, den sie gekillt haben. Das war doch der alte Typ da, den du gemocht hast, stimmt's?«

»Ja.«

»Ich erinnere mich nicht besonders gut an ihn. War er cool?«

Sie stützte sich auf dem Tresen ab und spielte mit ihren Armreifen. Sie schaute nach draußen. In der Stadt gab es diese komischen orangen Straßenlaternen. Es war gegen elf Uhr nachts, aber in ihrem Licht sah die Stadt aus wie am Nachmittag während einer partiellen Sonnenfinsternis. »Ja, er war cool.« Sie bückte sich unter den Tresen und fand das Band, das sie für Kelly schwarz kopiert hatte. Drehte es in ihren Händen. »Und er war irgendwie anders.«

»Also, wie? Abgedreht?«

»Nicht abgedreht, so wie *du* es meinst.«

»Wie, äh, wie mein ich's denn?«

Sie gab keine Antwort. Ihr war ein Gedanke gekommen. »Aber eins an ihm war wirklich abgedreht. Nicht an ihm persönlich. Er war der netteste alte Knabe, den man sich vorstellen kann. Höflich.«

»Na, und was war abgedreht an ihm?«

»Na ja, er war erst seit einem Monat Kunde bei uns.«

»Und?«

»Er hat ganz oft den gleichen Film ausgeliehen.«

»Ganz oft?«

Rune tippte auf der Tastatur des kleinen Computers auf dem Tresen herum. Dann las sie vom Bildschirm ab. »Achtzehnmal.«

»Wow«, sagte Frankie. »Also, das ist abgedreht.«

»*Manhattan Beat*«, sagte Rune.

»Nie gehört. Über, irgend so 'n Reporter?«

»Einen Cop. Der Streife läuft. So ein altmodischer Krimi aus den Vierzigern. Du weißt schon, wo alle Männer so dicke, weite, zweireihige Anzüge tragen und die Haare zurückgeklatscht haben. Da spielt niemand wirklich Berühmtes mit. Dana Mitchell, Charlotte Goodman, Ruby Dahl.«

»Wer sind 'n die?«

»Die kennst du doch nicht. Die gehören nicht zur Starriege. Egal, den Film gibt's erst seit einem Monat auf Video. Wundert mich nicht, dass es niemand eilig damit hatte, ihn rauszubringen. Ich hab' ihn mal gesehen, war aber nicht mein Ding. Schwarzweiß gefällt mir allerdings. Ich hasse kolorierte Filme. Das ist für mich eine politische Frage.

Egal, einen Tag, nachdem er rauskam, ist Mr. Kelly aufgekreuzt. Wir hatten ein Plakat im Fenster hängen. Das hatte der Verleiher mitgeschickt ... Äh, da ist es, da hinten ...«

Frankie schaute hin. »Ach ja, ich erinnere mich dran.«

»Er kommt rein und will den Film ausleihen«, fuhr Rune fort. »Und weil er kein Mitglied ist, erkundigt er sich nach der Anmeldung. Dann – und das ist abgedreht in *deinem* Sinn – fragt er, wie er die Bänder in seinen Fernseher kriegt. Kannst du dir das vorstellen? Er hat keine Ahnung von Videorecordern! Also erzähle ich ihm, dass er, wenn er keinen Recorder hat, sich einen anschaffen muss, und ich sage ihm, wo Audio Exchange und Crazy Eddie's sind.

Na ja, dass er nicht viel Geld hat, kann ich erraten, weil er sagt: ›Meinen Sie, die nehmen einen Scheck? Sehen Sie, ich bin gerade erst umgezogen, und meine Adresse steht noch nicht drauf …‹ So 'n Zeug. Und ich denk noch, ja, klar, der Grund, weshalb sie den Scheck nicht nehmen werden, ist nicht die Adresse, sondern, dass kein Geld auf dem Konto ist. Also erzähl ich ihm von dem Laden auf der Canal Street, wo's alles mögliche gebrauchte Zeug gibt und er wahrscheinlich für fünfzig Mäuse 'nen Recorder kriegt.

Und er geht, und ich denke, den seh ich nie wieder. Aber am nächsten Tag, als der Laden aufmacht, ist er wieder da und sagt, er hat einen Recorder gefunden. Und er meldet sich an und leiht sich diesen Film aus, auf den er so gespannt ist. Und es stellt sich raus, dass er 'n echter Schnuckel ist, wir albern rum, reden über Filme …«

»Klar, deine Verabredung«, bemerkte Frankie. »Ich erinnere mich an ihn.«

»Und er fängt nicht an zu flirten oder so. Er redet einfach nur. Nimmt den Film mit nach Hause. Eddie holt ihn am nächsten Tag ab. Okay, ein paar Tage später bestellt er sich etwas über Telefon. Leiht sich irgendwas aus, was weiß ich, und was noch? Wieder *Manhattan Beat*. Und so geht das wochenlang.«

Frankie nickte, dass seine Zottelhaare flogen.

»Mann«, sagte Rune. »Der Typ tut mir so Leid – ich stell mir vor, er gibt seine ganze Sozialhilfe für dieses dämliche Video aus. Ich hab ihm gesagt, er soll sich's doch kaufen. Aber du kennst ja Tony. Was der draufhaut. Der wollte fast zweihundert. Der reine Wucher. Also sag ich Mr. Kelly, ich würd 'ne Kopie für ihn machen.«

»Mann, Tony wird stinksauer, wenn er das rausfindet«, sagte Frankie, der die Stimme dabei senkte, als sei der Laden verwanzt.

»Klar, mir doch egal«, sagte Rune. Sie stellte sich wieder Mr. Kelly vor. »Du hättest seine Augen sehen sollen. Ich dachte, der fängt gleich an zu heulen, so glücklich war er. Egal, es war, na, so Mittag oder so, und er hat gefragt, ob er mich zum Mittagessen ausführen darf, weißt du, so als Dankeschön.«

»Und, hast du die Kopie für ihn gemacht?«

Rune wurde traurig. »Ja, hab ich«, sagte sie kurz darauf. »Aber das war erst vor ein paar Tagen. Ich hatte nie Gelegenheit, sie ihm zu geben. Ich wollte, ich hätte es getan. Ich wollte, er hätte es wenigstens einmal angesehen – das Band, das *ich* gemacht habe, meine ich. Er hat gesagt, er hätte nicht viel, was er mir jetzt geben könnte, aber wenn er reich werden würde, würde er an mich denken.«

»Ja, klar. Das hab ich schon mal gehört.«

»Ich weiß nicht. Er hat es irgendwie komisch gesagt. So, wie wenn sein Schiff einläuft. Es war, als ob ... Hey, kennst du dich mit Märchen aus?«

»Ähm ... ich weiß nicht. Du meinst, also, so wie Schneewittchen und der Wolf?«

Sie verdrehte die Augen. »Ich hab an eins aus Japan gedacht. Über den Fischer Urashima.«

»Also, über wen?« Frankie Greeks Augen standen ebenfalls eng beisammen. Wie die des Detectives in Mr. Kellys Wohnung. Manelli.

»Urashima hat eine Schildkröte vor irgendwelchen Kindern gerettet, die sie steinigen wollten. Er hilft ihr zurück ins Meer. Er stellt sich aber heraus, dass es eine Zauberschildkröte ist, und sie nimmt ihn mit in den Palast des Meerkönigs unter Wasser.«

»Und wie hat er unter Wasser atmen können?«

»Er hat's einfach gekonnt.«

»Aber ...«

»Mach dir doch darüber keine Gedanken. Er hat's gekonnt, okay? Egal, die Tochter gibt ihm Geld und Perlen und Edelsteine. Vielleicht auch ewige Jugend, das weiß ich nicht mehr.«

»Mann, gar nicht schlecht«, sagte Frankie. »Und wenn sie nicht gestorben sind …«

Rune sagte einen Augenblick lang nichts. »Nicht ganz. Er hat's verpatzt.«

»Was ist passiert?« Frankie schien ein Quäntchen Interesse aufzubringen.

»Eine der Sachen, die die Tochter ihm gegeben hat, war ein Kästchen, das er nicht öffnen sollte.«

»Wieso nicht?«

»Ist doch egal. Aber er *hat* es aufgemacht und, peng, sich innerhalb von fünf Sekunden in einen alten Mann verwandelt. Du siehst, Märchen haben auch ihre Regeln. Und man muss sich an sie halten. Er hat's nicht getan. Man muss darauf hören, was Zauberschildkröten und Zauberer einem sagen. So, und daran hab ich gedacht, als Mr. Kelly was von Reichwerden gesagt hat. Dass ich eine gute Tat getan habe und er mich dafür belohnen wollte.«

»Mach einfach keine Zauberkästchen auf«, fügte Frankie hinzu.

Rune schaute auf. »So, das ist meine Geschichte über Mr. Kelly. Ist doch total verrückt, oder?«

»Hast du ihn mal gefragt, wieso er den Film so oft ausgeliehen hat?«

»Na klar. Und willst du mal eine traurige Antwort hören? Er hat gesagt: ›Diesen Film? Der ist der Höhepunkt meines Lebens.‹ Sonst hat er nichts verraten. Ich wette, er hat ihn mit seiner Frau auf der Hochzeitsreise gesehen. Oder vielleicht hatte er ja eine wilde Affäre mit irgend so 'nem Vamp, in der Nacht, als der Film rauskam, und sie waren in einem Hotel am Times Square, und die Premiere fand direkt vor ihrem Fenster statt.«

»Und, was haben die Cops gesagt, wieso er abgemurkst worden ist? Haben die eine Ahnung, wieso?«

»Die wissen überhaupt nichts. Das schert die gar nicht.«

Frankie blätterte die Seiten eines Rockmagazins durch, nahm einen seiner Ohrringe heraus, betrachtete ihn und steckte ihn in ein drittes Loch in seinem anderen Ohr. »Also«, sagte er, »wenn du ihn gesehen hast, meinst du, er ist es wert, der Höhepunkt im Leben von jemandem gewesen zu sein?«

»Hängt davon ab, wie mies sein Leben gewesen ist.«

»Und, worum geht's?«, fragte der junge Mann. »In dem Film?«

»Da ist ein Bankraub in den 30er oder 40er Jahren, okay? Irgendwo drunten in der Wall Street. Die Räuber werden mit einer Geisel in der Bank gestellt, und da ist so ein junger Cop – du weißt schon, einer, der in das Nachbarsmädchen verliebt ist, das Mary heißt, so *die* Art Held –, der in die Bank geht, um sich gegen die Geisel auszutauschen. Dann erschießt er den Räuber ... Und dann, dann kann der Cop nicht widerstehen. Schau, er ist verliebt, und er will heiraten, aber er hat nicht genug Geld. Also schnappt er sich die Beute und bringt sie heimlich aus der Bank. Dann vergräbt er sie irgendwo. Die Cops finden es heraus und werfen ihn aus der Truppe und verhaften ihn, und er kommt ins Gefängnis.«

»Das ist alles?«

»Ich glaube, er kommt wieder raus aus dem Gefängnis und wird umgebracht, bevor er das Geld ausgraben kann, nur dass es mir langweilig wurde und ich nicht so richtig aufgepasst hab.«

»Hey«, sagte Frankie, »da kommt's. Hör zu.« Er las aus dem Videoverleihkatalog vor. »›*Manhattan Beat*. Neunzehnhundertsiebenundvierzig.‹ Mann, ist das ein Schwindel. Hör dir das an. ›Ein packendes Drama um einen jungen, idealistischen Polizisten in New York, zerrissen zwischen Pflicht und Gier.‹«

Rune schaute auf die Uhr. Zeit zu gehen. Sie schloss die Tür ab. »Ich weiß nur eins, wenn ich je einen Film drehen würde, würde ich jeden erschießen, der ihn ein ›packendes Drama‹ nennt.«

»Wenn ich je einen Film drehen würde, könnte jeder alles drüber sagen, was er will, solange ich, also, den Soundtrack machen darf. Hey, hier heißt's, er beruht auf einer wahren Geschichte. Über einen echten Bankraub in Manhattan. Irgendwer ist mit einer Million Dollar abgehauen. Hier heißt's, sie sei nie wieder aufgetaucht.«

Echt? Das hatte Rune nicht gewusst.

»Es ist spät«, sagte sie zu Frankie. »Nichts wie raus hier. Ich muss …«

Ein lautes Klopfen an der Glastür erschreckte sie. Draußen standen drei Personen – ein Mann und eine Frau Arm in Arm und noch eine Frau. Anfang bis Mitte zwanzig. Das Paar war schwarz gekleidet. Jeans, T-Shirts. Sie war größer als er und hatte sehr kurz geschnittene, weißblonde Haare und bleiches, dick aufgetragenes Make-up. Dunkle, purpurrote Lippen. Der Mann trug hohe schwarze Stiefel. Er war dünn. Er hatte ein längliches Gesicht, hübsch und kantig. Hohe Wangenknochen. Beide trugen gelbe Drähte und Kopfhörer eines Walkmans um den Hals. Ihr Kabel verschwand in seiner Tasche. Alles sah nach Downtown-Schick aus, und sie trugen ihn wie Kriegsbemalung.

Die andere Frau war pummelig, hatte eine orangefarbene Stachelfrisur und bewegte rhythmisch den Kopf – offenbar zu einer Musik, die nur sie hören konnte (sie trug *keine* Walkman-Kopfhörer). Der Schnitt und die Farbe ihrer Haare erinnerten Rune an Woody Woodpecker.

Sie klopften erneut.

Frankie schaute auf die Uhr. »Was sagt man dazu?«

»Nur ein Wort«, sagte Rune. »Das Gegenteil von offen.«

Aber dann berührte der junge Mann in Schwarz die Tür wie ein neugieriger Alien und bedachte Rune mit einem Lächeln, welches sagte, *Wie kannst du uns das antun?* Er hob die Hände, presste sie betend, flehend gegeneinander, um darauf seine Fingerspitzen zu küssen und Rune direkt in die Augen zu blicken.

»Also«, rief Frankie, »wir haben geschlossen.«

»Mach auf«, sagte Rune.

»Was?«

»Mach die Tür auf.«

»Aber du hast doch gesagt …«

»Mach die Tür auf.«

Frankie gehorchte.

»Nur ein Video, edle Lady«, sagte der Mann draußen, »nur eins. Und dann werden wir auf ewig aus Eurem Leben weichen …«

»Außer, um es zurückzubringen«, sagte Rune.

»Das ist gewiss«, sagte er, den Laden betretend. »Aber heute Nacht benötigen wir Amüsement. Oh, fürwahr.«

»Und wann müsst ihr ihn in der Klapse abliefern?«, sagte Rune zu der blonden Frau.

Die Frau zuckte die Achseln.

Der Specht sagte nichts, sondern ging durch die Regale mit den Filmen und durchsuchte sie, während sie mit dem Kopf vor- und zurückruckte.

»Seid ihr Mitglied?«, fragte Rune.

Die Blondine zückte eine WSV-Karte.

»Drei Minuten«, sagte Rune. »Ihr habt drei Minuten Zeit.«

Der Mann: »Ein solch winziger Splitter eines Lebens, meint Ihr nicht?«

»Zwei dreiviertel«, antwortete Rune. »Und die Zeit läuft.«

Hatte der Kerl nun ein Rad ab oder nicht? Rune war sich nicht ganz schlüssig.

Die Blondine sagte etwas. »Was habt ihr Gutes?«, fragte sie Frankie.

»Also, ich weiß nicht, ich bin neu hier.«

»Wir alle sind neu irgendwo«, sagte der junge Mann bedeutungsvoll mit einem Blick auf Rune. »Zu jeder Zeit. Alle drei Minuten, alle zweieinhalb Minuten. David Bowie hat das gesagt. Magst du ihn?«

»Ich *liebe* ihn«, sagte Rune. »Wie kommt es, dass er zwei verschiedenfarbige Augen hat?«

Der Mann schaute *ihr* in die Augen. Er gab keine Antwort. Es schadete nichts; sie vergaß, dass sie ihm eine Frage gestellt hatte.

Rune fand ihren Lippenstift und legte sorgfältig neue Farbe auf. Mit den Fingern kämmte sie sich die Haare aus. Sie kam zu dem Schluss, besser zurückhaltender zu sein. Schaute auf ihre Uhr. »Zwei Minuten. Noch weniger inzwischen.«

»Willst du mit zu einer Party gehen?«, fragte er sie.

Rune blickte ihm in die Augen. Braun gemustert, wässrig. »Kann sein«, sagte sie. »Wo?«

»Bei dir, mein Liebling«, sagte er.

Ach, *das* schon wieder.

Aber er hatte ihren Gesichtsausdruck gesehen. »Wir alle, meinte ich«, sagte er; mit einem Mal hörte er sich sehr viel sachlicher an. »Eine Party. Wein und Käseplätzchen. Ganz harmlos. Ich schwöre.«

Rune schaute Frankie an. Er schüttelte seinen zerzausten Kopf. »Meine Schwester kann jeden Moment ihr Baby bekommen. Ich muss nach Hause.«

»Wie bitte?«, fragte der Mann von Downtown.

Wieso nicht, dachte Rune. Sie erinnerte sich, dass sie ihre letzte Verabredung gehabt hatte, als der Schnee sich in den Rinnsteinen getürmt hatte.

»Eine Minute«, sagte der Mann. »Unsere Zeit ist fast abgelaufen.« Er schwebte wieder in den Wolken und sprach mit der Blondine. »Wir brauchen einen Film«, sagte sie mit einem Blick auf ihre orangehaarige Freundin. »Such einen aus.«

»Ich?«, fragte der Specht.

»Beeil dich«, flüsterte die Blondine.

Der Mann: »Es bleibt uns keine Minute mehr, bis die Fluten sich erheben, die Erde bebt ...«

Er lächelte.

Der Specht grabschte sich ein Video aus dem Regal. »Wie wär's damit?«

»Kann ich mit leben«, antwortete die Blondine lustlos.

Frankie ließ sie hinaus.

»Puh«, sagte der Mann. »Die Zeit ist um. Gehen wir.«

6

»Das ist ein Beispiel von Stanford Whites bester Arbeit«, verkündete Rune.

Sie fuhren in einem Lastenaufzug nach oben. Ein metallisch knirschendes Geräusch, klirrende Ketten. Es roch nach Schmiere und Moder und feuchtem Beton. Im Bau befindliche Stockwerke, dunkle und verlassene Stockwerke sanken langsam an ihnen vorbei nach unten. Das Geräusch tropfenden Wassers. Es war ein Gebäude im TriBeCa-Viertel, das noch aus dem 19. Jahrhundert stammte.

»Stanford White?«, fragte die Blondine.

»Der Architekt«, sagte Rune.

»Er starb aus Liebe«, sagte der geheimnisvolle Mann.

Das *wusste* er?, dachte Rune. Beeindruckt. »Ermordet

von einer eifersüchtigen Geliebten auf dem Dachgeschoss des ursprünglichen Madison Square Garden«, fügte sie hinzu.

Die Blondine zuckte die Achseln, als sei Liebe etwas, wofür es sich *niemals* zu sterben lohnte.

»Ist das legal, hier zu wohnen?«, fragte der Specht.

»Aber was ist natürlich schon legal?«, sinnierte der Mann. »Ich meine, *wessen* Gesetze sind eigentlich in Kraft? Es gibt Schichten über Schichten von Gesetzen, mit denen wir uns herumschlagen müssen. Manche gültig, andere nicht.«

»Wovon *redest* du überhaupt?«, fragte ihn Rune.

Er grinste und zog zweideutig die Augenbrauen hoch.

Sein Name lautete, wie sich herausstellte, Richard, worüber Rune enttäuscht war. Jemand so Unangepasstes hätte Jean-Paul oder Vladimir heißen müssen.

In der obersten Etage blieb der Käfig stehen, und sie traten hinaus in einen kleinen Raum, der mit mit koreanischen Buchstaben bedruckten Kisten, Koffern, einem defekten Fernseher und einer olivgrünen Wassertonne angefüllt war. Ein Dutzend Stapel alter Frauenzeitschriften. Der Specht ging auf sie zu und musterte die Titelseiten. »Historisch«, sagte sie. Auf der einzigen Tür stand hingekleckst mit schwarzer Tinte ›Toilette‹.

»Keine Fenster, wie hältst du das nur aus?«, fragte Richard. Aber Rune antwortete nicht und verschwand hinter einer Mauer aus Kartons. Sie erklomm eine verzierte Metalltreppe, die sich mitten im Raum erhob. Oben angekommen, stieß sie einen schrillen Pfiff aus. »Juhu, kommt mit ... Hey, könnt ihr euch vorstellen, wie mühsam es ist, Lebensmittel hier raufzubringen? Nicht, dass ich je einkaufen würde.«

Die drei blieben wie angewurzelt stehen, als sie auf der nächsten Etage ankamen. Sie standen in einem gläsernen Eckturm: ein riesiger Wintergarten auf dem Gebäude, dessen Seiten wie eine Krone emporragten. Zehn Stockwerke unter ihnen breitete sich rund um sie her die Stadt aus. Das Empire State Building, weit entfernt, aber mächtig, düster wie ein gelangweilter Riese aus einer Illustration von Maxfield Parrish. Dahinter das elegante Chrysler Building, nach Süden hin dehnte sich die Stadt in Richtung der weißen Pfeiler des World Trade Center aus. Im Osten das Woolworth Building mit seinen Schnörkeln, die City Hall. Noch weiter östlich breitete sich eine Decke aus Lichtern aus – Brooklyn und Queens. Gegenüber in sanftem Dunkel New Jersey. Durch das Glas des gewölbten Dachs konnten sie tief hängende Wolken sehen, die im Licht der Stadt rosafarben glühten.

»Sie ist weg – meine Mitbewohnerin«, erklärte Rune, während sie sich umschaute. »Sie spielt Russisches Roulette in einer Singlebar. Wenn ich sie um diese Zeit hier nicht beim Eisessen aus der Dose und Sitcoms Anschauen antreffe, heißt das, dass sie *Glück* gehabt hat. Na ja, so nennt *sie* es wenigstens.«

Rune zog ihre Jacke aus; sie wanderte auf einen Bügel, den sie über das Gestell einer Bodenlampe ohne Birne hängte, die schon einer Straußenfederboa und einem Sportmantel aus künstlichem Zebrafell Halt gab. Sie schnürte ihre Stiefel auf und stellte sie neben den beiden verschrammten Koffern auf den Fußboden. Den einen öffnete sie, begutachtete Hemden und Unterwäsche. Sie glättete sie, strich Falten heraus und faltete einige der grellbunten Kleidungsstücke neu zusammen, dann zog sie die Socken aus und steckte sie in den anderen Koffer.

»Kleiderschrank und Wäschekorb«, erklärte sie Richard mit einem Nicken in Richtung der Koffer.

»Hast du das gemietet?«, fragte der Specht.

»Ich wohne hier einfach. Ich zahle keine Miete.«

»Wieso nicht?«

»Es hat mich niemand danach gefragt.«

»Wie bist du da rangekommen?«, fragte Richard.

Rune zuckte die Achseln. »Ich hab's gefunden. Bin eingezogen. Sonst war niemand hier.«

»Es passt zu dir«, sagte er.

»Sein und Werden ...«, sagte Rune, die sich an etwas erinnerte, worüber ein paar Typen sich vor einer Woche oder so in der Videothek unterhalten hatten.

Er hob die Augenbrauen. »Hey, du kennst Hegel?«

»Na klar«, sagte Rune. »Ich liebe Filme.«

Die Fläche des Fußbodens wurde von einer Mauer aus Tuffsteinen geteilt, die sie himmelblau angestrichen und mit Weiß für die Wolken betupft hatte. Auf Runes Seite des Lofts befanden sich vier alte Schrankkoffer, ein Fernseher, ein Videorecorder, drei übereinander gestapelte Futonmatratzen und in der Ecke ein Dutzend Kissen. Zwei völlig mit zumeist alten Büchern gefüllte Bücherregale. Ein kleiner Kühlschrank.

»Wo kochst du?«, fragte der Specht.

»Was ist das, kochen?«, antwortete Rune mit einem schweren ungarischen Akzent.

»Ich spüre etwas Weihevolles in diesem Raum«, sagte Richard. »Etwas sehr Schicksalsträchtiges, verstehst du?« Er warf einen Blick in den Kühlschrank. Ein Beutel mit halb geschmolzenen Eiswürfeln, zwei Sixpacks Bier, ein verschrumpelter Apfel. »Er ist nicht eingeschaltet.«

»Er funktioniert nicht.«

»Wie steht es mit Strom und Wasser?«

Rune deutete auf ein orangefarbenes Verlängerungskabel, das sich treppabwärts schlängelte. »Ein paar von den Bauarbeitern, die da unten arbeiten, liefern mir Strom. Ist doch nett von ihnen, oder?«

»Und was ist, wenn der Besitzer dahinter kommt, könnte der dich nicht rausschmeißen?«

»Dann würd ich mir was anderes suchen.«

»Du bist ein sehr existenzialistischer Mensch«, sagte Richard.

»Ich will mit unserer Party anfangen«, meinte die Blondine.

Rune schaltete das Licht aus und zündete ein Dutzend Kerzen an.

Sie vernahm das Zischen eines weiteren Streichholzes. Die Flamme spiegelte sich in einem Dutzend verwinkelter Fenster. Der strenge Duft von Haschisch verbreitete sich in dem Raum. Der Joint machte die Runde. Das Bier ebenfalls.

»Lass den Film laufen«, sagte die Blondine zu dem Specht, »den, den du ausgesucht hast.«

Rune und Richard machten es sich auf den Kissen bequem und schauten zu, wie die Blondine dem Specht das Band aus der Hand nahm und die Plastikhülle öffnete. »Gehören die beiden irgendwie zusammen oder so was?«, flüsterte Rune ihm zu, wobei sie der Blondine zunickte. Dann dachte sie darüber nach. »Oder gehört ihr *drei* zusammen?«

Richards gefleckte Augen folgten der Blondine, die in die Hocke ging und den Videorecoder und den Fernseher einschaltete. »Die Rote kenne ich nicht«, sagte er. »Aber die andere ... ich hab sie letztes Jahr an der Sorbonne kennen gelernt, als ich eine Arbeit über semiotische Interpretationen von Textildesigns schrieb.«

Sollte das ein Witz sein?

»Ich hab gerade im Freien auf dem Boulevard St. Germain gesessen und gesehen, wie sie aus einer Limousine aussteigt. Und da empfand ich ein ganz intensives Gefühl von Präordination.«

»Also Calvinismus«, sagte Rune, die sich an etwas erinnerte, das sie ihre Mutter, eine gute Presbyterianerin, einmal hatte sagen hören. Sein Kopf wandte sich ihr zu. Die

Stirn runzelnd, aus der Rolle fallend, mit einem Mal analytisch. »Ach, Prädestination?«, sagte er. »Also, das ist eigentlich nicht …« Er nickte, als dächte er über etwas nach. Dann lächelte er. »Ach, du meinst, irgendwie verdammt, wenn du etwas tust, verdammt, wenn du es nicht tust … Das ist ziemlich gut. Das ist scharfsinnig.«

»Tja, so bin ich eben ab und zu.« Was zum Teufel geht da ab?, fragte sie sich. Spielte keine Rolle, vermutete sie. Er *schien* beeindruckt zu sein. Der Schein zählte. Obwohl ihr bewusst wurde, dass sie immer noch keine Ahnung hatte, wie es mit seiner Beziehung zu der mürrischen Blondine nun stand.

Rune wollte gerade etwas Cooles und Witziges über *Casablanca* sagen – über Rick und Ilsa in Paris –, als Richard sich zu ihr herüberbeugte und sie auf den Mund küsste.

Boah …

Rune wich zurück und äugte zu der Blondine, rätselnd, ob die wohl Stress machen würde. Aber die Frau bemerkte gar nichts – oder es kümmerte sie nicht. Sie trat zurück und reichte den Joint dem Specht, der gerade den Fernseher einstellte.

Ist das nicht verrückt? Drei Fremde reinzulassen.

Na, und ob.

Dann, auf einen Impuls hin, küsste sie Richard zurück. Ließ nicht von ihm ab, bis sie den Druck seiner Hand auf der Brust spürte. Dann setzte sie sich zurück. »Gehen wir's ein bisschen sachte an, okay? Ich kenn dich ja kaum eine halbe Stunde.«

»Aber Zeit ist relativ.«

Sie küsste ihn auf die Wange, ein harmloser Schmatz. Dafür, dass sie verurteilt war, niemals eine hoch gewachsene, heißblütige Geliebte zu sein, beherrschte Rune das Flirten mit links.

»Ich fühle mich vernachlässigt«, schmollte er.

Sie wollte ihm gerade noch einen *Also-bitte*-Blick zuwerfen, aber er meinte den Joint, den der Specht in der Hand hielt. »Hey, Süße, jedem nach seinen Bedürfnissen.« Die Frau inhalierte lange und hielt ihn ihm hin. Er nahm einen Zug und reichte ihn an Rune weiter.

»Wir werden jetzt eine Tantra-Yoga-Position einnehmen«, sagte er.

»Tantra-Yoga?«, sagte Rune.

»Ist das nicht das Sexzeug?«, fragte der Specht.

Rune zeigte Richard eine verzweifelte Grimasse.

»Die Leute denken immer, bei Tantra-Yoga sei Sex der springende Punkt. Falsch. Es geht ums Atmen. Ich bringe euch bei, wie ihr richtig atmet.«

»Ich *weiß,* wie man atmen muss«, sagte Rune. »Ich kann das echt gut. Ich mach das schon mein ganzes Leben.«

»Sollen wir die Position jetzt einnehmen?«

Sie war drauf und dran, ihm ein Kissen überzuziehen, als er drei Schritte von ihr entfernt in eine unbequeme Sitzposition wechselte und anfing, tief zu atmen. »Voll bekleidet«, sagte er. »Das wollte ich noch hinzufügen.«

»Du siehst aus, als hättest du dich bei einem schweren Sturz böse verletzt«, sagte Rune.

Der Fernsehbildschirm flimmerte; es erschien die Copyright-Angabe.

»Setz dich her zu mir«, sagte er. Sie zögerte. Dann tat sie es. Ihre Knie berührten sich. Sie verspürte einen elektrischen Schlag, rückte aber nicht noch näher.

»Und was machen wir jetzt?«

»Tief atmen und die Show anschauen.«

»Jawoll«, rief Rune dem Specht zu, »was für einen Film hast du ausgewählt?«

Auf dem Bildschirm erschien der Vorspann zu *Lesbosladies*. Die Blondine zog den Specht benommen an sich und presste ihr den Mund auf die Lippen. Ihre Arme schlangen sich ineinander, und ihre Finger begannen, Knöpfe aufzuknöpfen.

»Ach, *die* Show hast du gemeint«, flüsterte Rune Richard zu.

Richard zuckte die Achseln. »Die eine wie die andere.«

Als Rune morgens aufwachte, kochte Richard gerade Kaffee auf ihrer Kochplatte.

»Wo sind deine Freundinnen?«, fragte sie. Sie suchte angestrengt unter den Kissen nach etwas. Mit ihrer Zahnbürste und Zahncreme tauchte sie wieder auf.

Er schaute sich um. »Keine Ahnung.«

»Hast du das Klo gefunden?«

»Unten. Die Plastiksaurier haben mir gefallen. Ich nehme an, du hast hier selbst eingerichtet.«

Rune musterte ihn. In dem schwarzen Outfit – Kleidung für die Nacht – wirkte er jetzt in dem hellen Loft unter dem Himmel fehl am Platz.

»Wie ist dein richtiger Name?«, fragte er. »Du heißt doch nicht wirklich Rune, oder?«

»Alle fragen mich nach meinem Namen.«

»Und was erzählst du ihnen?«, fragte er. »Die Wahrheit?«

»Aber was ist schon die Wahrheit?« Rune lächelte ihn vieldeutig an.

Richard lachte. »Aber die Tatsache, dass du dir einen falschen Namen zugelegt hast, ist sehr interessant. Philosophisch, meine ich. Weißt du, was Walker Percy über Namensgebung sagt? Er meint damit nicht Vor- oder Familiennamen, sondern Namen, die die Menschen den Dingen geben. Er sagt, die Namensgebung unterscheidet sich von allem anderen im Universum. Ein völlig einzigartiger Akt. Denk mal drüber nach.«

Sie tat es einen Augenblick lang. »Vor einem Jahr«, sagte

sie dann, »hab ich in einem Diner drüben auf der Ninth Avenue gearbeitet. Damals war ich Doris. Ich glaube, ich hab den Job nur wegen dem Namensschild angenommen, das sie uns gegeben haben. Auf dem stand ›Chelsea Diner. Hi! Ich bin Doris‹.«

Er nickte ratlos. »Doris.«

»Also, und was machst du, Richard?«, fragte sie.

»Irgend so 'n Zeug.«

»Ah, verstehe«, sagte sie zweifelnd.

»Na schön, ich arbeite an einem Roman.« Sie hatte gewusst, dass er Schriftsteller oder Künstler war. »Wovon handelt er?«

»Ich red eigentlich nicht viel drüber. Ich bin gerade an einer heiklen Stelle.«

Das wurde ja immer besser. Ein geheimnisvoller Mann, der an einem geheimnisvollen Roman schrieb. In den Fängen kreativer Angst.

»Ich schreibe auch«, sagte sie.

»Tatsächlich?«

»Tagebuch.« Rune zog ein dickes Heft voller Wasser- und Tintenflecken aus dem Regal. Das Bild eines Ritters – aus einer Zeitschrift ausgeschnitten – war auf die Vorderseite geklebt. »Meine Mutter hat jeden Tag ihres Lebens Tagebuch geschrieben. Ich mache es erst seit ein paar Jahren. Aber ich schreibe alles auf, was in meinem Leben wichtig ist.« Sie nickte in Richtung eines Dutzends weiterer Hefte auf dem Regal.

»Alles?«, fragte er.

»So gut wie.«

»Wirst du auch etwas über mich schreiben?«, fragte Richard. Er beäugte die Notizhefte, als hätte er gerne einen Blick hineingeworfen.

»Vielleicht«, sagte Rune und kämmte sich die Haare mit den Fingern aus.

»Und du«, sagte er. »Du möchtest gern Schauspielerin werden, stimmt's?«

»Rate noch mal. Du denkst wohl an Dingsbums: Woody Woodpecker.«

»Wer?«

»Deine Bekannte von heute Nacht. Die mit der orangen Frisur. Die mit deiner Freundin abgehauen ist.«

»Ach was, die ist nicht meine Freundin. Die ist nicht mal annähernd bi. Ich hab sie mal angemacht …«

»Du?«, fragte Rune sarkastisch.

»Ich hab sie letzte Woche auf einer Party kennen gelernt. Wir geben ein gutes Bild zusammen ab.«

»Du …?«

»Wir sehen gut zusammen aus, wir sind schick und gehen zusammen aus. Das war's. Keine Beziehung mit Bedeutung. Ich weiß nicht mal, wie sie heißt.«

»Gar nicht so einfach, sie deinen Eltern vorzustellen, in dem Fall.«

»Das steht auch gar nicht zur Debatte.« Er brachte ihr einen Kaffee und setzte ihn auf dem Boden neben dem Futon ab.

»Und was ist mit der Sorbonne?«, fragte Rune.

»Pas de Sorbonne.«

»Hab ich mir gedacht.«

»Aber ich war in Frankreich.«

›Jean-Pierre‹ wäre auch ein guter Name für ihn gewesen. Oder ›François‹. Ja, er sah eindeutig aus wie ein ›François‹.

›Richard‹ musste weg.

Rune schaute aus dem Fenster, wühlte unter einem Futon und brachte eine Sonnenbrille zum Vorschein. Sie setzte sie auf.

»Kommst dir wohl vor wie eine Berühmtheit«, fragte Richard mit einem Nicken in Richtung der gefaketen Ray-Ban.

Urplötzlich kam die Sonne über das Gebäude auf der Ostseite, und der gesamte Raum wurde von intensivem, grellem Sonnenlicht erfüllt.

»Autsch«, sagte er geblendet.

»Vielleicht schaffe ich mir noch Vorhänge an. Aber ich kann mir keine leisten, und meine Mitbewohnerin zahlt nichts dazu.«

»Du zahlst doch keine Miete, wieso hast du da eine Mitbewohnerin?«

»Na ja, sie zahlt *mir* etwas. Egal, eine Mitbewohnerin zu haben, ist wie eine Feuerprobe. Das härtet ab.«

»Du wirkst nicht sehr abgehärtet auf mich.«

»Das gehört zum Abgehärtetsein – nicht abgehärtet *auszusehen*. Egal, in ein paar Monaten muss ich hier raus. Der Besitzer hat das Gebäude verkauft, und ich bleibe nur hier, weil ich dem Käufer erzählt habe, ich sei die Geliebte des alten Besitzers und der hätte mich sitzen lassen, und deshalb lassen sie mich bleiben, bis sie anfangen, dieses Stockwerk zu renovieren. Und, lädst du mich jetzt zu einem Rendezvous ein?«

»Einem Rendezvous? Das Wort hab ich ja schon lange nicht mehr gehört. Das klingt, ich weiß nicht wie, wie Suaheli. Daran bin ich gar nicht gewöhnt.«

Richtig, vermutete sie. Echt schicke Leute laden andere schicke Leute nicht zu Rendezvous ein. Die gehen einfach zusammen *aus*. Und trotzdem war ein gewisses Engagement damit verbunden. »Rendezvous, Rendezvous, Rendezvous«, sagte sie daher. »Bitte. *Jetzt* bist du daran gewöhnt. Also kannst du mich jetzt einladen.«

»Wir haben doch nur die Nacht zusammen verbracht ...«

»Auf getrennten Futons«, betonte sie.

»... und da verlangst du ein Rendezvous?«

»Ich verlange ein Rendezvous.«

»Wie wär's mit einem Abendessen?«, fragte er.

»Das ist gut.«

»Okay. Ich hab dich zu einem Rendezvous eingeladen. Wir gehen aus. Bist du jetzt glücklich?«

»Das ist noch kein Rendezvous. Du musst mir sagen, wann. Und damit meine ich, genau wann. Nicht in einem Monat oder einer Woche.«

»Ich ruf dich an.«

»Ach *so*? Machst du Witze? Sind Männer genetisch darauf programmiert, diese vier kleinen Worte zu sagen? Mach mal halblang.«

Er schaute sich hilflos um. »Ich hab meinen Terminkalender nicht hier.«

Er würde sie *anrufen*, und er hatte einen Terminkalender. Das war beängstigend. Richard verlor rapide an Zauber.

»Macht nichts«, sagte sie fröhlich.

»Okay, wie wär's mit morgen?«, fragte er. »Ich weiß, dass ich morgen nichts vorhabe.«

Jetzt aber bloß nicht zu eifrig – pass auf. »Denke schon.«

»Wo möchtest du hingehen?«, fragte er.

»Du kannst herkommen. Ich werd was kochen.«

»Ich dachte, du kochst nicht.«

»Ich koche nicht *gut*«, sagte sie. »Aber ich koche. Das Four Seasons sparen wir uns für eine besondere Gelegenheit auf.« Sie schaute auf ihr Handgelenk. Sie trug zwei Uhren. Sie waren beide stehen geblieben. »Wie spät hast du's?«

»Acht.«

»Scheiße, ich muss los«, sagte Rune und zog ihr T-Shirt über den Kopf.

Sie konnte spüren, dass Richard ihren dünnen Körper beobachtete und seine Blicke an ihr auf und ab gleiten ließ. Nur mit ihrer Bugs-Bunny-Strumpfhose bekleidet, wandte sie sich ihm zu. »Na, worauf glotzt du denn so?« Sie stemmte die Hände in die Hüften.

Und schaffte es, dass er rot wurde.

Jawoll! Punkt eins an mich.

»Ich bin froh, dass du nicht bei Frederick's of Hollywood einkaufst«, sagte er.

Gut die Kurve gekriegt. Der Junge hatte Potenzial.

»Wieso die Eile?«, fragte Richard, während sie sich anzog. »Ich dachte, dein Laden macht nicht vor Mittag auf.«

»Ach, ich geh gar nicht zur Arbeit«, sagte sie. »Ich gehe zur Polizei.«

7

»Miss Rune«, sagte Detective Manelli, »wir *arbeiten* an dem Fall.«

Sie musterte seinen aufgeräumten Schreibtisch. Hier – wenn er nicht vor einer Leiche stand – wirkte er wie ein Versicherungsvertreter. Seine eng zusammenstehenden Augen fielen nicht so auf; sie bewegten sich rasch, taxierten sie, und sie kam zu dem Schluss, er könne doch schlauer sein, als sie gedacht hatte. Sein Vorname lautete Virgil. Sie musste zweimal auf sein Namensschild schauen, um sich zu vergewissern, dass sie richtig gelesen hatte.

Sie nickte in Richtung einer offenen Akte auf seinem Schreibtisch, in der er gerade gelesen hatte. »Aber das ist doch gar nicht seine Akte. Die von Mr. Kelly, meine ich.«

Er holte tief Luft und stieß sie wieder aus. »Nein, ist es nicht.«

»Und welche ist seine?«, fragte sie scharf. »Wie weit unten liegt sie denn?« Sie wies auf den Stapel aus Ordnern.

Der Captain – der, den sie in Mr. Kellys Wohnung kennen gelernt hatte – kam hereinspaziert. Er warf ihr einen

Blick zu, der ein vages Erkennen verriet, sprach sie aber nicht an.

»Sie wollen heute eine Pressekonferenz abhalten«, teilte er Manelli mit. »Über den Touristenmord.«

»Sollen sie«, sagte Manelli müde.

»Haben Sie was?«

»Nein.«

»Der Bürgermeister. Sie wissen ja. Die *Post*. Die *Daily News*.«

»Ich weiß.«

Der Captain schaute Rune noch einmal an. Dann verließ er das Büro.

»Wir erledigen alles nach Vorschrift«, erklärte ihr Manelli.

»Wer ist der Tourist?«

»Jemand aus Iowa. Am Times Square niedergestochen. Fangen Sie mir jetzt nicht noch damit an.«

»Lassen Sie mich eins klarstellen«, sagte sie. »Sie sind also mit der Suche nach Mr. Kellys Mörder nicht einen Schritt weiter als gestern.«

Auf Manellis Schreibtisch lag, offen wie eine mutierte Blume, ein Stück Brotpapier um einen klumpenförmigen Maismuffin. Er brach ein Stück ab und aß es. »Wie wär's, wenn Sie uns einen oder zwei Tage Zeit lassen, die Schlinge zu legen.«

»Die was …?«

»Um den Mörder zu fassen.«

»Ich möchte nur wissen, was passiert ist.«

»In New York müssen wir uns mit beinahe fünfzehnhundert Morden pro Jahr herumschlagen.«

»Wie viele Leute arbeiten an Mr. Kellys Fall?«

»Ich vor allem. Aber es gibt auch noch andere Detectives, die Sachen nachprüfen. Hören Sie, Ms. Rune …«

»Nur Rune.«

»Wieso genau sind Sie eigentlich an der Sache interessiert?«

»Er war ein netter Mann.«

»Der Abgegangene?«

»Was für ein roher Ausdruck. *Mr. Kelly* war ein netter Mensch. Ich habe ihn gemocht. Er hatte es nicht verdient, umgebracht zu werden.«

Der Detective streckte die Hand nach seinem Kaffee aus, trank einen Schluck und stellte ihn wieder ab. »Ich will Ihnen mal sagen, wie das läuft.«

»Ich weiß, wie es läuft. Ich habe schon genügend Filme gesehen.«

»Dann haben Sie keine Ahnung, wie es läuft. Ein Kapitalverbrechen ...«

»Wieso müssen Sie immer so hochgestochene Worte benutzen? Abgegangener, Kapitalverbrechen. Ein *Mann* ist umgebracht worden. Wenn Sie sagen würden, er sei *ermordet* worden, würden Sie sich vielleicht stärker bemühen, den Täter zu finden.«

»Miss, Mord ist eine Art von Kapitalverbrechen. Mr. Kelly könnte das Opfer eines Totschlags, einer fahrlässigen Tötung, eines Selbstmordes ...«

»Selbstmord?« Ungläubig zog sie die Augenbrauen in die Höhe. »Das ist ja wirklich ein übler Witz.«

»Eine Menge Leute inszenieren ihren eigenen Tod so, dass es wie Mord aussieht«, blaffte Manelli zurück. »Kelly könnte jemanden engagiert haben, um es zu tun. Wegen der Versicherung.«

Oh. Daran hatte sie nicht gedacht. »Hatte er überhaupt eine Lebensversicherung?«, fragte sie.

Manelli zögerte. »Nein«, sagte er dann.

»Ich verstehe.«

»Darf ich zu Ende reden?«, fuhr er fort.

Rune zuckte die Achseln.

»Wir werden jeden in dem Haus verhören und jeden, der sich zur Zeit des Mordes auf der Straße aufgehalten hat. Wir haben jedes Kennzeichen von jedem Auto im Umkreis notiert, und wir werden die Besitzer befragen. Wir werden alle persönlichen Papiere des Abg... von Mr. Kelly durchsehen. Wir werden herausfinden, ob er irgendwelche Verwandten in der Nähe hat, ob irgendwelche Freunde plötzlich die Stadt verlassen haben, da die meisten Delis ...«

»Warten Sie. Delinquenten, stimmt's?«

»Genau. Da die in den meisten Fällen Freunde oder Verwandte des Opfers sind oder es zumindest *kennen*. Vielleicht, wenn wir Glück haben, bekommen wir die Beschreibung eines Verdächtigen, die etwa folgendermaßen lautet: *männlich, mitteleuropäischer Abstammung, einsachtzig. Männlich, schwarze Haare, einsfünfundsiebzig, trug einen dunklen Hut*. Echt hilfreich, verstehen Sie?« Sein Blick fiel auf einen Notizblock. »Dann nehmen wir, was uns die Ballistiker über die Schusswaffe gesagt haben« – er zögerte –, »und überprüfen das.«

Darauf sprang sie an. »Und, was wissen Sie über die Schusswaffe?«

Er schielte nach seinem Muffin; es rettete ihn nicht.

»Sie *wissen* etwas«, beharrte Rune. »Ich sehe es Ihnen an. Irgendwas Merkwürdiges, stimmt's? Na los! Sagen Sie's mir.«

»Es war eine Neun-Millimeter, mit aufgeschraubtem Gummi-Schalldämpfer. Fabrikware. Nicht selbst gebastelt wie die meisten Schalldämpfer.« Er schien ihr das nicht verraten zu wollen, sich aber dazu verpflichtet zu fühlen. »Und die blauen Bohnen ... die Kugeln ... die waren mit Teflon überzogen.«

»Teflon? So wie Töpfe und Pfannen?«

»Genau. Die gehen durch schusssichere Westen. Sie sind illegal.«

Rune nickte. »Und das ist merkwürdig?«

»Man sieht solche Kugeln nicht sehr häufig. Gewöhnlich werden sie von Berufskillern benutzt. Ebenso, wie nur Profis maschinell hergestellte Schalldämpfer benutzen.«

»Reden Sie weiter. Über die Ermittlungen.«

»Früher oder später dann, während wir diese ganze Arbeit erledigen, vielleicht in drei oder vier Monaten, bekommen wir einen Tipp. Jemand ist von einem Typ auf's Kreuz gelegt worden, dessen Cousin auf einer Party damit angegeben hat, er hätte bei einem Drogenraub oder etwas Ähnlichem einen kaltgemacht, weil ihm nicht gepasst hätte, wie der ihn angeschaut hat. Wir schnappen uns den Verdächtigen, reden Stunden um Stunden um Stunden mit ihm und bohren Löcher in seine Geschichte, bis er gesteht. So läuft das. So läuft das *immer*. Aber haben Sie den springenden Punkt erfasst? Es braucht *Zeit*. Nichts passiert über Nacht.«

»Nein, nicht, wenn Sie es nicht wollen«, sagte Rune. »Und, haben Sie *irgendeine* Ahnung?«, fragte sie, bevor er böse wurde.

Manelli seufzte. »Wollen Sie wissen, was mir mein Bauch sagt? Dort, wo er wohnte, brauchten irgendwelche Kids aus Alphabetville Geld für Crack und haben ihn deshalb umgebracht.«

»Mit Super-Duper-Kugeln?«

»Haben die Knarre gefunden, sie irgendeinem Gorilla in Brooklyn geklaut. Kommt vor.«

Rune verdrehte die Augen. »Und der Kleine, der genügend Geld gewollt hat, um dafür jemanden umzubringen, schießt in den Fernseher? Und lässt den Videorecorder stehen? Und überhaupt, hat Mr. Kelly irgendwelches Geld bei sich gehabt?«

Manelli seufzte erneut. Zog einen Ordner aus der Mitte des Stapels auf seinem Schreibtisch und öffnete ihn. Er las darin. »Was man so in der Tasche trägt. Zweiundvierzig Dollar. Aber vielleicht hat der Deli ja Panik bekommen, als Sie aufgetaucht sind, und ist abgehauen, ohne etwas mitzunehmen.«

»War das Zimmer durchsucht worden?«

»Es sah nicht so aus.«

»Ich möchte es mir ansehen«, sagte Rune.

»Das Zimmer?« Der Detective lachte. »Nichts zu machen. Das ist versiegelt. Da kommt niemand rein.« Er musterte ihr Gesicht. »Hören Sie zu. Ich habe diesen Blick schon einmal gesehen ... Wenn Sie reingehen, ist das Einbruch. Das ist ein Verbrechen. Und ich würde mich mehr als freuen, dem Staatsanwalt Ihren Namen zu nennen.«

Er brach sich noch ein Stück von dem Muffin ab und schaute es an. Legte es auf das Papier. »Was genau wollen Sie eigentlich?«, fragte er. Es war nicht abschätzig gemeint; er wirkte lediglich neugierig. Seine Stimme klang sachlich und sanft.

»Wussten Sie, dass er dieses Video, das in dem Recorder steckte, achtzehnmal in einem Monat ausgeliehen hat?«

»Ach?«

»Kommt Ihnen das nicht komisch vor?«

»Ich hab schon Leute gesehen, die von der Brooklyn Bridge gesprungen sind, weil sie dachten, ihre Katze ist vom Satan besessen. Mir kommt überhaupt nichts komisch vor.«

»Aber das Video, das er sich ausgeliehen hat ... hören Sie sich das an. Es handelt von einem wahren Verbrechen. Ein paar Räuber haben eine Million Dollar gestohlen, und das Geld ist nie gefunden worden.«

»Wann?«, fragte er stirnrunzelnd. »Davon habe ich nie gehört.«

»Das war so vor fünfzig Jahren.«

Jetzt war es an Manelli, die Augen zu verdrehen.

Sie beugte sich vor. »Aber es ist ein Geheimnis! Finden Sie Geheimnisse nicht aufregend?«, sagte sie enthusiastisch.

»Nein. Ich finde das *Lösen* von Geheimnissen aufregend.«

»Na, da haben Sie doch eins, das gelöst werden sollte.«

»Und das wird es auch. Zu seiner Zeit. Ich muss jetzt wieder an die Arbeit.«

»Und was ist mit der anderen Zeugin?«, fragte Rune. »Susan Edelman? Die, die von dem Auto angefahren wurde.«

»Sie ist immer noch im Krankenhaus.«

»Hat sie Ihnen irgendwas gesagt?«

»Wir haben sie bis jetzt noch nicht vernommen. Aber jetzt muss ich wirklich ...«

»Was wird aus Mr. Kellys Leiche?«, fragte Rune.

»Er scheint keine lebenden Verwandten zu haben. Seine Schwester ist vor ein paar Jahren gestorben. Gibt es da nicht eine Freundin in dem Haus? Amanda LeClerc? Sie hat einen Antrag auf Erlaubnis zur Verfügung über den Leichnam gestellt. Wir behalten ihn beim Leichenbeschauer, bis der Antrag genehmigt ist. Und jetzt muss ich wieder an meine Arbeit, wenn Sie nichts dagegen haben.«

Rune, die eine seltsame Mischung aus Ärger und Trauer empfand, stand auf und ging zur Tür. »Miss?«, sagte der Detective. Die Hand auf dem Türknauf, blieb sie stehen. »Sie haben gesehen, was mit Mr. Kelly passiert ist. Sie haben gesehen, was mit Ms. Edelman passiert ist. Was sie auch empfinden, ich habe Verständnis dafür. Aber versuchen Sie nicht, uns zu helfen. Da draußen läuft ein echter Mistkerl herum. Das hier ist kein Kino. Hier tut jemand Leuten richtig weh.«

»Bitte beantworten Sie mir nur noch eine Frage«, sagte Rune. »Bitte, nur eine.«

In dem kleinen Büro wurde es still. Von draußen: Geräusche von Computerdruckern, Schreibmaschinen, Stimmen aus den umliegenden Büros. »Was wäre, wenn Mr. Kelly ein reicher Banker gewesen wäre«, fragte Rune. »Wäre es Ihnen dann auch scheißegal?«

Manelli rührte einen Augenblick lang kein Glied. Schaute auf den Muffin. Er hält mich für eine Nervensäge, dachte Rune. Irgendwie mag er mich, aber trotzdem bin ich eine Nervensäge.

»Wenn er von der Upper West Side gewesen wäre?«, sagte er. »Wenn er Teilhaber einer großen Anwaltskanzlei gewesen wäre? Dann würde nicht ich den Fall behandeln. Aber wenn, dann wäre der Ordner immer noch der siebte in meinem Stapel.«

Rune nickte in Richtung des Schreibtischs. »Schauen Sie mal. Jetzt liegt er ganz oben.«

8

Sie hatte Amanda LeClerc angerufen, aber die Frau war nicht zu Hause und konnte sie nicht ins Haus von Mr. Kelly einlassen.

Also musste sie es auf die altmodische Tour versuchen. Die Art, die Detective Manelli unwissentlich vorgeschlagen hatte.

Einbrechen und reingehen.

»Zwei Schachteln Windeln, bitte, und stecken Sie sie in zwei Tüten«, sagte sie zu der Verkäuferin in dem Supermarkt oben an der Straße von Mr. Kellys Wohnhaus.

Dann bezahlte sie zwanzig Dollar für ein Paar Gummihandschuhe und zwei riesige Schachteln mit Wegwerfwindeln.

»*Muchos niños?*«, fragte die Frau.

Rune nahm die ausgebeulten Taschen. »*Sí*«, sagte sie. »Der Papst, wissen Sie?«

Die Verkäuferin, nicht viel älter als Rune, nickte mitfühlend.

Sie verließ den Supermarkt in Richtung Avenue B. Es war bereits brütend heiß, und auf den Straßen stank der Müll. Sie kam an einer Kunstgalerie vorbei. Im Schaufenster standen wilde Gemälde mit kräftigen roten und schwarzen Farbspritzern. Sie roch gedämpftes Fleisch, als sie an einem ukrainischen Restaurant vorbeikam. Vor einem koreanischen Imbiss hing ein Schild: HEISSE MAHLZEIT $ 1.50/ ¼-Pfund.

Alphabetville …

An Kellys Haus angekommen, erklomm Rune die Betonstufen zur Lobby. Sie erinnerte sich an die Stimme des Mannes aus der Sprechanlage. Wer war er gewesen? Sie erschauerte, als sie den brüchigen Lautsprecher sah.

Sie versuchte es noch einmal bei Amanda, aber da keine Antwort kam, schaute sie sich um. Draußen war nur ein Mensch auf der Straße, ein gut aussehender Mann Mitte dreißig. Ein hübscher Junge, ein Gauner, wie aus einem Film von Martin Scorsese. Er trug eine Art Uniform – wie die Leute, dic Gas- und Stromzähler ablesen. Er saß auf der anderen Straßenseite vor einer Tür und las irgendein Käseblatt. Die Schlagzeile handelte von dem Touristen, der am Times Square erstochen worden war. Der Fall, über den Detective Manelli dem Captain berichten sollte. Rune wandte sich wieder um, stellte die Tüten ab, öffnete eine Schachtel Windeln und stopfte sich zwei davon unter ihr schwarzes T-Shirt. Dann knöpfte sie die weiße Bluse darüber zu. Sie sah aus, als sei sie im dreizehnten Monat schwanger.

Dann hob sie die Tüten wieder auf und klemmte sie sich mühsam unter die Arme. Dann öffnete sie die riesige

Leopardenfell-Handtasche, starrte stirnrunzelnd in das schwarze Loch und steckte die Hand in das Gewirr aus Schlüsseln, Stiften, Make-up, Bonbons, Kleenex, einem Messer, alten Kondompackungen, Papierfetzen, Briefen, Musikcassetten, einer Dose Sprühkäse. Das machte sie fünf Minuten lang. Dann hörte sie Schritte, jemand kam die Treppe herunter, ein junger Mann.

Rune blickte zu ihm hoch. Verlegen. Und ließ ihre Tüten mit Windeln zu Boden fallen.

Benimm dich einfach dämlich, ermahnte sie sich; darin hast du doch weiß Gott Übung. Sie hob die Tüten auf und ließ dann mit Absicht versehentlich ihre Handtasche fallen.

»Brauchen Sie Hilfe?«, fragte der junge Mann, der die äußere Tür aufsperrte und sie für sie aufstieß.

Er hob die Handtasche auf und stopfte sie ihr unter den Arm. »Meine Schlüssel liegen ganz unten in diesem Durcheinander«, sagte sie. Dann kam ihr die Idee, es sei klug, die Initiative zu ergreifen. »Warten Sie«, sagte sie rasch. »Sind Sie neu hier? Ich glaube, ich habe Sie noch nicht hier gesehen?«

»Ähm. Ungefähr sechs Monate.« Er war in der Defensive.

Sie tat, als sei sie erleichtert, und ging an ihm vorbei. »Tut mir Leid, aber Sie wissen ja, wie es ist. In New York, meine ich.«

»Klar, ich weiß.«

»Danke.«

»Klar.« Er verschwand im Flur im Erdgeschoss.

Rune stieg in den ersten Stock. An der Tür zu Mr. Kellys Wohnung befand sich ein rotes Schild. ZUTRITT VERBOTEN. SPURENSICHERUNG. NYPD. Die Tür war abgeschlossen. Rune stellte die Windeln im Heizungsraum ab und kehrte zu Mr. Kellys Tür zurück. Aus ihrer Handtasche holte sie einen Hammer und einen großen Schraubenzieher. Eddie aus dem Laden, dem sie hatte versprechen müssen, zu vergessen, dass er ihr eine Lektion im Einbrechen erteilt hatte, hatte gemeint, das einzige Problem sei der Innenriegel. Und wenn da ein Sicherheitsschloss wäre und ein Türrahmen aus Metall, dann könnte sie es vergessen. Aber wenn es nur ein einfaches Türschloss und Holz wäre und ein bisschen Lärm ihr nichts ausmachen würde …

Rune zog die Gummihandschuhe an – mit Rücksicht auf Fingerabdrücke. Es war die kleinste Größe, die sie in dem Supermarkt hatte finden können, aber trotzdem waren sie zu groß und schlingerten um ihre Hände. Sie klemmte den Schraubenzieher in den Spalt zwischen Tür und Rahmen, genau dort, wo sich der Riegel befand. Dann schaute sie sich im Flur um und nahm den Hammer in beide Hände. Sie erinnerte sich an die Zeit, als sie auf der Highschool Softball gespielt hatte, und holte aus mit ihm wie mit einem Baseballschläger. Sie schaute sich noch einmal um. Der Flur war menschenleer. So fest sie konnte, ließ sie den Hammer auf den Griff des Schraubenziehers sausen.

Und genau wie beim Softball traf sie total daneben. Die Handschuhe rutschten, und mit dem Krachen eines Pistolenschusses verfehlte der Hammer den Schraubenzieher und durchschlug die billige Füllung der Tür.

»Scheiße.«

Beim Versuch, den Hammer aus dem dünnen Holz zu zerren, riss sie ein großes gezacktes Stück heraus. Es brach ab und fiel zu Boden.

Auf den Schraubenzieher zielend, holte sie erneut aus, bemerkte dann aber, dass das Loch, das sie geschlagen hatte, groß genug war, um die Hand hindurchzustecken. Sie tat es, fand das Türschloss und den Riegel und öffnete sie. Dann stieß sie die Tür weit auf. Sie trat ein und schloss die Tür rasch.

Und erstarrte.

Schweine!

In der Wohnung hatte ein Tornado getobt. Es sah aus, als hätte eine Explosion stattgefunden. Gottverdammte Schweine, gottverdammte Polizei! Sämtliche Bücher lagen auf dem Boden, jede Schublade stand offen, die Couch war zerfetzt. Die Schachteln waren ausgeleert worden, die Kleider überall verstreut. Eine freie Stelle gab es in dem Durcheinander: Unter Kellys Bodenlampe neben dem Sessel mit dem dunklen, grauenvollen Fleck und den kleinen Einschusslöchern, aus denen stachelige braune Büschel der Polsterfüllung sprossen. Wer auch immer das Zimmer durchwühlt hatte, hatte hier gestanden – oder vielleicht sogar in dem grässlichen Sessel gesessen! –, unter der Lampe, und alles überprüft und dann weggeworfen.

Schweine.

Ihr erster Gedanke war gewesen: Hatte das die Polizei getan? Und sie war drauf und dran gewesen, geradewegs zum Polizeirevier zurückzufahren und Virgil Manelli, dem engäugigen Mistkerl, die Hölle heiß zu machen, aber dann erinnerte sie sich an den ordentlichen Schreibtisch des Detectives, seinen zackigen Haarschnitt und den kurz geschnittenen Schnauzer. Und kam zu dem Schluss, jemand anderes müsse es getan haben. Ein Fenster stand offen, und die Feuerleiter befand sich direkt vor der Fensterbank. Jeder hätte hier einbrechen können. Verflucht, *sie* hatte es getan.

Aber Drogensüchtige waren es auch nicht gewesen: Der Recorder und der Radiowecker waren noch da.

Wer war es gewesen? Und wonach hatten sie gesucht?

Eine Stunde lang durchforstete Rune die Berge von Mr. Kellys Leben. Sie schaute sich alles an – *fast* alles. Die Kleider nicht. Selbst mit den Handschuhen war es ihr zu gruselig, die anzufassen. Den Rest jedoch prüfte sie gewissenhaft: Bücher, Briefe, den Ansatz zu einem Tagebuch –

nur drei Einträge aus dem Vorjahr, die außer dem Wetter und der Krankheit seiner Schwester nichts verrieten –, Schachteln mit Lebensmitteln, die die wagemutigen Schaben bereits plünderten, Rechnungen, Quittungen, Fotos, Schuhschachteln.

Während sie alles sorgfältig durchsah, erfuhr sie ein wenig über Mr. Robert Kelly.

Er war 1915 in Cape Girardeau, Missouri, geboren worden. Nach New York war er 1935 gekommen. Dann war er nach Kalifornien gezogen. Er war als Freiwilliger in die Luftwaffe eingetreten und hatte bei der neunten Luftflotte gedient. Als Sergeant, Leiter der Waffenausgabe. In einigen seiner Briefe (er hatte die Worte ›Liebste Schwester‹ und ›Geliebte Mutter‹ benutzt) hatte er über die Bomben geschrieben, mit denen die A-20-Maschinen auf ihren Einsätzen gegen das besetzte Frankreich und gegen Deutschland beladen worden waren. Manchmal hatte er seinen Namen mit Kreide auf die 500-Pfünder geschrieben. Stolz, dazu beitragen zu können, den Krieg zu gewinnen.

Sie fand Bilder, die ihn bei Vorstellungen der Truppenbetreuung an einem Ort namens East Anglia zeigten. Er schien als Komiker mit traurigem Gesicht aufgetreten zu sein.

Nach dem Krieg schien es in seinem Leben eine fünfjährige Lücke zu geben. Es gab keine Aufzeichnungen über das, was er von 1945 bis 1950 gemacht hatte.

1952 hatte er in Los Angeles eine Frau geheiratet, anscheinend eine Reihe von Vertreterjobs angetreten. Zuerst für Versicherungen, danach für irgendeine Art von Apparatur, die mit kommerzieller Druckerei zu tun hatte. Seine Frau war vor zehn Jahren gestorben. Sie hatten keine Kinder gehabt, wie es schien. Er stand seiner Schwester nahe. Er ging vorzeitig in Rente. Irgendwie war er wieder hier im Raum New York gelandet.

Das meiste, was sie fand, war rein biografisch. Aber da gab es auch mehrere Dinge, die sie beunruhigten.

Das erste war eine Fotografie von Mr. Kelly mit seiner Schwester – die Namen standen auf der Rückseite –, die vor fünf Jahren aufgenommen worden war. (Er sah genauso aus wie in der letzten Woche, und sie kam zu dem Schluss, er sei genau wie ihr eigener Vater irgendwie früh gealtert, und danach schienen sie in ihren späteren Jahren in der Zeit eingefroren zu sein). Das Komische an dem Bild war, dass es in Fetzen gerissen worden war. Kelly selbst konnte es nicht getan haben, da eines der Vierecke auf dem eingetrockneten Blutfleck gelegen hatte. Es war von den Vandalen zerrissen worden.

Der andere Gegenstand, der ihre Aufmerksamkeit erregte, war ein alter Zeitungsausschnitt. Ein Lesezeichen in einem zerfledderten Exemplar eines Romans von Daphne du Maurier. Auf dem Ausschnitt aus dem *New York Journal American*, datiert 1948, stand *Film erzählt wahre Geschichte des Gotham-Verbrechens*. Es war unterstrichen und am Rand mit Sternchen markiert.

Freunde des erfolgreichen Films Manhattan Beat, *der zur Zeit auf der Forty Second Street gezeigt wird, erkennen möglicherweise auf der Leinwand die wahre Geschichte eines der raffiniertesten in New York vorgefallenen …*

Draußen vor der Tür waren Schritte zu hören. Rune blickte auf. Sie gingen vorbei, aber sie hatte den Eindruck, sie seien langsamer geworden. Eine kalte Panik packte sie im Genick und wollte sie nicht wieder loslassen. Sie erinnerte sich, wo sie sich befand, was sie gerade machte. Erinnerte sich, dass Manelli sie davor gewarnt hatte, herzukommen.

Erinnerte sich, dass der Killer immer noch frei herumlief.

Zeit, zu verschwinden …

Rune steckte den Ausschnitt in ihre Handtasche und stand auf. Sie schaute zur Tür, dann zum Fenster und entschied, die Feuertreppe sei die bessere Wahl. Sie ging zum Fenster und riss die Gardine zurück.

Großer Gott!

Sie stolperte rückwärts, als der Mann auf der Feuertreppe, dessen Gesicht einen Fuß von ihrem entfernt war, zu schreien begann.

Es war kein Keuchen oder Rufen, sondern ein markerschütternder Schrei. Sie hatte ihm einen tödlichen Schrecken eingejagt. Er hatte draußen auf der Feuertreppe gestanden und vorsichtig durch das Fenster gespäht. Jetzt wich er, vor Entsetzen anscheinend nahezu gelähmt, langsam zurück und schob sich Stufe um Stufe das abblätternde, schwarz emaillierte Metall nach oben. Dann drehte er sich um und rannte zur zweiten Etage hinauf.

Sie schätzte ihn auf Ende sechzig. Er verlor die Haare und hatte ein hartes, pockennarbiges, graues Gesicht. Nicht die Art von Gesicht, von der man einen solchen Schrei erwartet hätte.

Ihr Herz raste von dem Schock der Überraschung. Ihre Beine fühlten sich an wie Gummi. Langsam stand sie auf und steckte den Kopf aus dem Fenster.

Blinzelnd beobachtete sie ihn, als er – den fetten Bauch über seinen fleischigen, trampelnden Beinen schwabbelnd – durch das Fenster direkt über Kellys Wohnung stieg. Über ihrem Kopf hörte sie seine schweren, raschen Schritte. Sie hörte eine Tür knallen.

Rune zögerte, bevor sie zur Wohnungstür ging, niederkniete und durch den Spalt schaute. Da kam er die Treppe herunter: abgewetzte Schuhe, ausgebeulte Fettsackhosen und ein Anzugjackett, das eng die Arme einschnürte. Und dann sein hartes, pockennarbiges Gesicht unter einem braunen Hut.

Ja, er war es, der Mann von der Feuertreppe. Er ging sehr leise. Er wollte nicht gehört werden.

Er geht, Gott sei dank ...

Sein Gesicht besaß die Farbe gekochten Schweinefleischs; auf seiner Stirn glitzerten Schweißtropfen.

»... danke, danke, dan...«

Dann blieb er stehen und schaute lange zu der Tür zu Mr. Kellys Wohnung. Nein, es ist okay. Er denkt, ich sei gegangen. Er wird nicht versuchen hereinzukommen.

Dan...

Der Mann trat näher. Nein ... Alles in Ordnung, redete sie sich wieder ein. Er denkt, sobald er oben war, bin ich auf die Feuertreppe gestiegen und über die Gasse abgehauen.

...ke

Noch ein Schritt, so vorsichtig wie Don Johnson, wenn er sich in *Miami Vice* an ein Dutzend Drogenhändler anschlich. Der Mann hielt inne, einen Schritt entfernt.

Rune hatte Angst, abzuriegeln oder die Kette vorzulegen; er hätte sie gehört. Sie legte die Handflächen an die Tür und drückte, so fest sie konnte. Der Mann kam direkt auf die Tür zu, dann blieb er, Zentimeter entfernt, stehen. Das dünne Holz – verdammt, sie hatte es selbst glatt durchschlagen – war alles, was ihr Schutz gewährte. Runes kleine Muskeln zitterten, als sie sich gegen die Tür presste.

Und genau in diesem Augenblick rutschte ihr der Schraubenzieher aus der Tasche. Voller Entsetzen sah sie ihn fallen – wie in Zeitlupe. Es war eine Szene aus einem Brian-DePalma-Film. Sie grabschte nach dem Werkzeug, fing es auf und fasste nach ... *Nein!*

Rasch griff sie nach unten und schaffte es, den Schraubenzieher einen Zentimeter über den Eichenbohlen des Fußbodens abzufangen.

Danke ...

In ihrer Haltung erstarrt, wie bei dem Statuenspiel, das sie als Kind gespielt hatte, lauschte Rune dem angestrengten Atmen des Mannes. Er hatte nichts gehört.

Er *musste* denken, dass sie gegangen war. Er *musste* einfach!

Sie ließ den Schraubenzieher wieder in die Tasche gleiten, streifte dabei aber das Ende des Hammers, der im Bund ihrer Hose steckte. Das Werkzeug fiel geradewegs zu Boden, und sein Kopf knallte zweimal dröhnend auf.

»Nein!«, rief sie flüsternd. Die Füße gegen die andere Wand gestemmt und den Oberkörper fest gegen die Tür gedrückt, zog Rune den Kopf ein und wartete auf die Faust, die, wie sie wusste, das billige Holz durchschlagen und nach ihren Haaren, ihren Augen krallen würde. Sie würde sterben. Genau wie Robert Kelly. Es war nur noch eine Frage von Minuten, Sekunden, und dann wäre sie tot.

Aber nein ... Er drehte sich um und hetzte die Treppe hinunter.

Schließlich stand Rune auf, starrte auf ihre zitternden Hände und erinnerte sich an einen Film, den sie kürzlich gesehen hatte, in dem der jugendliche Held einem Mörder entkommen und starr stehen geblieben war und seine bebenden Hände anstarrt hatte; Rune hatte angesichts dieses Klischees aufgestöhnt. Aber es war alles andere als ein Klischee. Ihre Hände zitterten so heftig, dass sie kaum in der Lage war, die Tür zu öffnen. Sie lugte nach draußen, hörte plaudernde Stimmen und weit weg Fernsehgeräusche. Kindergeschrei.

Wieso war er davongelaufen?, fragte sie sich. Wer war er? Ein Zeuge? Der Komplize des Mörders?

Der Mörder?

Rune – deren sämtliche Muskeln zitterten – ging eilig zu dem Heizungsraum, raffte die Windeln zusammen und rannte die Treppe hinunter. Die beiden Frauen, die in ihr Gespräch vertieft auf dem Absatz standen, nickten ihr zu.

Rune rannte an ihnen nach unten vorbei. Aber dann blieb sie stehen. »Die Leute haben überhaupt kein Benehmen mehr. Die wissen gar nicht mehr, was das ist, stimmt's?«

Die Frauen schauten sie mit höflichem Lächeln neugierig an.

»Der Typ gerade vor einer Minute. Der hat mich doch beinahe umgerannt.«

»Mich auch«, sagte eine der Frauen. Sie hatte pinkfarbene Lockenwickler auf dem Kopf.

»Wer ist das?«, fragte Rune schwer atmend auf das Geländer gestützt.

»Das ist Mr. Symington. Aus 3B. Der ist verrückt.« Die Frau führte es nicht weiter aus.

Er wohnte also hier. Was bedeutete, dass er wahrscheinlich nicht der Mörder war. Eher ein Zeuge.

»Ja«, fügte die Freundin der Frau hinzu, »der ist letzten Monat eingezogen.«

»Wie heißt er mit Vornamen?«

»Victor, glaube ich. Oder so ähnlich. Der sagt nie Guten Tag und auch sonst kein Wort.«

»Na, wenn schon«, sagte die Frau mit den Lockenwicklern. »Mit dem hätte man sowieso keine Lust zu reden.«

»Ich weiß nicht«, sagte Rune empört. »*Ich* hätte dem eine ganze Menge zu erzählen.«

Die Frau mit den Lockenwicklern deutete auf die Schachtel mit Windeln. »Die größte Erfindung aller Zeiten.«

»Nach dem Fernsehen«, sagte ihre Freundin.

»Ja, und ob«, sagte Rune und setzte ihren Weg nach unten fort.

An der Ecke lief sie Amanda in die Arme.

»Schauen Sie«, sagte die Frau. Sie war im Kaufhaus gewesen und hatte einen versilberten Bilderrahmen gekauft und ein Bild von sich und Mr. Kelly hineingetan. Es war an Weihnachten aufgenommen worden, und sie standen vor einer dürren Fichte, die mit ein paar Kerzen und Lametta geschmückt war. Auf dem Glas befand sich noch eine klebrig verschmierte Stelle, wo das Preisschild gewesen war.

»Total cool«, sagte Rune und musste wieder weinen.

»Haben Sie Babys?« Amanda warf einen Blick auf die Windeln.

»Ach. Lange Geschichte. Wollen Sie sie?«

Ein leises Lachen. »Da bin ich seit Jahren drüber weg.«

Rune warf sie weg. »Ich hätte da eine Frage. Was wissen Sie über Victor Symington?«

»Den Kerl, der eine Treppe höher wohnt?«

»Genau.«

Amanda zuckte die Achseln. »Nicht sehr viel. Er wohnt seit vielleicht sechs Wochen in dem Haus. Ich kann ihn nicht besonders leiden. Ich meine, wieso sagt man den Leuten nicht Guten Morgen? Was ist so schwer daran? Können Sie mir sagen, was daran so schwer sein soll?«

»Sie haben gesagt, Mr. Kelly hätte nie viel über sein Leben gesprochen.«

»Nein. Hat er nicht.«

»Hat er jemals was von einem Banküberfall erwähnt? Oder einen Film namens *Manhattan Beat*?«

»Wissen Sie, ich glaube, er hat mal etwas über diesen Film gesagt. Ja. Ein paar Mal. Er war richtig froh, dass er ihn gefunden hat. Aber über einen Banküberfall hat er nie was gesagt.«

»Werden Sie eine Beerdigung für ihn organisieren? Ich habe mit der Polizei gesprochen, und die haben gesagt, Sie wollten ihn beerdigen lassen.«

Die Frau nickte. Sie ist das, woran man denkt, wenn jemand von einer ›hübschen‹ Frau spricht, dachte Rune. Amanda war nicht schön. Aber sie war attraktiv und ein Mensch, der nicht alterte. »Er hat keine Familie«, sagte Amanda. »Ich habe einen Freund, der mäht das Gras auf dem Forest Lawn Friedhof. Vielleicht kann ich etwas mit ihm verabreden, damit ich Mr. Kelly dort beerdigen lassen kann. Es ist nett dort. Wenn ich in den Vereinigten Staaten bleiben darf, meine ich. Aber ich glaube nicht, dass es noch dazu kommt.«

»Geben Sie noch nicht auf«, flüsterte Rune ihr zu.

»Was?«

»Ich glaube, Mr. Kelly war dabei, eine Menge Geld zu bekommen.«

»Mr. Kelly?«, lachte Amanda. »Darüber hat er mir nie was gesagt.«

»Ich kann für nichts garantieren. Aber ich glaube, ich habe Recht. *Und* ich glaube, dieser Symington weiß etwas darüber. Wenn Sie ihn sehen, geben Sie mir dann Bescheid? Aber sagen Sie ihm nichts.« Sie gab der Frau die Nummer der Videothek. »Rufen Sie mich dort an.«

»Klar. Klar. Ich ruf Sie an.«

Rune sah den skeptischen Ausdruck auf ihrem Gesicht.

»Sie glauben mir nicht, oder?«, fragte sie Amanda.

Die Frau zuckte die Achseln. »Ob ich glaube, dass Mr. Kelly Geld bekommen würde?« Sie lachte wieder. »Nein, ich denke nicht. Aber, hey, wenn Sie es finden, sagen Sie mir Bescheid«, sagte sie. Sie schaute das Bild noch einmal an. »Sagen Sie mir Bescheid.«

Es war einmal …

In westlicher Richtung zur Avenue A gehend, schaute Rune sich auf der Straße nach Symington um. Verschwunden.

Die Hitze war übel. Stadthitze, stickige Hitze, feuchte Hitze. Ihr war nicht danach, zu hetzen, aber da sie auch keine Lust hatte, sich von Tony anbrüllen zu lassen, verstieß sie gegen einen ihrer persönlichen Grundsätze und beeilte sich, zur Arbeit zu kommen.

In einem großen und mächtigen Königreich voller Wunder lebte einmal eine Prinzessin. Sie war eine sehr kleine Prinzessin, die von niemandem ernst genommen wurde …

Sie setzte ihren Weg auf dem Gehsteig fort. Sie fühlte sich in Hochstimmung. Sie hatte ihren ersten schwarzen Ritter getroffen – einen pockennarbigen Mann Mitte sechzig, der einen hässlichen braunen Hut trug – und war ihm entkommen, ohne von seinem Breitschwert erschlagen worden zu sein.

Oh, sie war eine schöne Prinzessin, obwohl sie zu klein war, um Model zu werden. Eine schöne Prinzessin – die noch viel schöner sein würde, wenn ihre Haare erst wieder gewachsen sein würden. Eines Tages wurde die Prinzessin ganz traurig, denn ein schrecklicher Drache hatte einen netten alten Mann getötet und seinen verborgenen Schatz gestohlen. Einen verborgenen Schatz, von dem er ihr einen Teil versprochen hatte und mit dem er auch eine Freundin hatte retten wollen, die von den Widerlingen der Einwanderungs- und Einbürgerungsbehörde schikaniert wurde.

Third Avenue. Broadway. University Place.

Die schöne Prinzessin machte sich daher selbst auf den Weg, um den Drachen zu suchen. Und sie fand ihn und erschlug ihn, beziehungsweise schlug *ihn und schnappte ihn, so dass er fünfundzwanzig oder dreißig Jahre in Attica verbringen musste. Sie bekam den Goldschatz, den sie mit der Freundin teilte, und beide sackten eine schöne halbe Million ein.*

Rune betrat die Videothek und erblickte Tony, der gerade tief Luft holte, die als ›Wo hast du denn gesteckt, verflucht noch mal‹ herauskommen würde.

»Tut mir Leid.« Rune hielt die Hände hoch, um ihm zuvorzukommen. »Das war wieder mal so ein Morgen.«

Sie ging hinter den Tresen und loggte sich so schnell an der Kasse ein, dass sie nicht bemerkte, dass über der Straße der Mann, den sie als den hübschen Jungen bezeichnet hatte, derjenige in der Stromableserjacke, in eine Sitzecke in dem Coffeeshop schlüpfte. Er beobachtete sie weiter, so wie er sie beobachtet hatte, als er ihr von dem Wohnhaus auf der East Tenth Street gefolgt war, wo der alte Mann umgebracht worden war.

Rune schnappte sich eine Hand voll Bänder und fing an, sie einzusortieren. Wobei sie dachte:

Und die Prinzessin lebte glücklich und zufrieden.

9

Am Telefon mit Susan Edelman.

Die pinkfarben gekleidete Joggerin, die in der Gasse neben Mr. Kellys Wohnhaus von dem Auto angefahren worden war, konnte nicht lange reden. Sie war sehr benommen. »Ich werde, ähm ... morgen entlassen. Können Sie ... ähm, dann anrufen?«

Sie gab Rune ihre Telefonnummer, ihr fielen nur sechs Ziffern ein, worauf sie es noch einmal versuchte und sich wieder nicht auf die vier letzten Ziffern besinnen konnte.

Na, die würde eine tolle Zeugin abgeben, dachte Rune angesäuert.

»Ich schau im Telefonbuch nach«, sagte Rune. »Stehen Sie drin?«

»Ähm, ja.«

»Lassen Sie's sich gut gehen«, sagte Rune.

»Ich bin von einem Auto angefahren worden«, sagte Susan, als erzählte sie Rune zum ersten Mal, was geschehen war.

Rune sortierte noch ein paar weitere Bänder ein, und dann, sobald Tony gegangen war, sagte sie zu Frankie, sie würde Kaffee holen gehen, und verschwand aus dem Laden.

Draußen schaute sie sich auf den Straßen der Stadt um. Erhaschte einen Blick auf jemanden, der ihr bekannt vorkam – einen jungen Mann mit dunklen Locken –, den sie aber nicht unterbringen konnte. Er hatte ihr den Rücken zugekehrt. Irgendetwas an seiner Haltung war ihr vertraut, seine muskulöse Statur. Wo hatte sie ihn schon einmal gesehen?

Wo?

Aber er betrat rasch einen Imbiss, so dass sie nicht länger darüber nachdachte. Das war so eine Sache an Greenwich Village. Man lief ständig Leuten über den Weg, die man kannte. Jeder glaubte, New York sei eine Riesenstadt, aber das stimmte nicht; es war eine Ansammlung kleiner Städtchen. Ein Taxi fuhr die Straße entlang, und sie hielt es an. Innerhalb von zwanzig Minuten war sie in der New York Public Library.

Die Bücher über allgemeine Stadtgeschichte – es gab davon Hunderte – halfen ihr überhaupt nicht weiter. *Die Geschichte des Verbrechens in New York* ... das war etwas anderes. Eines, was sie erfuhr, war, dass es in Manhattan mehr Banküberfälle pro Quadratmeile gab als irgendwo sonst im Land – und die meisten wurden an einem Freitag verübt. Dem traditionellen Zahltag. Bei diesem Aufkommen an Überfällen waren die Berichte über den Raub in der Union Bank entsprechend spärlich. Sie fand ein paar wenige Stellen darüber. Die einzige, die überhaupt näher Bezug darauf nahm, befand sich in einem Buch über die Mafia und berichtete nur, dass die Familie wahrscheinlich nichts damit zu tun hatte.

Die Zeitungen waren besser – obwohl über den Raub nicht ausführlich berichtet wurde, da er nicht an einem Saure-Gurken-Tag stattgefunden hatte. Zur gleichen Zeit, als der heldenhafte Cop mit dem Geiselnehmer um das Leben der Geisel verhandelte, hatte der Rest der Welt König Edwards Abdankung verfolgt, die die städtischen Zeitungen mit Artikeln und Kommentaren gefüllt hatte. Rune konnte sich nicht enthalten, einige der Artikel zu lesen; sie fand, es sei das Romantischste, was sie je gehört hatte. Sie studierte das Foto von Mrs. Simpson.

Ob wohl für mich jemand ein Königreich aufgeben würde?

Würde Richard es tun?

Auf diese Frage fiel ihr keine befriedigende Antwort ein, und sie widmete sich wieder den Geschichten über den Raubüberfall auf die Union Bank.

Die Schießerei war vorüber: Der Räuber lag im Leichenschauhaus, und die Million war nicht aufzufinden, obwohl das zuerst nicht so wichtig erschien, denn die Geisel war in Sicherheit, und der Streifenbeamte Samuel Davies war ein Held. Der einzige Haken an der Sache war, dass es keine befriedigende Erklärung dafür gab, wie der Räuber den Koffer mit dem Geld an seinen Partner draußen vor der Bank übergeben hatte, bevor Davies mit ihm zu verhandeln begonnen hatte.

Ein Komplize des verstorbenen Räubers, so wird vermutet, hatte sich außerhalb der Bank verborgen und in einem Augenblick der Verwirrung, als der Streifenbeamte Davies sich kühn der Bank näherte, die unrechtmäßig erworbene Beute ergriffen und war geflohen.

Einen Monat danach war die Frage, was mit dem Geld geschehen war, beantwortet, und die Zeitungsberichte hörten sich ganz anders an:

> Heldenhafter Streifenbeamter im Fall des Raubes an der Union Bank beschuldigt – Junge gesteht, die Beute des Cops im Haus seiner Mutter versteckt zu haben. – Eine ›Schande und Entehrung‹, sagt der Commissioner.

Rune, die vor der Eichenplatte eines riesigen Tischs saß, überlief ein unbehaglicher Schauder beim Gedanken an den armen Cop. Es stellte sich heraus, dass er den Räuber dazu überredet hatte, ihn gegen die Geisel auszutauschen, die aus der Bank geflüchtet war. Dann hatte er den Dieb überredet, ihm den Revolver zu geben.

Was dann passiert war, war reine Spekulation: Davies behauptete, der Räuber hätte es sich anders überlegt und sich auf ihn gestürzt. Es war zu einem Kampf gekommen. Der Räuber schlug den Cop nieder und schnappte sich den Revolver. Davies versuchte, ihm die Pistole zu entreißen. Sie kämpften. Ein Schuss löste sich. Der Räuber wurde getötet.

Ein kleiner Schuhputzer jedoch gab an, er habe sich außerhalb der Bank verborgen und auf jemanden gewartet, als sich über ihm ein Fenster geöffnet und ein Mann herausgeschaut habe. Es war Davies, der Cop.

> Ja, Sir, ich erkenne ihn wieder, Sir. Er sieht genau aus wie der Mann da, Sir, nur dass er an dem Tag eine Uniform anhatte.

Er fragte nach der Adresse des Jungen und übergab ihm dann einen Koffer und befahl ihm, diesen nach Hause zu bringen.

> Und er sagt zu mir ... er sagt, wenn ich den Koffer aufmache oder irgendwas sage, was passiert ist, muss ich ins Erziehungsheim und krieg jeden Tag Senge. Ich hab getan, was er gesagt hat, Sir.

Davies leugnete alles – den Räuber ermordet zuhaben, das Geld genommen zu haben, in die Wohnung des Schuhputzerjungen in Brooklyn eingebrochen zu sein und den Koffer gestohlen und dann die Beute irgendwo versteckt zu haben. Der Polizist habe in seiner Verteidigung zu Tränen gerührt, berichteten die Zeitungen. Aber die Geschworenen ließen sich davon nicht beirren. Davies bekam fünf bis fünfzehn Jahre. Der Polizei-Hilfsverein behauptete die ganze Zeit über, er sei das Opfer eines Komplotts, und verlangte seine Freilassung auf Bewährung. Er saß sieben Jahre der Strafe ab.

Die Kontroverse um Davies brach nach seiner Entlassung jedoch nicht ab. Nur zwei Tage, nachdem er 1942 aus dem Tor von Sing Sing in Ossining, New York, spaziert war, wurde er an der Ecke Fifth Avenue und Ninth Street vor dem altertümlichen Fifth Avenue Hotel mit einer Maschinenpistole erschossen. Niemand wusste, wer hinter dem Anschlag steckte, obwohl es wie das Werk eines Profis aussah. Das Geld wurde nie gefunden.

Über das Verbrechen erschien in der Presse nie wieder eine Zeile, bis auf die winzige Meldung über den Film *Manhattan Beat* – den Ausschnitt, den Rune in Kellys Wohnung gefunden hatte.

Ein Obdachloser setzte sich neben sie an den Tisch in der Bibliothek. Sie roch die Fäulnis im Sog der Luft um ihn her.

Wie die meisten Obdachlosen gelang es ihm, einen harmlosen und bedrohlichen Eindruck zugleich zu machen. Er flüsterte mit sich selbst und schrieb in der winzigsten Handschrift, die sie je gesehen hatte, etwas auf einen verknitterten Fetzen Papier.

Eine ihrer Uhren schien zu funktionieren. Sie schaute darauf. Oh, scheiße! Es war schon nach zwei. Ihre Zehn-Minuten-Pause hatte sich auf mehr als zwei Stunden ausgedehnt. Tony konnte schon zurück sein. Sie nahm ein Taxi zurück zum Village, ließ den Fahrer aber aus einem Impuls heraus an der Fifth Avenue 24 anhalten, dem Standort des Fifth Avenue Hotels. Langsam ging sie hin und her und fragte sich, wo Samuel Davies wohl gewesen sein mochte, als er erschossen worden war – was er getan hatte, was ihm durch den Kopf gegangen war, als er erkannte, was passierte, sofern er den schwarzen Pistolenlauf, der auf ihn zielte, gesehen hatte.

Sie lief in großen Kreisen, schob sich durch die Menge, bis ein Cop – ein echter Cop, NYPD –, der an einem Streifenwagen lehnte, offenbar zu dem Schluss gekommen war, sie verhielte sich ein wenig verdächtig, und langsam direkt auf sie zuging. Rune studierte die Speisekarte, die im Fenster der schicken Restaurants an der Ecke hing, runzelte die Stirn und schüttelte den Kopf. Sie ging weiter in Richtung University Place.

Der Cop verlor das Interesse.

Zurück im Laden wurde sie von Tony schon erwartet. Er hielt ihr volle zwei Minuten lang einen Vortrag über Pünktlichkeit, und sie bemühte sich nach Kräften, einen zerknirschten Eindruck zu machen.

»Was?«, knurrte er. »Hast wohl gedacht, ich sei den ganzen Tag weg, hm?«

So wie gewöhnlich?, dachte sie. »Tut mir Leid. Wird nicht wieder vorkommen, auf Ehre und Gewissen.«

»Ich *weiß*. Das ist deine letzte Chance. Komm noch einmal zu spät, und du bist draußen. Die Leute stehen bei mir Schlange für 'nen Job.«

»Stehen Schlange?« Sie schaute aus der Eingangstür. »Wo, Tony? Hinter dem Haus? In der Gasse?« Dann wurde ihr bewusst, dass sie ein wenig reumütiger sein sollte. »Tut mir Leid. Sollte nur 'n Witz sein.«

Er machte ein finsteres Gesicht und reichte ihr einen rosa Notizzettel. »Noch etwas, das hier ist keine Nachrichtenzentrale. Und jetzt geh Kaffee holen, und mach's wieder gut.«

»Aber sicher«, sagte sie fröhlich. Er musterte sie argwöhnisch.

Die Nachricht war von Richard. »Bestätige unser ›Rendezvous‹«, lautete sie. Ihr gefielen die Anführungszeichen. Sie faltete den rosa Zettel und steckte ihn in ihre Hemdtasche.

»Hier«, knurrte Tony. Er gab ihr Geld für den Kaffee.

»Nee, ist schon gut«, sagte sie. »Geht auf mich.«

Der Ärmste war völlig von den Socken.

»Du kommst aus Ohio?«

Es war acht Uhr abends. Sie saßen in Runes Wintergarten und hörten den Kanon von Pachelbel. Rune hatte acht verschiedene Aufnahmen von dem Stück. Es gefiel ihr schon seit Jahren – noch bevor es sich allgemein durchgesetzt hatte, so wie *Greensleeves* und *Simple Gifts*.

»Ich hab noch nie jemanden aus Ohio getroffen«, fuhr Richard fort.

Sie trug ein schwarzes T-Shirt, schwarze Stretchhosen und rot-weiß gestreifte Socken. Sie hatte es als Hommage an Richards Kostüm an jenem Abend gewählt. Er jedoch war in einer weiten grauen Stoffhose, Turnschuhen und einem beigefarbenen Texaco-Hemd gekommen, auf dessen Tasche der Name Ralph gestickt war.

Der Mann ist *pures* Downtown. Ich liebe ihn!

»Was ist rund an den Enden und in der Mitte high? Das ist O-hi-o«, sang Rune. »Das ist es. Eine Silbe mehr, und Rogers und Hammerstein hätten ein Musical darüber schreiben können.«

»Ohio«, sagte Richard nachdenklich. »Da muss was dran sein. Solide, verlässlich. Arbeiterklasse. Irgendwie metaphorisch. Du warst dort, und jetzt bist du« – er beschrieb mit der Hand einen Kreis – »hier.«

»Es ist ein hübscher Staat«, sagte sie abwehrend.

»Ich wollte gar nichts Schlechtes damit sagen. Aber wieso bist du hierher gekommen und nicht nach Chicago oder L. A.? Ein Job?«

»Nein.«

»Ich weiß. Freund.«

»Nee.«

»Bist du ganz alleine nach Manhattan gekommen?«

»Um auf ein richtiges Abenteuer zu gehen, *muss* man ganz alleine gehen. Erinnerst du dich an *Herr der Ringe*?«

»Flüchtig. Hilf meinem Gedächtnis mal auf die Sprünge.«

Flüchtig? Wie konnte er sich nicht an das beste Buch aller Zeiten erinnern?

»Am Anfang sind alle Hobbits und alle anderen gemeinsam losgezogen, aber am Ende war es Frodo, der bis zu dem Feuerloch kam, um den Ring der Macht zu zerstören. Er ganz mutterseelenallein.«

»Okay«, sagte er nickend. Er war sich des Zusammenhangs nicht ganz sicher. »Aber wieso Manhattan?«

»Ich war nachmittags nicht oft zu Hause«, erklärte Rune. »Nach der Schule, meine ich. Mein Dad war ziemlich krank, und meine Mutter hat meine Schwester und mich oft zum Spielen rausgeschickt. Sie hatte ihre Verabredungen und Freunde. Ich hatte meine Bücher.«

»Bücher?«

»Ich hab mich immer in der Shaker Heights Bibliothek rumgetrieben. Da war so ein Bildband über Manhattan. Ich hab ihn nur einmal gelesen und *gewusst*, dass ich hierher kommen muss.« Dann fragte sie: »Na, und wie war's bei *dir*?«

»Wegen dem, was Rimbaud über die Stadt sagt.«

»Ähm.« Moment. Sie hatte den Film *gesehen* und gehasst. Sie hatte gar nicht gewusst, dass *Rambo* auch ein Buch war. Sie dachte an die Pappfigur im Washington Square Video – von Stallone mit seinen Muskeln und dem bescheuerten Stirnband. »Bin ich mir nicht sicher.«

»Erinnerst du dich an sein Gedicht über Paris?«

Gedicht? »Nicht so genau.«

»Rimbaud hat geschrieben, dass die Stadt der tränenlose Tod sei, unsere beflissene Tochter und Dienerin, eine verzweifelte Liebe, ein hübsches Verbrechen, heulend im Staub der Straße.«

Rune schwieg. Angestrengt bemüht, aus Richard schlau zu werden. Downtown-verrückt *und* klug. Sie hatte noch nie jemanden wie ihn kennen gelernt. Sie beobachtete seine Augen, die Art, in der seine langen Finger das präzise Ritual vollführten, eine Bierdose aus den Plastikringen zu ziehen, die das Sixpack zusammenhielten, auf den Deckel zu klopfen, damit der Schaum sich senkte, sie dann langsam zu öffnen. Beobachtete seine schlanken Beine, die langen Füße, die Beschaffenheit seiner Augen. Sie hatte das Gefühl, sein Gehabe sei nur Fassade. Aber was befand sich darunter?

Und wieso fühlte *sie* sich so zu ihm hingezogen? Weil es da etwas an ihm gab, aus dem sie nicht schlau wurde?

Wegen des Geheimnisvollen?

»Du weichst meiner Frage aus«, sagte Richard. »Wieso bist du hergekommen?«

»Das hier ist das Zauberreich.«

»Du nimmst jetzt keinen Bezug auf Rimbauds Metapher.«

Bezug nehmen? Wieso musste er so reden?

»Hast du je die Oz-Bücher gelesen?«, fragte Rune.

»›Follow the yellow brick road‹«, sang er mit quäkender Stimme.

»Das ist aus dem Film. Aber Frank Baum – das war der Autor –, der hat eine ganze Reihe davon geschrieben. In seinem Zauberreich Oz gab es eine ganze Menge Länder. Alle sind unterschiedlich. Manche Menschen sind aus Porzellan, andere haben Köpfe wie Melonen. Sie reiten auf Sägeböcken herum. Und genauso ist New York. Jede andere Stadt, wo ich war, ist wie ein Supermarkt. Du weißt schon – sauber, billig, bequem. Aber was sind sie im Grunde? Unbefriedigend, nichts weiter. Sie sind *prosaisch*. Sie haben keinen Zauber. Komm her.« Sie nahm ihn bei der Hand und führte ihn zum Fenster. »Was siehst du?«

»Das Con Ed Building.«

»Wo?«

»Gleich da drüben.«

»Ich sehe kein Gebäude.« Rune wandte sich ihm mit großen Augen zu. »Ich sehe einen Berg aus Marmor, der vor tausend Jahren von Riesen gehauen wurde. Sie haben Zauberwerkzeuge benutzt, wette ich. Kristallene Hämmer und Meißel aus Gold und Lapislazuli. Ich glaube, einer von ihnen, seinen Namen habe ich vergessen, hat das Schloss gebaut, in dem wir gerade sind. Und die Lichter, siehst du sie da drüben? Überall um uns her? Das sind die Laternen an den Hörnern von Ochsen mit goldenen Fellen, die um das Königreich ziehen. Und die Flüsse, weißt du, wo die herkommen? Sie wurden von den Zehen der Götter beim Tanzen aus der Erde gebohrt. Und dann … und dann gibt es da unter der Erde Höhlen, riesige Höhlen. Hast du schon mal das Rumpeln unter uns gehört? Das sind Würmer, die mit fünfzig Meilen pro Stunde herumkriechen. Manchmal sind sie es leid, im Dunkeln zu leben, und verwandeln sich in Drachen und schießen hinauf in den Himmel.« Sie packte ihn drängend am Arm. »Schau, da ist gerade einer!«

Richard beobachtete die 727, die langsam LaGuardia anflog. Er beobachtete sie sehr lange.

»Du denkst, ich bin verrückt, stimmt's?«, sagte Rune. »Du denkst, ich lebe in einer Märchenwelt.«

»Das ist nichts Schlimmes. Nicht unbedingt.«

»Ich sammle sie, weißt du?«

»Märchen?«

Rune ging zu ihrem Bücherregal. Sie fuhr mit dem Finger über die Rücken von etwa fünfzig Büchern. Hans Christian Andersen, die Brüder Grimm, Perraults Märchen, alte französische Märchen, Cavendishs Buch über Artus und drei oder vier Bände seines *Man, Myth and Magic*. Eines hielt sie hoch. »Eine Originalausgabe von Lady Gregorys *Story of the Tatha Dé Danann and of the Fianna of Ireland*.« Sie reichte es ihm.

»Ist das wertvoll?« Mit seinen atemberaubenden Fingern blätterte Richard in dem alten Buch.

»Für mich schon.«

»Und wenn sie nicht gestorben sind …« Er überflog die Seiten.

»So enden Märchen nicht«, sagte Rune. »Nicht alle.« Sie nahm ihm das Buch weg und fing an, langsam durch die Seiten zu blättern. Sie hielt inne. »Hier ist die Geschichte von Diarmuid. Er war einer der Fianna, der Kriegerwächter des alten Irland. Diarmuid ließ eine hässliche alte Hexe in seiner Hütte schlafen, und sie verwandelte sich in eine wunderschöne Frau von der SEITE, das ist die andere Seite, mit Großbuchstaben – das Zauberland.«

»Das hört sich ziemlich glücklich für mich an.«

»Aber das war noch nicht das Ende.« Sie wandte sich ab und blickte durch ihr blasses Spiegelbild hindurch auf die Stadt. »Er hat sie verloren. Sie mussten beide ihrer wahren Natur gehorchen – er konnte nicht auf der SEITE leben und sie nicht auf der Erde. Er musste ins Land der Sterblichen zurückkehren. Er hat sie verloren und nie wieder Liebe gefunden. Aber er hat sich immer daran erinnert, wie sehr er sie geliebt hat. Ist das etwa keine traurige Geschichte?«

Aus irgendeinem Grund dachte sie an Robert Kelly.

Sie dachte an ihren Vater.

Tränen brannten in ihren Augen.

»Du hast ja eine Menge Geschichten«, sagte er, den Blick auf ihre Buchrücken gerichtet.

»Ich liebe Geschichten.« Sie wandte sich zu ihm. Konnte den Blick nicht von ihm losreißen. Er merkte es und schaute weg. »Du warst genau wie er, als hättest du mich gesucht. An dem Abend kürzlich, so ganz in Schwarz. Ich habe an Diarmuid gedacht, als ich dich zum ersten Mal gesehen habe. Wie ein fahrender Ritter auf der Suche.« Sie verzog das Gesicht. »In Begleitung zweier abgewrackter Jungfrauen.«

Richard lachte. »Ich *war* auf der Suche«, fügte er hinzu. »Nach dir.« Er küsste sie. »Du bist mein Heiliger Gral.«

Sie schloss die Augen und küsste ihn zurück. »Essen wir«, sagte sie dann plötzlich.

Das Schneidebrett in Form eines Schweins war ihr Küchentisch. Sie schnitt einen runden Laib Roggenbrot auf und bestrich beide Seiten mit Mayonnaise. »Schau genau zu. Ich hab dir doch gesagt, dass ich kochen kann.«

»Das soll kochen sein?«

»Ich glaube, ich kann wirklich kochen. Ich hab's nur noch nicht oft gemacht. Ich hab einen ganzen Haufen Kochbücher.« Sie deutete wieder zu dem Bücherregal.

»Meine Mutter hat sie mir geschenkt, als ich von zu Hause ausgezogen bin. Ich glaube, sie wollte mir ein Diaphragma schenken, aber dann hat sie in letzter Minute die Nerven verloren und mir stattdessen Fannie Farmer und Craig Claiborne gegeben. Ich habe keine große Verwendung dafür. Für die meisten Rezepte braucht man einen Ofen.«

Sie schüttete kaltes chinesisches Essen aus dem Karton über den halbierten Laib und schnitt ihn in der Mitte durch. Das kalte Schweinefleisch quoll an den Seiten heraus, als sie mit dem stumpfen Messer durch das Brot säbelte, und sie schöpfte das Essen mit den Händen auf und belegte die Roggenstücke damit.

»Okay«, sagte er zweifelnd. »Na ja. Interessant.«

Aber als sie ihm das Sandwich reichte, aß er begeistert. Für einen dürren Hecht wie ihn hatte er einen guten Appetit. Er sah ja *so* französisch aus. Er *musste* eigentlich Franzose sein.

»Na«, fragte er. »Gehst du mit jemandem?«

»Im Moment nicht.«

Oder in jedem anderen Moment in den letzten vier Monaten und drei Wochen.

»Die Hälfte meiner Freunde will heiraten«, sagte er. Er absolvierte wieder sein Bierdosenritual, wobei seine langen Finger einen zögernden Rhythmus auf der Oberseite der Dose trommelten, sie dann öffneten und das Bier einschenkten, wozu er das Glas schief hielt.

»Hochzeit, hmm«, sagte sie wenig begeistert.

Wo sollte *das* denn hinführen.

Aber er hatte sich auf ein neues Thema gestürzt. »Und was hast du so vor?«

Sie biss ein großes Stück von dem Roggenbrot ab. »Abendessen, schätze ich.«

»Im Leben, meine ich.«

Rune blinzelte und wandte den Blick von ihm ab. Sie

glaubte, sie hatte sich diese Frage noch nie gestellt. »Ich weiß nicht. Abendessen.« Sie lachte. »Frühstücken, Tanzen. Arbeiten. Ausgehen ... Abenteuer erleben!«

Er beugte sich vor und küsste sie auf den Mund. »Du schmeckst nach Hunan-Mayonnaise. Komm, schlafen wir miteinander.«

»Nein.« Rune trank ihr zweites Bier aus.

»Bist du sicher?«

Nein ...

Ja ...

Sie fühlte sich nach vorn gezogen, auf ihn zu, wobei sie sich nicht sicher war, ob er sie tatsächlich zog oder ob sie sich von selbst bewegte wie der Zeiger auf einem Wahrsagebrett. Er rollte sich auf sie. Sie küssten sich fünf Minuten lang. Sie wurde erregt, spürte, wie dieses Gefühl von warmem Wasser in ihren Waden bis in die Oberschenkel stieg.

Nein ... ja ... nein.

Aus ihrem Zwiespalt wurde sie jedoch durch eine Stimme erlöst, die »Zu Hause!« rief. Der Kopf einer Frau erschien auf der Treppe. »Zieht euch wieder an.«

Eine Frau Ende zwanzig in einem schwarzen Minikleid und roten Schuhen kam die Treppe herauf. Hohe Stöckel. Ihr Haar war im Stil der 50er Jahre kurz geschnitten und toupiert. Die Haare waren schwarz und purpurn.

Die Verabredung der Mitbewohnerin war also nicht so gelaufen, wie sie es sich erhofft hatte.

»Sandra, Richard, Richard, Sandra«, murmelte Rune.

Sandra musterte ihn. »Hast du gut gemacht«, sagte sie nicht zu ihm, sondern zu Sandra. Dann begab sie sich in ihre Hälfte des Zimmers, wobei sie im Gehen den Reißverschluss ihres Kleides öffnete und einen dicken weißen Büstenhalterträger enthüllte.

»Sie ist Schmuckdesignerin«, flüsterte Rune. »Jedenfalls will sie das werden. Tagsüber ist sie Rechtsanwaltsgehilfin. Aber ihr Hobby ist Männer sammeln. Bis jetzt hat sie mit achtundfünfzig geschlafen. Sie hat die Zahl aufgeschrieben. Natürlich ist sie nur zweiundzwanzigmal gekommen, und daher ist nicht ganz geklärt, was sie eigentlich zählen darf. Bei dieser Sache gibt es keine Ordensregeln.«

»Ich schätze nicht.«

Richards Blick folgte einem undeutlichen Spiegelbild von Sandra im Fenster. Sie befand sich auf der anderen Seite der Wolkenwand und zog sich langsam aus. Sie wusste, dass sie beobachtet wurde. Der Büstenhalter fiel zuletzt.

Rune lachte und nahm sein Kinn in die Hand. Küsste ihn. »Süßer, denk nicht mal dran. Die Frau ist eine Zeitbombe. Wenn du mit der ins Bett gehst, ist das wie im Massengefummel mit hundert Leuten, von denen du nicht weißt, wo sie herkommen. Junge ...« Rune dämpfte ihre Stimme. »Ich mache mit Sorgen um sie. Ich mag sie nicht, aber sie ist auf irgend so 'nem abgefahrenen Selbstmordtrip drauf, wenn du mich fragst. Ein Typ schaut sie an, und rums liegt sie mit ihm in der Falle.«

»Es gibt sichere Methoden«, sagte Richard.

Rune schüttelte den Kopf. »Ich kannte mal 'nen Typen, dessen Freund hat in einem der Restaurants gearbeitet, in dem ich Barkeeperin war. Ich hab gesehen, wie sein Freund krank geworden und gestorben ist. Und dann hab ich gesehen, wie mein Freund krank geworden und gestorben ist. Ich war im Krankenhaus. Ich hab die Röhren, die Monitore, die Nadeln gesehen. Die Farbe seiner Haut. Alles. Ich hab seine Augen gesehen. Ich war da, als er gestorben ist.«

Ein Bild von Robert Kellys Gesicht tauchte wieder vor ihr auf, im Sessel in seiner Wohnung.

Ein Bild vom Gesicht ihres Vaters ...

Richard schwieg, und Rune wusste, dass sie *das* New-

York-Verbrechen begangen hatte: zu emotional zu werden. Sie räumte die Überreste ihres Abendessens zusammen und küsste Richard auf's Ohr. »Komm, wir schauen uns einen Film an«, sagte sie.

»Einen Film? Wieso?«

»Weil ich einen Mörder fangen muss.«

10

Sie hatte *Manhattan Beat* schon einmal gesehen, aber diesmal war es etwas anderes.

Nicht, weil sie gerade ein *Rendezvous* mit Richard hatte, nicht, weil sie Seite an Seite im Loft lagen und durch die Glaskuppel über ihnen bleiche Sterne sehen konnten.

Sondern weil er, als sie den Film zum ersten Mal gesehen hatte, nur ein Film gewesen war, den ein netter, schrulliger alter Mann ausgeliehen hatte. Jetzt war es ein Kaninchenloch – der Eingang zu einem Abenteuer.

Der Film war Quatsch, klar. Voll mit all den klassischen Bildern aus jener unbeholfenen Ära, von der sie Frankie Greek erzählt hatte – den weiten Anzügen, den Betonfrisuren, den gekünstelten Dialogen. Der junge Cop ließ seinen Gummiknüppel kreisen und sagte Sachen wie: ›Hallo, Mrs. Grath, na, was machen die Hühneraugen des verehrten Gatten?‹

Aber sie schenkte der zeitgenössischen Kleidung und den Worten nur wenig Beachtung. Als sie ihn diesmal anschaute, achtete sie vor allem auf den Inhalt. Der Film hinterließ ein nagendes Unbehagen in ihrem Herzen. Überall Schatten, das kontrastreiche Schwarz-Weiß, die unvermutete Gewalt. Die Schießereien – als der Räuber einen der

Kollegen des Helden und einen Zuschauer umnietete, zum Beispiel, oder die Szene, in der der Cop vor dem Hotel starb – waren sehr aufwühlend, auch wenn es kein Blut gab, das à la Sam Peckinpah in Zeitlupe durch die Gegend spritzte, und keine Spezialeffekte.

Es war wie in dem tollen alten Film mit Alan Ladd, *Mein großer Freund Shane* – anders als in modernen Thrillern hatte es da nur ein halbes Dutzend Schüsse im gesamten Film gegeben, aber sie waren laut und erschreckten einen, und man spürte jeden einzelnen davon im Bauch.

Manhattan Beat schien außerdem ziemlich jugendfrei zu sein. Aber Rune hatte den Eindruck, dass das Studio bei der Darstellung der jungfräulichen Freundin, gespielt von – was für ein Name – Ruby Dahl, ziemlich gemogelt hatte. Für Rune war es klar wie Kloßbrühe, dass das arme Ding Begierden fühlte. Von ihrem Text her wäre man nie darauf gekommen (›Ach, ich kann meine Gefühle nicht beschreiben, Roy. Ich sorge mich nur so um dich. Es gibt so viel … Böses da draußen.‹). Aber auch wenn ihre Kostüme und Pullover hoch bis zum Hals gingen, Rubys Busen war scharf, und aus ihrem zahmen Dialog konnte man heraushören, dass sie scharf auf Roy war. *Sie* war die Figur, die die langen Einstellungen bekam, als der Richter verkündete, ihr Verlobter werde ins Gefängnis wandern. Sie war diejenige, um die Rune weinte.

Um zwei Uhr früh warf Sandra einen Schuh nach ihnen, und Rune schaltete den Recorder und den Fernseher aus.

»Einmal ist er ja nicht übel«, sagte Richard. »Aber wieso haben wir ihn uns zweimal antun müssen?« Er hatte seine eigene Suche für diesen Abend aufgegeben und in den vergangenen Stunden die Finger von ihr gelassen.

»Weil ich mir beim ersten Mal keine Notizen gemacht hatte.« Sie spulte das Band zurück, die Schwarzkopie, die sie für Robert Kelly gezogen hatte. Sie schaute auf ihr Gekritzel, das sie auf die Rückseite des Flyers eines Fitnessstudios geschrieben hatte.

Richard streckte sich und nahm irgendeine abgefahrene Yogaposition ein, etwas wie ein Liegestütz, mit dem Unterleib an den Boden gedrückt und den Kopf mit Blick auf die Sterne über ihnen in einem verrückten Winkel zurückgelegt. »Okay, wenn ich ehrlich bin, hab ich den größten Teil vom zweiten Mal verschlafen. Sollte das mit dem Mörder ein Scherz sein?«

»Der Film ist der Grund, weshalb der Kunde, von dem ich dir erzählt habe, tot ist.«

»Er hat ihn *dreimal* gesehen. Er hat's nicht mehr ausgehalten. Er hat sich umgebracht.«

»Mach keine Witze.« Sie flüsterte, so dass ihm der Zorn in ihrer Stimme entging.

Sie zog ihre Tasche zu sich heran und reichte ihm den Ausschnitt, den sie in Kellys Wohnung gefunden hatte. Er begutachtete ihn, legte ihn jedoch weg, bevor er mehr als zwei Absätze gelesen haben konnte. Er schloss die Augen. Sie runzelte die Stirn und nahm das vergilbte, verknitterte Papier an sich.

»Die Sache ist die«, erklärte sie, »der Film geht über eine wahre Geschichte. In den Dreißigern gab es wirklich einen Cop, der Geld aus einem Raub gestohlen und es versteckt hat. Er hat die ganze Sache geleugnet, und die Million Dollar wurde nie gefunden. Er kam raus aus Sing Sing und ist ein paar Tage später erschossen worden. Und vermutlich hatte er nie die Gelegenheit, sich das Geld zu holen. Es ist genau so passiert wie in dem Film.«

Richard gähnte.

Rune kauerte sich, den Ausschnitt in der Hand, wie eine Geisha auf die Knie. »Ich glaube, Folgendes ist passiert: Mr. Kelly hat sich in einem Antiquariat auf der St. Marks Street ein altes Buch gekauft … Kennst du die Bücherstände am Copper Union? Und in dem lag dieser Ausschnitt. Er hat ihn gelesen – ich glaube, er hat sich für New Yorker Geschichte interessiert –, er fand es aufregend, hat sich aber keine großen Gedanken darüber gemacht. Und was passiert dann?«

»Was?«

»Dann«, sagte sie, »kommt er letzten Monat am Washington Square Video vorbei und sieht das Filmplakat. Er leiht sich den Film aus, schaut ihn sich an. Und da packt es ihn. Weißt du, was ich meine? Es packt ihn.« Sie wartete ab. Richard schien zuzuhören. »Das Gefühl«, sagte sie, »das man bekommt, wenn man weiß, dass da draußen was ist. Aber man weiß nicht, was. Aber man *muss* einfach herausfinden, was das Geheimnis ist.«

»Wie bei dir. Du bist geheimnisvoll.«

Sie verspürte einen freudigen Stich. »Das Gleiche bedeutet auch mein Name, weißt du?«

»Rune? Ich dachte, Rune sei ein Buchstabe.«

»Ist es auch. Aber es bedeutet außerdem ›Geheimnis‹ auf Keltisch.«

»Und was bedeutet ›Doris‹?«

»Egal«, sagte sie, ohne ihn zu beachten. »Ich glaube, Mr. Kelly und ich waren uns sehr ähnlich. Ungefähr wie du und ich.«

Das ließ sie eine Minute lang zwischen ihnen in der Luft hängen, und als er nicht antwortete, fragte sie sich: Und was ist dein Geheimnis, François Jean-Paul Vladimir Richard?

»Ich bin wach«, sagte er nach einer Weile. »Ich höre zu.«

»Also«, fuhr sie fort, »beschloss Mr. Kelly, das Geld zu suchen.«

»Welches Geld?«

»Das Geld, das der Cop genommen hatte! Das nie gefunden wurde.«

»Die Million Dollar? Komm schon, Rune, der Überfall war wann, vor fünfzig Jahren?«

»Klar, vielleicht hat's jemand gefunden. Vielleicht ist es verbrannt ... Man findet immer eine Entschuldigung, seine Suche aufzugeben, bevor man angefangen hat. Außerdem geht es bei so einer Suche nicht einfach darum, Geld oder Grale oder Edelsteine zu finden. Es geht um Abenteuer! Mr. Kelly war seit Jahren alleine gewesen. Das war seine Chance, ein Abenteuer zu erleben. Keine Familie, wenig Freunde, er lebte allein. Was war das für ein Leben? Einfach den ganzen Tag nur am Fenster sitzen und Tauben und Autos beobachten. Hier war die Gelegenheit zu einer Schatzsuche.« Sie fing an, auf und ab zu hüpfen, als ihr etwas einfiel. »Er hat mir erzählt, hör dir das an, *hör zu*, als er mich zum Essen ausgeführt hat, hat er mir erzählt, wenn das Schiff einlaufen würde, würde er etwas Nettes für mich tun. Also, was war das Schiff? Das war die Million Dollar.«

»Ich bin müde«, sagte Richard. »Ich muss morgen arbeiten.«

»An deinem Roman?«

Er zögerte einen Moment. Und sie hatte den Eindruck, er sei nicht ganz aufrichtig, als er sagte: »Genau.«

Erstes Rendezvous. Zu früh, um Druck zu machen. »Hast du vor, mich mit reinzunehmen? In deinen Roman?«

»Kann schon sein.«

»Machst du mich ein bisschen größer, und lässt du mir die Haare wachsen?«

»Nein, du gefällst mir so, wie du bist.«

Während er sich auf die Seite rollte, las sie noch einmal den alten Zeitungsausschnitt durch.

»Jetzt überleg mal, was hat der Cop in dem Film mit dem Geld gemacht?«

»Er hat sich aus der Bank geschlichen und es 'nem kleinen Schuhputzer gegeben, der's mit nach Hause genommen hat. Der Cop ist in das Haus eingebrochen und hat es geklaut. Bei dem Teil war ich noch wach.«

»Und da kam dieser total melodramatische Kampf, die ganz laute Musik, und die Mutter des Kleinen ist die ganze Treppe runtergefallen«, ergänzte Rune. »Das war was ganz Tolles in alten Filmen. Alte Ladys, die Treppen runterfallen. Das und engelsgleiche Kinder, die eine gefährliche, unbekannte Krankheit bekommen, an der sie langsam dahinsiechen.« Sie besann sich wieder auf den Film. »Okay, in den Zeitungsberichten gab es einen Schuhputzerjungen. Der Cop – in Wirklichkeit hieß er Samuel Davies, nicht Roy – hat dem Kleinen das Geld gegeben und gesagt, bring's zu dir nach Hause, oder ich prügel dir die Seele aus dem Leib. Das war das Letzte, was im wirklichen Leben je von dem Geld gehört wurde. Aber in dem Film kriegt es der Cop von dem Kleinen zurück und vergräbt es irgendwo auf einem Friedhof. Wer ist bloß auf diese Idee gekommen? Das Geld auf einem Friedhof zu verstecken?«

»Der Autor, wer sonst? Er hat sich's ausgedacht.« Richard hatte die Augen geschlossen.

Der Autor ... interessant ...

Dann wandte sich ihre Aufmerksamkeit wieder dem Fernseher zu. Sie schaltete den Videorecorder wieder ein und stellte auf Schnellvorlauf bis zu der Szene, wo Dana Mitchell, der den dunkelhaarigen Cop mit dem markanten Kiefer spielte, den Koffer auf einem städtischen Friedhof vergrub.

Sie drückte die Standbildtaste auf dem Recorder und ließ das Band Bild für Bild vorlaufen.

»Die Antwort liegt hier«, sagte Rune laut, aber mehr zu sich selbst, während die Bilder langsam an ihr vorüberglitten. »Irgendwo hier. Er hat ihn sich achtzehnmal angeschaut, achtzehn, achtzehn, achtzehn …« Sie sang das Wort vor sich hin. »Mr. Kelly stößt auf einen Hinweis, er findet etwas heraus. Und dann errät er, wo das Geld ist. Oder, okay, vielleicht … kann er es nicht selbst holen, er wird alt. Er hat Arthritis, ein lahmes Bein. Er kann nicht mehr selbst auf Friedhöfen herumbuddeln. Er braucht Hilfe. Er erzählt es jemandem. Einem Freund, einem Bekannten. Einem Jüngeren – der ihm helfen kann. Mr. Kelly erzählt dem Kerl alles, und dann, was tut der? Er holt sich das Geld und bringt Mr. Kelly um. Vielleicht war es ja der Kerl in dem grünen Auto …«

»Welchem grünen Auto?«

Sie zögerte. Eine weitere Gesellschaftsregel: Bei einem ersten Rendezvous erzählt man dem Jungen nicht, dass ein Mörder einen am Schauplatz eines Mordes gerade hat überfahren wollen.

»Die Polizei hat erwähnt, dass der Mörder ein grünes Auto gefahren hat.«

»Und ist in diesem Fall weg«, gab Richard zu bedenken. »Der Mörder hat die Stadt mit seiner Million verlassen. Was kannst du da noch machen?«

»Ihn finden, das kann ich machen. Er hat einen Freund von mir umgebracht. Und überhaupt gehört ein Teil von dem Geld mir. Und da wohnt dann noch so eine Freundin von meinem Freund in dem Haus, die ausgewiesen wird, wenn sie nicht an ein bisschen Geld kommt.«

»Wieso gehst du nicht einfach zur Polizei?«, fragte er.

»Polizei?« Sie lachte. »Denen ist das doch egal.«

»Und wieso auch nicht?« Er schaute sie jetzt von ganz nahe an.

»Na schön«, gab sie zu. »Weil die das Geld behalten würden … Ich weiß, dass es irgendwo da draußen ist. Sein könnte, meine ich. Was du vorhin gesagt hast … über den Autor, der sich das ausgedacht hat. Der muss doch über das richtige Verbrechen recherchiert haben, meinst du nicht?«

»Würde ich mal annehmen«, antwortete Richard.

»Ich meine, ist das nicht das, was du auch bei deinen Romanen machst? Recherchen?«

»Ja, klar. Recherchen. Jede Menge Recherchen.«

»Vielleicht weiß er ja etwas«, sinnierte Rune. »Schließlich hat er das Drehbuch vor fünfzig Jahren geschrieben. Meinst du, er lebt noch?«

»Wer weiß?«

»Und wie könnte ich das herausfinden?«

Er zuckte die Achseln. »Wieso fragst du nicht jemanden am Filmseminar an der Uni oder an der New School?«

Das war eine gute Idee. Sie küsste ihn auf's Ohr. »Siehst du, du magst abenteuerliche Suchen genauso wie ich.«

»Das glaub ich nicht. Aber ich hab auch so ein Gefühl, dass ich dir die Sache nicht ausreden kann, stimmt's?«

»Nee. So eine Suche gibt man nicht auf. Erst wenn man Erfolg hat oder ...« Ihre Stimme versiegte, als sie wieder die bleiche, mit dem eigenen Blut gesprenkelte Haut von Robert Kelly vor sich sah, das grüne Auto, das auf sie zuraste, Susan Edelman, die gegen die Ziegelwand flog. »Na ja, bis man Erfolg hat. Das ist alles.«

Sie betrachtete Richards Gesicht; er hatte die Augen geschlossen, und die Lippen waren leicht geöffnet. Sie versuchte, sich zu entscheiden, wie er ihr besser gefiel: wenn er verträumt aussah – in verträumt war er echt spitze – oder wenn die durchdringenden gefleckten Augen sie durchdringend anschauten. Verträumt, beschloss sie. Er war kein Ritter – kein Artus oder Cuchulain oder Parzifal. Nein, er hatte mehr etwas von einem Poetenritter. Oder einem Philosophenritter.

Sie lauschte seinem gleichmäßigen, langsamen Atem. Wie schön, dachte sie, beim Schlafen das warme Gewicht von jemandem neben sich zu spüren. Sie hätte es sich so sehr gewünscht, neben ihm zu liegen und ihn am ganzen Körper zu spüren.

Aber anstatt sich auszustrecken, zog sie ihre Böse-Hexe-Socken aus und zielte mit der Fernbedienung auf den Videorecorder, um sich den Film noch einmal anzuschauen, bis die Worte *The End* auf dem Bildschirm erschienen.

11

Auf dem Monitor lief ein Karatestreifen.

Asiatische Männer in schwarzen Seidenhosen segelten durch die Luft, Fäuste zischten wie Düsenjets. Jedes Mal, wenn jemand getroffen wurde, hörte es sich an, als würde ein Brett zerbrechen.

Einer der chinesischen Schauspieler ging auf zwei Gegner zu. »Okay, ihr beiden«, sagte er mit einem Südstaatennuscheln, »jetzt tretet mal ganz langsam den Rückzug an, dann passiert euch nichts.«

Rune lehnte sich auf dem Hocker hinter der Kasse von Washington Square Video zurück. Blinzelte in den Monitor. »Hey, hast du das gehört? Das ist total abgefahren! Der hört sich an wie John Wayne.«

Tony hielt seine blaue Kaffeetasse und eine Zigarette in der einen Hand und blätterte mit der anderen durch die *Post*. Er warf einen kritischen Blick auf den Monitor. »Und in zehn Sekunden prügelt er den beiden Typen die Scheiße aus dem Leib.«

Es dauerte eher sechzig, und während er es tat, erging Rune sich in Überlegungen. »Meinst du, das ist einfach?

Synchronisieren, meine ich. Meinst du, ich könnte da einen Job kriegen?«

»Verarsch mich nicht, Rune. Willst du kündigen?«, fragte er. »Oder meinst du, nachdem ich dich gefeuert habe?«

Rune drehte an ihren Armreifen. »Die müssen ihre Texte doch nicht auswendig lernen, oder? Sie sitzen nur im Studio und lesen das Textbuch. Das wär echt cool – ich wär gerne 'ne Schauspielerin, ohne vor Leuten auftreten und Sachen auswendig lernen zu müssen.«

Frankie Greek kämmte sich mit einem Zahnstocher durch die Strubbelhaare. Er rieb sich den Schnäuzer, den er seit einem Monat wachsen ließ; er sah aus wie ein feiner Streifen Dreck. Er starrte auf den Bildschirm. »Scheiße, schaut euch das an! Der hat vier Typen auf einmal umgetreten.« Er wandte sich an Rune. »Weißt du, ich hab das grade rausgefunden. Bei 'ner Menge Musik in Filmen machen die das nachträglich. Die klatschen's einfach drauf.«

»Was, hast du gedacht, die hätten 'ne Band im Studio?« Rune schaltete den Recorder aus. Tony blickte auf dem Fernseher. »Hey, was machst du denn da?«

»Der ist blöd.«

»Der ist nicht blöd. Der ist toll.«

»Die Schauspieler sind lächerlich, die Kostüme sind bescheuert, er hat keine Handlung ...«

»Genau das macht ihn so, also, du weißt schon ...«, sagte Frankie Greek. Das Ende des Satzes entglitt ihm, wie so oft. Er stöberte in den Regalen nach einem anderen Film.

Rune schaute sich in dem Raum um: die fleckige graue Auslegeware, die schwarzen Schnüre – von Werbekarten übrig geblieben –, die von der Klimaanlage herunterhingen, die ausgebleichten rot-grünen Feriengirlanden, die mit vergilbtem Klebstoff an den Wänden hafteten. »Ich war mal in 'ner Videothek auf der Upper East Side, der hatte mehr Klasse als der hier.«

Tony schaute sich um. »Was verlangst du eigentlich? Wir sind wie die U-Bahn. Wir erfüllen einen nützlichen Zweck. Da gibt doch keiner 'n Scheiß drauf, ob wir Klasse haben oder nicht.«

Rune lieh zwei Filme an einen jungen Mann aus, einen von den Tagesmenschen, wie sie sie nannte. Sie liehen sich tagsüber Filme aus; abends arbeiteten sie – Schauspieler, Kellner, Barkeeper, Schriftsteller. Zuerst hatte sie sie um ihre ungewöhnliche Lebensweise beneidet, aber nachdem sie näher darüber nachgedacht hatte – wie triefäugig oder verkatert sie immer ankamen und so tranig wirkten und rochen, als hätten sie sich die Zähne nicht geputzt –, kam sie zu dem Schluss, dass eine derartige Ziellosigkeit sie deprimierte. Den Leuten ging es besser, wenn sie auf Abenteuersuche gingen, fand sie.

Sie kam auf ihr vorheriges Thema zurück. »Der Laden da oben. Die Videothek«, sagte sie zu Tony. »Die hatten lauter ausländische Filme und Ballettfilme und Theaterstücke. Von den meisten hatte ich noch nie gehört. Das war so, als ob, wenn man da reingeht und nach *Predator Cop* fragt, die Alarmsirenen angehen und sie einen rausschmeißen würden.«

Tony schaute nicht von der Kummerkastenspalte auf. »Ich hab Neuigkeiten, Kleines: *Predator Cop* bringt uns Kohle. Dein *Meister-Stücke-Theater-Scheiß* nicht.«

»Moment, ist das echt ein Film?«, sagte Frankie. »*Meister* ... wie?«

»Um Himmels willen«, flüsterte Tony.

»Ich denke, wir sollten den Laden ein bisschen aufmotzen«, meinte Rune. »Einen neuen Teppich besorgen. Oder vielleicht machen wir einen Wein-und-Käse-Abend.«

»Hey«, sagte Frankie Greek, »ich könnte die Band mitbringen. Wir könnten spielen. Irgendwann freitagabends. Und, na, wie wär das? Wir könnten uns mit 'ner Kamera aufnehmen und ein paar Monitore ins Schaufenster stellen. Dann würden die Leute draußen uns sehen und reinkommen. Cool. Wie wär das?«

»Ätzend, das wär's.«

»Nur 'ne Idee.« Frankie Greek schob eine neue Kassette in den Recorder.

»Noch so einer?«, fragte Rune mit Blick auf den Vorspann.

»Nein, nein. Der ist anders«, sagte Frankie. Er zeigte Tony das Cover.

»Das lässt sich hören.« Tony faltete sie Zeitung zusammen und konzentrierte sich auf den Bildschirm. »Rune«, sagte er geduldig wie ein Priester zu einem Novizen, »weißt du, was das ist? Das ist Bruce Lee. Das ist ein Klassiker. Den werden die Leute in hundert Jahren noch sehen.«

»Ich geh Mittag essen«, sagte sie.

»Du weißt nicht, was du verpasst.«

»Ciao.«

»Sei in zwanzig Minuten zurück.«

»Okay«, rief sie. »Ich versuch's«, fügte sie hinzu, als sie draußen war.

Mit der Filmschule hatte Richard eine gute Idee gehabt. Aber sie brauchte gar nicht ins Filmseminar selbst zu gehen.

Sie blieb an dem Imbiss an der Eighth Street stehen, der ein Bombengeschäft mit überteuerten Sandwiches machte, die er an reiche Unistudenten und Professoren verkaufte.

Auf ihrem Weg hinein hielt sie an und schaute sich um. Das war der Imbiss, wo dieser Kerl mit den Locken – der, den sie irgendwie erkannt hatte, aber auch irgendwie nicht – sich gestern versteckt hatte. Sie fragte sich erneut, ob er ihr wohl nachstieg.

Hast du etwa noch *mehr* heimliche Bewunderer?, dachte sie. Zuerst Richard, jetzt er. Man hat ja schon Pferde kotzen sehen …

Komm auf den Teppich, ermahnte sie sich und ging zu dem Mann hinter dem Tresen. »Der Nächste … oh, hi«, sagte er.

»Selber hi, Rickie«, sagte Rune.

Er verdiente sich so sein Studium. Er war im dritten Jahr an der Uni, ein Filmcrack, und hätte der jüngere Bruder von Robert Redford sein können. Als Rune bei WSV angefangen hatte, hatte sie einen Haufen Geld und Zeit investiert, um sich mit Rickie über Filme zu unterhalten – und darauf zu hoffen, dass er mit ihr ausging. Sie waren gute Freunde geblieben, nachdem Rickie sie seinem Freund vorgestellt hatte, mit dem er zusammenlebte.

Sie hob den zellophanverpackten Apfelkuchen hoch, damit er ihn sah, packte ihn aus und fing an zu essen. Er brachte ihr das Übliche – Kaffee mit Milch, ohne Zucker. Sie unterhielten sich fünf Minuten lang über Filme, während er üppige Sandwiches aus Roastbeef und Truthahn und Zunge zubereitete. Rickie hatte eine Menge Insiderwissen über die Filmbranche und nervte trotzdem nie damit. Sie aß ihren Kuchen auf, und er goss ihr Kaffee nach.

»Rickie«, fragte Rune, »weißt du irgendwas über einen Film namens *Manhattan Beat*?«

»Nie davon gehört.«

»Ist in den späten Vierzigern gedreht worden.«

Er schüttelte den Kopf. »Gibt es an deinem Seminar so was wie ein Museum für alte Filme?«, fragte sie weiter.

»Wir haben eine Bibliothek. Kein Museum. Die öffentliche Bibliothek hat eine Kunstabteilung im Lincoln Center. Das MOMA hat wahrscheinlich ein Archiv, aber ich glaube nicht, dass sie da jeden reinlassen.«

»Vielen Dank, mein Schatz.«

»Hey, ich hab die Regeln nicht gemacht. Wenn man an einer Semesterarbeit schreibt oder eine Bescheinigung vom Studienberater bekommt, dann lassen sie einen rein. Aber das ist ziemlich heftiges Zeug. Experimentalfilme. Independents. Was willst du denn wissen?«

»Ich muss den Drehbuchautor finden.«

»Welches Studio hat ihn gedreht?«

»Metropolitan.«

Er nickte. »Die gute alte Metro. Wieso rufst du nicht einfach dort an und fragst?«

»Die gibt's noch?«

»Ach, der geht's wie allen anderen heutzutage, sie ist Eigentum eines großen Unterhaltungskonzerns. Aber die gibt's noch.«

»Und irgendwer dort weiß, wo der Drehbuchautor jetzt steckt?«

»Es ist deine beste Chance. Der Verband der Drehbuchautoren gibt wahrscheinlich keine Informationen über Mitglieder heraus. Verdammt, wenn ich du wäre, würde ich gar nicht erst anrufen; ich würd ihnen einfach einen Besuch abstatten.«

Rune zahlte. Er berechnete ihr fünf Cents für den Kuchen. Sie zwinkerte ihm zum Dank zu. »Ich kann's mir nicht leisten, nach L. A. zu fliegen«, meinte sie dann.

»Dann nimm doch die U-Bahn, die ist billiger.«

»Da muss man aber verdammt oft umsteigen«, sagte Rune.

»Das Büro in Manhattan, Liebling.«

»Die Metro hat ein Büro hier?«

»Na klar. Wie alle Studios. Ach, das Ostküstenbüro würde dem Westküstenbüro am liebsten die Kehle rausreißen und umgekehrt, aber sie sind immer noch Teil des gleichen Unternehmens. Ihnen gehört das große Gebäude am Central Park West. Das musst du schon gesehen haben.«

»Ach, als ob ich *je* da oben hinkäme.«

Beeindruckend. Das Geschäftsgebäude der Entertainment Corporation of America, der stolzen Besitzerin von Metropolitan Pictures.

Vierzig Stockwerke mit Blick auf den Central Park. Rune konnte sich nicht vorstellen, zwanzig Stockwerke mit Kollegen über sich und zwanzig unter sich zu haben. (Sie versuchte, sich vierzig Stockwerke Washington Square Video vorzustellen, mit lauter Tonys und Eddies und Frankie Greeks. Es war Grauen erregend.)

Sie fragte sich, ob wohl alle Angestellten von Metro zusammen in einer einzigen Kantine aßen. Gingen sie alle zusammen zum Firmenpicknick und besetzten an diesem Tag den Central Park?

Während sie darauf wartete, dass der Wächter den Telefonhörer auflegte, fragte sie sich weiter, ob jemand sie sehen und sie für eine Schauspielerin halten und sie vielleicht auf eine Probebühne zerren und ihr einen Text in die Hand drücken würde ...

Als sie allerdings in der Jahresbilanz des Unternehmens blätterte, wurde ihr klar, dass das wahrscheinlich nicht passieren würde, denn hier befand sich nicht der *filmproduzierende* Teil des Studios. Das New Yorker Büro der Metro hatte nur mit Finanzierung, Lizenzen, Werbung, Anzeigen und Public Relations zu tun. Nicht mit Besetzung oder Filmproduktion. Aber das war schon in Ordnung: Für eine Karriere, die sie nach Hollywood führen würde, war sie zurzeit eigentlich zu beschäftigt.

Der Wächter überreichte ihr einen Ausweis und teilte ihr mit, sie solle den Expresslift bis in den einunddreißigsten Stock nehmen.

»Express?«, sagte Rune. Grinsend. *Hervorragend!*

In dem absolut geräuschlosen, mit Teppich ausgekleideten Lift fielen ihr die Ohren zu. Nach zwanzig Sekunden stieg sie auf der einunddreißigsten Etage aus und ging, ohne die Empfangsdame zu beachten, zu dem deckenhohen Fenster, das eine atemberaubenden Aussicht auf den Central Park, Harlem, die Bronx, Westchester und das Ende der Welt bot.

Rune war wie hypnotisiert.

»Kann ich Ihnen helfen?«, fragte die Empfangsdame dreimal, bevor Rune sich umdrehte.

»Wenn ich hier arbeiten würde, würde ich nie an die Arbeit kommen«, murmelte Rune.

»Dann würden Sie nicht sehr lange hier arbeiten.«

Widerwillig riss sie sich von dem Fenster los. »Das ist die Aussicht, die man hätte, wenn man auf einem Pterodactylus zur Arbeit fliegen würde.« Die Frau starrte sie an. »Das ist ein Flugsaurier«, erklärte Rune. Immer noch Schweigen. Versuch, erwachsen zu sein, ermahnte sich Rune. Sie lächelte. »Hi. Ich heiße Rune. Ich habe einen Termin bei Mr. Weinhoff.«

Die Empfangsdame blickte auf eine Tabelle auf einem Clipboard. »Kommen Sie mit.« Sie führte sie durch einen stillen Korridor.

An den Wänden hingen Plakate von einigen älteren Filmen des Studios. Sie blieb stehen, um das steife, verknitterte Papier vorsichtig zu berühren. Weiter hinten im Flur hingen Plakate von neueren Filmen. Die Werbung für Filme hatte sich im Lauf der Jahre nicht wesentlich verändert. Ein sexy Bild von dem Helden oder der Heldin, der Titel, irgendeine echt bescheuerte Textzeile.

Er suchte nach Frieden, sie suchte nach Freiheit. Gemeinsam fanden sie das größte Abenteuer ihres Lebens.

Sie hatte den Actionfilm gesehen, auf den sich *dieser* Text bezog. Und wenn die Story ihr größtes Abenteuer gewesen war, also dann hatten diese Figuren ein totales Billigheimerleben geführt.

Rune blieb noch einmal stehen, um einen letzten Blick

auf das Zauberreich zu werfen, dann bog sie hinter der Empfangsdame in einen schmalen Flur.

Sie wettete mit sich selbst, dass Mr. Weinhoff in einem skandalös riesigen Büro sitzen würde. Auf der Ecke, mit Blick nach Norden und Westen. Mit einer Bar und einer Couch. Vielleicht hatte er Heimweh nach Kalifornien und hatte darauf bestanden, dass im ganzen Zimmer Palmen aufgestellt wurden. Ein Marmorschreibtisch. Eine Ledercouch. Eine Bar natürlich. Ob er ihr einen Highball anbieten würde? Was *war* ein Highball eigentlich genau?

Sie bogen um noch eine Ecke.

Sie stellte sich Mr. Weinhoff als fett vor, in einem dreiteiligen Anzug, Zigarren rauchend und zu Filmstars redend wie zu kleinen Kindern. Was, wenn Tom Cruise anrief, während sie in seinem Büro saß? Würde sie ihn bitten können, einen Gruß auszurichten? Verdammt, und ob sie ihn bitten würde! Oder Robert Duvall! Sam Shepard? Oh, bitte, bitte, bitte ...

Sie bogen um noch eine Ecke und blieben neben einem verbeulten Colaautomaten stehen. Die Empfangsdame nickte. »Hier.« Sie machte kehrt.

»Wo?«, fragte Rune und schaute sich um. Verwirrt.

Die Frau deutete auf etwas, was Rune für einen Schrank gehalten hatte, und verschwand.

Rune trat vor die Tür, neben der auf einem winzigen Schild S. WEINHOFF stand.

Das etwa zehn mal zehn Fuß große Büro hatte keine Fenster. Im Grunde waren es nicht einmal zehn mal zehn Fuß, denn an den Wänden stapelten sich Zeitschriften und Ausschnitte und Bücher und Plakate. Der Schreibtisch – zerschundenes, von Brandlöchern übersätes Holz – war so wackelig und billig, dass selbst der Detective mit den eng zusammenstehenden Augen sich geweigert hätte, daran zu arbeiten.

Weinhoff schaute aus der *Variety* auf und winkte sie herein. »So, Sie sind also die Studentin, wie war der Name noch? Ich kann mir Namen so schlecht merken.«

»Rune.«

»Hübscher Name, gefällt mir. Eltern waren Hippies, stimmt's? Frieden, Liebe, Sonnenschein, Wassermann. Das ganze Zeug. Finden Sie einen Platz, wo Sie sitzen können?«

Nun ja, mit einem hatte sie Recht gehabt: Er war fett. Rote Nase und geplatzte Äderchen in den riesigen Wangen. Ein großer Weihnachtsmann – wenn es denn einen jüdischen Weihnachtsmann gegeben hätte. Kein karierter Anzug. Nur ein Polyesterhemd, weiß mit braunen Streifen. Brauner Schlips. Graue Halbschuhe.

Rune setzte sich.

»Wollen Sie einen Kaffee? Sie sind zu jung, um Kaffee zu trinken, wenn Sie mich fragen. 'türlich trinkt meine Enkelin Kaffee. Rauchen tut sie auch. Behüte Gott, dass das alles ist, was sie macht. Ich heiße es nicht gut, aber ich sündige, also wie könnte ich Steine werfen?«

»Nein, danke.«

»Ich nehme einen, wenn's Ihnen recht ist.« Er ging in den Korridor, und sie sah, wie er sich am Wasserautomaten einen Instantkaffee machte.

So viel in puncto Highballs.

Er nahm wieder an seinem Schreibtisch Platz. »Na, wie haben Sie eigentlich von mir gehört?«, fragte er.

»Ich habe die Public-Relations-Abteilung hier angerufen?« Ihre Stimme hob sich wie bei einer Frage. »Sehen Sie, ich bin in so einem Kurs – *Die Wurzeln des Film Noir*, heißt er –, und ich schreibe ein Referat. Ich hatte ein paar Fragen zu einem Film, und die sagten, sie hätten jemanden hier, der schon eine Weile dabei ist ...«

»›Eine Weile dabei‹, das gefällt mir. Das ist ein Euphemismus, das ist es.«

»Und hier bin ich.«

»Also, ich sag Ihnen, warum die Sie zu mir geschickt haben. Wollen Sie's wissen?«

»Ich ...«

»Ich sag's Ihnen. Ich bin nämlich der inoffizielle Historiker bei der Metro. Das heißt, ich bin seit fast vierzig Jahren hier, und wenn ich richtig Geld verdient oder irgendwas mit Produktion zu tun gehabt hätte, dann hätten sie mich schon vor Jahren rausgeschmissen. Aber da dem nicht so ist, bin ich der Mühe nicht wert, mich rauszuschmeißen. Also hänge ich hier rum und beantworte Fragen von hübschen Studentinnen. Das darf ich doch sagen, oder?«

»Sagen Sie's, so oft Sie wollen.«

»Gut. Also, in der Mitteilung hieß es – ich glaub's ja kaum –, dass Sie ein paar Fragen zu *Manhattan Beat* haben?«

»Das stimmt.«

»Also, das ist interessant. Hier kommen eine Menge Studenten oder Reporter her, die sich für Scorsese, Welles, Hitch interessieren. Und man kann immer rechnen mit Fassbinder, Spielberg, Coppola. Vor drei oder vier Jahren bekamen wir Anrufe wegen Cimino. Diese Geschichte mit *Heaven's Gate*. Ach, wir hatten schon Anrufe! Aber ich glaube nicht, dass je jemand etwas über den Regisseur von *Manhattan Beat* Hal Reinhart gemacht hat. Egal, ich schweife ab. Was wollen Sie wissen?«

»Der Film war wahr, stimmt's?«

Weinhoffs Augen wurden schmal. »*Nu*, das ist ja der springende Punkt. Deshalb ist er ja so ein großes Ding. Er ist nicht in Kulissen gedreht worden, er beruhte auf einem wirklichen Verbrechen, er war nicht mit Gable, Tracy, Bette Davis, Lana Turner, Gary Cooper oder einem von den anderen idiotensicheren Stars besetzt. Verstehen Sie?

Kein Schauspieler, der garantiert, dass ein Film, egal, ob es ein guter Film war oder ein schlechter, der einen Film *geöffnet* hätte, wissen Sie, was ich meine, *geöffnet*?«

»Klar.« Runes Stift raste über die Seiten eines Notizhefts. Sie hatte es eine halbe Stunde zuvor gekauft, hatte *Film Noir 101* auf den Umschlag geschrieben und dann wie ein Meisterfälscher die Tinte mit der Handfläche verschmiert, damit es älter wirkte. »Es bedeutet, dass sich die Leute ihn ansehen, egal, um was es darin geht.«

»Recht haben Sie. Also, *Manhattan Beat* war wahrscheinlich der erste Independent-Film.«

»Wieso hört man heutzutage nichts mehr von ihm?«

»Weil er außerdem der erste *schlechte* Independent-Film war. Haben Sie ihn gesehen?«

»Viermal.«

»Was, sagen Sie auch zu Ihrem Zahnarzt, er soll ohne Betäubung bohren? Na ja, wenn Sie ihn so oft gesehen haben, dann wissen Sie ja, dass er sich nicht groß von den Melodramen der großen Studiokrimis aus den Dreißigern abgehoben hat. Der Regisseur, Reinhart, konnte es sich nicht verkneifen, die Mutter des Schuhputzerjungen die Treppe runterfallen zu lassen, hohe Kamerapositionen, eine Filmmusik, die es einem um die Ohren knallt, falls man eine Wende im Plot verpassen sollte. Andere Streifen sind daher besser im Gedächtnis geblieben. Aber für den Film war er ein großer Wendepunkt.«

Seine Begeisterung war ansteckend. Sie ertappte sich dabei, dass sie aufgeregt nickte.

»Haben Sie je *Bumerang* gesehen? Elia Kazan. Er hat es an Originalschauplätzen gedreht. Nicht die tollste Geschichte der Welt für einen Krimi – ich meine, da gibt's nicht viel zu rätseln, wer's war. Aber der springende Punkt ist nicht die Geschichte, sondern wie sie erzählt wird. Da ging es auch um ein wirkliches Verbrechen. Es war ein –

wie nennt man das? – ein evolutionärer Schritt weg von den Studioproduktionen, wie sie nach Meinung Hollywoods gedreht werden mussten. *Manhattan Beat* war vom gleichen Zuschnitt.

Also, Sie müssen verstehen, die Zeit hatte auch eine Menge damit zu tun, mit dem Übergang zu Filmen wie diesem, meine ich. Der Krieg, der hatte die Studios um Leute und Material gebracht. Die großen Studioproduktionen und epischen Streifen – hm-hm, die konnten sie unmöglich produzieren. Und das war auch verdammt gut so. Wenn Sie mich fragen – hey, wer fragt mich schon, stimmt's? –, aber ich glaube, Filme wie *Manhattan Beat* haben viel dazu beigetragen, dass der Film aus der Welt der Theaterstücke in seine eigene Welt gefunden hat.

Bumerang, Das Haus in der 92. Straße. Henry Hathaway hat den gemacht. Oh, das war ein Gentleman, der Henry. Ruhig, höflich. Diesen Film hatte er, glaube ich, siebenundvierzig gedreht. *Manhattan Beat* ist im gleichen Zug entstanden. Es ist kein guter Film. Aber es ist ein wichtiger Film.«

»Und waren die *alle* wahr, diese Filme?«, fragte Rune.

»Nun ja, Dokumentarfilme waren das nicht. Aber, doch, genau waren sie. Hathaway hat für *Das Haus* … mit dem FBI zusammengearbeitet.«

»Wenn es also eine Szene in dem Film gab, sagen wir, die Figuren sind irgendwo hingegangen, dann haben das die Personen im richtigen Leben auch gemacht?«

»Kann sein.«

»Haben Sie jemanden gekannt, der an *Manhattan Beat* mitgearbeitet hat? Persönlich gekannt, meine ich.«

»Na klar, Dana Mitchell.«

»Der hat Roy, den Cop, gespielt.«

»Genau, genau, genau. Gut aussehender Mann. Wir waren keine engen Freunde, haben aber zwei-, dreimal zusammen zu Mittag gegessen. Mit ihm und seiner zweiten Frau, glaube ich. Charlotte Goodman, wir hatten sie in den fünfziger Jahren für ein paar Filme unter Vertrag. Hal hab ich natürlich auch gekannt. Er war als Vertragsregisseur bei uns, als die Studios so was noch gemacht haben ...«

»*Westlich von Fort Laramie*. Und *Bomber auf Kurs*.«

»He, Sie kennen sich ja aus mit Ihren Filmen. Hal gibt's noch. Ich hab seit zwanzig Jahren nicht mehr mit ihm geredet, schätze ich.«

»Ist er in New York?«

»Nein, der ist an der Westküste. Wo, hab ich keine Ahnung. Dana und Charlotte sind inzwischen gestorben. Der ausführende Produzent des Projekts ist vor etwa fünf Jahren gestorben. Einige der anderen Studioleute könnten noch leben, aber die sind auch nicht hier in der Gegend. Das ist kein Geschäft für alte Männer. Ich paraphrasiere jetzt Yeats. Kennen Sie sich aus mit Dichtung? Werden die Dichter noch gelehrt?«

»Na klar, alle. Yeats, Erica Jong, Stallone.«

»Stallone?«

»Sicher, sie wissen doch, *Rambo*.«

»Die bringen euch ja komische Sachen bei in der Schule. Aber Bildung, wer blickt da noch durch?«

»Gibt es jemanden in New York, der an dem Film mitgearbeitet hat?«, fragte Rune.

»Puh, Kleine, der Geist ist willig, aber der Verstand ist schwach.« Weinhoff zog einen Filmführer zu Rate und schlug den Film nach. »Ah, da haben wir ihn. He, da ist er. *Manhattan Beat*, 1947. Ah, klar, Ruby Dahl, wer könnte die vergessen? Sie hat Roys Verlobte gespielt.«

»Und die wohnt in New York?«

»Ruby? Nee, die ist tot. Immer die gleiche Geschichte. Alkohol und Pillen. Ein schönes Gewerbe, in dem wir da sind. Was für ein Geschäft.«

»Und was ist mit dem Drehbuchautor?«

Weinhoff wandte sich wieder dem Buch zu. »He, da haben wir ihn. Klar. Raoul Elliott. Und wenn der als Autor genannt wird, dann hat er ihn auch wirklich geschrieben. Ganz alleine. Ich kenne Raoul. Das war ein Drehbuchschreiber der alten Schule. Keiner von denen heute, die sich nur um eine Erwähnung in den Credits streiten.« Mit Singsangstimme fuhr Weinhoff fort: »›Ich hab siebenundsechzig Seiten von der zehnten Fassung überarbeitet, und deshalb komm ich in den Credits ganz oben in bierbauchgroßen Buchstaben, und der andere Zeilenschinder hat nur dreiundfünfzig Seiten überarbeitet, und deshalb kriegt er seinen Namen in Ameisenbeingröße oder wird überhaupt nicht erwähnt.‹ *Jammer, jammer, jammer* ... Nee, ich kenne Raoul. Wenn der den Credit gekriegt hat, dann hat er das ganze Ding geschrieben – von der ersten Fassung bis zum fertigen Drehbuch.«

»Wohnt er in New York?«

»Ach, der Ärmste. Er hat Alzheimer. Gott behüte. Eine Weile war er in einem Heim für Schauspieler und Theaterleute. Aber im letzten Jahr wurd's echt schlimm; jetzt ist er in einem Pflegeheim draußen in Jersey.«

»Wissen Sie, wo?«

»Klar, aber ich glaube nicht, dass er Ihnen viel erzählen kann.«

»Ich möchte trotzdem gerne mit ihm sprechen.«

Weinhoff schrieb den Namen und die Adresse für sie auf. Er schüttelte den Kopf. »Komisch, von den Studenten heutzutage hört man, sie wollen dies nicht machen, sie wollen das nicht machen. Sie – das hab ich Ihnen gleich angesehen, darf ich sagen –, Sie sind was anderes. Sie reden mit 'nem alten Zausel wie mir, machen sich die ganze Mühe, nur wegen 'ner Hausarbeit.«

Rune stand auf und schüttelte dem alten Mann die

Hand. »Also, ich denke immer, man kriegt vom Leben das raus, was man reinsteckt.«

Na fein. Ich bin zwei Stunden zu spät, dachte sie.

Diesmal beeilte sie sich nicht nur; sie sprintete. Um zur Arbeit zu kommen! Das war etwas, was sie noch nie getan hatte, seit sie sich erinnern konnte. In ihrem Innern hallte Tonys Stimme. *In zwanzig Minuten zurück, in zwanzig Minuten zurück*.

Die Eighth Street entlang. Über die Fifth Avenue. Zum University Place. Vorbei an Studenten und Passanten, Haken schlagend wie ein Footballspieler, wie Ronald Reagan in dem einen alten Film von ihm. Dem ohne den Affen.

Eine Kleinigkeit. Tony wird's verstehen. Ich war ja heute Morgen pünktlich.

Selber schuld …

Der wird mich nicht rausschmeißen, nur weil ich lausige zwei Stunden zu spät bin.

Hundertzwanzig Minuten. Die durchschnittliche Dauer eines Films.

Rune stürmte in den Laden und blieb wie angewurzelt stehen. Am Tresen sprach Tony gerade mit einer Frau, die offensichtlich der Ersatz für sie war, und zeigte ihr, wie die Kasse und der Apparat für Kreditkarten funktionierten.

Oh, verflucht.

Tony schaute auf. »Hi, Rune, wie geht's? Ach, übrigens, du bist gefeuert. Pack deine Sachen zusammen, und verschwinde.«

Er war fröhlicher, als er es seit Monaten gewesen war.

12

Die Frau, eine attraktive Rothaarige Mitte zwanzig, blickte unsicher zu Rune. Dann zu Tony.

»Hör zu, Tony«, sagte Rune. »Es tut mir wirklich, wirklich Leid. Ich bin ...«

Man belügt nur Leute, die Macht über einen haben.

Aber ich will nicht gefeuert werden. Ich will nicht, ich will nicht, ich will nicht.

»... ich hab in der U-Bahn festgesessen. Stromausfall. Oder jemand lag auf den Gleisen. Es war ekelhaft. Kein Licht, es hat gestunken, es war heiß. Und ich ...«

»Rune, ich hab die Schnauze voll. Gleich nachdem du weg warst, haben bei der Schwester von Frankie Greek die Wehen eingesetzt, und er musste sie ins Krankenhaus bringen. Und das *weiß* ich, weil ich ihre Frauenärztin angerufen habe, um es nachzuprüfen.«

»*Was* hast du gemacht?«, fragte Rune.

Tony zuckte die Achseln. »Er hätte mir ja Gott weiß was erzählen können. Woher soll ich das wissen? Aber was, bitteschön, soll ich machen, wenn *du* mir mit irgendeiner bescheuerten Entschuldigung mit der U-Bahn daherkommst? Den Chef der Verkehrsbetriebe anrufen? Ihn fragen, ob die Linie E in der Thirtyfourth Street stecken geblieben ist?«

»Bitte schmeiß mich nicht raus.«

»Ich musste gottverdammte zwei Stunden alleine arbeiten, Rune.«

»Mann, Tony, das hier ist ja kein Hot-Dog-Stand im Giants Stadion bei Halbzeit. Wie viele Kunden hast du gehabt?«

»Darauf kommt's nicht an. Ich hab das Mittagessen verpasst.«

»Ich werd mich bessern. Echt, ich …«

»Auszeit«, schreckte die Rothaarige beide auf. »Ich nehme den Job nicht«, fügte sie hinzu.

»Was?« Tony schaute sie an.

»Ich kann jemand anderem nicht den Job wegnehmen.«

»Das tust du nicht. Ich hab sie gefeuert, bevor ich dich eingestellt habe. Sie hat's nur noch nicht gewusst.«

»Tony«, sagte Rune. Sie hasste es zu betteln, aber es ließ sich nicht vermeiden. Was sollte Richard von ihr denken, wenn er hörte, dass sie geflogen war? Er hielt sie doch jetzt schon für völlig verantwortungslos.

»Außerdem hätte ich Schuldgefühle«, erklärte die Rothaarige.

»Du hast doch gesagt, du brauchst einen Job«, sagte Tony.

»Tu ich auch. Aber ich werde was anderes finden.«

»Nein, nein, Puppe«, sagte Tony. »Mach dir keine Gedanken.«

Aber dann sagte sie mit entschlossener Stimme: »Wenn du sie feuerst, dann verschwinde ich auch.«

Tony schloss kurz die Augen. »Um Himmels willen.« Dann beugte er sich vor und starrte Rune an. »Okay. Frankie wird erst mal nur halbtags arbeiten, bis seine Schwester wieder zu Hause ist. Du kannst für ihn einspringen. Aber wenn du noch mal ohne *echte* Entschuldigung eine Schicht versäumst, dann war's das.«

»Vielen Dank, vielen Dank, vielen Dank.«

Jetzt lächelte Tony die Frau an, vermutlich in der Meinung, er habe seiner Großzügigkeit wegen Punkte bei ihr gesammelt. Er merkte nicht, dass der Gesichtsausdruck, mit dem sie seinen Blick erwiderte, dem entsprach, mit dem man eine Küchenschabe anschielt, bevor man sie zerquetscht.

»Rune«, sagte Tony, »das ist Stephanie. Ist sie nicht

schön? Tolle Haare, meinst du nicht? Zeig doch unserer wunderschönen neuen Kollegin, wie hier alles läuft. Ich geh jetzt ins Finessstudio.«

Er zog den Bauch ein, warf sich seinen Rucksack über die Schulter und stieß die Tür auf.

Ist sie nicht schön, hat sie nicht tolle Haare …

Rune bremste ihre Eifersucht noch einen Augenblick. »Danke«, sagte sie zu Stephanie. »Ich weiß gar nicht, was ich sagen soll. Ich kann mir's echt nicht leisten, jetzt rauszufliegen.«

»Ach, das kenne ich.« Stephanie schaute zur Tür, als Tony in der Straße verschwand. »Also, *der* geht wirklich ins Fitnessstudio?«

»Darauf kannst du wetten«, flüsterte Rune.

»Burger King«, sagte sie dann zur gleichen Zeit, als Stephanie »McDonald's?« sagte. Sie brachen in lautes Gelächter aus.

»Es empfiehlt sich nicht, die Hetero- und die Schwulenpornos durcheinander zu bringen, wenn man sie zurücksortiert«, erklärte Rune.

»Stimmt. Empfiehlt sich nicht.« Die Frau *hatte* unglaubliche Haare – lange, rotblonde Strähnen, die ihr über die Schultern fielen wie sonst nur in der Shampoowerbung.

»Wie war dein Name noch?«, fragte Rune sie. Er fing mit einem S an. Aber mit S-Namen hatte sie schon immer Probleme gehabt. Susan, Sally, Suzanne …

»Stephanie.«

Richtig. Rune verbuchte den Namen im Gehirn und fuhr mit der Einweisung fort. »Schau, wir haben auf den Pornos keine Umschläge, also müssen die Leute sie nach den Titeln ausleihen. Bei manchen ist das ganz einfach. *Soldier Boys, Cowboy Rubdown, Muscle Truckers* und so. Aber bei manchen weiß man's nicht genau. Wir hatten mal einen

Typen, der lieh *Big Blonds* aus, es stellt sich dann nur heraus, dass ›Blondes‹ mit E am Ende blonde Girls und *ohne* E blonde Jungs sind. Hast du das gewusst? Ich nicht. Egal, er hat Jungs mit großen Pimmeln gekriegt und Girls mit großen Möpsen gewollt. Der war nicht glücklich damit. Hey, deine Haare sind echt krass. Ist das deine richtige Farbe?«

»Zurzeit ja.« Stephanie musterte Runes Arm. »Find ich schön, deine Armreife.«

»Echt?« Rune schüttelte den Arm. Sie klimperten.

»Einmal hat jemand einen Porno mit mir machen wollen. In L. A. Der Typ hat gesagt, es wäre ein Abschlussfilm für die Uni. Kam in einem Coffeeshop direkt auf mich zu – ich hab da grade rumgehangen und *Variety* gelesen – und hat mich gefragt, ob ich Lust hätte, in ’nem Porno aufzutreten.«

»Ist ja ’n Ding«, sagte Rune. Sie hatte noch nie jemand gebeten, in einem Pornofilm mitzuspielen. Sie fragte sich, ob sie sich beleidigt fühlen sollte.

Stephanie hielt inne und betrachtete ein Plakat von *Das Haus der Lady Alquist.* »Ingrid Bergman. Die war wunderschön.«

»Sogar mit kurzen Haaren«, sagte Rune. »Wie in *Wem die Stunde schlägt.*« Sie fuhr sich mit den Fingern über den Kopf. Drückte die Strähnen nieder. Dachte über eine Perücke nach. »Der Porno, hast du den gemacht?«

»Nee. Kam mir einfach nicht richtig vor.«

»Ich würd mich zu Tode fürchten, weißt du, dass ich mir was einfangen könnte.«

Stephanie zuckte die Achseln. »Wo hast du die her? Die Armreife?«

»Von überall. Ich gehe eine Straße entlang, und dann bekomme ich so ein Gefühl, und ein Armreif ruft nach mir. Im nächsten Laden, an dem ich vorbeikomme, zack, liegt einer im Schaufenster.«

Stephanie schaute sie skeptisch an.

»Das kommt vor. Ich schwör's bei Gott.«

»Tony hat gesagt, du bist schlampig.«

»Jede Minute, die ich nicht damit verbringe, ihm das Leben leichter zu machen, bedeutet bei dem doch, dass ich schlampig bin. Die Sache ist die, dass ein Freund von mir umgebracht worden ist. Und ich bin dabei, herauszufinden, was passiert ist.«

»Nein!«

»Und ob.«

»Mir ist mal das Auto geklaut worden, während ich drinsaß. In einem Honda. Man sollte ja nicht meinen, dass jemand einen für einen Honda umbringt. Aber ich dachte, die erschießen mich, und da hab ich ihn mir wegnehmen lassen. Die sind einfach losgefahren. Haben an einem Stoppschild angehalten und nach rechts geblinkt. Als ob gar nichts wäre. Ist doch komisch, dass die für ein Auto einen Mord begehen würden. Oder für ein paar hundert Dollar.«

Oder für eine *Million* Dollar, dachte Rune. Vor ihrem geistigen Augen sah sie Robert Kelly in seinem Sessel liegen. Die Einschusslöcher in seiner Brust. Und das eine im Fernseher.

»Danach hab ich einen Selbstverteidigungslehrgang gemacht«, fügte Stephanie hinzu. »Aber gegen einen Kerl mit 'ner Kanone bringt das natürlich auch nicht viel.«

Rune verdrängte die trübsinnigen Gedanken und ging durch die Regalreihen, um die Bänder zurückzusortieren, wobei sie Stephanie winkte, ihr zu folgen.

»Man lernt eine Menge, wenn man hier arbeitet. Über die Natur des Menschen. Deshalb hab ich den Job überhaupt angenommen. Ich weiß natürlich nicht, was genau ich mit dem anfangen soll, was ich über die Natur des Menschen lerne. Aber trotzdem macht's Spaß, Leute zu beobachten. Ich glaube, ich bin Voyeuristin.«

»Was kann man denn in einer Videothek über die Menschen lernen?«

»Wie wär's mit 'nem Beispiel? Da war so ein Typ, hübsch, Börsenmakler, hat immer nach Knoblauch gerochen, aber ich hab trotzdem mit ihm geflirtet. Der hat sich immer so Filme mit Charles Bronson, Chuck Norris, Schwarzenegger ausgeliehen. Und dann kommt er eines Abends hier rein, und an ihm hängt so ein trendy Yuppiegirl, als wäre er ein Trapez, okay? Plötzlich war's aus mit *Commando*. Jetzt will er nur noch Sachen wie *Das siebente Siegel* und Fellini und 'ne Menge neuerer Woody-Allen-Filme – du weißt schon, nicht *Bananas*, sondern das Beziehungszeug. Und so Sachen, die man auf PBS sieht, klar? Das dauert einen Monat lang, und dann sagt Ms. Kultur byebye, und zwei Monate gibt's wieder *Ein Mann sieht rot 8*. Dann kommt er mit 'nem anderen Girl rein, ganz in Leder und Nieten. Ich weiß, was du denkst, aber rat mal, worauf die steht. Alte Musicals. Dorothy Lamour, Bing Crosby, Bob Hope, Fred und Ginger. *Zwei* Monate lang leiht er nichts anderes aus. Der Typ muss doch einen Komplex kriegen. Ich meine, man muss doch man selbst sein, oder?«

Stephanie bürstete ihr Haar aus.

»Also, apropos Erwachsenenfilme«, fuhr Rune fort. »Nenn sie bloß nicht Schmuddelfilme. Das mag Tony nicht, und außerdem sind die ein Megageschäft. Wir machen vierzig Prozent unseres Umsatzes mit dem Zeug, obwohl es nur zwölf Prozent vom Bestand ausmacht … Also, was ich sagen wollte, war, dass Frauen die fast genauso oft ausleihen wie Männer. Und die wollen gar nicht so sehr das Heterozeug … meistens sind es schwule Männerpornos.«

»Echt?« In Stephanies verschlafenen Augen blitzte ein Schimmer von Interesse auf, dann senkten sich ihre Lider wieder. Die Bürste wanderte zurück in ihre Handtasche. Rune kam zu dem Schluss, Stephanie würde als Angestellte von Washington Square Video maximal auf dreißig Tage kommen. Sie konnte eine genauso langweilige Arbeit in einem Restaurant bekommen, wo die Bezahlung dreimal so hoch sein würde. »Wieso sollten Frauen schwule Filme ausleihen?«

»Also, so wie ich mir das denke«, sagte Rune, »liegt es daran, dass die Typen in Schwulenfilmen viel besser aussehen als die Typen in Heterofilmen, weißt du, das sind echt knackige Kerle. Die gehen ins Studio, achten auf sich. In Heterofilmen sieht man 'ne Menge Fettsäcke ... hab ich gehört.«

»So wie sich das anhört, haben die Lesben da ja nichts zu lachen«, sagte Stephanie mit einem gelangweilten Blick auf die Erwachsenenabteilung.

»Nee, nee, das ist auch noch ein guter Markt. Da hätten wir, mal sehen, *Girls on Girls, Lesbosladies, Sappho Express ...* Aber die werden meistens von Männern ausgeliehen. Drüben im West Village gibt es mehr Freundinnen. Hier in der Gegend nicht so viele.«

Rune ging zurück zum Tresen und lockerte sich die Haare mit den Fingern auf. Stephanie schaute ihr dabei zu. »Das ist ein interessanter Effekt mit den Farben. Wie hast du das gemacht?«

»Ich weiß nicht. Ist irgendwie einfach passiert.« Sie versuchte zu erraten, ob die Bemerkung als Kompliment gemeint war. Rune zweifelte daran. *Interessant.*

»Kommen hier viele Verrückte rein?«

»Kommt drauf an, was du damit meinst«, sagte Rune. »Da ist ein Typ, der kennt jede einzelne Zeile – selbst die Fernseh- und Radioansagen – aus *Die Nacht der lebenden Toten.* Und dann hat mir so ein Rechtsanwalt erzählt, dass er und seine Frau sich nach dem Sex *Casablanca* ausleihen.

Und dann kann ich im Computer nachschauen und weiß, dass sie Probleme haben müssen. Dann ist da noch der eine Typ, Mad Max, der ist echt gruselig, der leiht sich immer nur Splatterfilme. So blödsinniges Zeug wie *Halloween* und *Freitag der 13., Teil 85*, weißt du.«

»Sexistische Schweine«, sagte Stephanie, »die solche Filme machen.«

»Aber dann hat sich rausgestellt, dass er Sozialarbeiter in einem großen Krankenhaus oben in der Stadt ist und ehrenamtlich bei Essen auf Rädern arbeitet und so Sachen.«

»Ohne Witz?«

»Ich sag's dir doch ... in 'ner Videothek, da kannst du 'ne Menge lernen.«

»Hast du einen Freund?«, fragte Stephanie.

»Da bin ich mir nicht sicher«, sagte Rune. Wenn sie es sich recht überlegte, war das eine ziemlich zutreffende Aussage.

»Ist Rune dein richtiger Name?«

»Zurzeit schon.«

Es bildete sich eine Schlange, und Rune weihte Stephanie in das Ausleihverfahren ein.

»Ich kann's kaum glauben, dass das dein erster Tag ist. Du bist die geborene Verkäuferin«, lobte Rune sie.

»Tausend Dank«, nuschelte Stephanie. »Sag's Tony nicht, aber meine Hoffnung ist, hier irgendwelche Produzenten oder Casting-Agenten kennen zu lernen. Ich möchte Schauspielerin werden. Nicht mehr als ein frommer Wunsch zurzeit. Ich war schon seit Monaten nicht mehr beim Vorsprechen.«

»Und was ist mit all den Casting-Anrufen in L. A.?«

»Ein Casting heißt noch nicht, dass du die Rolle bekommst. L. A. ist zum Kotzen. New York ist der einzige Ort, wo man's aushalten kann.«

»Ich *wusste* doch, dass ich dich mag«, sagte Rune und lieh *Die sieben Samurai, Schneewittchen* und *Lustorgien* an einen liebenswürdigen Geschäftsmann aus, der anfing, seine Haare zu verlieren.

13

Die Flüsse sind Burggräben, die Gebäude sind Brüstungen ...

Moment mal, kann das stimmen? Was genau ist eigentlich eine Brüstung?

Egal ...

Die Gebäude sind Brüstungen. Der Stein zerfressen und schmutzig vom Alter und von trübem Wasser. Es tropft von ihm herab. Schlüpfrige Stalaktiten und Stalagmiten. Dunkle Fenster mit Gittern vor den Verliesen. Wir reiten hinab, hinab, hinab ... Die Hufschläge unserer Pferde werden von kalten Ziegelsteinen gedämpft. Hinab durch den geheimen Einlass, der unter den Burggraben führt, heraus aus dem Zauberreich, fort von der SEITE.

Richard steuerte den alten Dodge in den Holland Tunnel und schlug die Richtung nach New Jersey ein.

»Ist das nicht irre?«, fragte Rune. Die orangefarbenen Lichter schossen vorbei, und der süßliche Geruch der Autoabgase trieb in den Wagen.

»Was?«

»Da sind wahrscheinlich gerade Hunderte Fuß Wasser und Schlick genau über uns. Das ist doch was.«

Er hob den Blick zweifelnd zu der gelben Tunneldecke, über der der Hudson River sich in den Hafen von New York ergoss.

»Schon«, sagte er mulmig.

Es war *sein* Auto, der Dodge, in dem sie saßen. Das war echt komisch. Richard wohnte in Manhattan und hatte doch tatsächlich ein Auto. Jeder, der hier ein Auto besaß, musste irgendwo eine ziemlich spießige Seite haben. Steuern und Park- und Meldegebühren zahlen. Das störte sie etwas, aber sie konnte sich eigentlich nicht beklagen. Es hatte sich herausgestellt, dass das Pflegeheim, in dem der Autor von *Manhattan Beat* lebte, etwa vierzig Meilen vor der Stadt lag, und sie konnte es sich nicht leisten, für diesen Teil ihrer Suche einen fahrbaren Untersatz zu leihen.

»Was ist denn los?«, fragte sie.

»Nichts.«

Den Rest des Weges durch den klaustrophobischen gelben Tunnel legten sie schweigend zurück. Rune war vorsichtig: Wenn Männer schlechte Laune bekamen, dann konnte das echt übel werden. Wenn man sie mit ihren Kumpels zusammensteckte, sie sich besaufen und Sprüche klopfen und Footbälle werfen oder sie einem Vorträge über Buñuel oder die Funktionsweise von Flugzeugtragflächen halten ließ, war alles in Butter. Aber, heiliger Petrus, wenn es um irgendwas Ernstes ging – besonders, wenn es mit einer Frau zu tun hatte –, dann war alles zu spät.

Nach zwanzig Minuten jedoch, als sie aus dem Tunnel heraus waren, schien Richard lockerer zu werden. Er legte ihr die Hand auf's Bein. Wieder funkte es. Wie zum Teufel geht das?, fragte sie sich.

Rune schaute sich um, als sie sich der Mautstelle näherten. »Krass.« Die Kreuzungen starrten vor Ampeln und Kabeln und Maschenzäunen und Tankstellen. Sie suchte nach ihrem Lieblings-Tankstellenlogo – Pegasus –, konnte aber keines sehen. Das hätten sie jetzt brauchen können, ein geflügeltes Pferd, um über das ganze Durcheinander hier hinwegzufliegen.

»Wie bist du von der Arbeit losgekommen?«, fragte Richard sie.

Es war Sonntag, und sie sagte ihm, sie sei zur Arbeit eingeteilt gewesen.

»Eddie ist für mich eingesprungen. Ich hab ihn gestern Abend angerufen. Das steht bei mir an erster Stelle – verantwortlich handeln.«

Er lachte. Aber in seiner Stimme lag nicht viel Humor.

Richard nahm seine Hand weg und packte das Steuer fester. Er bog nach Südwesten ab. Die Felder – flach wie braune Wiesen – zogen sich zu beiden Seiten des Highways hin. Dahinter lagen Sümpfe und Fabriken und hohe Metallgerüste und Türme. Parkplätze voller Anhänger von Lastwagen, alle aufgebockt, über Hunderte von Metern hinweg einer neben dem anderen.

»Das sieht aus wie ein Schlachtfeld«, sagte Rune. »Als wären die Dinger da – was meinst du, was das ist, Raffinerien oder so was? – Raumschiffe von Alpha Centauri.«

Richard blickte in den Rückspiegel. Er sagte nichts. Er beschleunigte und überholte einen klobigen Müllwagen. Rune zog eine imaginäre Hupe, und der Fahrer bedachte sie mit zwei Stößen aus seiner eigenen realen.

»Erzähl mir von dir«, sagte sie. »Ich weiß noch nicht alle Einzelheiten.«

Er zuckte die Achseln »Da gibt's nicht viel zu erzählen.«

Igitt. Musste er unbedingt so *den Mann* spielen?

Sie versuchte, munter zu bleiben. »Erzähl's mir trotzdem.«

»Okay.« Er wurde etwas lebhafter; ein Stück von dem Hipster von neulich nachts war zurückgekehrt. »Er war als Sohn liebenswerter Eltern in Scarsdale geboren und dazu erzogen worden, Arzt, Rechtsanwalt oder ein sonstiges Mitglied der Elite zu werden, deren Schicksal es ist, die

Arbeiterklasse zu unterdrücken. Er hatte eine ereignisarme Kindheit, die von Schachclub, Lateinclub und der absoluten Talentlosigkeit zur Ausübung irgendeines Sports gekrönt wurde. Rock 'n' Roll rettete ihm allerdings den Arsch, und so wuchs er im Mudd Club und im Studio 54 zur Reife heran.«

»Cool. Die hab ich immer geliebt.«

»Dann, aus einen unerfindlichen Grund, beschloss Fordham, ihm einen Abschluss in Philosophie zuzuerkennen, nachdem er die guten Pater dort vier Jahre lang mit seinem Widerspruchsgeist zur Verzweiflung getrieben hatte. Danach ergriff er die Gelegenheit beim Schopf, die Welt zu sehen.«

»Du *warst* also in Paris«, sagte Rune. »Das hätte ich schon immer gerne mal gesehen. Rick und Ilsa ... *Casablanca*. Und dann noch dieser Bucklige in der großen Kirche. Der tat mir so Leid. Ich ...«

»Ganz bis Frankreich bin ich eigentlich nicht gekommen«, gab Richard zu. Dann verfiel er wieder in seine Erzählung in der dritten Person. »Allerdings kam er bis England und stellte fest, dass es etwas ganz anderes ist, ob man sich um die Welt arbeitet oder ob man um die Welt *faulenzt*. In London am Fließband zu arbeiten – wenn man überhaupt die Möglichkeit bekommt, am Fließband zu arbeiten –, ist keinen Deut besser, als in New Jersey am Fließband zu arbeiten. Der junge Abenteurer kehrte daher nach New York zurück, um ein schicker, arbeitsloser Philosoph zu werden, in Clubs zu gehen, mit dem Gedanken zu spielen, seinen MA und den Doktor zu machen, in Clubs zu gehen, Blondinen ohne Namen und Braunhaarige mit Pseudonymen abzuschleppen, in Clubs zu gehen, Tagesjobs anzunehmen, Clubs satt zu bekommen, auf einen Moment der Gemeinsamkeit mit einer Frau zu warten, weiterzuarbeiten.«

»An seinem Roman.«

»Stimmt. An seinem Roman.«

So weit schien er durchaus auf der gleichen Wellenlänge zu liegen – trotz des Autos und der miesen Stimmungen. Sie stand auf Märchen, und er stand auf Philosophie. Was *scheinbar* etwas anderes war, aber wenn sie recht darüber nachdachte, fand Rune, dass sie eigentlich das Gleiche waren – zwei Bereiche, die den Verstand anregen konnten und in der wirklichen Welt völlig unbrauchbar waren.

Jemand wie Richard – vielleicht er, vielleicht auch nicht –, aber jemand wie er war die einzige Art von Mensch, in die sie sich wirklich verlieben konnte, glaubte Rune.

»Ich weiß, was los ist«, sagte sie.

»Wie kommst du darauf, dass etwas los ist.«

»Ich weiß es einfach.«

»Fein«, sagte er, »was? Sag's mir.«

»Erinnerst du dich an die Geschichte, die ich dir erzählt habe?«

»Welche? Du hast mir eine Menge Geschichten erzählt.«

»Über Diarmuid. Es kommt mir vor, als seien wir ein Märchenkönig und eine Märchenkönigin, die die SEITE verlassen haben – du weißt, das Zauberland.«

Sie drehte sich um. Schnappte nach Luft. »Oh, das musst du dir anschauen. Dreh dich um, Richard, *schau*!«

»Ich fahre.«

»Keine Angst – ich beschreib's dir. Da sind hundert Türme und Festungen, und alle sind aus Silber. Die Sonne fällt auf die Dachfirste. Die glänzen und rauben der Sonne ihre ganze Energie – was meinst du, wie viel Energie hat die Sonne? Also, die ganze Energie geht direkt durch die Dächer der Festungsanlagen ins Zauberreich ...« Mit einem Mal hatte sie das Gefühl, bedroht zu sein, als habe sie sich an seiner Stimmung angesteckt. Eine Vorahnung oder so etwas. »Ich weiß nicht«, sagte sie einen Augenblick später.

»Ich glaube nicht, dass ich das tun sollte. Ich hätte den Burggraben nicht überqueren sollen, hätte die SEITE nicht verlassen sollen. Mir ist ganz komisch. Ich habe fast das Gefühl, wir sollten das nicht machen.«

»Die SEITE verlassen«, wiederholte er geistesabwesend. »Vielleicht ist es das.« Und blickte wieder in den Rückspiegel.

Vielleicht hatte er es so gemeint, vielleicht war er nur sarkastisch gewesen. Sie wusste es nicht.

Rune drehte sich um und schnallte sich wieder an. Dann bogen sie in einer langen Kurve auf die Schnellstraße ab, und vor ihnen tauchte das Land auf. Hügel, Wälder, Felder. Ein Panoramablick nach Westen. Rune wollte gerade auf eine große Wolke zeigen, die wie ein vollkommen weißer Kelch, ein hoch aufragender Heiliger Gral geformt war, aber dann fand sie, es sei besser, zu schweigen. Der Wagen beschleunigte, und sie legten den Rest des Weges nach Berkeley Heights, New Jersey, schweigend zurück.

»Er hatte seit einem Monat keinen Besuch mehr«, sagte die Pflegerin zu Rune.

Sie standen auf einem grasbewachsenen Hügel vor dem Verwaltungsgebäude des Pflegeheims. Richard war in der Cafeteria. Er hatte sich ein Buch mitgebracht.

»Es ist wirklich schlimm. Ich weiß, es tut den Gästen gut«, fuhr die Pflegerin fort, »wenn Leute sie besuchen kommen.«

»Wie geht es ihm?«

»An manchen Tagen ist er fast normal, an anderen nicht so gut. Heute ist er recht gut in Form.«

»Wer war der Besucher vor einem Monat?«, fragte Rune.

»Ein irischer Name, glaube ich«, sagte die Pflegerin. »Ein älterer Herr.«

»Kelly vielleicht?«

»Könnte sein. Ja, ich glaube.«

Runes Herz schlug ein wenig schneller.

War er gekommen, um nach einer Million Dollar zu fragen?, fragte sie sich.

Rune hielt eine Rose in einer durchsichtigen Röhre hoch. »Die hab ich mitgebracht. Ist es okay, wenn ich sie ihm gebe?«

»Wahrscheinlich vergisst er sofort, dass Sie sie ihm gegeben haben. Aber ja, natürlich können Sie das tun. Ich gehe ihn jetzt holen. Warten Sie hier.«

»Ich krieg nicht mehr viel Besuch. Das letzte Mal war, warten Sie, warten Sie, warten Sie ... Nein, die kommen nicht. Wir haben solche Partys, am Sonntag ist's, glaube ich. Und was sie da machen, das ist wirklich nett, da legen sie, wenn das Wetter schön ist, legen sie ein Tischtuch auf die Picknickbänke, und wir essen Eier und Oliven und Cracker. Es ist schon fast Herbst, nicht wahr?«, fragte er Rune.

»Sie wissen, dass wir Frühling haben, Mr. Elliott«, sagte die Pflegerin mit einer Stimme, als spräche sie mit einem Dreijährigen.

Rune musterte das Gesicht und dic Arme des alten Mannes. Es schien, als habe er kürzlich abgenommen, und an seinen Armen und an seinem Hals hing das graue Fleisch wie dicker Stoff. Sie überreichte ihm die Blume. Er schaute sie neugierig an und legte sie dann in den Schoß. »Sie sind ...«, fragte er.

»Rune.«

Er lächelte auf eine so ernste Art, dass es beinahe schmerzte. »Ich weiß«, sagte er. »Natürlich weiß ich Ihren Namen.« Zur Pflegerin gewandt: »Wo ist Bips? Wo ist dieser Hund nur wieder hin?«

Rune fing an, sich umzuschauen, aber die Pflegerin schüttelte den Kopf, und Rune verstand, dass Bips seit Jahren im Hundehimmel weilte.

»Er spielt nur, Mr. Elliott«, sagte die Pflegerin. »Er ist bald wieder da. Machen Sie sich keine Sorgen, es geht ihm gut.« Sie befanden sich auf einer kleinen Anhöhe unter einer riesigen Eiche. Die Pflegerin stellte die Bremsen an seinem Rollstuhl fest und ging. »Ich bin in zehn Minuten zurück«, sagte sie.

Rune nickte.

Raoul Elliott streckte den Arm aus und nahm ihre Hand. Die seine war weich und sehr trocken. Er drückte einmal und dann noch einmal. Dann ließ er los wie ein Junge, der beim Tanzen abcheckt, wie weit er bei einem Mädchen kommt. »Bips«, sagte er. »Man konnte kaum glauben, was die ihm antaten, die Jungen und Mädchen. Sie piekten ihn mit Stöcken, wenn er zu nah an den Zaun kam. Man sollte denken, dass sie besser erzogen worden wären. Welchen Tag haben wir?«

»Sonntag«, antwortete Rune.

»Das weiß ich. Das Datum, meine ich.«

»Fünfzehnter Juni.«

»Das weiß ich.« Elliott nickte. Sein Blick blieb an einem älteren Paar hängen, das langsam über die gepflasterten Wege nach oben ging. Es gab keine Treppen, Randsteine, Stufen, niedrigen Pflanzen; nichts, worüber alte Füße stolpern konnten.

»Ich habe einen Ihrer Filme gesehen, Mr. Elliott.«

Fliegen summten um sie her, die dann in der warmen Brise davonschossen. Die scharfen Schatten großer, dicker weißer Wolken glitten übers Gras. »Meine Filme«, sagte Elliott.

»Ich fand ihn wunderbar. *Manhattan Beat.*«

Seine Augen wurden schmal, als er sich an den Titel

erinnerte. »Dabei habe ich zusammengearbeitet mit ... Ach, dieses Gedächtnis. Manchmal denke ich, ich werde schwachsinnig. Da waren so ein paar Jungs ... Wer waren die? Wir hatten immer einen Ball. Hab ich Ihnen schon mal von Randy erzählt? Nein? Na, Randy war in meinem Alter. Ein, zwei Jahre älter vielleicht. Wir kamen alle aus New York. Einige waren Zeitungsleute, einige haben für die *Atlantic* geschrieben oder waren Redakteure bei Scribner's oder Condé Nast. Aber wir kamen alle aus New York. Ach, das war damals eine andere Stadt, eine ganz andere Stadt. Das Studio mochte das, die mochten Männer aus New York. Wie Frank O'Hara. Wir waren Freunde, Frank und ich. Wir gingen immer in so eine Bar im Rockefeller Center. Die hieß ... Na ja, da gab es eine Menge, wo wir hingegangen sind. In Hollywood auch. Wir haben uns immer rumgetrieben in Hollywood.«

»Sie haben bei einer Zeitung gearbeitet?«

»Klar hab ich das.«

»Bei welcher?«

Es entstand eine Pause, und seine Augen irrten ab. »Na ja, da gab es die üblichen, wissen Sie. Das hat sich alles verändert.«

»Mr. Elliott, können Sie sich erinnern, dass Sie *Manhattan Beat* geschrieben haben?«

»Na klar. Das war vor ein paar Jahren. Charlie hat eine gute Kritik geschrieben. Frank hat gesagt, es hätte ihm gefallen. Er war ein guter Junge. Henry auch. Sie waren alle gute Jungs. Wir sagten immer, wir würden keine Kritiken mögen. Wir sagten, Kritiker seien so was Erbärmliches, die sollte man gar nicht ignorieren.« Er lachte über seinen Scherz. Dann verfinsterte sich sein Gesicht. »Aber wir beachteten sie, und ob, Madam. Aber das kann Ihnen Ihr Vater erzählen. Wo ist er, ist er hier irgendwo?« Der alte Kopf mit seinem grauen Wirbel drehte sich.

»Mein Vater?«

»Ist Bobby Kelly nicht Ihr Vater?«

Rune sah keinen Sinn darin, dem alten Mann die Nachricht über Mr. Kellys Tod zu eröffnen. »Nein. Er ist ein Freund von mir.«

»Fein, wo ist er? Gerade war er noch da.«

»Er ist für ein paar Minuten weggegangen.«

»Wo ist Bips?«

»Der spielt da drüben.«

»Ich mache mir Sorgen um ihn wegen des Verkehrs. Er wird immer so aufgeregt, wenn ein Auto in der Nähe ist. Und diese Jungs. Sie pieksen mit Stöcken nach ihm. Die Mädchen auch.« Er wurde sich wieder der Blume bewusst und berührte sie. »Hab ich mich schon dafür bei Ihnen bedankt?«

»Aber sicher«, sagte Rune. Sie setzte sich mit gekreuzten Beinen neben dem Rollstuhl ins Gras. »Mr. Elliott, haben Sie für den Film eigene Recherchen angestellt? Für *Manhattan Beat*?«

»Recherchen? Wir hatten Leute für unsere Recherchen. Das Studio hat das bezahlt. Schöne Mädchen. So schön wie Sie.«

»Und die haben die Geschichte recherchiert, auf der der Film beruht hat? Über den Cop, der das Geld von der Union Bank gestohlen hat?«

»Die sind nicht mehr dort, da wette ich. Da sind eine Menge zu *Time-Life* gegangen. Oder zu *Newsweek*. Das Studio hat besser gezahlt, aber das war ein wildes Leben, das manche nicht mochten. Geht's Hal jetzt gut? Und wie geht's Dana? Das war ein Hübscher.«

»Gut, denen geht's beiden gut. Haben Sie irgendetwas rausgefunden über den Cop, der das Geld gestohlen hat? Den wirklichen Cop, meine ich.«

»Na klar hab ich das.«

»Was?«

Elliott schaute auf sein Handgelenk, wo wahrscheinlich seine Uhr hätte sein sollen. »Ich hab sie schon wieder verloren. Wissen Sie, wann wir wieder fahren? Ich freu mich schon auf zu Hause. Unter Ihnen und mich gesagt, ich meine, unter Ihnen und *mir* gesagt, ich reise nicht gern. Aber denen kann ich das nicht sagen. Sie verstehen. Wissen Sie, wann wir wieder fahren?«

»Ich weiß nicht, Mr. Elliott. Ich will bestimmt nicht ... Also, was haben Sie über den Cop herausgefunden, der das Geld geklaut hat?«

»Cop?«

»In *Manhattan Beat*.«

»Ich habe die Story geschrieben. Ich habe versucht, eine gute Story zu schreiben. Da geht nichts drüber, müssen Sie wissen. Ist das nicht das Größte auf der Welt? Eine gute Story.«

»Es war eine wunderbare Geschichte, Mr. Elliott.« Sie erhob sich auf die Knie. »Mir hat besonders der Teil gefallen, wo Roy das Geld versteckt. Er hat gebuddelt wie ein Verrückter, wissen Sie noch? In dem Film hat er es auf einem Friedhof versteckt. Hatten Sie in Wirklichkeit irgendeine Ahnung, wo der Cop, der das Geld gestohlen hatte, es versteckt hat?«

»Das Geld?« Er schaute sie eine Sekunde lang mit Augen an, die Verständnis zu signalisieren schienen. »Das ganze Geld.«

Und Rune spürte tief im Magen einen Ruck, einen Kick. »Was *war* mit dem Geld?«, flüsterte sie.

Seine Augen verschleierten sich wieder. »Und was sie hier machen – was sie machen, wenn das Wetter schön ist –, dann legen sie Papier auf die Tische wie ein Tischtuch, und wir machen hier Picknicks. Sie füllen Nüsse in kleine Papiertassen. Die sind rosa und sehen aus wie winzige umgedrehte Ballettröckchen. Ich weiß nicht, wo die Tische sind. Ich hoffe, sie machen das bald mal wieder ... Wo ist Bips?«

Rune ließ sich auf die Fersen zurücksinken. Sie lächelte. »Er spielt, Mr. Elliott, ich schau schon nach ihm.« Einen Moment lang saßen sie schweigend da. »Was wollte Robert Kelly, als er Sie vor einem Monat besucht hat?«, fragte sie dann.

Sein Kopf neigte sich zu ihr, und in seinen Augen war plötzlich eine Klarsicht, die sie erschreckte.

»Wer, Bobby? Na, er hat mir Fragen über den verdammten Film gestellt.« Über das alte Gesicht breitete sich ein Lächeln. »So wie Sie's den ganzen Nachmittag lang gemacht haben.«

Rune beugte sich vor und musterte das Gesicht mit den Linien und Knoten. »Worüber genau haben Sie gesprochen, Sie und Bobby Kelly?«

»Ihr Vater, Bobby? Ach, über das Übliche. Ich hab mit ein paar von den Jungs an *Manhattan* gearbeitet.«

»Das weiß ich. Wonach hat Bobby Sie gefragt?«

»Zeug.«

»Zeug?«, fragte sie fröhlich.

Elliott runzelte die Stirn. »Und noch jemand. Mich hat noch jemand Sachen gefragt.«

Ihr Herz klopfte ein wenig schneller. »Wann war das, Mr. Elliott? Können Sie sich daran erinnern?«

»Letzten Monat. Nein, nein, kürzlich erst. Warten Sie, ich erinnere mich ... das war heute, nicht lange her.« Er schaute sie an. »Es war ein Mädchen. Jungenhaft. Sah Ihnen ganz ähnlich. Moment mal, vielleicht *waren* Sie es.«

Er zwinkerte.

Rune spürte, dass etwas bevorstand. Zuerst sagte er gar nichts. Es war wie damals, wenn sie mit ihrem Vater auf dem Land in Ohio angeln gegangen waren und sie mit ihren zerbrechlichen Angelruten versucht hatten, die schweren Welse zu fangen. Man hatte sie im Nu verloren, wenn man nicht vorsichtig war.

»Bobby Kelly«, versuchte sie es erneut. »Wann ist er zu Besuch gekommen, was hat er Sie über den Film gefragt?«

Er senkte den Blick und presste die Lider zusammen. »Das Übliche, Sie wissen schon. Sind Sie seine Tochter?«

»Nur eine Freundin.«

»Wo ist er jetzt?«

»Er ist beschäftigt, er konnte nicht mitkommen. Ich soll Sie von ihm grüßen und Ihnen sagen, dass es ihm großen Spaß gemacht hat, im letzten Monat mit Ihnen zu reden. Sie haben, er hat mir gesagt, Sie hätten die ganze Zeit über ... was war es noch, geredet?«

»Diesen Ort.«

»Welchen Ort?«

»Den Ort in New York. Den Ort, zu dem ich ihn geschickt habe. Er hatte schon lange danach gesucht, hat er mir gesagt.«

Runes Herz pochte wie wild. Sie wandte den Kopf und blickte genau in seine milchigen Augen.

»Er hat sich gefreut, als ich ihn dorthin geschickt habe. Sie hätten sein Gesicht sehen sollen, als ich ihm davon erzählt habe. Oh, er war richtig glücklich. Wo ist Bips?«

»Der spielt nur, Mr. Elliott. Ich kümmere mich um ihn. Wo haben Sie Bobby Kelly hingeschickt?«

»Er war wirklich scharf darauf, ihn zu finden, und ich hab's ihm glattweg gesagt, und ob.«

»Können Sie sich jetzt daran erinnern?«

»Ach, so ein Ort eben ... davon gibt's 'ne Menge, wissen Sie.«

Rune beugte sich vor. *Bitte, versuch dich zu erinnern*, dachte sie. *Bitte, bittebittebitte* … Sagte jedoch nichts.

Schweigen. Der alte Mann schüttelte den Kopf. Er spürte die Bedeutung ihrer Frage, und in seinen Augen war Frustration zu erkennen. »Ich kann mich nicht erinnern. Tut mir Leid.« Er rieb die Finger aneinander. »Manchmal glaube ich, ich werde schwachsinnig. Ich bin ziemlich müde. Ich könnte ein Nickerchen vertragen.«

»Ist schon gut, Mr. Elliott.« Sie konnte ihre Enttäuschung schmecken. Aber sie lächelte und tätschelte ihm den Arm, zog jedoch rasch die Hand zurück, als sie merkte, wie dünn dieser war. Dachte an ihren Vater. »Hey, machen Sie sich keine Gedanken.«

Rune stand auf, ging hinter den Rollstuhl und nahm die beiden weißen Plastikgriffe. Löste die Bremsen. Sie fing an, den Rollstuhl auf den Gehsteig zuzuschieben. »Das Hotel Florence«, sagte Elliott auf einmal. »Fünf vierzehn West Fortyfourth. An der Tenth Avenue.«

Rune erstarrte. Sie ging neben ihm in die Hocke und legte ihre Hand auf den zerbrechlichen Knochen seines Arms. »Und dort haben Sie ihn hingeschickt?«

»Ich … ich glaube. Es ist mir einfach so eingefallen.«

»Das ist wunderbar, Mr. Elliott. Vielen herzlichen Dank.« Sie beugte sich vor und küsste ihn auf die Wange. Er berührte die Stelle und schien rot zu werden.

Richard erschien und kam auf sie zu, wobei er zum Sprechen ansetzte. Rune hob ihm die Hand entgegen. Er brach ab.

»Ich möchte jetzt ein Nickerchen machen«, sagte Raoul Elliott. »Wo ist Bips?«

»Er spielt, Mr. Elliott. Er ist bald wieder hier.«

»Elliott schaute sich um. «Miss, darf ich Ihnen etwas sagen?«

»Klar.«

»Ich hab gelogen.«

Rune zögerte. »Na los«, sagte sie dann. »Sagen Sie's mir.«

»Bips ist ein kleines Mistvieh. Ich versuche schon seit Jahren, ihn loszuwerden. Kennen Sie jemanden, der einen Hund möchte?«

Rune lachte. »Ganz gewiss nicht. Tut mir Leid.«

Elliott, wieder neugierig geworden, betrachtete die Blume und fing an, sie aus der Zellophanhülle zu wickeln; er wurde nicht damit fertig, und er legte sie wieder in den Schoß. Rune nahm die Blume und packte sie aus. Er hielt sie zart in der Hand. »Sie kommen doch irgendwann einmal wieder, oder?«, sagte er. »Im Frühjahr haben wir so eine Party. Wir können uns über Filme unterhalten. Das würde mir gefallen.«

»Liebend gern«, sagte Rune.

»Grüßen Sie Ihren Vater von mir.«

»Klar, wird gemacht.«

Die Pflegerin kam auf sie zu. Der Kopf des alten Mannes sank zur Seite. Er atmete langsam. Seine Augen waren nicht ganz geschlossen, aber er schlief. Er fing ganz leise an zu schnarchen.

Rune schaute ihn an und dachte daran, wie sehr er ihrem Vater am Ende seines Lebens glich. Krebs oder AIDS oder das Alter … das Gesicht des Todes ähnelt sich immer.

Die Pflegerin nickte ihr zu, übernahm den Rollstuhl und schob ihn über den Weg. Die Blume fiel auf den Gehsteig. Die Pflegerin hob sie auf und legte sie ihm wieder in den Schoß.

Der Schatten einer dichten Wolke, die, wie Rune fand, aussah wie ein Drache, der sich auf seinen stämmigen Hinterbeinen aufrichtet, zog über sie hinweg. Sie wandte sich an Richard. »Lass uns von hier verschwinden. Gehen wir wieder auf die SEITE zurück.«

14

Das Florence Hotel, nahe am Hudson River gelegen, befand sich in Hell's Kitchen, westlich von Midtown.

Rune kannte sich in der Geschichte New Yorks aus. Hier war einmal das gefährlichste Viertel der Stadt gewesen, Heimat der Gophers und der Hudson Dusters, mörderischer Gangs, neben denen die Mafia zahm gewesen war. Die meisten der gefährlichen Elemente waren in Neubauten umgesiedelt worden, als man den Tunnel nach New Jersey gebaut hatte. Aber der Abschaum der Iren- und Latinogangs war geblieben. Es war, um es kurz zu machen, keine Gegend, in der man sich nachts alleine aufhielt.

Herzlichen Dank, Richard, dachte sie.

Er hatte sie allein gelassen, nachdem er sie vor dem Florence abgesetzt hatte, einer dreistöckigen Absteige mit rissiger, bröckelnder Fassade. Sie hatte wieder anfangen wollen, ihn zu fragen, was los sei, aber dann hatte sich irgendein Radar eingeschaltet, und sie war zu dem Schluss gekommen, es wäre ein taktischer Fehler gewesen.

»Kann echt nicht bleiben«, hatte er zu ihr gesagt. »Alles klar?«

»Ich schaff's schon. Wonder Woman. Ich bin das.«

»Muss heute Abend 'n paar Leute treffen. Sonst würd ich bleiben.«

Sie hatte nicht gefragt, wen. Hatte darauf gebrannt. Hatte es aber bleiben lassen.

»Nein, schon gut. Zisch ab.«

»Bist du sicher?«

»Zisch ab.«

Manche Leute …

Sie schaute seinem Auto nach. Er winkte ihr steif zu. Sie zögerte nur kurz, bevor sie vorsichtig dem Penner auswich, der vor einem mit Bierdosen gefüllten Blumenkübel unter dem schmalen Straßenfenster schlief. Sie stieß die Tür zur Lobby auf und trat ein. Es roch nach feuchter Tapete, Desinfektionsmittel und schwach nach diversen unangenehmen Tierdüften. In so einem Loch hätte man am liebsten den Atem angehalten.

Der Portier schaute hinter einer Sicherheitsscheibe aus Plastik auf, die seine Züge verzerrte. Ein dünner Mann mit zurückgeklatschten Haaren, der ein Anzughemd und eine rostfarbene Cordhose trug. Auf dem Hemd waren dunkle Flecken, auf der Hose helle.

»Ja?«, rief er.

»Ich bin Sozialarbeiterin aus Brooklyn?«, sagte Rune.

»Fragen Sie mich das?«

»Ich sage Ihnen, wer ich bin.«

»Klar, 'ne Sozialarbeiterin.«

»Ich versuche, ein paar Informationen über einen meiner Patienten herauszubekommen, einen Mann, der einen Monat oder so hier gewohnt hat.«

»Heißen die bei Ihnen nicht Klienten?«

»Was?«

»Wir haben hier ständig Sozialarbeiter. Die haben keine Patienten. Die haben Klienten.«

»Einen meiner Klienten«, korrigierte sie sich.

»Haben Sie einen Schein?«

»Einen Schein? Einen Führerschein? Schauen Sie, ich bin älter, als ich ...«

»Nein, einen Sozialarbeiterschein.«

Einen Schein?

»Ach so. Hören Sie, ich bin in der letzten Woche beklaut worden, als ich dienstlich unterwegs war. In Bedford Stuyvesant. Als ich einen Klienten besucht habe. Mir wurde meine Handtasche abgenommen – meine andere Handtasche, die gute – und darin war mein Schein. Ich habe einen neuen beantragt, aber wissen Sie, wie lange das dauert, bis man einen Ersatz bekommt?«

»Sagen Sie's mir.«

»Schlimmer als bei einem Reisepass. Das dauert *Wochen.*«

Der Mann grinste. »Wo haben Sie denn Sozialarbeit studiert?«

»Harvard.«

»Was Sie nicht sagen.« Das Lächeln wich nicht von seinem Gesicht. »Wenn's sonst nichts weiter gibt, ich bin ziemlich beschäftigt.« Er griff nach einer *National Geographic* und schlug sie auf.

»Hören Sie, ich habe meine Arbeit zu erledigen. Ich muss etwas über diesen Mann herausfinden. Robert Kelly.«

Der Portier blickte von seiner Zeitschrift auf. Er sagte nichts. Aber selbst durch die verkratzte Plastikscheibe konnte Rune Argwohn in seinen Augen erkennen.

»Ich weiß, dass er eine Weile hier gewohnt hat«, fuhr sie fort. »Ich glaube, jemand namens Raoul Elliott hat ihm empfohlen, hierher zu kommen.«

»Raoul? Hier gibt's niemanden, der Raoul heißt.«

Rune fasste sich in Geduld. »Erinnern Sie sich an Mr. Kelly?«, fragte sie.

Er zuckte die Achseln.

»Hat er irgendetwas hier gelassen?«, fuhr sie fort. »Einen Koffer? Ein Päckchen im Safe vielleicht?«

»Safe? Sehen wir aus wie ein Hotel, das einen Safe hat?«

»Es ist wichtig.«

Wiederum reagierte der Mann nicht. Plötzlich begriff Rune. Sie hatte schon genügend Filme gesehen. Langsam hob sie die Handtasche, öffnete sie, griff hinein und zog fünf Dollar heraus. Sie schob sie ihm verführerisch hin. Genau wie der Schauspieler in einem Film, den sie vor einem

Monat oder so gesehen hatte. Harrison Ford, dachte sie. Oder Michael Douglas.

Der Schauspieler hatte Erfolg gehabt; sie erntete Gelächter.

Rune gab dem Portier noch zehn.

»Schauen Sie, Kleine. Der Tarif für Informationen steht derzeit bei fünfzig. Das ist in der ganzen Stadt so. Das ist wie bei 'ner Gewerkschaft.«

Fünfzig? Scheiße.

Sie reichte ihm einen Zwanziger. »Mehr hab ich nicht.«

Er nahm das Geld. »Ich weiß überhaupt nichts …«

»Sie Schwein! Ich will mein Geld zurück.«

»… nur das eine. Über ihren *Klienten* Kelly. So ein Priester oder Pfarrer, Father Soundso, hat vor, ich weiß nicht, vor ein paar Tagen angerufen. Er sagte, Kelly hätte einen Koffer zur Aufbewahrung stehen lassen. In seiner Wohnung hat er ihn nicht erreicht und hatte nur seine einzige andere Nummer. Dieser Priester dachte sich, ich könnte wissen, wo Kelly steckt. Er wusste nicht, was er mit dem Koffer anfangen soll.«

Ja!, dachte Rune. Sie erinnerte sich an die Szene in *Manhattan Beat*, in der Roy das Geld auf einem Friedhof neben einer Kirche vergrub.

»Ausgezeichnet, das ist toll! Wissen Sie, wo die Kirche war? Haben Sie irgendeine Ahnung?«

»Ich hab nichts aufgeschrieben. Aber ich glaube, er hat gesagt, er wäre in Brooklyn.«

»Brooklyn!« Runes Hände pressten sich gegen das schmierige Plexiglas. Sie beugte sich vor und wippte auf den Zehenspitzen. »Das ist grandios!«

Der Mann steckte ihr Geld in seine Tasche. »Gut, schönen Tag noch.« Er schlug die Zeitschrift wieder auf und vertiefte sich in einen Artikel über Pinguine.

Draußen fand sie ein Münztelefon und rief Amanda LeClerc an.

»Amanda, hier ist Rune. Wie geht's Ihnen?«

»War schon besser. Ich vermisse ihn, wissen Sie? Robert ... Ich hab ihn nur kurz gekannt, aber ich vermisse ihn mehr als Leute, die ich jahrelang gekannt hab. Ich hab grade drüber nachgedacht. Und wissen Sie, was ich gedacht hab?«

»Was denn?«

»Dass wir uns vielleicht schneller näher gekommen sind, weil wir nicht mehr so jung waren. So, als ob wir beide nicht mehr viel Zeit gehabt hätten.«

»Ich vermisse ihn auch, Amanda«, sagte Rune.

»Hab nichts mehr von Mr. Symington gehört.«

»Ist er nicht zurückgekommen?«

»Nein. Niemand hat ihn gesehen. Ich hab rumgefragt.«

»Na ja, ich hab gute Nachrichten.« Sie erzählte ihr von der Kirche und dem Koffer.

Die Frau gab einen Augenblick lang keine Antwort. »Rune, meinen Sie wirklich, dass da vielleicht Geld drin sein könnte? Die sind ständig hinter mir her wegen der Rente. Ich versuch, einen Job zu finden. Aber es ist schwer. Niemand stellt eine alte Lady wie mich ein.«

»Ich denke, wir sind auf der richtigen Spur.«

»In Ordnung, was soll ich machen?«

»Rufen Sie Kirchen in Brooklyn an. Finden Sie raus, ob Mr. Kelly dort einen Koffer hinterlassen hat. Sie können zur Bibliothek gehen und sich ein Telefonbuch von Brooklyn geben lassen. Wir haben eins in der Videothek. Ich nehme A bis L. Sie nehmen M bis Z.«

»Z? Gibt es Kirchen, die mit Z anfangen?«

»Ich weiß nicht. St. Zabar's?«

»Okay. Ich fang gleich morgen früh mit Anrufen an.«

Rune legte auf. Sie schaute sich um. Die Sonne stand inzwischen tief, und die Trostlosigkeit in diesem Teil der Stadt schmerzte. Aber ihre Gefühle galten nur zum Teil dem Elend des Stadtbildes; der Rest war Angst. Sie war schutzlos. Niedrige Gebäude – viele davon ausgebrannt oder in unterschiedlichen Stadien der Zerstörung –, ein paar Autowerkstätten, ein leer stehendes Diner, ein paar parkende Autos. Niemand auf der Straße, der ihr hätte helfen können, wenn sie angegriffen wurde. Ein paar Jugendliche in Gangfarben, die auf Stufen saßen und sich eine Flasche Colt .45 oder eine Pfeife Crack teilten. Ein Zuhälter, eine große schwarze Frau auf mörderischen Highheels, die mit übereinander geschlagenen Armen an einem Kettenzaun lehnte. Ein paar Penner, die auf Straßengittern oder in Hauseingängen schliefen.

Sie fühlte sich völlig desorientiert. Sie war wieder in Manhattan, aber trotzdem hatte sie das Gefühl, dass etwas sie von ihrem Element, der SEITE, trennte.

Sie ging los, den Blick auf das schmutzige Pflaster gerichtet, sich eng am Bordstein haltend – abseits von den Gassen und Gebäuden, wo Räuber und Vergewaltiger lauern.

Sie dachte zurück an *Herr der Ringe*. Dachte daran, dass suchen immer im Frühjahr beginnen, bei schönem Wetter, mit guten Freunden, die einen verabschieden, mit herzhaftem Essen und Trinken im Gepäck. Aber sie enden in Mordor – dem finstersten aller Königreiche, einem Ort voller Feuer und Tod und Schmerz.

Es schien ihr, dass jemand ihr folgte, aber wenn sie sich umschaute, sah sie nichts als Schatten.

Sie schlug sich bis Midtown durch, wo sie eine U-Bahn nahm. Eine Stunde darauf war sie zu Hause im Loft. Keine Nachricht von Richard. Und Sandra war aus – ein Rendezvous am Sonntag? Total unfair! Niemand hatte je ein Rendezvous am Sonntag. Verflucht. Sie schob *Manhattan Beat* in den Videorecorder, um ihn sich ein weiteres Mal anzuschauen. Der Film war schon zur Hälfte gelaufen, bevor sie merkte, dass sie den Dialog mit den Schauspielern mitgesprochen hatte. Sie hatte ihn sich perfekt eingeprägt.

Verdammt gruselig, dachte sie. Ließ aber den Film bis zum Ende durchlaufen.

Haarte war wütend.

Es war Montagmorgen, und er saß in seiner Stadtwohnung. Gerade hatte Zane angerufen und ihm berichtet, dass die eine Zeugin, Susan Edelman, in Kürze aus dem Krankenhaus entlassen werden würde und dass das andere Mädchen, die mit dem verrückten Namen, den Fall hartnäckiger untersuchte als die Polizei.

Wütend.

Was in seinem Gewerbe ein heikles Gefühl war. Haarte hatte nicht wütend sein *dürfen*, als er Polizist gewesen war. Auch als Soldat und Söldner hatte er mit seiner Wut nichts anfangen können. Und jetzt – als Berufskiller – fand er Wut sträflich. Ein ernstes Risiko.

Aber er *war* sauer. Oh, und wie sauer er war!

Er war in seiner Stadtwohnung. Dachte darüber nach, wie verfahren dieser verfluchte Job geworden war. Einen Mann umzubringen, hätte doch das Einfachste von der Welt sein sollen. Vor einem Monat hatten er und Zane sich in der Bar im Plaza Hotel betrunken. Sie waren sentimental und philosophisch geworden. Ihr Job, fanden sie, war besser als die meisten, denn er war einfach. Und sauber. Während sie ihren Lagavulin Scotch gekippt hatten, war Haarte über Werbeleute und Anwälte und Verkäufer hergezogen. »Die führen ein kompliziertes, blödsinniges Leben.«

»Aber das ist die Realität«, hatte Zane widersprochen. »Und die Realität ist kompliziert.«

Und er hatte geantwortet: »Wenn das die Realität ist, dann schenk ich sie dir. Ich will Einfachheit.«

Er meinte damit, dass hier eine seltsame Art von Ethos am Werk war. Haarte glaubte wirklich daran. Jemand zahlte ihm Geld, und er erledigte den Auftrag. Oder es gelang ihm nicht. In diesem Fall gab er das Geld zurück, oder er versuchte es noch einmal. Einfachheit. Entweder jemand war tot oder nicht.

Aber dieser Anschlag war nicht mehr einfach. Es gab zu viele lose Enden. Zu viele Fragen. Zu viele Richtungen, die er nehmen konnte. Er war in Gefahr, Zane war in Gefahr. Und natürlich waren die Leute, die sie angeheuert hatten, ebenfalls in Gefahr.

Der Mann in St. Louis wusste nicht genau, was im Gange war, aber wenn er es erfuhr, dann würde er toben.

Und das machte Haarte nur umso wütender.

Er wollte etwas tun, konnte sich aber nicht entscheiden, was. Da war die Zeugin im Krankenhaus ... Da war das verrückte Mädchen, die aus der Videothek ... Er musste eines der losen Enden abschneiden. Während er jedoch an seinem morgendlichen Espresso nippte, konnte er sich nicht entscheiden, wie genau er vorgehen sollte. Es gibt viele Methoden, Leute aufzuhalten, die eine Gefahr für einen darstellen. Man kann sie natürlich umbringen. Was in manchen Fällen die wirksamste Methode ist. Und manchmal macht die Ermordung von Zeugen und Störern den Fall so viel verzwickter, dass die Polizei die Sache auf ihrer Prioritätenliste ganz unten ansetzt. Aber manchmal bewirkt die Ermordung von Leuten das Gegenteil. Die Presse mischt sich ein. Er regt die Cops an, umso härter zu arbeiten.

Mord ist eine Methode. Aber man kann Leute auch verletzen. Ihnen Angst einjagen. Es sind überhaupt nicht viele körperliche Schmerzen nötig, um jemanden für lange Zeit aus dem Verkehr zu ziehen. Wenn man ein Körperglied verliert oder das Augenlicht … Oft begreifen sie die Botschaft und entwickeln eine Amnesie bezüglich dessen, was sie gesehen haben oder wissen. Und die Cops können einen nicht mal wegen Mordes drankriegen.

Man kann auch jemanden verletzen oder umbringen, der der Person, die man aufhalten will, *nahe steht*, ihren Freund oder Geliebten. Das funktioniert sehr gut, fand er.

Was sollte er tun?

Haarte stand auf und streckte sich. Er blickte auf seine teure Uhr. Er ging in die Küche, um sich noch eine Tasse Espresso zu machen. Der starke Kaffee regte Zane an. Aber Haarte fand, dass er ihn beruhigte, ihm den Kopf klarfegte.

Er nippte an dem kräftigen Gebräu.

Dachte: Was eigentlich hätte einfach sein sollen, war kompliziert geworden.

Dachte: Zeit, etwas dagegen zu unternehmen.

Da war sie, direkt da vorn.

Haarte hatte eine halbe Stunde hier in der Gasse auf sie gewartet.

Da kam sie die Straße herunter, in ihrer eigenen kleinen Welt.

Er dachte über sie nach. Haarte dachte oft über die Menschen nach, die er umbrachte. Und er fragte sich, was an ihm es wohl war, das die Menschen sorgfältig studieren und Tatsachen über sie sammeln konnte, zu dem einzigen Zweck, ihr Leben zu beenden. Dieser oder jener Umstand, den ein anderer vielleicht interessant oder liebenswert oder charmant gefunden hätte, konnte in Wirklichkeit der Dreh- und Angelpunkt für den gesamten Job sein. Eine schlichte Tatsache. In einem bestimmten Laden einkaufen, auf einer bestimmten Strecke zur Arbeit fahren, mit seiner Sekretärin ficken, an einem bestimmten See angeln.

Einen halben Block entfernt blieb sie stehen und blickte in ein Schaufenster. Kleider. Blieben Frauen immer stehen, um sich Kleider anzuschauen? Haarte selbst kleidete sich gut und mochte Kleidung. Aber wenn er einkaufen ging, dann, weil ein Anzug abgetragen oder ein Hemd zerrissen war, nicht, weil er sich damit amüsieren wollte, in einem stickigen Laden einen Haufen Klamotten auf Stangen anzuschauen.

Es war jedoch ein Umstand an ihr, den er bemerkt hatte. Sie ging gern shoppen – zum Schaufenstershopping wenigstens –, und so würde auch es funktionieren. Denn weiter oben an der Straße, einen Block entfernt von dem Laden, den sie begutachtete, war ihm eine Baustelle aufgefallen.

Er überquerte die Straße und joggte an ihr vorbei. Sie bemerkte ihn nicht. Er verschaffte sich einen Überblick über die Baustelle. Der Bauherr hatte ein Gerüst um ein vierstöckiges Gebäude aufgezogen, das nun abgerissen werden sollte. In dem Gebäude befanden sich Arbeiter, aber die waren auf der anderen Seite und konnten diese Straße nicht einmal sehen. Haarte ging unter das Gerüst und trat in den offenen Eingang. Er sah den Dschungel aus Drähten und Balken in dem kühlen, offenen Bereich, der einst die Lobby gewesen war. Der Fußboden war mit Glas, Leitungsrohren, Nägeln, Bierdosen übersät.

Nicht toll, aber es würde reichen.

Er warf einen Blick auf die Straße und sah, dass das Mädchen in dem Kleiderladen verschwand.

Gut.

Er zog Gummihandschuhe aus der Tasche und fand ein Seil, schnitt ein sechs Meter langes Stück mit dem Rasiermesser ab, das er stets bei sich trug. Dann machte er sich mit dem Seil und mehreren Stücken Rohr an die Arbeit. Fünf Minuten später war er fertig. Er ging wieder zum Eingang des Gebäudes und verbarg sich im Schatten.

Ob er wohl lange würden warten müssen, fragte er sich.

Aber nein, stellte sich heraus. Nur vier Minuten.

Erfreut über ihren Einkauf, was immer es sein mochte, schlenderte das Mädchen auf dem Gehsteig die Straße entlang, ohne auf etwas anderes zu achten als den Frühlingsmorgen.

Sechs Meter noch, viereinhalb, drei …

Sie trat unter das Gerüst. »Oh, hey, Miss!«, sagte er, als sie direkt vor ihm stand. Sie blieb stehen und schnappte vor Schreck nach Luft. Holte tief Atem. »Also, Sie haben mich erschreckt«, sagte sie wütend.

»Wollte Ihnen nur was sagen. Seien Sie vorsichtig beim Gehen. Es ist gefährlich hier.«

Weiter sagte er nichts. Sie blinzelte, fragte sich, ob sie ihn schon einmal gesehen hatte. Dann senkte sie den Blick von seinem Gesicht auf das Seil, das er in der Hand hielt. Ihre Augen folgten dem Seil aus dem Eingang auf den Gehsteig. Zu dem Pfosten, neben dem sie stand.

Und ihr wurde klar, was gleich passieren würde. »Nein! Bitte!«

Aber er tat es. Haarte zog fest an dem Seil und riss den Pfosten unter der ersten Etage des Gerüsts hervor. Die anderen Pfosten hatte er gelockert und die Holzkeile unter ihnen entfernt. Der, an den das Seil gebunden war, war der einzige, der die Tonnen von Stahl und Holzpfeilern trug, die sich sechs Meter hoch über dem Mädchen auftürmten.

Sie schrie vor Angst auf und streckte mit gespreizten Fingern die Hände aus. Es war jedoch nur eine automatische Geste, ein rein animalischer Reflex – als ob sie das fürchterliche Gewicht, das nun auf sie herunterkrachte, hätte aufhalten können. Der Lärm war so laut, dass Haarte nicht einmal ihren Schrei hörte, als Holz und Metall – wie riesige Speere – in einer riesigen Staubwolke über ihr zusammenstürzten.

Nach zehn Sekunden war alles vorbei. Haarte rannte zu dem Träger und band das Seil los. Er warf es in eine Mülltonne. Dann zog er die Gummihandschuhe aus und entfernte sich von der Baustelle, wobei er gewissenhaft der sich vergrößernden Pfütze aus Blut auswich, die unter dem Schutthaufen in der Mitte des Gehsteigs hervorsickerte.

Der Mann stand oben an der Treppe und machte einen vollständigen Rundgang durch das Loft des Mädchens.

Irgendwelche Notizen? Tagebücher? Zeugen?

Er trug eine Jacke, auf die ein Name aufgestickt war, *Hank*. Unter dem Namen hatte er mit Schablone eigenhändig *Stadtwerke. Ablesedienst* geschrieben.

Der Ableser wandte sich wieder dem Loft zu. Ging an dem Bücherregal vorbei, zog verschiedene Bücher heraus und blätterte sie durch.

Irgendetwas musste hier zu finden sein. Sie hatte ausgesehen wie ein Aasgeier. Die Sorte, die nichts wegwirft. Und, verdammt, es sah aus, als hätte sie nichts weggeworfen.

Er machte sich an die Arbeit: Überprüfte alle Bücher, Papiere, die ganze Scheiße. Plüschtiere, Notizzettel, Tagebücher … Scheiße, die hatte kein bisschen Ordnungssinn. Das würde ewig dauern. Ihn überkam der Drang, alles durch die Gegend zu schleudern, die Matratzen aufzuschlitzen. Aber er tat es nicht. Er ging langsam und methodisch vor. Das war gegen seine Natur. Wenn du's eilig hast, mach langsam. Das hatte ihm einmal jemand gesagt, und er erinnerte sich stets daran. Einer der Jungs, für die er arbeitete, ein Typ, der jetzt tot war – tot, nicht, weil er unvorsichtig geworden wäre, sondern tot, weil sie in einem

Gewerbe arbeiteten, wo man manchmal starb, und mehr gab es dazu nicht zu sagen.

Wenn du's eilig hast, mach langsam.

Gewissenhaft überprüfte er alle Kissen, Schachteln, Bücherregale.

Auf einer Schachtel, die im Futon steckte, stand MAGISCHE KRISTALLE. Darin befanden sich Quartzstücke. »Magie.« Er flüsterte das Wort als hätte er es noch nie ausgesprochen, als wäre es japanisch.

Herrgott. Ich bin im Weltraum, verflucht.

Er fand eine Kassette, die mit *Manhattan Beat* beschriftet war. Er nahm sie und legte sie wieder hin.

Dann: Schritte.

Scheiße. Wer zum Teufel war *das* denn?

Kichern. Eine weibliche Stimme: »Nicht hier, komm schon. Nein, warte!«

Er griff in seine Tasche und schloss die Hand um seine Pistole.

Eine Frau, Mitte zwanzig, in einem weißen BH, deren Bluse sich über der Taille bauschte, blieb am Kopf der Treppe stehen. Sie schaute ihn an. Er schaute ihr auf die Titten.

»Wer, verflucht, sind Sie denn?«, wollte sie wissen. Zog sich das Kleidungsstück widerstrebend über die Brust.

»Wer sind *Sie*?«

So wie er die Frage gestellt hatte, antwortete sie sofort. »Sandra.«

»Sind Sie ihre Mitbewohnerin?«

»Rune? Ja, glaub schon.«

Er lachte. »Sie *glauben*? Wie lange kennen Sie sie schon?«

»Wissen Sie, nicht lange.«

Er ließ diese Information auf sich wirken, achtete auf ihre Körpersprache. Ob sie gefährlich war oder unschuldig. Ob sie je jemanden umgebracht hatte. »Wie lange ist, wissen Sie, nicht lange?«

»Hä?«

»Wie lange kennen Sie sie, verflucht?«

»Ein paar Monate, mehr nicht. Was zum Teufel machen Sie hier?«

Ein Mann, Ende zwanzig, blond, mackerhaft, kam die Treppe herauf. Er blinzelte und trat dann an Sandras Seite.

Der Ableser beachtete ihn nicht.

»Also, was machen Sie hier?«, fragte sie.

Er beendete seine Durchsuchung des Bücherregals. Oh Mann, er hatte keine Lust, jedes einzelne Buch durchzublättern. Das mussten an die fünfhundert sein.

»Hey«, rief der Blonde, »die Lady hat Sie was gefragt.«

Es klang wie aus einem ganz schlechten Film. Der Ableser liebte Filme. Er wohnte alleine und verbrachte jeden Samstagnachmittag in dem Kinocenter in seiner Nähe.

Er blinzelte. »Was war das noch? Was hat sie gefragt?«

»Was Sie hier machen«, fragte sie verstört.

Er deutete auf seine Brust. »Ich lese Zähler ab.«

»Sie können doch nicht einfach so reinkommen«, sagte der junge Mann. Sandra versuchte, ihn zum Schweigen zu bringen – weniger besorgt wegen der Worte selbst als wegen der Haltung. Aber der Junge schob sie beiseite. »Sie können nicht ohne Erlaubnis hier eindringen. Das ist Hausfriedensbruch. Das ist unstatthaft.«

»Ach. Unstatthaft. Was soll das denn heißen?«

»Dass sie Ihren Arsch verklagen kann.«

»Ach. Unstatthaft. Nun ja, wir hatten eine Meldung über einen Rohrbruch.«

»Ja? Was für einen Rohrbruch?«, sagte sie. »Wer hat den denn gemeldet?«

Der Ableser grinste sie an und schaute ihr wieder auf die Brust. Hübsche Titten. Und hässlich war sie auch nicht.

Hatte nur etwas Farbe nötig und musste dieses bescheuerte Make-up loswerden. Und wieso ein weißer BH, wie ihn alte Damen tragen? Er zuckte die Achseln. »Keine Ahnung. Irgendwer da unten hat sich beschwert.«

»Na, ich sehe keinen Rohrbruch«, sagte sie. »Also, wieso verschwinden Sie jetzt nicht?«

»Wieso interessiert sich ein Zählerableser eigentlich für Reparaturen und Rohrbrüche?« Das kam von Sandras geilem Begleiter.

Der Ableser blickte aus dem Fenster. Es war tatsächlich eine verflucht unglaubliche Aussicht. Er blickte zurück. »Wenn es einen Rohrbruch gibt, kann man das durch einen Blick auf den Zähler feststellen. Das ergibt doch Sinn, meinen Sie nicht?«

»Haben Sie in Runes Sachen rumgeschnüffelt?«

»Nee, ich hab nur nach dem Zähler gesucht.«

»Na ja, der ist nicht hier oben. Wieso hauen Sie also nicht ab?«

»Wieso sagen Sie nicht bitte?«

Der blonde Macker machte es genau, wie Redford oder Steve McQueen oder Stallone es gemacht hätten. Er ging vor Sandra in Stellung und schlug die Arme in seinem Poloshirt übereinander. »Die Lady möchte, dass Sie verschwinden.«

Professionell oder nicht? Der Ableser rang mit sich. *Jene* Seite gab nach, wie sie es gewöhnlich tat. »Wenn sie 'ne Lady ist, wieso pennt sie dann mit 'nem Arschloch wie dir?«, sagte er.

Der Blonde lächelte, schüttelte den Kopf, trat vor. Er spannte seine Muskeln, die er dem Zauber von Nautilusmaschinen verdankte. »Raus hier.«

Es stellte sich als ein nicht allzu großer Spaß heraus, und der Ableser fand, dass es den unprofessionellen Teil nicht wert gewesen war. Ach, wenn es gegen einen Kerl gegangen wäre, der wusste, was er tut … das wäre etwas anderes gewesen. Eine echte Chance, die Fäuste spielen zu lassen. Aber dieser beschissene Yuppie … Herrgott.

Sie rauften ein bisschen, stießen und zerrten. Sagten Sachen, wie man sie bei Kabbeleien auf der Straße sagte. »Na, du Arschloch …« Solche Sachen.

Dann wurde es dem Ableser zu langweilig, und er fand, er könne es nicht riskieren, noch länger zu bleiben, und wer wusste, wen das Pärchen angerufen hatte. Er machte sich frei und traf Blondie einmal in den Solarplexus und einmal auf den Kiefer.

Zack, das war's. Zwei lautlose Schläge. Der Typ ging in die Knie. Mehr vor Übelkeit als wegen einer Verletzung; das war so bei Schlägen in die Eingeweide. Wahrscheinlich war es die erste Prügelei gewesen, die der Junge je erlebt hatte.

Scheiße, der fängt gleich an …

Der Kerl kotzte quer über den gesamten Fußboden.

»Herrgott, Andy«, sagte Sandra. »Das ist krass.«

Der Ableser half Andy auf die Füße. Legte ihn auf dem Bett ab.

Okay, genug Spaß gehabt, dachte er. Zeit, wieder den Profi zu spielen. »Folgender Deal«, sagte er zu Sandra. »Ich komme von einem Schuldeneintreiber. Deine Freundin hat ihre Kreditkarte um ein paar Tausender überzogen und hält uns seit einem Jahr hin. Wir sind das leid.«

»Das sieht Rune ähnlich, klar. Hören Sie, ich weiß nicht, wo sie ist. Ich weiß nichts von …«

Er hob die Hand. »Wenn du irgendjemandem erzählst, dass du mich hier gesehen hast, verflucht, dann mach ich mit dir das Gleiche.« Er nickte in Richtung des jungen Mannes, der stöhnend auf dem Rücken lag und den Arm über die Augen geschlagen hatte.

Sandra schüttelte den Kopf. »Ich sage kein Wort.«

»Sie kämpfen gut«, sagte Sandra, als er hinausging. Sie ließ die Bluse wieder herunterrutschen und entblößte ihre Brüste. Der Ableser zog die Bluse wieder hoch und lächelte. »Sag deinem Freund, er soll seine Linke oben halten. Er ist eher der defensive Typ.«

15

»Ms. Rune?«

Sie drehte sich um und blieb in der Tür zu Washington Square Video stehen.

Rune schaute jedoch nicht den Mann an, der sie angehalten hatte. Es waren die Marke und der Ausweis, die ihre Aufmerksamkeit fesselten. Er war ein US-Marshal.

Nett, dachte sie, bevor sie bedachte, dass sie eigentlich nervös hätte sein müssen.

»Mein Name ist Dixon.«

Er sah exakt so aus wie der Mann, den ein Regisseur für die Rolle eines Bundesbeamten ausgesucht hätte. Groß und kantig. Er hatte einen leichten Queens-Akzent. Sie dachte an Detective Virgil Manelli und daran, dass er einen Anzug getragen hatte. Der Typ hier trug Jeans und Sportschuhe und eine schwarze Bomberjacke, Freizeitklamotten, die sagten: Ich komme aus den Randbezirken. In so einem Outfit würde er nicht ins Area, ihren Lieblings-Feierabendclub, reinkommen. Kurz geschnittene braune Haare. Er sah aus wie ein Monteur.

»Nur Rune. Ohne Ms.«

Er steckte seine Marke ein, und sie erhaschte einen Blick auf eine riesige Kanone, die er an der Hüfte trug.

Wahnsinn ... Das ist ja eine Schwarzenegger-Kanone, dachte sie. Mann, die würde einen Truck durchlöchern.

Dann fiel ihr wieder ein, dass sie eigentlich nervös hätte sein müssen.

Er zwinkerte und zeigte ein schwaches Lächeln. »Sie erinnern sich nicht an mich.«

Sie schüttelte den Kopf. Ließ die Tür zufallen.

»Wir haben uns kürzlich gesehen – in der Wohnung an der Tenth Street. Ich war Mitglied der Mordkommission.«

»In Mr. Kellys Wohnung?«

»Genau.«

Sie nickte. Dachte an diesen schrecklichen Morgen zurück. Aber sie erinnerte sich an nichts außer an Manellis eng zusammenstehende Augen.

Den zerschossenen Fernseher.

Mr. Kellys Gesicht.

Das Blut auf seiner Brust.

Dixon schaute in ein Notizbuch und steckte es wieder in die Tasche. »Hatten Sie in letzter Zeit Kontakt mit Susan Edelman?«

»Susan … Ach, die andere Zeugin.« Die Yuppiefrau mit dem Designer-Joggingoutfit. »Ich hab sie gestern angerufen, vorgestern. Sie war noch im Krankenhaus.«

»Ich verstehe. Darf ich fragen, weshalb Sie sie angerufen haben?«

Weil jemand den Mörder finden muss und die Cops sich einen Scheiß darum scheren. Zu Dixon sagte sie jedoch: »Nur um zu hören, wie's ihr geht. Warum?«

Dixon schwieg einen Augenblick. Ihr gefiel nicht, wie er sie musterte. Sie abschätzte. »Ms. Edelman wurde vor einer Stunde getötet.«

»Was?«, keuchte sie. »Nein!«

»Ich fürchte, doch.«

»Was ist passiert?«

»Sie kam an einer Baustelle vorbei«, fuhr Dixon fort. »Ein Gerüst ist zusammengebrochen. Es könnte natürlich ein Unfall gewesen sein, aber das glauben wir nicht.«

»Oh, nein ...«

»Wurden Sie von irgendjemandem bedroht? Oder ist Ihnen seit dem Mord auf der Tenth Street irgendetwas Verdächtiges aufgefallen?«

»Nein.« Voller Unbehagen blickte sie einen Augenblick zu Boden, dann wieder zurück zu dem Marshal.

Dixon studierte ihr Gesicht sorgfältig. Seine Miene verriet nichts. »Zu Ihrer Sicherheit, zur Sicherheit einer ganzen Reihe von Menschen, muss ich wissen, was Sie mit dieser ganzen Angelegenheit zu tun haben.«

»Ich habe nichts ...«

»Die Sache ist sehr ernst, Miss. Zuerst mag es vielleicht wie ein Spiel ausgesehen haben. Aber das ist es nicht. Also, ich könnte Sie in Sicherheitsgewahrsam nehmen lassen, und wir klären das später ... ich kann mir eigentlich nicht vorstellen, dass Sie Lust haben, eine Woche in der Frauenstrafanstalt zu verbringen. Also, was haben Sie mir zu sagen?«

Etwas in seiner Stimme klang, als sei er ehrlich besorgt. Klar, in gewisser Weise drohte er ihr, aber das schien einfach seine Art zu sein. Das kam wahrscheinlich mit dem Beruf. Und sie spürte, dass er wirklich besorgt war, sie könne enden wie Kelly oder Susan Edelman.

Daher erzählte sie ihm ein paar Dinge. Von dem Film, der gestohlenen Beute aus der Bank, von der Verbindung zwischen Mr. Kelly und dem Bankraub. Nichts von Symington. Nichts von Kirchen oder Koffern. Nichts von Amanda LeClerc.

Dixon nickte bedächtig, und sie konnte nicht erraten, was er dachte. Das Einzige, was ihn zu interessieren schien, war der alte Bankraub.

Wieso hat er dabei die Augenbrauen hochgezogen?, fragte sie sich.

»Wo wohnen Sie?«, fragte Dixon.

Sie gab ihm ihre Adresse.

»Telefonnummer?«

»Kein Telefon. Sie können hier in der Videothek anrufen und eine Nachricht hinterlassen.«

Dixon dachte einen Moment nach. »Ich glaube nicht, dass Sie in Gefahr schweben.«

»Ich hab nichts gesehen, wirklich nicht. Nur das grüne Auto. Das ist alles, woran ich mich erinnere. Keine Gesichter, keine Kennzeichen. Es gibt keinen *Grund* dafür, mich umzubringen.«

Das schien ihn zu amüsieren. »Nun, das ist eigentlich nicht der springende Punkt, Miss. Der Grund, weshalb Sie nicht tot sind, ist, dass jemand nicht will, dass Sie tot sind. Noch nicht. Wenn doch, dann wären Sie schon tot. Wenn ich Sie wäre, dann würde ich das Geld aus dem Bankraub vergessen. Vielleicht steckt ja das hinter dem Mord an Mr. Kelly. Im Augenblick sind Sie wahrscheinlich sicher, aber wenn Sie weiterhin herumschnüffeln ... wer weiß, was dann noch passieren könnte.«

»Ich wollte nur ...«

Mit einem Mal wurde sein Gesicht weicher, und er lächelte. »Sie sind eine schöne Frau. Sie sind klug. Sie sind tough, das kann ich sehen. Es würde mir einfach nicht gefallen, wenn Ihnen etwas zustoßen würde.«

»Danke«, sagte Rune. »Ich werd dran denken.« Obwohl sie in Wirklichkeit nur an zwei Dinge dachte: dass Dixon keinen Ehering trug. Und dass er verdammt viel besser aussah, als sie anfangs gedacht hatte.

»Worum ging's denn da eben? Hatte der Typ echt 'ne *Marke*?« Stephanie hörte sich ganz atemlos an.

Rune trat hinter den Tresen von Washington Square Video zu Stephanie an die Kasse. »Das war ein US-Marshal ...«, antwortete sie. Dann schüttelte sie den Kopf. »Die andere Zeugin – von Mr. Kellys Mord –, die ist tot.«

»Nein!«

»Es könnte ein Unfall gewesen sein. Vielleicht auch nicht.« Rune starrte auf den Monitor. Im Recorder steckte kein Film, und sie blickte auf stummes Schneegestöber. »Wahrscheinlich nicht«, flüsterte sie.

»Bist du, äh, in Sicherheit?«, fragte Stephanie.

»Er meint, ja.«

»*Meint*?«

»Aber eins war komisch.«

»Was?«

»Er war US-Marshal.«

»Das hast du schon gesagt.«

»Wieso sollte der mit einem Mord an jemandem im East Village zu tun haben?«

»Wie meinst du das?«

Rune dachte nach. »Ich hab diesen Film über Dillinger gesehen. Kennst du John Dillinger?«

»Nicht persönlich.«

»Ha. Er hat Banken ausgeraubt. Was, irgendwie ein Verbrechen ist, für das die Bundespolizei zuständig ist – und deshalb waren nicht die *städtischen* Cops hinter ihm her. Es waren die G-Men.«

»G-Men?«

»Bundesbeamte. Du weißt schon, Beamte der Regierung. Wie das FBI. Wie die US-Marshals.«

»Oh, wart mal, du denkst doch nicht, dass er den Bankraub untersucht, von dem du mir erzählt hast. Den von vor fünfzig Jahren.«

Rune zuckte die Achseln. »Er hat nichts gesagt, aber

irgendwie ist's doch komisch, oder? Er schien richtig interessiert zu sein, als ich ihm davon erzählt habe.«

Stephanie widmete sich wieder ihrer *Variety*. »Bisschen weit hergeholt.«

Aber was war angesichts des Ganzen schon weit hergeholt – wie Richard vielleicht gefragt hätte.

Rune suchte sich die Gelben Seiten für Brooklyn heraus. Sie schlug bei Kirchen nach. Es kam ihr komisch vor, dass man Begleitservices, Rasenmäher und Kirchen im gleichen Verzeichnis finden konnte.

Sie blätterte die Seiten durch. Mann, waren das eine Menge Seiten.

Sie fing mit den Anrufen an.

»Meinst du, ich bekomme die Rolle?«, fragte Stephanie sie eine halbe Stunde später.

»Welche Rolle?«, fragte Rune geistesabwesend, den Hörer zwischen Ohr und Schulter geklemmt. Sie steckte in der Warteschleife. (Das kam ihr auch komisch vor, eine Kirche anzurufen und in die Warteschleife geschickt zu werden.)

»Hab ich dir das nicht erzählt? Ich gehe nächste Woche zum Vorsprechen. Es ist nur ein Werbespot. Aber trotzdem ... Die Bezahlung ist toll. Ich *muss* sie kriegen. Das ist unheimlich wichtig.«

Rune erstarrte plötzlich, als der Pfarrer ans Telefon kam.

»Hallo?«

»Reverend, Vater, Sir ... ich versuche, etwas über meinen Großvater herauszufinden. Robert Kelly. Etwa siebzig. Wissen Sie, ob er je für eine gewisse Zeit Mitglied Ihrer Pfarrei war?«

»Robert Kelly? Nein, Miss, ganz bestimmt nicht.«

»Okay, Vater, vielen Dank. Ach, und einen schönen Tag noch.«

Sie legte den Hörer auf und schob die Gelben Seiten beiseite. »Sagt man das zu Priestern?«

»Was?«

»Einen schönen Tag noch. Ich meine, sollte man da nicht etwas Bedeutsameres sagen? Etwas Spirituelleres?«

»Du kannst sagen, was du willst.« Stephanie legte die *Variety* weg und fing an, Kassetten in die Regale zu sortieren. »Wenn ich den Job nicht kriege, dann sterbe ich«, sagte sie. »Es ist ein ganzer Werbespot. Dreißig Sekunden. Ich würde eine junge Ehefrau spielen, die am prämenstruellen Syndrom leidet und das Abendessen an ihrem Geburtstag erst genießen kann, nachdem sie irgendwelche Pillen genommen hat.«

»Welche Pillen?«

»Was weiß ich. ›Krämpfe-weg.‹«

»Wie?«

»Na ja, irgend so was *Ähnliches*. Dann nehme ich sie und tanze mit meinem Mann glücklich Walzer. Ich müsste ein langes weißes Kleid tragen. Das find ich so ekelhaft, wenn sie das machen, bei Menstruationswerbung Weiß zu tragen. Außerdem mach ich mir Sorgen, weil ich nicht Walzer tanzen kann. Tanzen ist nicht gerade meine starke Seite. Und – aber das bleibt unter uns – singen kann ich auch nicht besonders gut. Es ist echt ätzend, Jobs zu finden, wenn man nicht singen und tanzen kann.«

»Du hast doch einen tollen Körper und tolle Haare.«

Und groß bist du, gottverdammich.

Sie blätterte weiter in den Seiten, wobei sie die Synagogen und Moscheen ausließ. »Amanda ruft auch an ... die tut mir Leid. Arme Frau. Stell dir vor ... ihr Freund ist ermordet worden, *und* die wollen sie aus dem Land rausschmeißen.«

»Übrigens, ich glaube nicht, dass das alles Pfarreien sind«, sagte Stephanie.

»Meinst du, die waren sauer, weil ich sie Pfarreien genannt habe?« Rune runzelte die Stirn.

»Ich glaube, die werden sauer, wenn man Satan anbetet und Flüche schleudert. Ich glaube nicht, dass es sie kümmert, wie du ihre Kirchen nennst. Ich sag's dir nur deinetwegen, weißt du, zu deiner eigenen Erbauung.«

Rune griff nach dem Hörer und legte ihn wieder auf. Sie blickte zur Tür, als eine dürre, dunkelhäutige junge Frau eintrat. Sie hatte einen ordentlichen Pagenschnitt, trug ein marineblaues Kostüm und hatte in einer Hand eine schwere Anwalts- oder Versicherungs-Aktentasche. Rune musterte sie rasch. »Ein Dollar, dass es Richard Gere wird.«

Stephanie wartete ab, bis die Frau zur Komödienabteilung ging und *Der Clou* aus dem Regal nahm, bevor sie die Hand in die Tasche steckte und vier Vierteldollarmünzen auf den Tresen legte. Rune legte einen Dollarschein daneben. »Du glaubst wohl, du bist die heiße Nummer, hm? Durchschaust sie?«

»Ich kann sie durchschauen.«

Die Frau spazierte durch die Regalreihen, ohne zu merken, dass Rune und Stephanie sie beobachteten, während sie taten, als würden sie arbeiten. Sie kam zum Tresen und legte den Film mit Newman und Redford auf die Gummimatte neben der Kasse. »Ich nehme den.« Sie reichte Rune ihre Mitgliedskarte. Lächelnd streckte Stephanie die Hand nach dem Geld aus. Die Frau zögerte. »Ach, vielleicht nehme ich noch einen«, sagte sie und wandte sich zur Dramaabteilung.

Sie legte *Power – Der Weg zur Macht* neben *Der Clou*. Richard Geres Schlafzimmeraugen blickten von der Hülle. Stephanie schob die zwei Dollar Rune zu und tippte die Filme ein. Die Frau griff nach den beiden Kassetten und verließ den Laden.

»Woher hast du das gewusst?«, fragte Stephanie.

»Schau.« Rune gab die Mitgliedsnummer der Frau in den Computer ein und rief sämtliche Filme auf, die die Frau je ausgeliehen hatte.

»Du hast geschwindelt.«

»Man soll nicht wetten, wenn man die Bedingungen nicht kennt.«

»Ich weiß nicht, Rune«, sagte Stephanie. »Du glaubst, Mr. Kelly hatte es auf einen verborgenen Schatz oder so etwas abgesehen, aber schau, diese Frau hier leiht sich zehn Richard-Gere-Filme in sechs Monaten aus. Die ist genau so verrückt wie Kelly.«

Rune schüttelte den Kopf. »Nee, weißt du, warum sie das macht? Sie hat ein Verhältnis mit ihm. Du weißt ja, wie das heutzutage ist, Sex ist gefährlich. Man muss die Sache selbst in die Hand nehmen. Sozusagen. Ergibt Sinn für mich.«

»Komisch, ich hätte dich für risikofreudiger gehalten – du jagst verborgenen Schätzen und Mördern nach. Aber du würdest nicht mit 'nem Typen ins Bett gehen.«

»Ich würde schon mit jemandem schlafen. Ich will einfach nur sichergehen, dass es der richtige Jemand ist.«

»›Der Richtige?‹«, schnaubte Stephanie. »Du stehst wirklich auf deine unmöglichen Suchen, was?«

Rune schob die schwarze Kopie von *Manhattan Beat* in den Videorecorder. »War sie nicht wunderschön?«, sinnierte sie kurz darauf. Auf dem Bildschirm ging Ruby Dahl mit ihrer aufgetürmten blonden Frisur Hand in Hand mit Dana Mitchell, der ihren Verlobten Roy, den Cop, spielte. Im Hintergrund erhob sich die Brooklyn Bridge. Es war noch vor dem Bankraub. Roy war von seinem Captain gerufen und für seine gute Arbeit gelobt worden. Aber der junge Streifenpolizist machte sich Sorgen, weil er kein Geld hatte. Er musste seine kranke Mutter unterstützen. Er wusste nicht, wann er und Ruby würden heiraten können.

Vielleicht sollte er aus der Polizei austreten – für eine Stahlfirma arbeiten.

»Aber du bist doch so gut in deinem Beruf, Roy, mein Schatz. Ich würde mich nicht wundern, wenn sie dich noch zum Commissioner machen. Also, wenn ich etwas zu sagen hätte, dann würde ich das machen.«

Der hübsche Dana Mitchell ging ernst neben ihr her. Er sagte ihr, sie sei ein famoses Mädel. Er sagte ihr, welch ein Hans im Glück er sei. Die Kamera wich von ihnen zurück, und die beiden Menschen wurden zu undeutlichen Punkten in einer schwarzweißen Stadt voller Schatten.

Rune schaute unter die obere Tresenplatte. »Oh, mein Gott!«

»Was?«, fragte Stephanie erschreckt.

»Da ist eine Telefonnachricht.«

»Na und?«

»Wo ist Frankie? Verflucht. Dem tret ich in den Hintern ...«

»Was?«

»Er hat die Botschaft aufgeschrieben, hat sie aber hier unter den Quittungen liegen lassen.« Sie hielt den Zettel hoch. »Schau, schau! Sie ist von Richard. Ich hab seit gestern nichts mehr von ihm gehört. Er hat mich an der West Side aussteigen lassen.« Rune zog eine Grimasse. »Hat mich zum Abschied auf die Backe geküsst.«

»Autsch. Nur auf die Backe?«

»Ja. Und das, nachdem er mich oben ohne gesehen hatte.«

Stephanie schüttelte den Kopf. »Das ist nicht gut.«

»Was du nicht sagst.«

Die Botschaft lautete:

Rune – Richard lädt dich für morgen zum Abendessen ein, um sieben, er kocht. Er hat eine Überraschung für dich, und außerdem hat er gesagt, wieso zum Teufel du kein Telefon hast. Ha ha, aber er hat nur Spaß gemacht.

»Jawoll! Ich hatte schon gedacht, er lässt mich sitzen, nachdem wir am Sonntag im Pflegeheim waren.«

»Pflegeheim? Rune, du solltest dir romantischere Stellen für Rendezvous aussuchen.«

»Ach, das kommt noch! Ich kenne da so einen Wahnsinnsschrottplatz, wo ich immer hingehe …«

»Nein, nein, nein.«

»Der ist voll klasse.« Sie kämmte sich wieder mit den Fingern durch die Haare. »Was soll ich anziehen? Ich hab da so ein Tanktop mit Tupfen, das ich mir grade erst bei Secondhand Rose gekauft habe. Und einen Tigerfellrock, der ungefähr zwanzig Zentimeter eng ist … Was?«

»Tigerfell?«

»Ach, doch nicht *echt* … Falls du für Regenwälder und so 'n Zeug bist. Also, der ist in New Jersey gemacht worden …«

»Rune, das Problem sind nicht bedrohte Tierarten.«

»Fein, und was *ist* das Problem?«

Stephanie musterte sie eindringlich. »Sind das Ohrringe, die im Dunkeln leuchten?«

»Die hab ich letztes Halloween bekommen«, sagte sie vorsichtig und berührte die Totenschädel. »Wieso schaust du mich so an?«

»Du magst Märchen, stimmt's?«

»Aber hallo.«

»Erinnerst du dich an Aschenputtel?«

»Oh, das ist das beste von allen. Hast du gewusst, dass in der ursprünglichen Geschichte, in der von den Gebrüdern Grimm, die Mutter den hässlichen Schwestern die Fersen mit einem Messer abschneidet, damit ihre Füße in die …«

»Rune«, sagte Stephanie betont langmütig.
»Was?«
»Bleiben wir einen Moment mal bei der Disney-Version.«
Rune schaute sie argwöhnisch an. »Okay.«
»Erinnerst du dich daran?«
»Na klar.«
Stephanie ging prüfend um Rune herum. »Verstehst du, worauf ich hinaus will?«
»Ach ... eine Runderneuerung?«
Stephanie lächelte. »Nimm's nicht persönlich. Aber ich glaube, du brauchst eine gute Fee.«

16

Rune wünschte es sich todschick.

Stephanie gab ihr widerstrebend nach, aber die Expedition zu den Läden, die sich auf elegante Kleidung spezialisiert hatten, war ein Fehlschlag. Rune verbrachte eine halbe Stunde in winzigen, heißen Umkleidekabinen, probierte lange schwarze Kleider an und spielte mit Frisuren, bemüht, wie Audrey Hepburn auszusehen, todschick auszusehen. Aber dann setzte sich in ihrem Kopf das Wort *trampelig* fest, und auch wenn sie sich auszog und ihren flachen Bauch, ihre schlanken Beine und ihr schönes Gesicht sehen konnte, sobald sie einmal *Trampel* gedacht hatte, war die Sache gelaufen. Keine langen Kleider heute.

»Du hast gewonnen«, maulte sie Stephanie an.

»Vielen Dank«, kam sofort die Antwort. »Und jetzt machen wir uns an die Arbeit.«

Sie gingen in Richtung Süden, weg vom Village.

»Richard mag es lang und todschick«, erklärte Rune.

»Na klar«, antwortete Stephanie. »Er ist ein Mann. Und rote und schwarze Bustiers und Strapse mag er wahrscheinlich auch.« Aber sie fuhr geduldig fort, zu erklären, dass Frauen niemals Kleider für einen Mann kaufen sollten. Sie sollten Kleider für sich selbst kaufen, was wiederum dazu führen würde, dass der Mann sie umso mehr achten und begehren würde.

»Meinst du?«

»Ich *weiß*.«

»Wahnsinn«, sagte Rune.

Stephanie verdrehte die Augen. »Wir versuchen es mit europäisch.«

»Richard sieht sehr französisch aus. Ich fände es gut, wenn er den Namen ändern würde.«

»Zu welchem?«

»Zuerst war es François. Aber jetzt neige ich zu Jean-Paul.«

»Und was hält er davon?«

»Ich hab's ihm noch nicht gesagt. Ich will erst ein paar Wochen warten.«

»Weise.«

SoHo, das frühere Lager- und Fabrikviertel, das sich gleich an Greenwich Village anschloss, wurde gerade schick. Das Viertel war schon immer eine Bastion für Künstlerwohnungen gewesen – Maler und Bildhauer, die die einzigen Menschen waren, die gemäß den Wohnungsvorschriften der Stadt legal in diesem Viertel wohnen durften. Während jedoch die Stadt Genehmigungen ausschließlich an Künstler mit Diplom erteilte, tat sie nichts, um die Preise für die riesigen Lofts zu kontrollieren, und als die Galerien und Weinstuben und Boutiquen in die Geschäftsgebäude einzogen, schossen die Wohnungspreise in die Hunderttausende ... Es war komisch, wie viele Anwälte und Banker urplötzlich ihr Talent für Malerei und Bildhauerei entdeckten.

Sie kamen an einem Kleidergeschäft vorbei, das im Innern grellweiß gestrichen war. Rune blieb abrupt stehen und starrte auf eine schwarze Seidenbluse.

»Toll.«

»Finde ich auch«, stimmte Stephanie zu.

»Können wir die nehmen?«

»Nein.«

»Wieso nicht? Was ist falsch daran?«

»Siehst du das Schild? Das ist nicht die Registriernummer. Das ist der Preis.«

»Vierhundertfünfzig Dollar!«

»Komm schon, mir nach. Ich kenne einen kleinen spanischen Laden weiter oben an der Straße.«

Sie bogen vom West Broadway auf die Spring Street ab und betraten einen Laden, den Rune auf der Stelle liebte, als ein großer weißer Vogel, der auf einer Stange saß, sie beim Eintreten mit ›Hallo, Wichser‹ begrüßte.

Rune schaute sich um. »Ich bin dabei«, sagte sie. »Aber funky ist das nicht, und New Wave auch nicht.«

»Das ist auch nicht so gedacht.«

Nach zwanzig Minuten gewissenhaften Anprobierens musterte Stephanie Rune anerkennend und erlaubte ihr erst dann, in den Spiegel zu schauen.

»Wahnsinn«, flüsterte Rune. »Du bist eine Zauberin.«

Der kastanienbraune Rock war lang, wenngleich auch eher gebauscht als aufreizend. Als Oberteil trug sie ein tief ausgeschnittenes schwarzes T-Shirt und darüber eine durchsichtige Spitzenbluse. Stephanie wählte dazu noch ein Paar baumelnder Ohrringe aus orangefarbenem Plastik.

»Es ist nicht mein altes Selbst, aber eindeutig eine *Version* meines Selbst.«

»Ich denke, du entwickelst dich weiter«, meinte Stephanie.

»Kennst du die Geschichte von dem kleinen roten Hühnchen?«, fragte Rune, als die Verkäuferin die Kleider einpackte.

»War das aus *Sesamstraße*?«

»Glaub ich nicht. Es war das einzige, das Brot backte, und keiner half ihm dabei, außer einem einzigen Tier. Ich habe vergessen, was es war. Ente, Kaninchen. Wer weiß? Egal, als das Brot fertig war, kamen alle anderen Tiere zu dem Hühnchen und sagten, sie wollten etwas davon abhaben. Aber das Hühnchen sagte: ›Verpisst euch, ihr Mistviecher.‹ Und es hat das Brot nur mit dem einen Tier geteilt, das ihm geholfen hatte. Also, wenn ich das Geld von der Bank finde, dann teil ich es mit dir.«

»Mit mir?«

»Du glaubst mir. Richard nicht. Die Polizei auch nicht.«

Stephanie sagte nichts. Sie verließen den Laden und kehrten zum West Broadway zurück. »Das ist wirklich nicht nötig, Rune«, sagte sie schließlich.

»Aber ich will es. Vielleicht kannst du dann in der bescheuerten Videothek kündigen und hauptberuflich vorsprechen.«

»Also wirklich ...«

»Nein.« Der ungarische Akzent war wieder da. »Streit nicht mit Bauersfrau. Ist sehr dickköpfig ... Oh, Moment mal.« Rune schaute zu einem Laden auf der anderen Straßenseite. »Richard hat gesagt, er hätte eine Überraschung für mich. Ich will ihm was mitbringen.«

Sie rannten zwischen den Autos über den Broadway. Rune blieb stehen, holte tief Luft und betrachtete das Schaufenster. »Was mögen Männer?«, fragte sie.

»Sich selber«, sagte Stephanie. Sie gingen hinein.

Der Laden wirkte futuristisch, aber, überlegte Rune, vielleicht war er in Wirklichkeit auch antik, denn er erinnerte sie daran, wie ihre Mutter die sechziger Jahre beschrieben hatte – knallbunt und mit lauter verrückt leuchtenden Lampen und Raumschiffen und Planeten und einem wirren Gemisch von Düften: Moschus, Patschuli, Rosen, Sandelholz.

Rune betrachtete ein mit Schwarzlicht angestrahltes Poster mit einem Schiff, das durch den Himmel segelte. »Ausgesprochen retro«, sagte sie.

Stephanie schaute sich gelangweilt um.

In Vitrinen: Geoden, Kristalle, Steine, Opale, Silber und Gold, mit Silberdraht umwickelte Zauberstäbe aus Quarz, Kopfschmuck, Meteoriten, NASA-Souvenirs, Tonbandcassetten mit elektronischer Musik, optische Täuschungen. Über die Wände krochen bunte, durch rotierende Prismen gebrochene Lichter.

»Davon krieg ich ja einen epileptischen Anfall«, knurrte Stephanie.

»Das ist der krasseste Laden überhaupt, findest du nicht? Ist das nicht Wahnsinn?« Rune griff nach zwei Sauriern und ließ sie tanzen.

»Der Schmuck ist hübsch.« Stephanie beugte sich über einen Tresen.

»Was, meinst du, könnte ihm gefallen?«

»Das Zeug ist viel zu teuer. Wucher.«

Rune drehte ein Kaleidoskop. »Dass er auf Spiclzeug steht, glaube ich eigentlich nicht.«

»Was siehst du da drin?«, sagte der Verkäufer, ein schlanker Schwarzer mit einem runden, hübschen Gesicht, das von Rasta-Dreadlocks eingerahmt wurde, mit tiefer, musikalischer Stimme zu Rune.

»Das Nirwana. Schau mal.« Sie reichte ihm die schwere Röhre.

Er spielte damit und schaute hinein. »Ah, Nirwana, da ist er. Kaleidoskope, die die Erleuchtung zeigen, haben wir heute im Sonderangebot. Halber Preis.«

Rune schüttelte den Kopf. »Kommt mir nicht richtig vor, für die Erleuchtung zu zahlen.«

»Wir sind in New York«, sagte er. »Was willste?«

»Ich hab Hunger«, sagte Stephanie.

Dann sah Rune die Armreifen. In einer riesigen Glaspyramide, ein Dutzend silberner Armreifen. Sie ging ans Ende des Tresens und bestaunte sie mit leicht geöffnetem Mund. Hauchte ein *Ah*.

»Die gefallen dir, stimmt's?«, fragte der Verkäufer.

»Kann ich mir den einen dort mal anschauen?«

Rune nahm den dünnen Reif, hielt ihn sich vor die Augen. Drehte ihn immer wieder. Das Silber wurde dicker und dünner, und die Enden bildeten zwei Hände, die sich umfassten.

Der Rastamann grinste. »Sie sieht schön aus. Sie sieht schön aus an deinem Arm, aber …«

»›Sie?‹«, fragte Stephanie.

Der Verkäufer musterte Runes Gesicht. »V'leicht denkste dran, sie jemand zu schenken. Denkste v'leicht da dran?« Er hielt den Reif in seinen langen, sinnlichen Fingern, betrachtete ihn sorgfältig. Rune musste an Richards Hände denken, wenn er langsam eine Bierdose öffnete. Der Verkäufer schaute auf. »Einem Männerfreund von dir.«

Rune achtete nicht auf seine Worte. »Woher hast du das gewusst?«, fragte Stephanie.

Er grinste und schwieg. »Ist ein netter Mann, glaub ich«, sagte er dann.

Stephanie schaute ihn voller Unbehagen an. »Woher hast du das *gewusst*?«

Rune war über die Worte des Verkäufers nicht im Geringsten erstaunt. »Ich nehme ihn«, sagte sie.

»Er ist zu teuer.«

Der Rastamann runzelte die Stirn. »He, ich biete dir Satori an, ich biete dir Liebe an, und du sagst, er ist zu teuer?«

»Handle ihn runter«, sagte Stephanie.

»Pack's als Geschenk ein«, sagte Rune.

Der Rastamann zögerte. »Biste sicher?«

»Klar bin ich sicher, wieso?«

»Ach, nur weil, sie wird mal wichtig sein in deinem Leben, hab ich so das Gefühl. Sehr wichtig.« Er betastete den Metallreif. »Tu sie nicht zu schnell weggeben. Nein, nein, tu sie nicht zu schnell weggeben.«

»Können wir jetzt was essen?«, fragte Stephanie. »Ich hab Hunger.«

»Hörst du mich?«, rief der Verkäufer Rune nach, als sie zur Tür gingen.

Rune drehte sich um. Schaute ihm in die Augen. »Ich höre dich.«

»›Ich gehe hinein, Sir.‹«

Rune reichte Stephanie einen Hot Dog, den sie bei dem Händler vor der Trinity Church in der Nähe der Wall Street gekauft hatte. Sie fuhr fort. »›Ich gehe hinein, Sir‹, das sagt Roy, der Cop – Dana Mitchell –, zu seinem Captain. Sie stehen alle mit ihren Megaphonen und Gewehren vor der Bank. ›Ich gehe hinein, Sir.‹ Und das ist ganz erstaunlich, denn er ist nur ein Streifenpolizist und ein junger Kerl. Niemand hat ihn beachtet. Aber er ist derjenige, der sich freiwillig bereit erklärt, die Geisel zu retten.«

Rune nahm ihren eigenen Hot Dog von dem Mann entgegen. Sie setzten sich neben dem schmiedeeisernen Zaun vor dem Kirchhof nieder. Tausende von Menschen gingen auf dem Broadway an ihnen vorbei; manche verschwanden in den ehrwürdig verschmutzten Gebäuden auf der gewundenen Wall Street.

Stephanie aß bedachtsam und blickte nach jedem Bissen unsicher auf ihren Hot Dog.

»Dann geht Roy. ›Lassen Sie es mich versuchen, Sir. Ich

kann ihn dazu überreden, herauszukommen. Ich weiß, dass ich es kann.‹«

»Hm-mmh.« Stephanie blickte starr vor sich hin; die Horden der vorbeiströmenden Menge übten eine hypnotisierende Wirkung aus.

»Und da sagt der Leutnant: ›Na gut, Officer, wenn Sie gehen wollen, dann halte ich Sie nicht auf.‹«

Rune warf ihren halb aufgegessenen Hot Dog weg. »›Aber es ist gefährlich.‹« Sie hörte sich ebenso melodramatisch an wie die Figur in dem Film selbst. »Das war ein anderer Cop, ein Freund von ihm, der das gesagt hat. Und Dana – erinnerst du dich an seinen verträumten Blick? –, Dana sagt: ›Ich lasse nicht zu, dass jemand in *meinem* Revier umgebracht wird.‹ Sein Gesicht ist ganz hart, und er zieht sich die Mütze gerade und gibt seinem Freund seinen Gummiknüppel, und dann geht er über die Straße und klettert durch das Seitenfenster.« Rune fing an herumzulaufen. »Komm, gehen wir. Ich will mir die echte Bank ansehen.«

Stephanie warf einen Blick auf die letzten beiden Zentimeter ihres Hot Dogs und warf ihn in einen Müllkorb. Mit einer dünnen Serviette wischte sie sich die Hände und den Mund sauber.

Sie bogen in die Wall Street ein. Durch die dunstigen Wolken kam ein weißes Schimmern, aber die enge, dicht mit Reihen düsterer Bürogebäude bebaute Straße war finster.

»Sie haben den Film im alten Gebäude der Union Bank selbst gedreht – dort hatte der richtige Bankraub stattgefunden. Die Bank ist vor Jahren Pleite gegangen, und das Gebäude ist verkauft worden. Seitdem war alle Mögliche da drin. Im letzten Jahr hat irgendeine Firma es gekauft und aus dem Erdgeschoss ein Restaurant gemacht.«

»Kann man hier irgendwo einen Kaffee kriegen? Ich brauche jetzt einen Kaffee.«

Rune lief aufgeregt vor ihr her, wurde dann langsamer und nahm wieder mit ihr Schritt auf. »Ist das nicht Wahnsinn? Die gleichen Straßen abzulaufen wie die Schauspieler vor vierzig Jahren? Vielleicht ist Dana Mitchell genau hier stehen geblieben und hat den Fuß auf den Hydranten hier gestellt, um sich den Schuh zu binden.«

»Vielleicht.«

»Oh, schau!« Rune packte sie am Arm. »Da, die Ecke! Von da aus hat der Bankräuber einen Schuss abgefeuert, als die Cops angerückt sind, nachdem der Alarm losgegangen war. Das ist eine tolle Szene.« Sie rannte zu der Ecke, wich einer jungen Frau in einem rosa Kleid aus und presste sich mit dem Rücken an den Marmor, als stünde sie unter Beschuss. »Stephanie! Geh runter! Geh in Deckung!«

»Du spinnst«, sagte Stephanie, die langsam zu der Wand kam.

Rune streckte den Arm aus. »Willst du getroffen werden? Runter!«

Sie zerrte an Stephanie, die lachend in die Hocke ging. Mehrere Passanten hatten sie gehört. Sie schauten sich vorsichtig um. »Du hast nicht mehr alle Tassen im Schrank!«, flüsterte Stephanie, die so tat, als würde sie Rune nicht kennen. »Sie hat nicht mehr alle Tassen im Schrank«, sagte sie lauter mit Blick auf die Menge.

Runes Augen leuchteten. »Kannst du dir das vorstellen? Die Bank ist gleich um die Ecke und ... Hör mal!« Von weitem hörte man einen Presslufthammer. »Eine Maschinenpistole. Der Bankräuber hat eine Maschinenpistole, eine alte Tommygun. Er feuert auf uns. Okay, er ist gleich um die Ecke, und er hat eine Geisel und eine Million Dollar. Ich muss sie retten!«

Stephanie lachte und zupfte Rune am Arm. Sie spielte jetzt mit. »Nein, geh nicht, das ist viel zu gefährlich.«

Rune rückte eine unsichtbare Mütze zurecht und straffte

die Schultern. »In meinem Revier wird niemand umgebracht.« Und sie bog um die Ecke.

Gerade noch rechtzeitig, um zu sehen, wie ein Bulldozer das, was einst eine Stockwerk des Gebäudes der Union Bank gewesen war, in einen riesigen Container schaufelte.

»Nein …« Rune blieb mitten auf dem überfüllten Gehsteig stehen. Mehrere Geschäftsleute rannten in sie hinein, bevor sie zurücktrat. »Oh nein.« Ihre Hand ging zu ihrem Mund.

Die Abrissfirma hatte bereits den größten Teil des Gebäudes abgetragen. Nur Teile einer Wand waren stehen geblieben. Der gedrungene Bulldozer schaufelte Massen von Schutt aus Steinen, Holz und Metall übereinander.

»Wie konnten sie das nur tun?«, fragte Rune.

»Was?«

»Sie haben es abgerissen. Es ist weg.«

Rune trat von Stephanie zurück, den Blick auf die Männer gerichtet, die die ratternden Presslufthämmer bedienten. Sie standen in zwölf Metern Höhe am Rand der stehen gebliebenen Mauer und rissen das Mauerwerk zu ihren Füßen ein. Sie schaute die Straße entlang, überquerte sie dann langsam und näherte sich der Bretterwand, die die Passanten von der Abrissstelle fern hielt.

Durch die Gucklöcher, die die Arbeiter in die Bretter gebohrt hatten, konnte sie nicht schauen; sie befanden sich auf der Höhe von einsachtzig. Sie marschierte daher durch das offene Tor auf die Abrissstelle selbst. Eine riesige Rampe aus Erde führte zu dem Fundament, wo der Truck mit dem Container stand. Es gab ein donnerndes Krachen, als die Tonnen Bauschutt in den Stahlbehälter stürzten.

Stephanie holte sie ein. »Hey, ich glaube nicht, dass wir uns hier aufhalten dürfen.«

»Mir ist ganz komisch zumute«, sagte Rune zu ihr.

»Wieso?«

»Die haben gerade den ganzen Bau abgerissen. Und er war mir so … so vertraut. Ich kannte ihn so gut aus dem Film, und jetzt ist er weg. Wie konnten die das nur machen?«

Unter ihnen hob ein zweiter Bulldozer eine riesige Stahlnetzkonstruktion und legte sie auf einem herausragenden Stück Fels ab. Über ihren Köpfen stieß eine Dampfpfeife einen schmerzhaft lauten Pfiff aus. Der Bulldozer wich zurück. Dann zwei Pfiffe. Kurz darauf wurde die Detonation ausgelöst. Ein markerschütternder Schlag unter ihren Füßen. Staubwolken. Das Stahlnetz verschob sich um ein paar Fuß. Drei Pfiffe – die Entwarnung – ertönten.

Rune blinzelte. In ihren Augen sammelten sich Tränen. »Das ist nicht so, wie es sein sollte.«

Sie ging in die Hocke und hob ein marmornes Bruchstück aus der Fassade der Bank auf – graurosa, die Farben einer Forelle, auf der einen Seite glatt. Sie betrachtete es lange, um es dann in die Tasche zu stecken.

»Das ist ganz und gar nicht so, wie es sein sollte«, wiederholte sie.

»Gehen wir«, drängte Stephanie.

Der Bulldozer hob das Netz weg und begann, sich in den zerbrochenen Fels zu verbeißen.

17

Sie hatte ihn einpacken lassen, den Armreif.

Aber dann, auf dem Weg zur Third Avenue – vorbei an den Billigkleiderläden, dem Hallmark, den Delis –, kam ihr der Gedanke, das Geschenkpapier sei zu feminin. Es hatte ein Weinlaubmuster, das nicht tuntiger war, als man es auf

Illustrationen zu *Tausendundeine Nacht* fand. Aber Richard hätte es für ein Blumenmuster halten können.

Auf halbem Weg zu seiner Wohnung steckte sie daher die Hand mit den frisch lackierten Fingernägeln – zur Abwechslung pink, nicht grün oder blau – in die Tasche und riss das Papier mitsamt dem Band herunter.

Dann, während sie an der Twentythird Street an der Ampel wartete, kamen Rune Bedenken bezüglich der Schachtel. Ihm etwas in einer Schachtel zu schenken, erschien für etwas, das eigentlich spontan hätte sein sollen, zu förmlich. Männer bekamen Angst, wenn man ihnen etwas schenkte, das einen zu wohl bedachten Eindruck machte.

Verfluchte Männer.

Die Nägel machten sich erneut an die Arbeit und öffneten die Schachtel, die dem verkrumpelten orientalischen Papier am Boden der Leopardenfell-Handtasche Gesellschaft leistete.

Sie hielt den Armreif ins Licht.

Moment. War er zu feminin?

Spielte das eine Rolle? Er war doch ein *Philosophenritter*, keiner von der Sorte, die Bauern mit dem Breitschwert erschlug. Und überhaupt hatte er *eindeutig* etwas Androgynes – wie ein Hermaphrodit. Und jetzt, da sie darüber nachdachte, kam Rune zu dem Schluss, dass dies ein Grund dafür war, dass sie so gut zusammenpassten.

Das Männlich-Weibliche, Ying-Yang, war bei ihnen beiden im Fluss. Sie steckte den Armreif in die Tasche.

Schau mal da, ich hatte gerade einen für mich gekauft – du weißt doch noch, ich hatte dir doch erzählt, dass ich Armreife liebe –, und da hab ich den hier gesehen und fand ihn total maskulin, und da kam mir der Gedanke, er würde dir vielleicht …

Rune blieb an der Ampel stehen. Sie stand vor einem indischen Laden, aus dem Sitarmusik und der Duft von Räucherstäbchen auf die Straße drangen. Die Ampel sprang um.

Schau mal, ich hab in dem Schmuckgeschäft, wo ich immer hingehe, ein Sonderangebot bekommen, zwei für einen. Echt, ohne Scheiß. Wahnsinn. Und da hab ich mir gedacht: Wen kenne ich, dem ein Armreif gefallen würde? Und jetzt rat mal. Du hast gewonnen …

Sie überquerte die Straße.

Dann sah sie eine Straße weiter sein Wohnhaus. Sie versuchte, objektiv zu bleiben, war aber trotzdem enttäuscht. Es war ein kastenförmiges Hochhaus, in ein Nest kastenförmiger Hochhäuser gezwängt, ein kleines Stück Vorstadt in Manhattan. Sie konnte sich nicht vorstellen, dass ihr schwarz gekleideter Ritter zwischen winzigen Fenstern und Verkäufern und Krankenschwestern und Medizinstudenten von der Uni wohnte.

Na schön … Sie setzte ihren Weg fort und blieb vor seinem Haus stehen.

Hey, Richard, würde dir ein Armreif gefallen? Wenn nicht, kein Problem, dann kann ich ihn meiner Mutter, Schwester, Mitbewohnerin … Aber wenn er dir gefällt … Ist 'n ziemlich krasses Design, meinst du nicht? … Schau's dir mal an.

Rune trat von dem Gebäude zurück und musterte im Fenster ihr Spiegelbild.

Oh, ein Armreif? Rune, der ist ja phantastisch! Zieh ihn mir an. Den nehm ich nie wieder ab.

Sie polierte den Silberreif an ihrem Ärmel und ließ ihn wieder in die Tasche fallen.

Oh, ein Armreif. Also, die Sache ist die, ich trag die Dinger nie …

Also, die Sache ist die, meine Freundin hat mir mal einen Armreif geschenkt, genau an dem Tag, als sie sich umgebracht hat …

Also, die Sache ist die, ich bin allergisch gegen Silber …
Verfluchte Männer.

Als sie ihn sah, mit seinen dunklen Haaren und dem länglichen französischen Gesicht, traf sie wieder dieser irre elektrische Schlag. Sie wusste, dass gleich ihre Stimme beben würde, und dachte, beherrsch dich, gottverdammt.

Was war am besten? Kokett, überrascht? Verführerisch? Sie entschied sich für ein neutrales ›Hi‹. Sie stand im Eingang. Keiner von beiden rührte sich.

Er bedachte sie mit einem jener ängstlichen Wir-sind-nur-Freunde-Blicke. Er schien beinahe überrascht zu sein, sie zu sehen. »Hi Rune, wie geht's?«

»Toll, gut … Und dir?«

Hi wie geht's?

»Okay.« Er nickte, und sie erkannte, dass ihm eindeutig unbehaglich zumute war. Obwohl das Lächeln nicht aus seinem Gesicht wich. In ihr tobten widersprüchliche Empfindungen. Der Wunsch, sich in Luft aufzulösen, der Wunsch, die Arme um ihn zu schlingen und nie wieder wegzugehen. Vor allem fragte sie sich, was hier nicht stimmte.

Schweigen, während eine ältere Dame mit missmutig vorgestülptem Mund ihren Cairnterrier an ihnen vorbeiführte und sie verächtlich anstarrte. »Na, wie läuft das Videogeschäft?«, sagte Richard. Er musterte sie von oben bis unten. Sagte kein Wort zu dem neuen Outfit. Warf einen Blick auf die Ohrringe. Verlor auch über sie kein Wort.

»Gut, okay.«

»Na, wieso kommst du nicht rein?«

Sie folgte ihm ins Haus.

Moment mal, dachte sie, während sie ihn betrachtete. Was läuft hier? Er trug ein babyblaues Button-down-

Hemd, hellbraune Chinohosen und Yachtschuhe. Du meine Güte, Yachtschuhe! Nichts Schwarzes. Nichts Schickes. Er sah aus wie ein Yuppie von der Upper East Side.

Dann schaute sie sich in seiner Wohnung um. Sie konnte es nicht fassen – dass jemand, der schwarzes Leder trug und mit solch eleganten Fingern auf Bierdosen klopfte, in einer Wohnung mit weißen Schleiflackmöbeln, Rock-'n'-Roll-Postern an der Wand und einer Seemöwenskulptur aus Metall wohnte.

Eine kupferne Seemöwe?

»Lass mich kurz mal was nachsehen.«

Er verschwand in der Küche. Was er auch immer kochen mochte, es roch toll. Keine ihrer Freundinnen bekam in ihrer Küche je so einen Duft hin. Und weiß Gott, *sie* schon ganz und gar nicht.

Sie überflog seine Bücherregale. Zumeist technische Bücher über Dinge, von denen sie nichts verstand. College-Taschenbücher. Stapel der *New York Times* und von *Atlantic Monthly.*

Er kam wieder ins Zimmer. Blieb mit verschränkten Armen stehen. »So.« Jetzt wirkte er nervös.

»Hm-mmh. So.« Sie wusste einen Augenblick lang nicht, was sie sagen sollte. Dann platzte sie heraus: »Ich dachte mir, dass du nach dem Essen vielleicht Lust auf einen Ausflug hättest. Ich kenne da 'ne tolle Stelle. In Queens, einen Schrottplatz. Ich kenne den Besitzer. Er lässt mich rein. Ist echt irre dort, wie 'n riesiger Saurierfriedhof. Auf manchen Autowracks kann man sitzen – da ist's nicht wahnsinnig dreckig, weißt du, so wie auf 'nem Müllplatz – und den Sonnenuntergang über der Stadt beobachten. Ist echt abgefahren. Der super-duper Schrottplatz ... Okay, Richard, spuck's aus. Sag mir, wie ich's verbockt hab heute Abend.«

»Die Sache ist die ...«

»Hi«, kam die Stimme einer Frau von der Tür.

Rune drehte sich um und sah eine hoch gewachsene Frau mit langen, blonden Haaren durch die offene Tür treten. Die Frau trug ein graues Nadelstreifenkostüm und schwarze Pumps. Sie warf Rune einen freundlichen Blick zu und ging dann zu Richard und umarmte ihn.

»Rune, das ist Karen.«

»Äh, hi«, sagte Rune. Dann wandte sie sich an Richard. »Und deine Nachricht? Mit dem Abendessen?«

Karen zog wissend eine perfekte Augenbraue hoch, holte eine Flasche Wein aus einer Papiertüte und verschwand taktvoll in der Küche.

»Eigentlich«, sagte Richard sehr behutsam, »war das für Donnerstag gedacht.«

»Moment mal. Auf dem Zettel stand morgen. Und das Datum darauf war das von gestern.«

Er zuckte die Achseln. »Dem Typ, mit dem ich gesprochen habe ... Frankie irgendwas ... dem habe ich gesagt, Donnerstag.«

Sie nickte. »Und er hat gedacht, *heute* wäre Donnerstag. Verfluchtes Heavy Metal. Das hat ihm die Gehirnzellen ruiniert ... Scheiße, scheiße, scheiße.«

Juhu, gute Fee! Juhu! Schwenk deinen Zauberstab und hol mich hier raus, verdammt.

»Hör zu, willst du hier bleiben? Auf ein Glas Wein?«

Das gäbe ein schönes Bild, dachte sie. Wir drei sitzen hier und trinken Wein, während er nur darauf wartet, dass ich abhaue, damit er der langen Karen die Tantra-Stellungen beibringen kann.«

»Nein, ich glaub, ich gehe.«

»Klar. Ich bring dich zum Aufzug.«

Oh, jetzt wehr dich bloß nicht zu *heftig*.

»Ach, Moment noch«, fuhr Richard fort. »Ich will dir noch geben, was ich für dich habe.«

»Meine Überraschung.«

»Genau. Ich schätze, es gefällt dir.«

»Na, Rune, woher kennst du Richard?«, rief Karen aus der Küche.

Ist doch klar. Er hat mich kürzlich abends abgeschleppt und versucht seitdem, mich zu ficken.

»Aus der Videothek. Wir haben uns über Filme unterhalten.«

»Ich *liebe* Filme«, rief Karen. »Vielleicht können wir ja mal alle zusammen ins Kino gehen.«

»Vielleicht.«

Richard kam aus dem Schlafzimmer. Er hatte einen weißen Umschlag in der Hand.

Das soll mein Geschenk sein?

»Bin gleich wieder da«, sagte er zu Karen.

»Die Sauce ist ja *so* gut«, rief sie aus der Küche. Sie streckte ihren kessen Kopf durch die Tür. »Nett, deine Bekanntschaft gemacht zu haben. Ah, tolle Ohrringe!«

»Karen ist eine Freundin«, sagte Richard auf dem Weg zum Aufzug. »Wir arbeiten zusammen.«

Rune wunderte sich. Wieso arbeitet man mit jemandem *zusammen*, wenn man einen Roman schreibt?

Sie waren vier Türen weit gekommen, bevor er fortfuhr. »Das ist mir jetzt ein bisschen peinlich, aber wir sind *wirklich* nur befreundet.«

»Wir *gehen* doch noch aus, oder? Du und ich, meine ich.«

»Klar gehen wir aus. Aber trotzdem gehen wir doch nicht die ganze Zeit miteinander aus, meine ich, stimmt's? Wir *dürfen* doch auch andere Freunde haben.«

»Klar. So muss das laufen.«

»Genau.

Diesen Frankie Greek murks ich auf der Stelle ab …

Er drückte den Abwärts-Knopf.

Wir haben's ja *überhaupt* nicht eilig.

»Ach, hier.« Er drückte ihr den Umschlag in die Hand.

Sie öffnete ihn. Darin befand sich ein Aufnahmeantrag für die New School drüben auf der Fifth Avenue.

Ein Witz. Das musste ein Witz sein.

»Ich hab einen Kumpel, der bei der Anmeldung arbeitet«, erklärte Richard. »Er hat mir erzählt, dass sie mit einem neuen Kurs anfangen. Einzelhandelskaufmann. Man muss nicht mal einen Abschluss machen. Man bekommt eine Bescheinigung.«

Ihr war übel. »Moment mal. Machst du jetzt eine Berufsberatung mit mir?«

»Rune, du bist so intelligent, du hast so viel Energie, du bist so kreativ ... Ich mache mir Sorgen, dass du dir dein Leben verpfuschst.«

Sie starrte dumpf auf das Papier in ihrer Hand.

»Du könntest dich in der Videobranche hocharbeiten«, sagte Richard. »Geschäftsführerin werden. Und dann vielleicht selbst einen Laden kaufen. Oder sogar eine Kette. Du könntest echt die Erfolgsleiter raufschießen.«

Sie lachte verbittert. »Aber ... das bin nicht *ich*, Richard. Ich bin kein Erfolgsmensch. Hör zu, ich hab in diesem Diner gearbeitet, von dem ich dir erzählt habe, in einer Fahrradreparatur, einem Deli, einem Schuhladen. Ich hab Schmuck auf der Straße verkauft, für eine Zeitschrift den Umbruch und handwerkliches Zeug gemacht, Männerparfüm bei Macy's verkauft und in einem Filmlabor gearbeitet. Und das alles in den paar Jahren, seit ich hier bin. Und bevor ich sterbe, will ich noch eine ganze Menge mehr als das machen. Ich werde mein Leben nicht der Existenz als Geschäftsführerin einer Videothek widmen. Oder irgendeiner anderen Sache.«

»Willst du denn keine Karriere machen?«

Sie fühlte sich zutiefst getroffen. Noch mehr, als wenn

sie Karen und Richard im Bett erwischt hätte, ein Ereignis, das wahrscheinlich nur noch eine Frage von Minuten war.

»Du solltest drüber nachdenken«, sagte er, als sie nicht antwortete.

»Manchmal kommt mir der Gedanke, ich sollte zur Uni gehen«, sagte Rune. »Einen Abschluss machen. Jura, vielleicht Wirtschaftswissenschaften wie meine Schwester. Irgendwas. Aber weißt du, was dann passiert? Ich sehe so ein Bild vor mir. Von mir in zehn Jahren auf einer Cocktailparty. Und jemand fragt mich, was ich mache. Und – und das ist der gruselige Teil – ich weiß eine Antwort darauf.« Sie lächelte ihn an.

»Und die wäre …?«

Er kapierte es nicht. »*Das* ist doch der springende Punkt. Es spielt keine Rolle; das Gruselige ist, dass ich eine Antwort *weiß*. Ich sage: ›Ich bin Rechtsanwältin, ich bin Wirtschaftsprüferin, ich bin was weiß ich?‹ Peng, da bin ich. Definiert mit einem oder zwei Wörtern. Das macht mir eine Heidenangst.«

»Wieso fürchtest du dich so vor der Realität?«

»Mein Leben ist real. Es ist nur, offensichtlich, nicht *deine* Art von Realität.«

»Nein, es ist *nicht* real«, sagte er grob. »Schau dir doch nur das Spiel an, das du da spielst …«

»Welches Spiel?«

»Such-den-verlorenen-Schatz.«

»Was ist daran denn verkehrt?«

»Begreifst du, dass da ein Mann ermordet worden ist? Ist dir schon mal der Gedanke gekommen, dass es für Robert Kelly kein Spiel war? Dass du verletzt werden könntest. Oder dass ein Freund von dir verletzt werden könnte. Ist dir schon mal *je* der Gedanke gekommen?«

»Das geht schon klar. Man muss nur glauben …«

Sie schnappte vor Schreck nach Luft, als er sie wütend an den Schultern packte und zu dem Fenster am Ende des Flurs führte. Nach draußen deutete. Unter ihnen erstreckte sich ein Gewirr aus Highways und Rangiergleisen und rostenden Maschinen – riesigen Turbinen und Metallgegenständen. Dahinter lag eine kleine Fabrik, umgeben von einem stehenden, gelblichen Gewässer. Schlamm, Schmutz.

»Was ist das?«, fragte er.

Sie schüttelte den Kopf. Verständnislos.

»Was *ist* das?« Seine Stimme wurde lauter.

»Was meinst du damit?« Ihre Stimme klang brüchig.

»Das ist eine Fabrik, Rune. Da ist Scheiße und Umweltverschmutzung. Von ihr leben Menschen, und die bezahlen Steuern und spenden für wohltätige Zwecke und kaufen ihren Kindern Sportschuhe. Und die wachsen auf und werden Rechtsanwälte oder Lehrer oder Musiker oder Leute, die in anderen Fabriken arbeiten. Weiter ist da nichts. Das ist kein Raumschiff, das ist kein Schloss, das ist kein Eingang zur Unterwelt. Das ist eine *Fabrik*.«

Sie war völlig stumm.

»Ich mag dich wirklich sehr, Rune. Aber mit dir zusammen zu sein ist, als würde man in einem Film leben.«

Sie wischte sich die Nase. Unter ihnen heulten die Autos vorbei. »Was ist verkehrt an Filmen. Ich liebe Filme.«

»Gar nichts. Solange du daran denkst, dass sie nicht die Wirklichkeit sind. Du wirst feststellen, dass ich kein Ritter bin und dass, okay, vielleicht hat es das Geld aus dem Bankraub ja tatsächlich gegeben – was meiner Meinung nach das Bescheuertste ist, was ich je gehört habe –, aber dass es schon vor Jahren ausgegeben oder gestohlen worden oder verloren gegangen ist und dass du es nie finden wirst. Und du stehst da und verplemperst dein Leben in irgend'ner Videothek, hüpfst von Phantasie zu Phantasie und wartest auf irgendwas, von dem du selbst nicht mal weißt, was es ist.«

»Wenn das deine Realität ist, dann kannst du sie behalten«, blaffte sie, sich die Nase wischend.

»Märchen bringen dich nicht weiter im Leben.«

»Ich hab dir doch gesagt, dass nicht alle gut ausgehen!«

»Aber selbst dann, Rune, schlägst du das Buch zu, stellst es ins Regal und lebst dein Leben weiter. Sie. Sind. Nicht. Die. Wirklichkeit. Und wenn du dein Leben so lebst, als wärst du in einem, dann wirst du verletzt werden. Oder jemand in deiner Umgebung wird verletzt werden.«

»Ach, und wieso bist gerade du der Experte für Wirklichkeit? Du schreibst doch Romane.«

Er seufzte und wandte den Blick von ihr ab. »Ich schreibe keine Romane. Ich wollte nur Eindruck auf dich machen. Ich *lese* nicht mal Romane. Ich schreibe Werbeskripts für Firmen. ›Hallo, ich bin John Jones, Ihr Chefmanager, willkommen zur Ausverkaufswoche '88 …‹ Das ist nichts Abgefahrenes. Es macht keinen Spaß. Aber ich bezahl meine Rechnungen damit.«

»Aber du … du bist doch genau wie ich. Die Clubs, das Tanzen, der Zauber … wir mögen die gleichen Sachen.«

»Das ist ein Spiel, Rune. Wie für jeden, der so lebt. Außer für dich. Niemand kann mit deiner Art von Verrücktheit umgehen. Wenn du leichtfertig bist, wenn du *verantwortungslos* bist, verpasst du Busse und Züge und Einladungen zu Abendessen. Du …«

»Aber«, unterbrach sie ihn, »es kommt *immer* ein nächster Zug.« Sie rieb sich die Augen und sah, dass ihr Mascara verlaufen war. Scheiße. Sie musste erbärmlich aussehen. »Du hast mich angelogen«, sagte sie leise.

Der Aufzug öffnete sich. Sie riss sich von ihm los und ging in die Kabine.

»Rune ...«

Sie standen drei Fuß voneinander entfernt, sie drinnen, er draußen. Es schien ewig zu dauern, bis die Türen sich zu schließen begannen. Als sie es langsam taten, dachte Rune, dass Diarmuid oder jeder andere Ritter sie nicht so hätte gehen lassen. Er wäre ihr nachgestürzt, hätte die Türen auseinander geschoben, sie festgehalten.

Ihr gesagt, dass sie diese Krise überwinden würden.

Richard jedoch drehte sich nur um und ging den Flur zurück.

»Es gibt immer einen anderen Zug«, flüsterte sie, als die Türen sich schlossen.

»›Deine Schwestern zwingen dich, solche Lumpen zu tragen? Nein, nein, nein, meine Liebe, so geht das nicht. Wie kannst du in diesen Fetzen die Schönste auf dem Ball sein? Also, mal sehen, was ich da tun kann. Ja, ah, doch, das dürfte genau das Richtige sein ...‹

Und sie schloss ihre Augen und schwenkte drei Mal ihren Zauberstab. Und es erschien, wie aus dünner Luft ein Gewand aus Seide und Spitzen, bestickt mit goldenem und silbernem Garn. Und für die Füße ...«

Rune zitierte aus dem Gedächtnis, während sie über den University Place ging. Sie blieb stehen, zerknüllte das Anmeldeformular und schnippte es in einen Abfallkorb.

In einem Spiegel, der in einem Perückenladen hing, warf sie einen Blick auf sich. Der Lippenstift war in Ordnung, und das Rouge auf die Wangenknochen aufzulegen machte Spaß und war einfach. Vielen Dank, Stephanie. Die Augen waren okay gewesen – zumindest, bevor die Tränen sie in einen Waschbären verwandelt hatten.

Rune trank noch einen Schluck Bier – aus der dritten Dose, verpackt in einer Papiertüte. In einem Deli oben an der Straße hatte sie ein Sixpack gekauft, aber irgendwie hatte sie es geschafft, während der beiden letzten Blocks drei Dosen fallen zu lassen.

Ein Händchen haltendes Pärchen ging an ihr vorbei.

Sie konnte sich nicht helfen, sie musste die beiden anstarren. Sie bemerkten es nicht. Sie waren verliebt.

»›Ach, meine Liebe‹, sagte Aschenputtels gute Fee, ›Kutscher. Was hilft es, einen Kürbis in eine Kutsche zu verwandeln, wenn man keine Kutscher hat, die sie fahren? Ah-ha, Mäuse …‹«

Rune wandte sich zu dem Spiegel zurück, fuhr sich mit den Fingern durch die Haare und trat zurück, um das Ergebnis zu begutachten.

Ich seh überhaupt nicht aus wie Aschenputtel, dachte sie. Ich seh aus wie eine zu kurz geratene Nutte.

Sie ließ die Schultern sinken und wühlte in ihrer Handtasche. Fand ein Kleenex, rubbelte sich den Rest des Makeups aus dem Gesicht und kämmte ihre Haare wieder zurecht.

Sie zog die orangen Ohrringe ab, die Karen, dem weiblichen Basketball-As, so gut gefallen hatten, und ließ sie in die Tasche fallen.

Was stimmte nicht mit ihr. Wieso fiel es ihr so schwer, Männer für sich zu interessieren?

Sie zog Bilanz.

Ich bin nicht groß und blond, stimmt.

Ich bin nicht schön. Aber potthässlich bin ich auch nicht.

Vielleicht war sie ja lesbisch.

Rune erwog diese Möglichkeit.

Es schien denkbar. Und es erklärte eine Menge. Zum Beispiel, wieso Männer sie anmachten, ihr aber nie einen Antrag machten – wahrscheinlich spürten sie ihre Veranlagung. (Nicht, dass sie unbedingt hätte heiraten mögen – aber die Gelegenheit zu sagen, ›Lass mich darüber nachdenken‹, wünschte sie sich sehr wohl.)

Nein, sie gehörte einfach nicht zu der Sorte, auf die Männer flogen. Das war wahrscheinlich ein Teil davon, vielleicht lag es daran, dass die Götter einen machten, wie man war. Sie machten einen kurz und hübsch, ein bisschen wie Audrey Hepburn, aber nicht genug, um Männer einzufangen – richtige Männer, ritterliche Männer. Die Götter lassen dich ganz einfach fallen. Sagen: Wenn wir gewollt hätten, dass du jemanden wie Richard bekommst, dann hätten wir dich zehn Zentimeter länger gemacht und dir sechsunddreißig C oder wenigstens B und blonde Haare gegeben.

Aber lesbisch zu sein ... das war etwas, was wohl bedacht sein wollte. Würde sie damit zurechtkommen? Es wäre schwer, es zuzugeben, aber möglicherweise musste sie es sich eingestehen. Es gibt Dinge, vor denen man nicht weglaufen kann.

Als sie es sich eingestanden hatte, verspürte sie eine Woge der Erleichterung. Es erklärte, wieso sie zögerte, mit einem Mann gleich beim ersten Mal zu schlafen – wahrscheinlich *mochte* sie Sex mit Männern im Grunde nicht. Und wenn Richard sie anturnte wie ein elektrischer Schlag, dann lag es wahrscheinlich nur daran, was ihr schon zuvor aufgefallen war – dass etwas Feminines an ihm war. Klar, das ergab Sinn.

Es ihrer Mutter zu sagen, würde schwer werden.

Vielleicht sollte sie sich die Haare kurz schneiden lassen.

Vielleicht sollte sie Nonne werden.

Vielleicht sollte sie sich umbringen.

An der Ecke zur Eighth Street nahm sie, anstatt in der U-Bahn in einen Zug zu ihrem Loft zu steigen, den anderen Weg, um in die Videothek zurückzukehren.

Sie wusste, was sie vorhatte.

Sich einen Film holen. Vielleicht *Es geschah in einer Nacht*. Wenn ich sowieso schon weine, warum dann nicht zu einem Film, der dazu passt? Eiskrem, Bier und ein Film. Mit der Kombination konnte man gar nichts falsch machen.

Wie wär's mit *Vom Winde verweht*?

Wie wär's mit *Lesbosladies?*

Zehn Minuten später lief sie in Washington Square Video ein. Hinter dem Tresen stand Frankie Greek und sah völlig aufgelöst aus.

Na, das wollte sie ihm auch geraten haben, verflucht. Es zu vermasseln, als er die Nachricht von Richard aufgeschrieben hatte ... Sie war drauf und dran, ihm die Hölle heiß zu machen. Als sie ihn jedoch nervös mit der Fernbedienung des Videorecorders herumfummeln sah, schien ihr, als beschäftige ihn etwas anderes. Er *war* nervös, aber nicht ihretwegen.

»Hallo, Rune.«

»Was ist 'n los, Frankie? Alles klar mit deiner Schwester?«

»Ja, der geht's gut«, sagte er. »Sie hat ein Baby bekommen.«

»Ich weiß. Du hast's uns erzählt. Was ist los?«

»Wie geht's dir? Es geht dir gut, hoffe ich. Hoffe ich sehr.« Ein Möchtegern-Rockmusiker, der redete wie ein schmieriger Fernsehmoderator? Irgendetwas war hier wirklich faul. »Was ist denn los mit dir?«

»Gar nichts, Rune. Ich hab gehört, es sei heute ein bisschen kalt draußen.« Es war, als sei er bei *Saturday Night Live* ganz böse ins Schleudern geraten.

»Kalt? Was zum Teufel redest –?«

»Rune?«, fragte eine tiefe Männerstimme.

Sie drehte sich um. Ach, es war der US-Marshal. Dixon, erinnerte sie sich.

»Hi«, sagte er.

»Hey, Marshal Dixon.«

Er lachte. »Bei Ihnen klingt das wie ein Sheriff in ’nem schlechten Western. Nennen Sie mich Phillipp.«

Sie schaute zu Frankie hinüber, der blasser war als Mick Jagger im Februar. »Ich hab seine Marke gesehen«, sagte er.

»Er ist hinter Leuten her, die Telefonnachrichten vermasseln«, knurrte Rune.

»Hm?«

»Ach nichts.«

»Wie geht’s?«, fragte Dixon lächelnd.

Dann runzelte er die Stirn und schaute sie an. »Sie haben da ein kleines ...« Er deutete auf ihre Wange.

Sie schnappte nach einem Papiertaschentuch und rieb sich ein wenig Augen-Make-up weg.

»Das war’s«, sagte Dixon. »Hey, gefällt mir, das Outfit.«

»Wirklich?«

Er ließ den Blick darüber schweifen – und ganz deutlich spürte sie wieder dieses elektrische Kribbeln. Nicht die Hochspannung wie bei Richard, aber dennoch ...

»Ich nehm nie Drogen«, sagte Frankie Greek.

Dixon schaute ihn fragend an.

»Manche Musiker machen das. Ich hab davon gehört, mein ich. Aber ich noch nie. Ein paar von meinen Liedern sind über Drogen. Aber das ist’s auch schon, also nur was zum Lieder drüber schreiben. Ich lass die Finger von dem Zeug.«

»Gut für Sie.«

Rune warf ihm einen genervten Blick zu. »Irgendwas Neues über den Fall?«, fragte sie den Marshal.

»Nee.« Dann schien er sich zu überlegen, dass er nicht ganz so schnoddrig reden sollte. »Nein«, fügte er hinzu. »Keine Hinweise im Todesfall Edelman.« Er zuckte die

Achseln. »Keine Fingerabdrücke am Ort des Geschehens. Keine Zeugen. Ist Ihnen in letzter Zeit etwas Merkwürdiges aufgefallen? Sind Sie verfolgt worden?«

»Nein.«

Dixon nickte. Schaute sich ein paar Videohüllen an. Nahm eine. Legte sie wieder hin.

»So«, sagte er.

Zwei ›So's‹ von zwei Männern an einem Abend. Rune fragte sich, was das wohl zu bedeuten hatte.

»Könnte ich mal mit Ihnen sprechen?«, fragte er und winkte sie näher zum Ausgang.

»Klar.«

Sie blieben am Fenster neben einer irritierenden Pappfigur von Michael J. Fox stehen.

»Ich dachte mir nur, Sie würden's gerne wissen. Ich habe den Fall nachgeprüft, von dem Sie mir erzählt haben. Den Überfall auf die Union Bank.«

»Echt?«

Er schüttelte den Kopf. »Ich habe nichts gefunden. Technisch gesehen ist er immer noch offen, aber seit den 50er Jahren hat sich niemand mehr mit dem Fall befasst. Unbegrenzt offen gehalten werden nur Mordfälle. Ich habe versucht, die Akte zu finden, aber es sieht so aus, als sei sie schon vor zehn, zwanzig Jahren eingemottet worden.«

»Ich dachte, *Sie* könnten ihn vielleicht untersuchen.«

»Den Bankraub? Ich?« Dixon lachte erneut. Er hatte ein nettes Lächeln. Richard, dachte sie, hatte so etwas Geheimnisvolles an sich. Etwas, das unter die Oberfläche reichte – man konnte ihm sein Lächeln nicht richtig abnehmen. Das von Dixon wirkte völlig aufrichtig.

Er nahm die Baseballmütze ab, rubbelte sich auf jungenhafte Art durch die Haare, setzte die Mütze wieder auf.

»Ich meine«, sagte sie, »es war doch irgendwie Zufall, dass Sie nach Mr. Kelly und all dem gefragt haben.«

»Für Bankraub ist das FBI zuständig, nicht die Marshals. Ich habe mit der Sache nur zu tun, weil der Mörder Kugeln benutzt hat, die viele Berufskiller benutzen. Wir überprüfen solche Sachen.«

»Teflon«, sagte Rune.

»Ach, Sie wissen Bescheid?«

»Die Polizei hat's mir gesagt. Aber wenn Sie sich um Bankraub nicht kümmern, wieso haben Sie dann über den Fall nachgeforscht?«

Er zuckte die Achseln, wandte den Blick ab. »Keine Ahnung. Schien Ihnen wichtig zu sein.«

Ein leichtes Kribbeln. Bei weitem nicht so geladen wie bei Richard. Aber da *war* etwas. Außerdem hatte Richard, in den sie verliebt zu sein glaubte, sie gerade wegen ihres Lebens heruntergeputzt, während der Typ hier, quasi ein Fremder, sich die Mühe gemacht hatte, ihr bei ihrer Suche behilflich zu sein.

Kleines rotes Hühnchen ...

Sie warf ihm einen neckischen Blick zu, einen Scarlett-O'Hara-Blick. »Und das ist der einzige Grund, weshalb Sie den ganzen Weg hier runter gekommen sind? Um mir von einem fünfzig Jahre alten Fall zu erzählen?«

Er zuckte die Achseln, wich ihrem Blick aus. »Ich habe bei Ihrer Wohnung Halt gemacht, und Sie waren nicht da, und da habe ich hier angerufen und erfahren, dass Sie manchmal einfach herumlaufen und sich mit Leuten über Filme unterhalten.« Er sagte es, als habe er es geübt. Wie ein schüchterner Junge, der seinen Text probt, wenn er mit einem Mädchen ausgehen möchte. Verlegen. Er schlug die Arme übereinander.

»Und da sind Sie auf gut Glück hierher gekommen.«

»Genau.« Kurz darauf: »Und ich wette, Sie wollen wissen, wieso.«

»Klar«, sagte sie. »Und ob.«

»Also.« Er schluckte. Wie konnte jemand mit so einer großen Kanone so nervös werden? »Ich schätze, ich wollte Sie einladen«, fuhr er fort. »Ich meine, wenn Sie nicht wollen, vergessen Sie's, aber ...«

»Rune«, rief Frankie. »Telefon!«

»Warten Sie hier«, sagte Rune zu Dixon. »Gehen Sie nicht weg«, fügte sie dann nachdrücklich hinzu.

»Klar. Klar. Ich gehe nirgendwo hin.«

Sie nahm den Hörer auf. Es war Amanda LeClerc. »Rune, ich hab gedacht, Sie wollen es wissen«, sagte die Frau hastig; vor Aufregung war ihr Akzent stärker. »Die Tochter von Victor Symington, sie ist da. Ich meine, jetzt, im Moment. Wollen Sie sie sehen?«

Rune blickte zu Dixon, der Videohüllen betrachtete. Er warf einen Blick auf die Pornoabteilung, wurde rot und schaute rasch wieder weg.

Rune war hin und her gerissen – was sollte sie tun?

Ein Mann, der mit ihr ausgehen wollte, gegen die Suche.

Das war total unfair.

»Rune?«, sagte Amanda. »Ich glaub nicht, dass sie allzu lange bleiben wird.«

Blick auf Dixon.

Blick auf die Gelben Seiten von Brooklyn.

Oh, scheiße.

»Ich bin gleich da«, platzte sie heraus.

18

»Haben Sie das Baby bekommen?«

Rune blickte vom Klingelschild des Gebäudes auf, das so dicht mit Graffiti beschmiert war, dass sie die Nummer von Amanda LeClercs Wohnung nicht finden konnte.

Ihr verblüffter Blick blieb an dem verblüfften Gesicht des jungen Mannes hängen, der sie vor zwei Tagen in das Wohnhaus gelassen hatte – als sie extrem schwanger ausgesehen hatte. Jetzt ließ sie sich die Tür wieder von ihm öffnen und trat ins Haus.

»Ja, danke«, sagte Rune. »Courtney Madonna Brittany. Sechs Pfund, hundertzehn Gramm.«

»Herzlichen Glückwunsch«, sagte er. Er konnte seinen Blick nicht von ihrem Bauch losreißen. »Und Ihnen, äh, geht's gut?«

»Phantastisch«, versicherte Rune ihm. »Ich war nur grade eine Minute draußen und hab die Schlüssel vergessen.«

»Wo ist ihre Kleine denn?«, fragte er.

Wenn du lügst, lüge überzeugend. »Die ist oben. Beim Fernsehen.«

»Beim Fernsehen?«

»Na ja, sie ist bei ihrem Vater, und *der* sieht fern. Sie mögen beide Sitcoms. Sagen Sie, in welcher Wohnung wohnt Amanda LeClerc?«

»Ach, Amanda? Die aus dem ersten Stock?«

»Genau.«

»Ich glaube, 2F.«

»Genau, genau, genau.« Rune nahm zwei Treppenstufen auf einmal.

»Meinen Sie nicht, Sie sollten's ein bisschen langsamer angehen?«

»Alte Bauernfamilie«, rief sie fröhlich zurück.

Auf dem Absatz im ersten Stock stellte sie fest, dass über dem Loch in Mr. Kellys Tür ein Brett war. Und dass sie mit einem großen Vorhängeschloss gesichert war. Das Absperrband der Polizei war wieder angebracht worden. Sie ging an der Tür vorbei.

Es war eine Enttäuschung für Phillipp Dixon gewesen (*er* war, anders als Richard, jemand, der kein Problem mit dem Wort oder der Vorstellung ›Rendezvous‹ hatte).

»Ein andermal?«, hatte er gefragt.

»Aber sicher. Hey, stehen Sie auf Schrottplätze?«, fragte sie ihn auf dem Weg durch die Tür der Videothek.

Er hatte keine Silbe verpasst. »Und wie.«

Jetzt klopfte Rune an Amandas Tür. »Wer ist da?«, rief die Frau.

»Ich, Rune.«

Die Tür ging auf. »Gut. Sie ist oben. Ich hab sie überredet, zu bleiben, um mit Ihnen zu sprechen. Wollte nicht, ist aber geblieben.«

»Hat sie irgendwas von ihrem Vater gehört?«

»Ich weiß nicht. Ich hab sie nicht gefragt. Ich hab gesagt, Sie suchen ihn, und es wäre wichtig.«

»In welcher Wohnung ist er gleich?«

»3 B.«

Rune erinnerte sich, dass Symington direkt über Mr. Kelly gewohnt hatte.

Rune stieg die Treppe hinauf. Auf der Etage von Amanda und Mr. Kelly hatte es nach Zwiebeln gerochen; hier roch es nach Schinken. Sie blieb im Flur stehen. Die Tür zu 3B stand fünfzehn Zentimeter weit offen.

Rune schlich weiter und sah zuerst den Saum eines Rocks, dann zwei schlanke Beine in dunklen Strümpfen. Sie waren auf eine Art übereinander geschlagen, die Selbstsicherheit verriet. Rune wollte anklopfen, stieß dann aber die Tür ganz auf. Die Frau auf dem Bett drehte sich zu ihr um. Sie war gerade dabei, einen Stapel von Papieren durchzusehen.

Sie hatte hohe Wangenknochen, ihr Gesicht glänzte vor Make-up, ihre getönten Haare waren mit tonnenweise Spray in Form gezwungen. Sie sieht aus wie meine Mutter, dachte Rune und schätzte sie auf Anfang vierzig. Die Frau trug ein kariertes Kostüm und rauchte eine lange, dunkelbraune Zigarette. Sie starrte Rune an. »Die Frau von unten«, sagte sie. »Sie sagte, jemand würde nach meinem Vater suchen. Sind Sie das?«

»Ja.«

Die Frau wandte sich langsam ab und drückte ihre Zigarette in einem Aschenbecher aus. Sie erlosch mit einem leisen Zischen. Die Frau musterte Rune von oben bis unten. »Herrje, die werden auch immer jünger.«

»Äh, wie bitte?«

»Wie alt sind Sie?«

»Zwanzig. Was spielt das für eine Rolle? Ich wollte Ihnen nur ein paar ...«

»Was hat er Ihnen versprochen? Ein Auto? Das hat er oft gemacht. Er hat *immer* Autos verschenkt. Oder hat so getan. Porsches, Mercedes, Cadillacs. Dann gab's natürlich Probleme mit dem Händler. Oder der Anmeldung. Oder irgendwas.«

»Autos? Ich weiß nicht mal ...«

»Und dann lief es auf Geld hinaus. Aber so ist das Leben, nicht wahr? Er hat tausend versprochen und ihnen dann ein paar hundert gegeben.«

»Wovon reden Sie überhaupt?«, fragte Rune.

Eine weitere Musterung. Die Frau kam bis zu Runes gestreiften Strümpfen und den klobigen roten Schuhen, ehe ihr Gesicht ihren Abscheu verriet. Sie schüttelte den Kopf. »Sie können ... entschuldigen Sie, aber allzu viel können Sie nicht verlangt haben. Was war denn Ihr Preis? Für die Nacht.«

»Halten Sie mich etwa für eine Nutte?«

»Mein Vater nannte sie immer Freundinnen. Einmal hat er tatsächlich an Thanksgiving eine zum Essen mitgebracht. Bei mir zu Hause! In Westchester. Lynda mit y. Sie können sich vorstellen, was *da* los war. Mit meinem Mann und den Kindern.«

»Ich kenne Ihren Vater nicht einmal.«

Die Frau runzelte die Stirn. Fragte sich, ob Rune am Ende die Wahrheit sagte. »Möglicherweise liegt hier ein Missverständnis vor.«

»Das würde ich auch sagen.«

»Sie sind keine ...«

»Nein«, sagte Rune, »bin ich nicht.«

Ein leises Lachen. »Entschuldigen Sie ...« Die Frau streckte die Hand aus. »Ich heiße Emily Richter.«

»Ich bin Rune.« Sie schüttelte die Hand widerwillig.

»Vorname?«

»Und Nach...«

»Schauspielerin?«

»Manchmal.«

»Also, Rune, Sie kennen meinen Vater wirklich nicht?«

»Nein.«

»Und Sie sind nicht wegen Geld hier?«

Eigentlich nicht, dachte sie. Sie schüttelte den Kopf.

»Weshalb wollten Sie mich sprechen?«, fuhr Emily fort.

»Wissen Sie, wo er ist?«

»Das versuche ich gerade herauszufinden. Er ist einfach verschwunden.«

»Ich weiß.«

Emily studierte Runes Gesicht sorgfältig. Die Frau hatte durchdringende Augen, und Rune schaute weg. »Und ich habe so ein Gefühl, Sie wissen, *warum*.«

»Vielleicht.«

»Und?«

»Ich glaube, er ist Zeuge eines Mordes geworden.«

»Der Mann, der hier im Haus umgebracht wurde?«, fragte Emily. »Ich habe davon gehört. Es war eine Etage tiefer, stimmt's?«

»Genau.«

»Und Sie glauben, mein Vater hat gesehen, was passiert ist?«

Rune trat weiter in die Wohnung. Sie setzte sich auf einen billigen Stuhl am Esstisch. Sie schaute sich um. Es war ganz anders als bei Mr. Kelly. Zuerst wusste sie nicht genau, weshalb. Dann fiel es ihr auf. Es sah hier aus wie in einem Hotelzimmer, das mittels eines einzigen Anrufs bei einem Händler möbliert worden war, der alles verkaufte: Bilder, Möbel, Teppich. Viel helles Holz und metallische Farben und Laminat. Zueinander passend. Billiger Spießergeschmack.

An was erinnerte es sie? Du meine Güte, an Richards Wohnung ...

Emily zündete sich eine neue Zigarette an.

Rune warf einen Blick in die Küche. Sie sah genügend Essen, um eine Belagerung zu überstehen. Wie in der Speisekammer ihrer Mutter, dachte sie. Mit ihren Vorräten an Mehl, vergilbten Schachteln mit Rosinen, Haferflocken und Maisstärke. Die bunten Dosen. Grün, Del Monte. Rot, Campbell's. Der Unterschied zu hier war nur, dass hier alles neu war. Genau wie die Möbel.

Emilys Stimme klang jetzt weicher. »Ich wollte Ihnen nichts unterstellen. Mit dem, was ich vorhin sagte. Seit unsere Mutter gestorben ist, war unser Vater, nun ja, ein wenig haltlos. Er hatte eine Reihe von jungen Freundinnen. Wenigstens hat er gewartet, bis sie tot war, bevor er wieder zum Jugendlichen wurde.« Sie schüttelte den Kopf. »Aber ein Mord ... Das heißt, er ist vielleicht in Gefahr.« Die Zigarette blieb auf halbem Weg zu ihrem Mund in der Luft hängen und senkte sich dann wieder.

»Ich nehme an, es geht ihm gut«, sagte Rune zu ihr. »Ich meine, ich weiß nichts vom Gegenteil. Auf jeden Fall hat er sich nach dem Mord an dem Mann da unten nicht mehr lange hier aufgehalten.«

»Was ist passiert?«

Rune erzählte ihr von Mr. Kellys Tod.

»Wieso kommen Sie darauf, dass mein Vater gesehen hat, wie es passiert ist?«

»Also, das war so, ich bin nach dem Mord an Mr. Kelly noch einmal hierher gekommen, um etwas zu holen. Und ich war in der Wohnung unten …«

»Woher kannten Sie eigentlich diesen Mr. Kelly?«

»Er war Kunde in dem Laden, wo ich arbeite. Wir hatten uns irgendwie angefreundet. Egal, ich habe Ihren Vater gesehen. Und er hat mich in der Wohnung gesehen. Er hat sich fürchterlich erschrocken. Das war vielleicht komisch – *ich* habe jemandem Angst eingejagt.« Sie lachte. »Aber so, wie ich es mir denke, war Ihr Vater an dem Tag, als Mr. Kelly umgebracht wurde, draußen auf der Feuertreppe. Er hat den Mörder aus der Wohnung kommen sehen, nachdem er Mr. Kelly umgebracht hatte. Ich glaube, Ihr Vater hat den Mörder genau gesehen.«

Emily schüttelte den Kopf. »Aber wieso sollte er weglaufen, wenn er Sie sieht?«

»Ich weiß nicht. Vielleicht hat er mich nicht so deutlich gesehen und gedacht, ich sei der Mörder, der zurückgekommen ist, um irgendwelche Beweise zu vernichten oder so ähnlich.«

Emily hatte den Blick auf den imitierten Orientteppich gesenkt. »Aber die Polizei hat mich nicht angerufen« – sie nickte wieder –, »was bedeuten muss, dass Sie ihnen von ihm erzählt haben.«

»Nein.«

»Wieso nicht?«

Runes Blick schweifte ab. »Die Sache ist die, ich mag die Polizei nicht.«

Emily musterte sie erneut einen Augenblick lang. »Aber das ist nicht der *eigentliche* Grund, nicht wahr«, sagte sie bohrend. »Da ist noch etwas.«

Rune schaute weg. Versuchte, cool und gefasst zu bleiben. Es funktionierte nicht.

»Nun ja, ich weiß nur, dass ich mir Sorgen um meinen Vater mache«, sagte Emily. »Er kann einen manchmal aufregen, aber ich liebe ihn trotzdem. Ich möchte ihn finden. Und wie es sich anhört, Sie auch. Wieso sagen Sie es mir nicht?«

Schließlich gelang es Rune, von irgendwoher einen erwachsenen Eindruck hervorzuzaubern. Sie klatschte ihn sich ins Gesicht und schenkte Emily ein Lächeln von Frau zu Frau. »Ich habe auch das Gefühl, dass Sie mir nicht alles sagen.«

Die Frau zögerte. Sie inhalierte und stieß einen dicken Schwall Rauch aus. »Möglicherweise nicht.«

»Ich zeig Ihnen meins, wenn Sie ...«

Gegen ihren Willen musste Emily lächeln. »Okay, die Wahrheit?« Sie schaute sich in der Wohnung um. »Ich bin noch nie hier gewesen. Das ist das erste Mal. Ich bin im ganzen letzten Jahr in *keiner* seiner Wohnungen gewesen ... Ist es nicht schrecklich, so etwas zu sagen?«

Rune sagte nichts. Emily seufzte. Sie wirkte viel *weniger* erwachsen als zuvor. »Wir hatten einen Streit. Im letzten Sommer. Einen schlimmen.«

Schweigen.

Dann lächelte sie Rune an. Ihr Mund hob sich vergebens im Versuch, Leichtigkeit vorzutäuschen. Das Lächeln erstarb. »Er ist von zu Hause weggelaufen. Ist das nicht dumm?«

»Ihr Vater ist von zu Hause weggelaufen? Also, das ist ja krass.«

»Leben Ihre Eltern noch?«, fragte Emily.

»Meine Mutter ja. Sie lebt in Ohio. Mein Vater ist vor ein paar Jahren gestorben.«

»Haben Sie sich mit ihnen verstanden, als Sie noch zu Hause wohnten?«

»Ziemlich gut, schätze ich. Meine Mama ist ein Schatz. Mein Dad … Ich war irgendwie sein Liebling. Aber sagen Sie bloß nicht meiner Schwester, dass ich das gesagt habe. Er war echt, echt cool.«

Emily schaute sie mit geneigtem Kopf an. »Da haben Sie Glück. Mein Vater und ich haben uns oft gestritten. Schon immer. Sogar, als ich noch jung war. Wenn ich einen Freund hatte, dann konnte mein Vater ihn nicht leiden. Er kam nicht aus der richtigen Familie, er verdiente nicht genügend Geld, er war Jude, er war Katholik … Ich habe mich gewehrt, aber er war mein Vater, und Väter haben Autorität. Aber dann wurde ich erwachsen, und nachdem vor ein paar Jahren meine Mutter gestorben war, ist etwas Merkwürdiges passiert. Die Rollen haben sich umgedreht. *Er* wurde das Kind. Er war im Ruhestand, hatte nicht viel Geld. Ich hatte einen Geschäftsmann geheiratet und war reich. Er brauchte einen Ort, wo er bleiben konnte, und ist bei uns eingezogen.

Aber ich habe es nicht richtig gemacht. Plötzlich hatte *ich* die Macht. Es war genau umgekehrt wie damals, als ich zu Hause gewohnt hatte. Ich bin nicht gut damit umgegangen. Im letzten Sommer hatten wir einen Streit, und ich habe ein paar schreckliche Dinge gesagt. Ich habe sie gar nicht so gemeint, wirklich nicht. Sie stimmten nicht einmal. Ich dachte, Dad würde sich einfach wehren oder gar nicht darauf achten. Nun ja, ich habe mich geirrt. Er hat sich ein paar Sachen genommen und ist verschwunden.« Ihre Stimme bebte.

Emily brach ab. Sie hielt ihre Zigarette mit unsicherer

Hand. »Seitdem habe ich versucht, ihn zu finden. Eine Weile war er im CVJM, dann in einem Hotel in Queens. Er hatte eine Wohnung im West Village. Ich weiß nicht, wann er hier eingezogen ist. Ich habe Leute angerufen, die er kennt – einige seiner alten Kollegen, seine Ärzte –, um ihn zu finden. Eine Schwester im Büro seines Arztes hat schließlich nachgegeben und mir diese Adresse genannt.«

Emily strich ihren Rock glatt. Es war ein langer Rock aus teurer Seide. Todschick war das einzige Wort, um ihn zu beschreiben, fand Rune. »Und jetzt habe ich ihn wieder verpasst«, sagte Emily.

»Wieso haben Sie nicht einfach angerufen und sich entschuldigt?«

»Vor ein paar Monaten hab ich's versucht. Aber er hat einfach aufgelegt.«

»Wieso lassen Sie sich nicht einfach Zeit? Vielleicht beruhigt er sich ja wieder. So alt ist er doch noch nicht, oder? Mitte sechzig.«

Noch ein Blick auf den Teppich. »Die Sache ist die, dass er krank ist. Er hat nicht mehr lange zu leben. Deshalb hat die Schwester bei dem Arzt ja auch eingewilligt, mir zu sagen, wo er ist. Er hat Krebs. Im Endstadium.«

Rune dachte an ihren Vater. Und jetzt erkannte sie Symingtons graues Gesicht, die verschwitzte Haut wieder.

Und außerdem dachte sie: Hoffentlich stirbt er nicht, bevor sie selbst die Gelegenheit hatte, ihn zu finden und ihn nach Mr. Kelly und dem gestohlenen Geld auszufragen. Sie empfand Schuldgefühle dabei. Aber sie dachte es trotzdem.

»Also, was ist es, was *Sie mir* nicht erzählen?« Die erwachsene Emily war wieder da. »Zeit, dass Sie mir *Ihres* zeigen.«

»Ich bin mir nicht ganz sicher, ob er nur Zeuge war«, sagte Rune.

»Was meinen Sie damit?«

»Okay, wenn Sie's wirklich wissen wollen. Ich glaube, Ihr Vater könnte der Mörder sein.«

19

»Ausgeschlossen.«

»Ich glaube, Mr. Kelly hat Geld gefunden, und Ihr Vater hat davon erfahren«, sagte Rune. »Ich denke, Ihr Vater hat das Geld gestohlen und ihn umgebracht.«

Emily schüttelte den Kopf. »Niemals. Dad würde niemals jemandem ein Leid zufügen.«

Wieder dachte Rune an Symingtons Gesicht – wie entsetzt er gewirkt hatte. »Na ja, vielleicht hatte er ja einen Partner, der ihn umgebracht hat.«

Emily fing wieder an, den Kopf zu schütteln. Aber dann hielt sie inne.

»Was ist los?«, fragte Rune. »Sagen Sie's mir.«

»Dad würde niemanden umbringen. Das *weiß* ich.«

»Aber …? Ich sehe etwas in Ihrem Gesicht. Reden Sie weiter.« Das war ein guter, erwachsener Satz. Direkt aus einem Cary-Grant-Film, glaubte sie. Ein Satz wie Audrey Hepburn ihn eine Million Mal gesagt hatte.

»Aber«, sagte die Frau langsam, »beim letzten Mal, als ich mit ihm gesprochen habe, fragte ich ihn, ob er Geld brauche, und er sagte – er war richtig wütend –, aber er sagte, dass er bald mehr Geld haben würde, als ich mir vorstellen kann, und dass er nie wieder auch nur einen verdammten Penny von mir oder Hank annehmen würde.«

»Das hat er gesagt?«, fragte Rune aufgeregt.

Emily nickte.

»Wir müssen ihn finden«, sagte Rune.

»Werden Sie ihn an die Polizei ausliefern?«, fragte Emily.

Rune wollte schon nein sagen. Sie hielt sich jedoch zurück.

Man belügt nur Leute, die Macht über einen haben.

»Ich weiß nicht. Ich denke, ich glaube nicht, dass er Mr. Kelly umgebracht hat. Ich will zuerst mit ihm sprechen. Aber wo ist er? Wie können wir ihn finden?«

»Wenn ich das wüsste, wäre ich jetzt nicht hier«, sagte Emily.

»Gibt es da gar nichts?« Rune nickte in Richtung der Post, die Emily gerade durchsucht hatte.

»Nein, da heißt es meistens ›Lieber Mieter‹ ... Die einzige Spur ist der Name seiner Bank. Ich habe versucht, dort anzurufen, um zu erfahren, ob sie seine Adresse haben, aber sie haben nicht mit mir gesprochen.«

Rune dachte an einen anderen Film, den sie vor ein paar Jahren gesehen hatte. Wer hatte da mitgespielt? DeNiro? Harvey Keitel? Der Schauspieler – ein Privatdetektiv – hatte sich in einer Bank durchgeschwindelt und Informationen bekommen.

Vielleicht war es Sean Connery gewesen.

›Hören Sie, Sie verstehen mich nicht ... der Mann stirbt! Um Himmels willen, geben Sie mir seine Adresse. Hier ist seine Kontonummer.‹

›Das darf ich nicht, Sir. Es ist gegen die Vorschriften‹.

›Zum Teufel mit Ihren Vorschriften. Das Leben eines Mannes steht auf dem Spiel.‹

»Haben Sie die Kontonummer?«, fragte sie Emily.

»Nein.«

»Gut, und was ist mit der Filiale?«

»Die weiß ich.«

»Das müsste genügen.«

»Ich glaube nicht, dass die uns irgendetwas sagen.«

»Sie würden staunen. Ich kann ungemein überzeugend sein.«

Rune wischte sich die Augen, wobei sie sich vorstellte, wie Stephanie – die einzige wirkliche Schauspielerin, die sie kannte – es tun würde.

»Es tut mir Leid. Aber es ist wirklich sehr, sehr wichtig.«

Der junge Mann war Vizepräsident der Bank, sah aber jung genug aus, um Verkäufer bei McDonald's sein zu können, zumal mit seinem kümmerlichen Schnäuzer und den babyglatten Wangen.

Es war am folgenden Morgen, neun Uhr dreißig, und die Filiale hatte gerade erst geöffnet. In der Lobby um sie her war es menschenleer.

Der Vizepräsident schien sich angesichts der jungen Frau, die weinend vor seinem Schreibtisch saß, nicht recht wohl zu fühlen. Hilflos suchte er seinen Schreibtisch ab, um dann wieder Rune anzuschauen. »Er hat seine Kontoauszüge nicht bekommen? Überhaupt keine?«

»Keinen einzigen. Er hat sich sehr aufgeregt. Großvater ist immer so angespannt. Ich bin sicher, das war der Grund für seinen Schlaganfall. Er ist sehr ... wie heißt das Wort? Sie wissen schon.«

»Pingelig?«, schlug der junge Mann vor. »Peinlich genau?«

»Das ist es. Und als er gemerkt hat, dass er seine Auszüge nicht bekommt, Herrgott, da hat ihn glatt der Schlag getroffen.«

»Wie lautet seine Kontonummer?«

Rune wühlte in ihrer Handtasche. Eine Minute. Zwei. Sie hörte Kaufhausmusik durch die strahlend weiße Marmorlobby wabern. Sie starrte in die Tiefe ihrer Handtasche. »Ich kann sie anscheinend nicht finden. Wir könnten sie wahrscheinlich sowieso nicht lesen. Er hat versucht, sie für mich aufzuschreiben, aber er kann seine rechte Hand nicht besonders gut beherrschen, und das frustriert ihn, und ich wollte ihn nicht unnötig aufregen.«

»Ohne seine Kontonummer kann ich überhaupt nichts tun ...«

»Er war ganz rot im Gesicht, und die Augen sind ihm aus dem Kopf gequollen. Ich dachte, ihm würde gleich etwas ...«

»Wie lautet sein Name?«, fragte der Mann hastig. Er strich sich kraftlos über den Schnäuzer und beugte sich über seinen Computer.

»Vic Symington. Also, Victor.«

Er tippte. Der junge Mann runzelte die Stirn. Er tippte noch etwas, wobei seine Finger über die Tastatur huschten. Er las, runzelte wieder die Stirn. »Das verstehe ich nicht. Meinen Sie, Ihr Großvater möchte noch eine Kopie des *Abschluss*auszugs?«

»Des Abschlussauszugs? Er ist umgezogen, müssen Sie wissen, und der Auszug ist nicht an seine neue Adresse gekommen. Was ist bei Ihnen als neue Adresse angegeben?«

»Wir haben ein Problem, Miss.« Der Hamburger jonglierende Vizepräsident blickte auf.

Rune spürte, dass ihr der Schweiß ausbrach und ihr Magen sich umdrehte. Jetzt hatte sie es verpatzt. Wahrscheinlich drückte er gerade auf einen seiner geheimen Knöpfe, um die Wächter zu alarmieren. Scheiße. »Ein Problem?«, fragte sie.

»Jemand hat das Konto Ihres Großvaters vor zwei Tagen aufgelöst. Wenn er glaubt, er hätte noch Geld auf dieser Bank, dann stimmt etwas nicht.«

»Wie hätte er hierher kommen können, um sein Konto aufzulösen? Der arme Mann kann nicht mal alleine essen.«

»Er hat es nicht persönlich gemacht. Neben der Abhebung steht ›Vollmacht‹. Er hat eine Vollmacht ausgestellt, und der oder die Bevollmächtigte hat das Konto aufgelöst.«

»Mutter! Sie hat doch nicht ...!« Rune schlug die Hände vors Gesicht. »Sie hat immer gesagt, dass sie Großvater um den letzten Penny bringen wird. Wie konnte sie das nur tun?« Rune schluchzte wieder und netzte ihre Hände mit trockenen Tränen. »Sagen Sie's mir! Sie müssen! War es Mutter? Ich muss es wissen!«

»Es tut mir Leid, Miss, es verstößt gegen unsere Vorschriften, ohne schriftliche Genehmigung Informationen über Kunden herauszugeben.«

»Zum Teufel mit Ihren Vorschriften. Hier steht das *Leben* eines Mannes auf dem Spiel.«

»Sein Leben?«, fragte der Vizepräsident ruhig und lehnte sich zurück. »Wieso?«

»Na ja, weil ...« (In dem Film mit DeNiro oder Keitel oder Connery hatte der Bankmensch einfach klein beigegeben.)

»Weil was?«, fragte der Mann. Er war nicht wirklich misstrauisch, nur neugierig.

»Der Schlaganfall. Wenn Mutter sein Geld gestohlen hat ... Das könnte das Ende für ihn bedeuten. Noch ein Anfall, ein Herzschlag. Ich mache mir *wirklich* Sorgen um ihn.«

Der junge Mann seufzte. Er strich sich erneut über den Schnäuzer. Seufzte noch einmal. Schaute auf den Monitor des Computers. »Der Scheck war ausgestellt auf Ralph Stein. Er ist Rechtsanwalt ...«

»Ach, Gott sei Dank«, rief Rune. »Das ist Großvaters Anwalt. S-t-i-n-e, stimmt's?«

»E-i-n.«

»Ach, klar. Wir nennen ihn Onkel Ralph. Er ist ein Schatz.« Rune stand auf. »Hier in Manhattan, richtig?«

»Citicorp Building.«

»Genau der.«

Der Vizepräsident tippte auf dem Computer herum wie ein Angestellter im Reisebüro. »Aber glaubt Ihr Großvater wirklich, er hätte noch ein Konto hier?«

Rune war auf dem Weg zum Ausgang. »Der Ärmste, er ist wie ein kleines Kind, wissen Sie?«

Der Mann legte die Finger zusammen. Es waren Wurstfinger, und Rune stellte sich vor, dass er auf allem, was er berührte, richtig fette Abdrücke hinterlassen würde, genau wie ein trotteliger Verbrecher. Und schmutzige Nägel hatte er auch.

Das Büro, in dem sie saßen, war groß, gelb gestrichen und mit Schachteln und mit von Staub bedeckten juristischen Büchern angefüllt. An der Wand hingen neben einer Uhr Diplome von Unis, von denen sie noch nie gehört hatte.

Es war zwei Uhr nachmittags – so lange hatte sie gebraucht, um Rechtsanwalt Stein aufzustöbern. Um vier Uhr musste sie auf der Arbeit sein, aber bis dahin hatte sie noch massenhaft Zeit. Keine Panik, redete sie sich gut zu.

Der Anwalt musterte sie mit kühlem Blick. *Neutral* war das Wort, das ihr in den Sinn kam. Er schien ein Mann zu sein, der nach einer Schwäche bei einem suchte und einen wissen ließ, dass er sie gefunden hatte, auch wenn er es nie aussprach.

Er trug einen sehr eng sitzenden Anzug und Manschetten mit Monogramm, die aus den Ärmeln herausschauten. Er presste seine Wurstfinger zusammen.

»Woher kennen Sie Victor?« Er sprach mit leiser, neutraler Stimme, was sie überraschte, denn sie hatte erwartet, Anwälte würden ihre Fragen barsch, höhnisch und bösartig stellen.

Rune schluckte, als ihr mit einem Mal klar wurde, dass sie nicht Symingtons Enkelin sein konnte. Vielleicht hatte

Stein das Testament des Mannes aufgesetzt; er würde alle Verwandten auswendig aufsagen können. Dann erinnerte sie sich, wofür seine Tochter, Emily, sie zuerst gehalten hatte. »Ich bin eine *Freundin*«, sagte sie lächelnd, wobei sie besondere Betonung auf das Wort legte.

Er nickte. Neutral. »Von woher?«

»Wir haben früher nicht weit voneinander gewohnt. Im East Village. Ich bin manchmal zu ihm zu Besuch gekommen.«

»Ah. Und woher wissen Sie von mir?«

»Er hat Sie erwähnt. Er hat nur Gutes über Sie gesagt.«

»So, Sie haben ihn also *besucht*.« Mit einem Anflug von Lüsternheit taxierte der Anwalt sie von oben bis unten.

»Einmal die Woche. Manchmal auch zweimal. Für so einen alten Knaben war er ziemlich ... na ja, standfest. Also, können Sie mir sagen, wo er ist?«, fragte Rune.

»Nein.«

Sie schluckte wieder und ärgerte sich, dass dieser Mann sie dazu brachte, zu schlucken und nervös zu werden. Sie räusperte sich und beugte sich vor. »Und wieso nicht?«

Der Anwalt zuckte die Achseln. »Schweigepflicht. Wieso möchten Sie ihn sehen?«

»Er ist so überstürzt abgehauen. Ich wollte nur mit ihm reden und hatte keine Gelegenheit mehr dazu. An einem Tag war er noch in der Tenth Street, und am nächsten war er verschwunden.«

»Wie alt sind Sie?«

»Ist es nicht ein Vergehen, jemanden zu fragen, wie alt er ist?«

»Ich will Sie ja nicht aufgrund Ihres Alters diskriminieren. Ich möchte nur wissen, wie alt Sie sind.«

»Zwanzig«, sagte Rune. »Wie alt sind Sie?«

»Ich nehme an, Sie wollen nicht wirklich mit ihm *spre-*

chen. Oder? Ich nehme an, Ihre Beziehung, oder wie immer Sie es nennen wollen, beruhte nicht auf Gesprächen. Also …«

»Fünfhundert«, platzte sie heraus. »Er schuldet mir noch fünfhundert.«

»Für eine Nacht?« Stein musterte sie erneut von oben bis unten.

»Für eine *Stunde*«, sagte Rune.

»Eine Stunde«, erwiderte er.

»Ich bin sehr gut.«

»So gut auch wieder nicht«, sagte der Anwalt. »Einer meiner Klienten hat einmal viertausend für zwei Stunden gezahlt.«

Viertausend? Was da wohl inbegriffen gewesen war? Sie dachte an diverse Bestseller bei Washington Square Video: *Madame Q* und *Schloss der Schmerzen*.

Ganz schön krank, die Welt da draußen.

»Und wenn ich Ihnen die fünfhundert Dollar geben würde«, fragte die neutrale Stimme des Anwalts, »würden Sie Mr. Symington dann vergessen? Würden Sie vergessen, dass er überstürzt aufgebrochen ist? Würden Sie alles über ihn vergessen?«

»Nein«, sagte Rune. Der Mann blinzelte. Sie hatte eine Reaktion aus ihm herausbekommen. Sie versuchte es wieder mit ihrer erwachsenen Persönlichkeit. »Aber für zweitausend schon.«

Was eine noch stärkere Reaktion hervorrief, und er lächelte sie tatsächlich an. Es war – natürlich – neutral, aber immerhin ein Lächeln. »Fünfzehnhundert«, sagte er.

»Abgemacht.« Sie wollte schon den Arm ausstrecken, um ihm die Hand zu schütteln, aber offensichtlich war das bei solchen Anlässen nicht üblich.

Er zog einen Block zu sich. »Wohin soll ich den Scheck schicken?«

»Hierhin.« Rune streckte die Hand aus, Handfläche nach oben.

Noch ein Lächeln. Gereizt, weniger neutral diesmal. Er hielt sie für dumm und einfältig. Aber da saß sie, erwiderte seinen Blick mehr oder weniger erwachsen. Schließlich stand er auf. »Ich bin gleich zurück. Baranzahlung, nehme ich an.«

»Das wäre mir recht.«

Er verließ stumm das Büro, wobei er sich das Jackett zuknöpfte. Er war länger weg, als Rune gedacht hatte – sie hatte geglaubt, er würde lediglich seiner Sekretärin befehlen, einen Scheck auszustellen, – aber nein, er blieb volle fünf Minuten verschwunden.

Was Rune mehr als genügend Zeit gab, sich vorzubeugen, Steins Rolodex durchzublättern und Victor Symingtons Karte zu finden. Die Adresse war mehrfach durchgestrichen und durch eine neue ersetzt worden.

In Brooklyn. Es war eine Adresse in Brooklyn. Sie sagte sie mehrmals leise auf. Schloss die Augen. Sie fragte sich selbst ab und stellte fest, dass sie sie sich eingeprägt hatte. Sie blätterte die Rolodex wieder an die ursprüngliche Stelle.

Rune ließ sich wieder bequem in den Sessel zurückfallen und betrachtete die Wand des Anwalts, wobei sie sich fragte, ob es spezielle Rahmen gab, in die man Diplome stecken musste. Mr. Geh-zur-Schule-und-führe-ein-produktives-Leben Richard hatte an *seiner* hässlichen beigen Spießerwand kein *einziges* gottverdammtes Diplom hängen. Phillipp Dixon, der US-Marshal, war nicht mal auf dem College gewesen, wettete sie. Er schien völlig glücklich damit zu sein. Aber noch ehe sie ihr Spiel spielen und sich ein detailliertes Leben für ihn ausdenken konnte, das damit begann, dass sein Partner auf tragische Weise niedergeschossen wurde und in seinen Armen starb, kehrte Rechtsanwalt Stein zurück.

Er hatte einen Umschlag und ein Blatt Papier bei sich.

Überreichte ihr beides. Sie überflog das Schriftstück rasch, es strotzte jedoch von *Wogegens* und enthielt Wörter wie *Rückvergütung* und *Verzichtserklärung*. Nach dem ersten Absatz gab sie auf.

»Das ist eine Quittung für das Geld. Sie erklären sich damit einverstanden, dass wir Sie, falls Sie die Vereinbarung nicht einhalten, auf Rückgabe des ganzen Geldes plus Gerichtskosten und Anwaltsgebühren verklagen können, und …«

Rune starrte auf den Scheck.

»… auf Schadenersatz.«

Was auch *immer*.

Rune unterschrieb das Papier und steckte den Scheck in die Handtasche.

»Mr. Symington existiert also nicht mehr, richtig?«

»Mr. wer?«

20

»Na, wie war dein Rendezvous?«, fragte Stephanie.

»Mit Richard?«, fragte Rune zurück.

»Wem sonst?«, erwiderte der Rotschopf.

Rune dachte einen Augenblick lang über die Frage nach. »Hast du schon mal *Rodan* gesehen?«

Sie standen hinter dem Tresen von Washington Square Video.

»Du meinst seine Skulpturen?«

Wer? Das war ja wie mit Stallones Gedichten. »Nein, ich meine den fliegenden Saurier, der Tokio zerstört. Oder vielleicht auch New York. Oder sonst irgendwas. Ein Film aus den 50er Jahren.«

»Den hab ich verpasst.«

»Egal, so war mein Rendezvous. Eine Katastrophe. Nicht mal ein Katastrophenfilm von Spielberg. Ein Katastrophen-B-Movie.«

Sie erzählte Stephanie von Karen.

»Scheiße. Das ist schlecht. Andere Frau im Spiel. Da ist schwer was zu machen.«

Selber schuld.

»Hier«, sagte Rune. Sie griff in ihre Handtasche und reichte Stephanie die orangefarbenen Ohrringe.

»Nein«, widersprach diese. »Die behältst du.«

»Nee. Ich bin runter von der Haute Couture. Hör zu, kannst du mir bitte einen Gefallen tun?«

»Welchen?«

»Ich muss nach Brooklyn. Kannst du für mich arbeiten?«

»Ich denke schon. Aber wird dann Tony nicht sauer?«

»Sag ihm einfach … ich weiß nicht. Ich musste irgendwo hin. Frankies Schwester im Krankenhaus besuchen.«

»Sie ist zu Hause. Mit dem Baby.«

»Gut, dann besuch ich sie eben zu Hause.«

»Tony wird anrufen und es nachprüfen.«

Rune nickte. »Da hast du Recht. Denk dir einfach was aus. Ist mir egal.«

»Was hast du denn vor in Brooklyn?«

»Das Geld. Ich habe eine Spur zu dem Geld gefunden.«

»Doch nicht dem gestohlenen Geld aus der Bank?«

»Jawoll. Und vergiss nicht die Geschichte von dem kleinen roten Hühnchen.«

Stephanie lächelte. »Ich werd meinen Nebenjob noch nicht gleich kündigen.«

»Wahrscheinlich eine gute Idee.« Rune schlang sich die Leopardenfelltasche über die Schulter und verließ die Videothek. »Aber glaub fest daran. Ich komme näher ran.«

Zehn Minuten darauf war sie auf dem Weg nach Brooklyn. Auf der Suche nach Victor Symington.

Die Mitfahrer in der U-Bahn wirkten stumm, bedrückt. Eine Frau flüsterte mit sich selbst. Ein junges Pärchen hatte seinen kostbaren neuen Fernseher auf den Sitz neben sich gestellt, auf dem dick mit Klebeband umwickelten Karton hing eine Quittung von Crazy Eddies Laden. Ein Latino stand nach vorn gebeugt und starrte geistesabwesend auf den Linienplan; es schien ihn nicht besonders zu kümmern, wohin er fuhr. Fast alle in dem in grün fluoreszierendes Licht getauchten Abteil saßen zusammengesackt und gleichgültig auf ihren Sitzen, als der Wagen in die letzte Station in Manhattan einfuhr, bevor der Abstieg unter den East River begann.

Unbehagen.

Die SEITE zu verlassen, *ihr* Territorium.

Kurz bevor die Türen sich schlossen, bestieg steif ein Mann den Zug. Er war weiß, hatte aber eine gelbliche Gesichtsfarbe. Sein Alter konnte sie nicht schätzen. Der Wagen war nicht voll, aber er setzte sich Rune direkt gegenüber. Seine Kleidung war staubig. Auf der Heimfahrt von einem Bauarbeiterjob oder harter Knochenarbeit, müde, ausgepumpt. Er war sehr dürr, und sie fragte sich, ob er wohl krank sei. Er schlief sofort ein, und Rune konnte nicht anders, als ihn anzustarren. Sein Kopf wippte und schwankte und rollte mit geschlossenen Augen, die sie blind fixierten.

Das ist der Tod, dachte Rune.

Sie spürte es ganz tief im Innern. Mit einem kalten Hauch. Tod, Hades, ein Reiter der Apokalypse. Der schwarze Engel, der im Krankenhaus ins Zimmer ihres Vaters geflattert war, um ihn mitzunehmen. Der Geist, der seine gespenstischen Arme um Mr. Kelly geschlungen und ihn hilflos in dem muffigen Sessel festgehalten hatte, während ihm jemand die schrecklichen Kugeln in die Brust gefeuert hatte.

Die Lichter flackerten, als der Zug das Gleis wechselte und bei der Einfahrt in die Station das Tempo verlangsamte. Fünf Minuten später schlingerte der Zug erneut und hielt an. Die Türen öffneten sich scheppernd. Weckten ihn auf. Als seine Augen sich öffneten, starrten sie direkt in die von Rune. Sie erschauerte und richtete sich auf, konnte den Blick jedoch nicht abwenden. Er schaute aus dem Fenster und stand hastig auf. »Scheiße, ich hab meine Haltestelle verpasst. Ich hab meine Haltestelle verpasst.« Er verließ den Wagen.

Und weil sie ihm, als der Zug wieder anfuhr, immer noch nachstarrte, wie er über den Bahnsteig schlurfte, sah Rune den Mann, der ihr die ganze Zeit gefolgt war.

Als sie den Blick nach rechts wandte, konnte sie in den Wagen hinter ihrem sehen. Und sah den jungen Mann, stämmig, sah aus wie ein Italiener.

Sie blinzelte, unsicher, wieso sie sich an ihn erinnerte, und dann fiel ihr ein, dass sie irgendwo jemanden gesehen hatte, der ihm sehr ähnlich sah. In dem Loft? Nein, im East Village in der Nähe von Mr. Kellys Wohnung …

Vor Mr. Kellys Wohnung, an dem Tag, als sie dort eingebrochen war. Genau, das war's! Und es war der gleiche Typ, der sich in dem Deli versteckt hatte, als sie vor dem Washington Square Video auf der Straße gestanden hatte.

Der hübsche Junge mit der Arbeiterjacke. Der auf der Türschwelle gesessen und die *Post* gelesen hatte.

Oder etwa nicht?

Er sah aus wie er. Aber sie war sich nicht sicher. Heute trug er keine solche Jacke.

Der Mann schaute nicht in ihre Richtung, schien nicht einmal zu wissen, dass sie hier war. War in ein Buch oder eine Zeitschrift vertieft.

Nein, das konnte er nicht sein.

Paranoid, das war sie. Dass sie den Mann mit den gelben Augen, dass sie den Tod gesehen hatte, hatte sie paranoid gemacht.

Es war einfach das Leben in einer Stadt voller Irrer, mit schmutzigen, quietschenden U-Bahnen, mit fünfzehnhundert Morden im Jahr, mit tausend Detectives mit eng zusammenstehenden Augen. Mit US-Marshals, die gern flirteten.

Paranoia. Was hätte es sonst sein sollen?

Verdammt, dachte sie, komm auf den Teppich: Es hätte wegen einer Million Dollar sein können.

Es hätte womöglich wegen eines Mordes sein können.

Das hätte es sonst sein können.

Die Lichter erloschen wieder, als der Zug über die nächste Weiche ratterte. Sie sprang mit pochendem Herzen auf, bereit, loszurennen, gewiss, dass der hübsche Junge sich durch die Tür zwängen und sie erwürgen würde.

Als die Lichter jedoch wieder angingen, war der Mann verschwunden, stand wahrscheinlich in einer Menschenmenge an der Tür, um an der nächsten Station auszusteigen.

Siehst du, pure Paranoia.

Sie setzte sich und atmete tief durch, um sich zu beruhigen. Als die Menge ausgestiegen war, war er nicht mehr im Wagen.

Zwei Stationen weiter, an der Bay Bridge, schlüpfte Rune aus dem Wagen und schaute sich um. Keine Spur von irgendwelchen hübschen Gasablesern. Sie durchquerte die Schranke und stieg auf das Trottoir.

Um sich zu orientieren, schaute sie die Straße auf und ab.

Und da sah sie ihn. Wie er aus dem anderen U-Bahn-Ausgang einen halben Block entfernt kam. Sich umschaute – um *sie* zu finden. Mein Gott …

Er *hatte* sie verfolgt.

Sie schaute weg, versuchte, ruhig zu bleiben. Lass ihn nicht wissen, dass du ihn entdeckt hast. Er kämpfte sich grob durch die Menge aussteigender Fahrgäste und Passanten in ihre Richtung vor. Sie versuchte, sich gelassen zu geben, durch die Straße zu schlendern und so zu tun, als schaue sie sich die Auslagen in den Schaufenstern an, wobei sie jedoch tatsächlich hoffte, das Spiegelbild eines herannahenden Taxis auszumachen. Der hübsche Junge kam immer näher. Er musste jemanden angerempelt haben: Sie hörte einen Wortwechsel unter Machos: ›Verpiss dich – Verpiss *du* dich doch.‹ Im nächsten Augenblick würde er sich auf sie stürzen. In jedem Augenblick könnte er die Kanone ziehen und sie mit diesen Teflonkugeln totschießen.

Dann sah sie in einer Scheibe gespiegelt ein leuchtend gelbes Taxi die Straße herankommen. Rune fuhr herum, überholte mit einem Satz eine Schwangere und riss die Tür auf, bevor der Fahrer auch nur Gelegenheit hatte, anzuhalten.

»Was zum Teufel Sie da machen?«, schrie der Fahrer mit einem heftigen mittelöstlichen Akzent.

»Fahren Sie!«

Der Taxifahrer schüttelte den Kopf. »Nein, mh-mh. Nein.« Er deutete auf die ›Außer-Dienst-Lampe‹ auf seinem gelben Chevy.

»Doch«, schrie sie. »Fahr los, fahr los, fahr los!«

Rune sah, dass der hübsche Junge überrascht stehen geblieben war und nicht wusste, was er tun sollte. Er stand da, eine Zigarette in der Hand, und fing an, vorsichtig auf sie zuzugehen, möglicherweise besorgt, die Szene mit dem Taxi könnte die Aufmerksamkeit von Polizisten erregen.

Dann musste er zu dem Schluss gekommen sein, es spiele keine Rolle. Er rannte los.

»Bitte!«, flehte Rune den Fahrer an. »Nur ein paar Straßen!« Sie nannte ihm die Adresse am Fort Hamilton Parkway.

»Nein, nein, mh-mh.«

»Zwanzig Dollar.«

»Zwanzig? Nein, mh-mh.«

Sie schaute sich um. Der hübsche Junge war nur noch ein paar Meter entfernt und hatte die Hand in der Jacke.

»Dreißig? Bitte, bitte, bitte?«

Er kämpfte mit sich. »Gut, okay, dreißig.«

»Fahr los, fahr los, fahr los!«, schrie Rune.

»Wieso so in Eile?«, fragte der Fahrer.

»Vierzig Scheißdollar. Fahr los!«

»Vierzig?« Der Fahrer trat auf's Gas, und das Auto schoss davon und ließ zwischen sich und dem hübschen Jungen eine blau-weiße Wolke Reifenqualm aufsteigen.

Rune saß zusammengekauert auf dem fleckigen Plastikrücksitz. »Gottverdammt«, flüsterte sie wütend, während ihr Herzschlag sich verlangsamte. Sie wischte sich den Schweiß von den Handflächen.

Wer war das? Symingtons Komplize? Sie hätte gewettet, dass das der Kerl war, der Mr. Kelly ermordet hatte. Der Mann am Abzug – wie die Cops in *Manhattan Beat* den Ganoven genannt hatten, der Roy vor dem Hotel in der Fifth Avenue mit der Maschinenpistole niedergemäht hatte.

Und dem Blick aus seinen dunklen Augen nach zu schließen, hatte er die Absicht, *sie* auch umzubringen.

Zeit, zur Polizei zu gehen?, fragte sie sich. Ruf Manelli an. Ruf Phillipp Dixon an ... Das ergab Sinn. Es war das *Einzige*, was in diesem Augenblick Sinn ergab.

Aber dann war da noch die Sache mit der Million Dollar ... Sie dachte an Amanda. Dachte an ihre eigene gefährdete Arbeit. Dachte daran, wie gerne sie vor Richard und Karen in einer Stretchlimousine vorfahren würde.

Und beschloss: Keine Polizei. Vorerst.

Wenige Minuten darauf hielt das Taxi vor einem einstöckigen hellgrünen Backstein-Reihenhaus an.

»Das macht vierzig Dollar«, sagte der Fahrer. »Und machen Sie sich keine Gedanken über das Trinkgeld.«

Hinter ein paar kümmerlichen Sträuchern versteckt, stand sie auf dem Gehsteig und beobachtete das Reihenhaus, das, der Rolodex seines Anwalts zufolge, Victor Symingtons derzeitige Behausung darstellte. Auf dem Rasen vor dem Haus stand auf einem Bein aus Draht ein rosa Flamingo. Neben den Stufen lag an der Seite eines Krockettors ein brauner Adventskranz. Ein eiserner Jockey, dessen schwarze Gesichtszüge weiß gestrichen worden waren, hielt einen Ring, an den man ein Pferd anbinden konnte.

»Na dann los«, murmelte sie. Ihr blieb nicht viel Zeit. Der hübsche Junge würde in diesem Augenblick nach einem Münztelefon suchen, um Symington anzurufen und ihm zu sagen, dass er sie nicht hatte aufhalten können und dass sie auf dem Weg zu ihm war. Es würde nicht lange dauern, bis der hübsche Junge selbst hier auftauchen würde.

Mit Symington glaubte sie alleine fertig werden zu können. Mit seinem kräftigen Partner jedoch, einem Hitzkopf wahrscheinlich, würde es schwierig werden.

Sie klingelte. Sie hatte sich ihre Geschichte zurechtgelegt und hielt sie für gut. Rune würde ihm sagen, sie wüsste, was er und der hübsche Junge getan hatten, und dass sie *ihrem* Anwalt einen Brief gegeben hätte, in dem alles erklärt würde und in dem ihre Namen genannt seien. Wenn ihr irgendetwas zustoßen sollte, würde sie ihm sagen, würde der Brief an die Polizei geschickt werden.

Die Sache hatte nur einen Haken. Symington war nicht zu Hause. Gottverdammich. Damit hatte sie nicht gerechnet.

Keine Reaktion. Sie drehte den Knauf. Die Tür war verriegelt.

Sie schaute sich auf der Straße um. Noch kein hübscher Junge. Sie stapfte die grau gestrichenen Stufen hinab und ging um das Haus herum zur Hintertür. Sie passierte eine gipserne Versammlung der sieben Zwerge, die an der Seite des Hauses aufgereiht standen, und fand eine Tür in dem billigen Zaun aus Maschendraht, der den Hinterhof einzäunte.

An der Hintertür presste Rune das Gesicht gegen die Scheibe und schirmte mit der Hand die Sonne ab. Drinnen war es dunkel. Sie konnte fast nichts erkennen.

Etwas in ihr sagte ihr, dass der hübsche Junge jeden Augenblick hier sein konnte.

Etwas anderes in ihr drückte mit dem Ellbogen eine kleine Fensterscheibe ein. Sie steckte die Hand hindurch und öffnete die Tür. Das zerbrochene Glas warf sie in den Hinterhof, der von dichtem, sattem Gras überwuchert war. Sie trat ins Haus.

Sie ging durch bis zum Wohnzimmer. »Minimalistisch«, murmelte sie. Im Schlafzimmer standen ein Bett, ein Kleiderschrank, eine Stehlampe. In der Küche ein Tisch und zwei Stühle. Auf der Platte der Linoleumanrichte, die bespritzt war wie ein Gemälde von Jackson Pollock, standen zwei Gläser. Ein paar angeschlagene Teller und Besteck. Im Wohnzimmer gab es einen einzigen Klappstuhl. Sonst nichts.

Rune blieb vor dem Badezimmer stehen. In der Tür war eine schmutzige Glasscheibe. »Hui, schickes Klo«, murmelte sie. Auf der Tür waren irgendwelche Initialen. ›W. C.‹ Der Typ, der das Haus gebaut hatte, vermutete sie.

Sie durchsuchte die Schränke – alle außer dem einen im Schlafzimmer, der mit einem großen neuen, glänzenden Schloss gesichert war. Unter dem quietschenden Bett lagen zwei Koffer. Schwere, abgestoßene, lederne Koffer. Sie zog sie hervor, wobei ihr in der engen, stickigen Wohnung der Schweiß ausbrach. Sie stand auf und versuchte, ein Fenster zu öffnen. Es war vernagelt. Wieso?, fragte sie sich.

Sie wandte sich wieder den Koffern zu und öffnete den ersten. Klamotten. Alt, an den Manschetten und Krägen zerschlissen. Die braunen ausgebleicht, die weißen vergilbt. Sie schloss den Koffer und schob ihn an seinen Platz zurück. In dem zweiten: ein Rasierapparat, ein alter doppelschneidiger Gilette, eine Tube Rasiercreme, die aussah wie Zahnpasta; ein Schweizer Armeetaschenmesser; Schlüssel; ein kleiner Metallbehälter voller Manschettenknöpfe; Nagelschere, Zahnbürste.

Sie wühlte sich bis zum Boden durch.

Und fand einen kleinen, angestoßenen Faltordner mit einem Gummiring darum. Er war sehr schwer. Sie öffnete ihn. Sie stieß auf einen Brief – von Weissman, Burkow, Stein & Rubin, P. C. –, in dem geschrieben stand, dass seine Ersparnisse, etwa fünfundfünfzigtausend, auf ein Konto auf den Cayman Islands überwiesen worden waren. Ein Flugticket, one-way, nach Georgetown auf Grand Cayman. Der Flug ging übermorgen.

Daneben fand sie seinen Reisepass. Sie hatte noch nie einen gesehen. Er war alt und schlaff und fleckig. Auf den hinteren Seiten befanden sich Dutzende offiziell aussehender Stempel.

Sie schaute nicht einmal auf den Namen, bis sie ihn gerade zurückstecken wollte.

Moment mal. Wer zum Teufel war Vincent Spinello?

Oh, scheiße! Als sie in der Kanzlei von Stein im Rolodex des Anwalts geschnüffelt hatte, war sie so aufgeregt gewesen, dass sie den Namen falsch gelesen hatte. Sie hatte *Vincent Spinello* gesehen und *Victor Symington* gelesen. Oh, Mann, sie hatte alles verpatzt. Und jetzt hatte sie dem armen Mann sogar noch das Fenster eingeschlagen!

Alles umsonst. Sie konnte es nicht fassen. Die Gefahr, das Risiko, der hübsche Junge ... alles umsonst.

»Gottverdammt«, flüsterte sie heiser.

Aber Moment ... der Brief.

Sie öffnete den Brief erneut. Er *war* an Symington adressiert, und zwar an *diese* Adresse. Was machte er also mit Vincent Spinellos Reisepass?

Als sie sich jedoch den Pass noch einmal anschaute, ließ das kleine, grässliche Foto keinen Zweifel mehr. *Spinello* war der Mann, den sie vor Robert Kellys Wohnung gesehen hatte. Wer war er?

Sie wühlte sich bis zum Boden des Ordners durch und fand es heraus. Etwas in ein Stück Zeitungspapier Gewickeltes hatte ihn so schwer gemacht – eine Pistole. Mit einer kleinen Schachtel aus billiger Pappe. An der Seite befand sich ein Aufdruck, in Deutsch, wie ihr schien. Sie konnte nur ein einziges Wort verstehen. *Teflon.*

Oh, mein Gott ...

Symington – oder Spinello – war der Mann, der Robert Kelly ermordet hatte. Er und der hübsche Junge hatten tatsächlich das Geld aus dem Bankraub gefunden. Sie hatten es gestohlen und ihn umgebracht! Und die Beute befand sich in dem Schrank!

Rune fiel auf die Knie und begutachtete das Vorhängeschloss an der Schranktür. Beugte sich dicht darüber, blinzelte. Zog daran, ließ das solide Schloss klirren.

Dann erstarrte sie. Beim Geräusch einer sich öffnenden und wieder schließenden Tür.

War es die Vorder- oder die Hintertür gewesen? Sie wusste es nicht. Aber eines wusste sie. Es handelte sich entweder um den hübschen Jungen oder um Symington. Und noch etwas wusste sie: Beide wollten sie umbringen.

Rune zerrte ein letztes Mal an der Schranktür. Sie gab keinen Millimeter nach.

Jetzt waren Schritte in der Wohnung zu hören. Ganz in der Nähe. Wenn er mich hier findet, bringt er mich um! Sie stopfte den Faltordner in ihre Handtasche, die sie sich über die Schulter hängte.

Knarrende Dielen.

Nein, nein ...

Sie vermutete, dass sie vorne in der Wohnung waren. Im Wohnzimmer, das man von dort, wo sie sich befand, nicht einsehen konnte. Wahrscheinlich würde sie hinten hinauskommen können, ohne gesehen zu werden. Sie warf einen raschen Blick in den Flur und schlich sich wieder ins Schlafzimmer. Jawoll, es war leer.

Rune holte tief Luft und rannte aus dem Schlafzimmer.

Sie prallte Victor Symington voll gegen die Brust.

Er schnappte entsetzt nach Luft und wich zurück, wobei ihm sein hässlicher Hut vom Kopf flog. Reflexartig holte er aus und traf sie so fest in den Magen, dass sie sich krümmte. »Oh Gott«, keuchte sie. Ein schrecklicher Schmerz schoss ihr durch die Brust und das Kinn. Rune versuchte zu schreien, aber ihre Stimme war nur noch ein Wispern. Unfähig zu atmen, fiel sie zu Boden.

Symington packte sie wütend an den Haaren und riss sie herum. Fiel auf die Knie. Seine Hände rochen nach Knoblauch und Tabak. Grob begann er, sie zu durchsuchen.

»Gehörst du zu ihnen?«, keuchte er. »Wer zum Teufel bist du?«

Sie war zu einer Antwort nicht fähig.

»Du bist's, stimmt's? Du arbeitest für sie!« Er hob die Faust. Rune hob einen Arm über ihr Gesicht.

»Wer?«, brachte sie heraus.

»Woher hast du ...?«, fragte er.

Er brach ab. Um Atem ringend, schaute Rune auf. Symington starrte zur Tür. Dort stand jemand. Der hübsche Junge? Rune blinzelte, kam auf die Knie.

Nein ... Danke, danke, danke ... Es war seine Tochter, Emily.

Rune war so dankbar, die Frau zu sehen, dass sie sich erst eine Sekunde darauf wunderte: Wie hatte Emily die Wohnung gefunden? Ist sie mir hierher *gefolgt*?

Moment mal, irgendwas war hier faul.

Symington ließ Rune los, wich zurück.

»Wie wir dich gefunden haben, wolltest du fragen? Haarte hat ein paar gute Verbindungen.«

Heart?, wunderte Rune sich. »Wer ist Heart?«, fragte sie.

»Oh nein, es ist Haarte?«, flüsterte Symington. Dann nickte er hoffnungslos. »Ich hätte es mir denken können.«

»Was ist hier los?«, wollte Rune wissen.

Symington schaute Emily mit einem flehentlichen Ausdruck an. »Bitte ...«

Emily reagierte nicht.

»Würde es etwas helfen, wenn ich sage, ich hätte eine Menge Geld?«, fuhr er fort.

»Das Geld!«, sagte Rune. »Er hat Mr. Kelly umgebracht und sein Geld gestohlen!«

Weder Symington noch Emily beachteten sie.

»Kann ich nicht irgendetwas machen?«, bettelte Symington.

»Nein«, sagte Emily. Damit zog sie eine Pistole aus der Tasche und schoss ihn in die Brust.

21

Sein Sturz rettete Rune das Leben.

Die Pistole war klein, aber die Wucht schleuderte Symington nach hinten, und er krachte an den Ständer der Stehlampe, die gegen die Tür zum Badezimmer kippte und einen Schauer von Glassplittern in den Flur regnen ließ.

Emily wich den Splittern tänzelnd aus, was Rune Gelegenheit verschaffte, ins Schlafzimmer zu flüchten. Die Frau hatte sich jedoch rasch wieder gefangen. Sie feuerte erneut einen Schuss ab, und Rune hörte in Stereo eine grauenvolle Mischung aus Geräuschen: die Schüsse der Pistole hinter ihr, das Krachen der Kugeln, die Zentimeter neben ihrem Kopf in die Gipswand einschlugen.

Dann – unter einem weiteren Ansturm atemberaubenden Schmerzes – machte sie einen Satz durch das Schlafzimmerfenster.

Das Gesicht mit den Händen bedeckt, rollte sie inmitten umherfliegender Glassplitter und die Jalousie mit sich reißend über andere kümmerliche Sträucher und landete im Gras, wo sie von einem der Gipszwerge abgefangen wurde. Keuchend lag sie auf dem Rasen, eingehüllt in den Geruch von Schmutz und feuchtem Gras. Über sich in den Bäumen hörte sie die Vögel zwitschern.

Und dann explodierte die Luft um sie her. Das Gesicht eines Zwerges löste sich in Splitter und Staub auf. Auf der Straße, fünfzig Fuß entfernt, erhaschte Rune den Blick auf einen Mann mit einem Gewehr. Obwohl sie sein Gesicht nicht sehen konnte, wusste sie, dass es sich um den hübschen Jungen handelte – wahrscheinlich Heart, den Symington erwähnt hatte. Oder Hearts Partner. Er und Emily arbeiteten zusammen … Sie wusste nicht, wer genau sie waren oder wieso sie Symington umbringen wollten, aber sie hielt sich nicht damit auf, über diese Fragen nachzudenken. Sie rollte sich unter eine andere Pflanze und rappelte sich auf. Die Handtasche fest umklammert, hetzte sie in den Hinterhof. Dann kletterte sie über den Maschendrahtzaun.

Und dann rannte sie.

Hinter ihr, aus Symingtons Hof, ertönte ein Ruf. Ein zweiter Schuss aus dem Gewehr. Dann hörte sie etwas über ihrem Kopf zischen. Der Schuss ging fehl, und sie bog in eine Gasse. Rannte immer weiter.

Rannte, bis ihr die Sicht verschwamm. Rannte, bis ihre Brust in Flammen stand und sie keinen einzigen Atemzug mehr machen konnte.

Endlich, nach Meilen, wie es ihr schien, blieb Rune nach Luft schnappend stehen. Sie brach zusammen. Sicher würde ihr gleich schlecht werden. Aber sie spuckte nur ein paar Mal ins Gras und rührte sich nicht, bis die Übelkeit und der Schmerz nachließen. Sie schleppte sich noch eine Straße weiter, musste aber mit Seitenstechen stehen bleiben. Sie schlich sich in einen anderen Hinterhof – hinter einem Haus mit vernagelten Fenstern. Sie kroch in ein Nest aus Gras zwischen einem lächelnden Bambi und einem weiteren Satz der sieben Zwerge, legte ihren Kopf auf die Handtasche und beschloss, zehn, fünfzehn Minuten auszuruhen.

Als sie die Augen aufschlug, machte anderthalb Meter von ihr entfernt ein Müllwagen seinen Höllenlärm. Und es dämmerte.

Sie hatten ihr aufgelauert.

Vielleicht am Midtown Tunnel, vielleicht an einer U-Bahn-Haltestelle. Emily und der hübsche Junge. Und nicht nur diese beiden. Noch ein Dutzend anderer. Jetzt sah sie sie *alle* – SIE in Großbuchstaben. In den Straßen von Brooklyn an diesem klaren, kühlen Frühlingsmorgen. Gesichter, die sie anstarrten, wissend, dass sie eine Zeugin war. Wissend, dass sie und ihre Freunde würden sterben müssen – umgelegt wie Robert Kelly, wie Victor Symington.

Alle waren sie hinter ihr her.

Per Anhalter fuhr sie zurück nach Manhattan, zurück auf die SEITE. Sie hielt einen Lieferwagen an, dessen Fahrer, ein glutäugiger Puertoricaner mit dünnem Spitzbart, mit unbändiger Leidenschaft Flüche gegen den Verkehr ausstieß und die Fahrt bis zur Brooklyn Bridge, eine Strecke, für die man zu dieser Tageszeit eigentlich eine dreiviertel Stunde brauchte, in fünfzehn Minuten schaffte.

Er entschuldigte sich überschwänglich, dass er sie nicht bis ganz nach Manhattan bringen konnte.

Und dann rannte sie noch einmal.

Über die hölzerne Fußgängerebene der Brooklyn Bridge zurück in die Stadt, die gerade erst zum Leben erwachte. Unter ihr zischte der Verkehr; die gedämpften Taxihupen klangen wie muhende Rinder. Auf halber Strecke blieb sie stehen, um ans Geländer gelehnt zu verschnaufen. Auf dem Weg von Brooklyn Heights zur Wall Street kamen – in Laufschuhen zu Anzügen und Kostümen – die jungen Angestellten an ihr vorbei.

Was zum Teufel hatte sie sich eigentlich gedacht?

Suchen? Abenteuer?

Ritter und Zauberer und Maiden?

Nein, dachte sie verbittert. *Das* waren die Leute, die im Zauberreich wohnten: Anwälte und Sekretärinnen und Buchhalter und Lieferanten. Es war keineswegs ein Zauberreich; es war lediglich eine große, wimmelnde Stadt voller guter und voller schlechter Menschen.

Weiter nichts. Nur eine Stadt. Nur Menschen.

Das ist eine Fabrik, Rune. Da ist Scheiße und Umweltverschmutzung. Von ihr leben Menschen, und die bezahlen

Steuern und spenden für wohltätige Zwecke und kaufen ihren Kindern Sportschuhe. Und die wachsen auf und werden Rechtsanwälte oder Lehrer oder Musiker oder Leute, die in anderen Fabriken arbeiten. Weiter ist da nichts.

Nach der Brücke ging sie in nördlicher Richtung, vorbei am Gericht, vorbei am Rathaus, an dessen verschnörkeltem gotischen Bau sie emporblickte – die nördliche Fassade bestand aus billigem Stein, nicht aus Marmor, da sich niemals jemand hätte träumen lassen, dass die Stadt sich nördlich über den Wall-Street-Bezirk hinaus ausbreiten würde. Danach über Chinatown und SoHo zum Washington Square Park.

Der, selbst zu dieser frühen Stunde, ein einziger Zoo war. Ein mittelalterlicher Jahrmarkt. Jongleure, Einradfahrer, Skateboardakrobaten, Jugendliche, die auf Gitarren eindroschen, die so billig waren, dass sie lediglich als Rhythmusinstrumente zu gebrauchen waren. Ohne den Senegalesen zu beachten, der geklaute Rolex-Uhren verkaufte, setzte sie sich auf eine Bank. Achtete nicht auf einen pummeligen weißen Teenager, der ›*Hasch, Hasch, spür's, spür's, zieh's dir rein, spür's*‹ vor sich hin summte. Frauen in Designer-Joggingoutfits schoben ihre geräumigen Kinderwagen mit künftigen Anwälten an Dealern und besoffenen Kriegsveteranen vorbei.

Rune blieb eine Stunde lang sitzen. Einmal regte sich eine ungezielte Entschlussfreude in ihr, und Rune stand auf. Sie verpuffte jedoch rasch, und Rune setzte sich wieder, schloss die Augen und ließ sich von der heißen Sonne bescheinen.

Wo *waren* sie? Emily. Der hübsche Junge.

Wo war das Geld?

Sie schlief wieder ein – bis ein Frisbee an ihrem Kopf vorbeischrammte und sie aufschreckte. Sie schaute sich um, voller Schrecken, versuchte verzweifelt, sich zu erinnern, wo sie war, wie sie hierher gekommen war. Sie fragte eine

Frau nach der Zeit. Mittag. Ihr war, als würde ein Dutzend Leute sie argwöhnisch anstarren. Sie stand auf und ging eilig über das Gras nach Norden, durch den weißen, steinernen Bogen, eine Miniaturausführung des Arc de Triomphe.

Es waren alte Filme, alle beide.

Der eine war *Der Teufelshauptmann*, der Kavalleriestreifen mit John Wayne. Der lief gerade. Rune hatte nicht darauf geachtet, welches der andere war. Vielleicht *Der schwarze Falke* oder *Red River.* Als sie sich setzte, lief gerade *Der Teufelshauptmann.* Die Sitze in dem alten Kino auf der Twelfth Street waren hart – nur ein dünnes Polster unter einem rissigen Stoffbezug. In dem Programmkino saßen nur fünfzehn Personen, was sie nicht wunderte – das Kino war nur am Samstagabend gut besetzt, wenn eine Auswahl vom New York Erotic Festival gezeigt wurde.

Sie schaute zur Leinwand.

Sie kannte den alten John-Ford-Western auswendig. Sie hatte ihn sechsmal gesehen. Heute jedoch erschien er ihr nur als eine Reihe zusammenhangloser Bilder. Der kantige alte Victor McLaglen, der in Ehren ergrauende Wayne, die intensiven Farbtöne des vierzig Jahre alten Technicolorfilms, der schulterklopfende, unschuldige Humor der blau gekleideten Kavalleristen …

Aber heute ergab der Film für sie keinen Sinn. Es waren unzusammenhängende Bilder von Männern und Frauen, die sich auf dem riesigen Rechteck der weißen Leinwand vor ihr bewegten. Sie redeten komisches Zeug, sie trugen seltsame Klamotten, sie spielten auf inszenierte Höhepunkte zu. Es war alles choreographiert, und alles war Schwindel.

Ihr Ärger wuchs. Ihr Ärger über die beiden Dimensionen des Films. Den Schwindel, die Illusion. Sie fühlte sich betrogen. Nicht nur von Emily Symington oder wer immer sie auch sein mochte, nicht nur von dem, was in Brooklyn geschehen war, sondern noch von etwas anderem. Etwas Grundsätzlicherem, das damit zu tun hatte, wie sie ihr Leben lebte und wie die Dinge, an die sie geglaubt hatte, sich gegen sie gewendet hatten.

Sie stand auf und verließ das Kino. Draußen kaufte sie sich bei einem Straßenhändler eine Sonnenbrille mit breiter Fassung und setzte sie auf. Sie bog um die Ecke und ging über den University Place zum Washington Square Video.

Tony warf sie natürlich raus.

Seine Worte waren nicht nett oder sarkastisch oder gemein, wie sie es sich vorgestellt hatte. Er schaute einfach auf und sagte: »Du hast zwei Schichten verpasst und nicht angerufen. Du bist gefeuert. Diesmal wirklich.«

Sie beachtete ihn jedoch nicht weiter. Sie starrte auf die Zeitung, die vor Tony auf dem Tresen lag.

Die Schlagzeile: *Zeuge gegen Mafia ermordet.*

Die ihr nicht so rasch in die Augen sprang wie das Foto: eine körnige Blitzlichtaufnahme von Victor Symingtons Wohnhaus in Brooklyn, die sechs überlebenden Zwerge, das zersplitterte Fenster. Rune riss die Zeitung an sich.

»He«, blaffte Tony. »Die les ich gerade.« Ein Blick in ihre Augen brachte ihn allerdings zum Schweigen.

> Ein verurteilter Geldwäscher der Mafia, der Anfang des Jahres bei einer Reihe von Korruptionsprozessen als Kronzeuge gegen führende Kriminelle aus dem Mittleren Westen ausgesagt hatte, wurde gestern bei einem Anschlag in Brooklyn erschossen.
> Vincent Spinello, 70, wurde durch Gewehrschüsse in die Brust getötet. Ein Zeuge, der nicht genannt werden möchte, berichtete, dass eine junge Frau mit kurz

geschnittenen Haaren vom Tatort flüchtete und in dem Fall als Hauptverdächtige gilt.
Ein weiterer Zeuge bei der gleichen Prozessreihe, Arthur Gittleman, war zusammen mit zwei US-Marshals im vergangenen Monat in einem Hotel in St. Louis ermordet worden.

Die Zeitung knitterte in ihren Händen. Ich!, dachte sie. Die junge Frau mit den kurz geschnittenen Haaren, das bin ich.

Sie haben mich *benutzt*! Emily. Die Kuh hat mich benutzt. Sie hat die ganze Zeit gewusst, wo Symington war, und mich dazu gebracht, zu ihm zu gehen, damit es so aussieht, als hätte *ich* ihn umgebracht.

Und, verdammt, überall in dem Loch sind meine Fingerabdrücke!

Hauptverdächtige ...

Tony riss ihr die Zeitung aus der Hand. »Du kannst dir deinen Scheck am Montag abholen.«

»Bitte, Tony«, sagte sie. »Ich brauche jetzt Geld. Kann ich es nicht bar bekommen?«

»Auf keinen Fall, verflucht.«

»Ich muss raus aus der Stadt.«

»Montag«, sagte er. Wandte sich wieder seiner Zeitung zu.

»Schau, ich hab einen Scheck über fünfzehnhundert Mäuse. Gib mir tausend, dann stell ich ihn auf dich aus.«

»Klar, als ob *Du* einen Scheck hättest, der gedeckt ist. Da wett ich drauf.«

»Tony! Das ist ein Barscheck. Er ist von einer Anwaltskanzlei.«

»Raus.«

Frankie Greek steckte den Kopf aus dem Lager. »He, Rune, du hast zwei Anrufe gekriegt. Von dem Cop, Manelli. Und von dem US-Marshal, Dixon. Ach, und von Stephanie auch.«

»Aber ruf sie bloß nicht von hier aus zurück«, blaffte Tony. »Benutz das Münztelefon draußen.«

Stephanie!, dachte Rune. Wenn die mich beschattet haben, dann haben sie sie mit mir gesehen.

Oh, Jesus Maria, sie ist auch in Gefahr.

Sie rannte zum Tresen zurück und riss den Hörer von der Gabel. Tony wollte schon etwas sagen, schien dann jedoch zu finden, es sei die Schlacht nicht wert; schließlich hatte er ja den Krieg gewonnen. Er machte auf seinem abgetretenen Absatz kehrt und zog sich mit seiner Zeitung an den anderen Tresen zurück.

Endlich antwortete Stephanies benommen klingende Stimme.

»Rune! Wo warst du denn? Du bist letzte Nacht nicht zur Arbeit gekommen. Tony ist stinksauer ...«

»Stephanie, hör mir zu.« Ihre Stimme war rau. »Sie haben den Mann umgebracht, den ich gesucht habe, Symington, sie versuchen, es so aussehen zu lassen, als sei ich es gewesen.«

»Was?«

»Und sie versuchen, mich umzubringen!«

»Wer?«

»Ich weiß nicht. Sie arbeiten für die Mafia oder so. Ich glaube, sie könnten dich auch gesehen haben.«

»Rune, hast du dir das ausgedacht? Ist das wieder so eine Phantasie von dir?«

»Nein! Es ist mir ernst.«

Mehrere Kunden starrten sie an. Ein ängstlicher Schauder überlief sie. Sie deckte den Hörer mit der Hand ab und senkte ihre Stimme. »Schau dir die Titelseite von der *Post* an. Dort steht die Geschichte.«

»Du musst die Polizei anrufen.«

»Ich *kann nicht*. Meine Fingerabdrücke sind in dem ganzen Haus, wo Symington umgebracht worden ist. Ich bin verdächtig.«

»Mein Gott, Rune. Was für ein Schlamassel.«

»Ich gehe zurück nach Ohio.«

»Wann? Jetzt?«

»Sobald ich etwas Geld beisammen habe. Tony will mich nicht auszahlen.«

»Wichser«, stieß Stephanie aus. »Ich kann dir was leihen.«

»Ich kann dir einen Scheck über fünfzehnhundert geben.«

»Machst du Witze?«

»Nein, es ist ein Barscheck. Du kannst ihn haben. Aber hör zu, du musst mit mir mitkommen!«

»Mit dir mitkommen?«, fragte Stephanie. »Wohin denn?«

»Nach Ohio.«

»Ausgeschlossen. Ich muss nächste Woche zum Vorsprechen.«

»Stephanie ...«

»Ich kann ein paar hundert besorgen. Ich gehe bei der Bank vorbei. Wo kann ich dich treffen?«

»Wie wär's mit Union Square Park? Am Eingang zur U-Bahn. Südostseite.«

»Okay. Gut. In einer halben Stunde. Ist es sicher?«, fragte Stephanie vorsichtig.

»Ziemlich sicher.«

Schweigen. »Ich will nicht zusammengeschlagen werden oder so was. Ich krieg ganz leicht blaue Flecke. Und beim Vorsprechen darf ich keine blauen Flecke haben.«

Als sie auf die Straße trat, hörte Rune die Männerstimme ganz dicht an ihrem Ohr.

»Du bist ja ganz schön schwer zu finden.«

Entsetzt wirbelte Rune herum.

An einer Parkuhr lehnte Richard. Der Yuppie in ihm war ausgetrieben; Mr. Downtown war zurück. Er trug Stiefel, schwarze Jeans und ein schwarzes T-Shirt. Außerdem hatte er einen goldenen Ring im Ohr. Sie bemerkte, dass es ein Clip war. Er sah müde aus.

»Du hast«, fuhr er fort, »wie Roosevelt es ausdrückte, eine Leidenschaft für Anonymität. Ich hab dich ein paar Mal in der Videothek angerufen. Ich hab mir Sorgen um dich gemacht.«

»Ich war eine Weile nicht da.«

»Da war so eine Party gestern Abend. Ich dachte mir, du hättest vielleicht Lust, mitzukommen.«

»Hast du nicht ... wie heißt sie noch gefragt? Cathy, die Amazone?«

»Karen.« Er hielt sich an der Parkuhr fest und rotierte langsam um sie. »Wir haben nur dieses eine Mal zusammen zu Abend gegessen. Mach dir um sie keine Sorgen. Wir sind nicht zusammen.«

»Das ist deine Angelegenheit. Das geht mich nichts an.«

»Jetzt sei nicht so besitzergreifend.«

»Wieso bin ich besitzergreifend, wenn ich dir sage, dass es mich nichts angeht, was du mit Cathy/Karen machst?«

»Was ist denn los?« Er runzelte die Stirn. Folgte ihrem Blick bis zu dem kleinen Mann mit dem dunklen Teint und den Locken, der zwei Türen weiter stand. Er hatte ihnen den Rücken zugekehrt.

Rune sog ängstlich pfeifend die Luft ein. Der Mann drehte sich um und ging an ihnen vorbei. Es war nicht der hübsche Junge.

Sie wandte sich wieder Richard zu, versuchte, sich auf ihn zu konzentrieren, obgleich sie nur das dämliche Grinsen der Gipsfigur sah, die Dopey oder Sneezy darstellte, während sie bei dem Schuss aus dem Gewehr in Stücke flog. Der Schuss war erstaunlich laut gewesen. Hatte sich eher wie eine explodierende Bombe angehört.

Richard packte sie an den Schultern. »Rune, hörst du mir überhaupt zu? Was ist denn los?«

Sie wich zurück; ihre Augen wurden langsam zu Schlitzen. »Lass mich in Ruhe.«

»Was?«

»Bleib *weg* von mir! Willst du auch verletzt werden? Ich bin Gift. Bleib weg.«

»Wovon redest du überhaupt?« Er streckte den Arm aus und nahm ihre Hand.

»Nein, nein!«, rief sie. Dann flossen die Tränen. Sie zögerte und umarmte ihn dann. »Bleib weg von mir! Vergiss mich! Vergiss, dass du mich je gesehen hast!«

Sie drehte sich um und rannte durch die Menschenmenge in Greenwich Village zum Union Square.

An die kühlen Kacheln gelehnt, wartete Rune unter dem Art-déco-Eingang zur U-Bahn.

Geistesabwesend beobachtete sie einen Kran, der ein unregelmäßiges T bildete und eine riesige neue Baustelle am Union Square überragte. Es ist nur ein Kran, sagte sie sich. Weiter nichts. Kein Werkzeug der Götter, kein Riesenskelett eines Zaubertieres. Was sie da sah, war nur ein Baukran, der sich, von einem unsichtbaren Bauarbeiter kontrolliert, langsam bewegte und stählerne Streben hob, die Arbeiter in staubigen Jeans und Jacken irgendwo einbauen würden.

Magie … zum Teufel damit.

Sie dachte wieder daran, Manelli oder Dixon anzurufen.

Aber wieso sollten die ihr glauben? Wahrscheinlich war schon ein Steckbrief mit ihrer Beschreibung draußen, so wie für Roy, den Cop, in *Manhattan Beat*, nachdem er die Beute gestohlen hatte. Wenigstens hatte sie die Umsicht besessen, sich eines Teils der Beweise zu entledigen: Als sie in ihrem Loft vorbeigeschaut hatte, um den Scheck zu holen, hatte sie bemerkt, dass sie immer noch Spinellos Faltordner in der Tasche hatte, und hatte ihn in den Müll geworfen. Wenn die Cops sie *damit* gefunden hätten, wäre das der sichere Schuldspruch gewesen.

Nein, sie würde die Stadt verlassen, die SEITE verlassen, das Zauberreich verlassen. Wieder nach Hause gehen. Sich einen Job suchen. Zur Uni gehen.

Nun ja, es wurde aber auch wirklich Zeit.

Zeit, erwachsen zu werden. Abenteuerliche Suchen zu vergessen …

Als sie durch den Park kam, sah sie Stephanie, deren rötliche Haare in der nachmittäglichen Sonne leuchteten. Sie winkten einander zu. Es wirkte lächerlich harmlos, dachte Rune, als seien sie Freundinnen, die sich nach der Arbeit zu einem Drink treffen, um sich über Chefs und Männer und Mütter auszujammern.

Rune schaute sich um, sah nichts Verdächtiges – na ja, nicht *mehr* Verdächtiges als sonst im Union Square Park – und gesellte sich zu Stephanie.

»Du bist verletzt.« Die Frau musterte Runes Stirn, wo sie sich an einem Stück Glas oder Gips geschnitten hatte.

»Ist nicht schlimm.«

»Was ist passiert?«

Rune erzählte es ihr.

»Mein Gott! Du musst zur Polizei gehen. Du kannst mit ihnen reden. Ihnen sagen, was passiert ist.«

»Ja, genau. Die können mich mit zwei verschiedenen Tatorten in Verbindung bringen. Ich bin die Verdächtige Nummer eins.«

»Aber werden dich die Cops in Ohio nicht auch finden?«

Sie lächelte schwach. »Das könnten sie – wenn sie meinen richtigen Namen wüssten. Aber das tun sie nicht.«

Stephanie erwiderte das Lächeln. »Stimmt. Oh, hier.« Sie überreichte Rune ein Bündel Scheine. »Das sind ungefähr dreihundert. Reicht das?«

Rune umarmte sie. »Ich weiß nicht, was ich sagen soll.« Sie gab Stephanie den Scheck.

»Nein, nein. Das ist viel zu viel.«

»Das kleine rote Hühnchen, weißt du noch? Ich brauche nur so viel, um heimzukommen. Behalte du den Rest. Tony wird dich wahrscheinlich auch rausschmeißen. Schon weil du mir geholfen hast.«

»Komm schon«, sagte Stephanie zu ihr. »Ich helfe dir packen und bring dich zum Flughafen.« Sie machten sich auf den Weg hinunter in die U-Bahn. »Meinst du, es ist sicher, noch mal in dein Loft zu gehen?«

»Emily und der hübsche Junge kennen ihn nicht. Manelli und der Marshal schon, aber wir können uns über die Baustelle reinschleichen. Da sieht uns niemand. Wir können ...«

Ein eiskalter Schauer lief ihr über den Rücken. Sie schnappte nach Luft.

Drei Meter vor ihnen trat der hübsche Junge hinter einer Säule hervor. Er hatte eine Pistole in der Hand. »Keine Bewegung, verdammt noch mal«, flüsterte er Rune zu.

Mit wütendem Gesicht näherte er sich Rune, ohne auf Stephanie zu achten. Offensichtlich hatte er keine Ahnung, dass sie zusammengehörten.

Rune erstarrte. Stephanie jedoch nicht.

Rasch rannte sie auf ihn zu, was ihn völlig überraschte. »Vergewaltigung, Vergewaltigung« schreiend, stieß sie ihm mit starr ausgestreckten Fingern die Hände ins Gesicht. Sein Kopf zuckte zurück, und er taumelte mit blutender Nase gegen die Wand.

»Verflucht!«, schrie er.

Ihr Kurs in Selbstverteidigung ...

Stephanie stürzte erneut auf ihn los. Es sah aus, als wollte sie ihn diesmal treten.

Aber der hübsche Junge war auch nicht schlecht; er wusste, was er zu tun hatte. Er versuchte nicht, sich zu wehren. Er machte einen Satz drei Schritte zur Seite, außerhalb ihrer Reichweite, wischte sich das Blut vom Mund und war im Begriff, die Pistole auf sie zu richten.

Dann schloss sich der Arm um seinen Hals.

Ein Fahrgast – ein riesiger Schwarzer – hatte Stephanies Schrei gehört, hatte sich in den Rücken des Angreifers geschlichen und dem hübschen Jungen seinen kräftigen Arm um die Kehle gelegt. Keuchend ließ dieser die Pistole fallen, packte den Unterarm des Mannes und versuchte vergeblich, den Griff zu brechen.

Der große Mann hinter ihm schien das Ganze zu genießen. »Okay, Arschloch«, sagte er zu dem hübschen Jungen, »lass die Ladys in Ruhe. Verstanden?«

Sie rannten los.

Stephanie voran.

Sie *musste* Mitglied in einem Sportstudio sein – sie bewegte sich wie ein Windhund. Wenn der hübsche Junge da war, überlegte Rune, konnte Emily nicht weit sein. Außerdem würde der U-Bahn-Münzenverkäufer inzwischen die Cops gerufen haben; Rune wollte die U-Bahn-Station so weit wie möglich hinter sich lassen.

Keuchend, rennend. Stephanie folgend, so gut es ging.

Sie waren zwei Straßen von der U-Bahn entfernt, als es passierte.

An der Ecke Thirteenth Street und Broadway überfuhr ein Taxi eine rote Ampel, bevor sie grün wurde.

Und genau in diesem Augenblick rannte Stephanie zwischen zwei in zweiter Reihe geparkten Lastern auf die Kreuzung.

Sie hatte keine Chance ...

Alles, was sie tun konnte, war, über die Kühlerhaube abzurollen, um nicht unter den Rädern zermalmt zu werden. Der Fahrer stieg auf die Bremse, die einen tiefen, wilden Schrei von sich gab, aber trotzdem wurde sie hart von dem Taxi getroffen. Ein Teil ihres Körpers – ihr Gesicht, wie Rune verzweifelt dachte – krachte gegen die Windschutzscheibe, die beim Zerbrechen weiß wurde. Stephanie stürzte in einem Wirbel aus blumengemustertem Stoff, roten Haaren und weißer Haut auf den Asphalt.

»Nein!«, schrie Rune.

Zwei Frauen kamen herbeigerannt und kümmerten sich um Stephanie. Rune fiel neben ihnen auf die Knie. Die Litanei des Taxifahrers drang kaum an ihre Ohren: »Sie ist über die Ampel gerannt, es war nicht meine Schuld, es war nicht meine Schuld.«

Rune hielt Stephanies blutigen Kopf in den Armen.

»Du wirst wieder gesund«, flüsterte sie. »Du wirst wieder gesund. Du wirst wieder gesund.«

Aber Stephanie konnte sie nicht hören.

22

Rune stand am Fenster des Krankenhauses und blickte auf den Park hinaus.

Es war ein alter Stadtpark an der First Avenue. Mehr Steine und Schmutz als Gras, und die meisten Felsen waren mit Graffiti beschmiert und rot und violett angelaufen. Sie schienen aus dem Unterleib der Stadt selbst hervorzuquellen wie offen liegende Organe.

Sie wandte sich ab.

Ein Arzt ging vorbei, ohne sie zu beachten. Niemand hatte sie beachtet – weder die Ärzte noch die Pfleger, Schwestern und Hilfsschwestern. Sie hatte es aufgegeben, auf einen gütigen alten Mann in weißem Kittel zu warten, der auf den Flur treten und den Arm um sie legen und sagen würde: ›Machen Sie sich um Ihre Freundin keine Sorgen, sie wird wieder gesund.‹

So wie das in Filmen geschieht.

Aber Filme sind Schwindel.

Richards Worte hallten in ihren Ohren: *Sie. Sind. Nicht. Die. Wirklichkeit.*

Niemand war stehen geblieben, um mit ihr zu reden. Wenn sie irgendetwas wissen wollte, musste sie die Schwestern fragen. Noch einmal.

Und sie würde wieder den gleichen Blick ernten wie schon zwei Dutzend Mal zuvor.

Es gibt nichts Neues. Wir geben Ihnen Bescheid.

Sie schaute wieder aus dem Fenster. Hielt nach dem hübschen Jungen Ausschau. Dachte daran, dass er sich von dem Mann in der U-Bahn befreien und den Cops hatte entkommen können. Und dem Krankenwagen hierher gefolgt war.

Schon wieder Paranoia.

Aber es ist keine Paranoia, wenn sie wirklich hinter einem her sind.

Sie hoffte, dass Stephanie dem hübschen Jungen bei ihrem Angriff wirklich richtig wehgetan hatte. Eine Figur in ihren Märchen, eine gute Hexe, hatte einer anderen gesagt, sie solle niemals einem anderen Leid wünschen. Man durfte anderen alles Gute wünschen, was man wollte, aber nie Leid. Denn, so sagte die Hexe, Leid ist wie eine Wespe in einem Glas. Sobald man sie einmal freilässt, weiß man nie, wen sie stechen wird.

Aber Rune hoffte, dass Stephanie dem Mistkerl richtig schlimm wehgetan hatte.

Sie wanderte in Richtung des Schwesternzimmers.

Eine ältere Frau mit einem schlangenartigen Stethoskop um den Hals schaute schließlich auf. »Ach. Wir haben gerade etwas von Ihrer Freundin gehört.«

»Was? Sagen Sie's mir.«

»Sie haben sie gerade zu weiteren Untersuchungen in die Radiologie gebracht. In vierzig Minuten bis einer Stunde wird sie wieder auf der Intensivstation sein. Kommt drauf an.«

Bringt nichts, dachte Rune.

»Ich komme wieder. Wenn sie aufwacht, sagen Sie ihr bitte, dass ich wiederkomme.«

Oh, bitte, Pan und Isis und Persephone, macht, dass sie überlebt.

Rune stand am East River und sah die Schlepper stromaufwärts fahren. Ein Touristenboot der Circle Line ebenfalls. Einen Lastkahn und vier Kajütboote. Das Wasser stank widerlich. Der Verkehr vom Roosevelt Drive rauschte mit einem feuchten, reißenden Geräusch an ihr vorbei, das sie nervte. Es hörte sich an, als würden Verbände abgenommen.

Nur ein Abenteuer. Mehr hatte ich nicht gewollt. Ein Abenteuer.

Lancelot auf der Suche nach dem Gral. Psyche nach ihrem geliebten Eros. So wie in den Büchern, in den Filmen. Und mit Rune als Heldin. Sie würde den Mörder von Mr. Kelly finden, sie würde die Million Dollar finden. Sie würde Amanda retten und dann für immer glücklich und zufrieden mit Richard leben.

Oh, Gott der himmlischen Mächte, der Du kraft Deines Willens die Leiber der Menschen vor allen Krankheiten und Gebrechen schützt, steh uns bei in Deiner Güte ...

Es waren dies Worte, die sie während der letzten Wochen

im Leben ihres Vaters so oft gesprochen hatte, dass sie ihr unwillkürlich eingefallen waren.

Ihr Vater, ein junger Mann. Ein hübscher Mann. Der immer mit Rune und ihren Schwestern gespielt hatte, der ihnen das Radfahren beigebracht hatte, der ihnen Geschichten vorgelesen hatte, der sie genauso bereitwillig ins Theater wie zu Ballspielen mitgenommen hatte. Ein Mann, der stets Zeit gehabt hatte, um mit ihnen zu reden und sich ihre Probleme anzuhören.

Nein, Märchen hatten nicht immer ein glückliches Ende. Aber sie hatten immer ein gerechtes Ende. Menschen starben darin und verloren ihr Hab und Gut, wenn sie unehrlich oder unachtsam oder gierig waren. Im Tod ihres Vaters lag allerdings keine Gerechtigkeit. Er hatte ein gutes Leben geführt und war trotzdem auf schlimme Weise gestorben, langsam und qualvoll, im Shaker-Heights-Garden-Krankenhaus.

Es lag keine Gerechtigkeit in Mr. Kellys Tod.

Es lag keine Gerechtigkeit darin, dass Stephanie verletzt worden war. Keine, wenn sie starb.

Bitte …

Sie sprach die Worte jetzt laut aus. »Auf dass Deine Dienerin Stephanie von ihrer Schwäche erlöst werde und dass ihre Kraft zurückkehren möge.«

Ihre Stimme erlosch zu einem Flüstern, und dann hörte sie auf zu beten.

In den hässlichen Fluss starrend, nahm Rune ihre Silberarmreifen einen nach dem anderen ab und warf sie ins Wasser. Sie verschwanden ohne einen hörbaren Laut, und sie nahm das als gutes Zeichen dafür, dass die Götter, die über diese herrliche und schreckliche Stadt wachten, sich über ihr Opfer freuten.

Als sie jedoch zu dem letzten Reif kam, demjenigen, den sie für Richard gekauft hatte, hielt sie inne und musterte die ineinander verschlungenen Hände. Wieder hörte sie seine Stimme.

Du wirst feststellen, dass ich kein Ritter bin und dass, okay, vielleicht hat es das Geld aus dem Bankraub tatsächlich gegeben – was meiner Meinung nach das Bescheuertste ist, was ich je gehört habe –, aber dass es schon vor Jahren ausgegeben oder gestohlen worden oder verloren gegangen ist und dass du es nie finden wirst ...

Sie packte den Reif mit festem Griff, entschlossen, ihn den anderen hinterherzuwerfen. Aber dann beschloss sie, nein, diesen würde sie aufbewahren – als Mahnung an sich selbst. Daran, wie Abenteuer dazu führen können, dass Freunde und Familie leiden und sterben müssen. Dass eine Suche nur in Büchern und Filmen funktioniert.

Und du stehst da und verplemperst dein Leben in irgend'ner Videothek, hüpfst von Phantasie zu Phantasie und wartest auf irgendwas, von dem du selbst nicht mal weißt, was es ist.

Sie schob den Reif wieder über ihr Handgelenk und kehrte langsam zum Krankenhaus zurück.

Oben hatte die Schicht der Schwestern gewechselt, und niemand konnte Stephanie finden. Rune erlebte einen schrecklichen Augenblick der Panik, als eine Schwester auf ein Blatt Papier schaute und auf eine schwarze Stelle stieß, wo eigentlich eine Liste der zur Radiologie überwiesenen Patienten des Notdienstes hätte sein sollen. Sie spürte, wie ihr die Hände zitterten. Dann fand die Schwester eine Eintragung, die besagte, dass Stephanie noch oben war.

»Ich gebe Ihnen Bescheid«, versprach die Schwester. Rune stand noch einmal lange am Fenster, bis sie eine Stimme hörte, die nach ihr fragte.

Sie drehte sich um. Erstarrte. Der Arzt war sehr jung und hatte einen bekümmerten Ausdruck im Gesicht. Er sah aus, als hätte er seit einer Woche nicht geschlafen. Rune fragte sich, ob er schon je einmal jemandem hatte sagen müssen, dass ein Patient gestorben war. Ihr Atem kam stoßweise. Sie klammerte sich verzweifelt an den Armreif.

»Sind Sie eine Freundin der Frau, die von dem Taxi angefahren wurde?«, fragte er.

Rune nickte.

»Ihr sich verschlechternder Zustand hat sich umgekehrt«, sagte er.

Rune starrte ihn an. Er starrte zurück und wartete auf eine Reaktion.

Schließlich versuchte er es erneut. »Ihr Zustand ist stabil.«

»Ich ...« Sie schüttelte den Kopf; seine Worte ergaben für sie keinen Sinn.

»Sie wird wieder gesund«, sagte der Arzt.

Rune brach in Tränen aus.

»Sie hat eine Gehirnerschütterung«, fuhr er fort. »Aber sie hat nicht viel Blut verloren. Ein paar schwere Kontusionen.«

»Was ist eine Kontusion?«

»Ein Bluterguss.«

»Aha«, sagte Rune leise.

Stephanie, die wegen ihres Vorsprechens keine blauen Flecken hatte bekommen wollen.

»Ist sie wach?«, fragte sie ihn.

»Nein. Und sie wird auch in der nächsten Zeit nicht aufwachen.«

»Vielen Dank, Herr Doktor.« Sie umarmte ihn stürmisch. Er ließ es einen Augenblick über sich ergehen und trat dann vorsichtig den Rückzug durch die Schwingtür an.

Im Schwesternzimmer bat Rune um ein Stück Papier und einen Stift.

Rune schrieb:

Stephanie:
Ich verschwinde. Danke für alles. Komm nicht in meine Nähe, versuche nicht, Verbindung zu mir aufzunehmen. Du wirst nur wieder verletzt werden. Liebe Grüße

R.

Sie gab den Zettel der Schwester. »Bitte geben Sie ihn ihr, wenn sie aufwacht. Ach, und sagen Sie ihr, dass es mir Leid tut.«

Sie rannte wieder.

Schaute so oft nach hinten, wie sie nach vorn schaute. Vorbei an Abfalltonnen, Straßenmüll, Pfützen. Vorbei an dem falschen, grellen Gold des Puck Building in SoHo, inmitten des sauren Geruchs vom Rand der Lower East Side. Rannte, rannte. Rune spürte den Schweiß, der ihr am Rücken und an den Seiten herunterlief, den Schmerz in ihren Füßen, wenn sie durch die dünnen Sohlen ihrer billigen Stiefel auf den Asphalt hämmerten.

Luft strömte in ihre Lungen und brannte in ihrer Brust.

Eine Straße vor ihrem Loft presste Rune sich an ein Gebäude und schaute sich um. Niemand folgte ihr. Es war einfach eine friedliche, schäbige Gasse. Sie überprüfte die Straße vor ihrem Loft: keine Polizeiautos, nicht einmal Zivilfahrzeuge. Vertraute Schatten, vertrauter Müll, der gleiche liegen gebliebene, mit Strafzetteln gespickte blaue Kombi, der seit Tagen hier stand. Sie wartete ab, bis ihr rasendes Herz sich beruhigt hatte.

Wenn Emily und der hübsche Junge herausgefunden hatten, wo sie wohnte, würden sie dann hierher kommen? Wahrscheinlich nicht. Sie würden wissen, dass die Wohnung von der Polizei beschattet wurde. Außerdem waren sie wahrscheinlich selbst verschwunden. Sie war der Sündenbock, den sie gebraucht hatten; ihr Job war beendet. Wahrscheinlich hatten sie die Stadt verlassen.

Und genau das werde ich jetzt auch tun. Sofort.

Rund an den Enden und high in der Mitte, das ist O-hi-o.

Rune ging rund um den Block und schlüpfte durch den Lattenzaun der Baustelle. Arbeiter mit Schutzhelmen kamen und gingen.

Sie ging rasch an ihnen vorbei in ihr Haus. Sie bestieg den Lastenaufzug und roch die Schmiere und die Farbe und die Lösungsmittel. Ihr war bereits übel – vor Erschöpfung und Angst –, und die Dünste drehten ihr den Magen noch mehr um.

Mit einem Scheppern kam der Aufzug in der obersten Etage zum Halten. Sie enthakte die Sicherheitskette und stieg aus. Aus dem Loft über ihr kamen keine Geräusche. Aber die Möglichkeit bestand, dass dort jemand war. »Rune?«, rief sie. »Ich bin's. Bist du daheim?« Keine Antwort. »Ich bin's, deine Freundin Jennifer. Rune?«

Nichts.

Dann stieg sie die Treppe hinauf, langsam, spähte durch die Öffnung im Fußboden. Vor ihr erstreckte sich der leere Loft. Sie eilte auf ihre Seite, schnappte sich einen der alten Koffer, die sie als Kleiderschrank benutzte, öffnete ihn. Sie ging durchs Zimmer und versuchte sich zu entscheiden, was sie mitnehmen wollte.

Keine Klamotten. Keinen Schmuck – viel mehr als ihre Armreife besaß sie nicht. Sie wählte ein paar Bilder von ihrer Familie und der Freunde, die sie in New York kennen gelernt hatte. Und ihre Bücher – etwa zwanzig davon, diejenigen, die sie nicht würde ersetzen können. Sie dachte an die Videos – meistens Disney. Aber davon konnte sie neue besorgen.

Rune sah das Band von *Manhattan Beat.* Sie hob es auf und schleuderte es wütend durch den Raum. Es flog über einen Tisch und stieß mehrere Gläser um. Die Kassette selbst ging ebenfalls zu Bruch.

Sie fand einen Stift und Papier. Sie schrieb:

> Sandra, es war klasse, mit dir zusammen zu wohnen. Ich habe die Chance bekommen, für zwei Jahre nach England zu gehen. Wenn also jemand kommt und nach mir sucht, kannst du ihm sagen, dass ich dort bin. Ich weiß noch nicht genau, wo, aber ich glaube, es wird in der Nähe von London oder Edinborow sein. Ich hoffe, dein Schmuck kommt groß raus, deine Designs sind echt super, und wenn du sie je in London verkaufst, dann kauf ich mir was. Viel Glück, Rune.

Sie faltete den Zettel, legte ihn auf Sandras Kopfkissen und griff nach dem schweren Koffer.

Und da hörte sie die Schritte.

Sie kamen aus dem Stockwerk unter ihr.

Wer auch immer es war, er war nicht mit dem Aufzug gekommen. Er hatte sich über die Treppe geschlichen. Um nicht gehört zu werden.

Der einzige Ausgang war die Treppe – diejenige, über die der Eindringling nun heraufkam. Sie hörte vorsichtige Schritte, die knirschten.

Sie warf einen Blick durch den Loft auf ihre Seite – zu ihrem Koffer und der Leopardenfell-Handtasche.

Keine Zeit, um an eine Waffe zu kommen. Keine Zeit zu gar nichts.

Kein Fluchtweg.

Sie schaute sich in ihrer gläsernen Behausung um.

Kein Versteck.

23

Er nahm jede Stufe einzeln, langsam, langsam.

Blieb stehen, lauschte.

Und bemühte sich, seine Wut zu beherrschen. Die wie ein Schmerz in seinem Gesicht pochte – noch von da, als die Rothaarige ihn in der U-Bahn ausgetrickst hatte. Lauschte nach oben und lauschte nach unten. Er trug keine Uniform mehr – die Gasableserjacke hatte er schon vor einer Weile entsorgt, bevor er das kleine, kurzhaarige Biest nach Brooklyn verfolgt hatte –, und unten hatten ein paar der Bautypen ihn angemacht, weil er einfach so in das Gebäude reinspaziert war. Er war einfach weitergegangen, hatte ihnen einen Fick-dich-Blick zugeworfen und sich nicht einmal die Mühe gemacht, eine Ausrede zu erfinden.

Er horchte also auf jemanden, der da oben auf ihn lauerte, horchte auf jemanden, der ihn verfolgte.

Aber er hörte keine Schritte, kein Atmen, keine Pistolen, die entsichert wurden.

Oben angekommen, blieb er mit dem Blick nach unten stehen.

Okay … los!

Schnell betrat er den Loft und schaute sich nach Deckungsmöglichkeiten um.

Nur, dass er sich keine Gedanken zu machen brauchte. Sie war nicht da.

Scheiße. Er war sich sicher gewesen, dass sie zurückkommen würde. Und wenn auch nur, um ihre Sachen zu packen, bevor sie abhaute. Die Pistole nach vorn gerichtet, machte er eine Runde durch den Loft. Sie war hier gewesen – da stand ein halb gefüllter Koffer. Und da war ihre potthässliche Handtasche. Aber keine Spur von dem Biest selbst.

Vielleicht ...

Dann hörte er es.

Ein Klick und ein Knirschen.

Der Aufzug! Er rannte zu der Treppe. Vielleicht hatte sie sich hinter seinem Rücken hinausgeschlichen. Aber nein, die Kabine war leer. Er fuhr nach unten. Also *kam* sie gerade nach Hause. Er war ihr zuvorgekommen.

Er duckte sich hinter eine halbhohe Wand aus Tuffsteinen, so dass er von der Treppe aus nicht zu sehen war, und wartete, dass sie zu ihm kam.

Rune stand, genau zweieinhalb Meter von dem hübschen Jungen entfernt, in der stetigen Brise des Windes draußen vor dem Loft, etwa dreißig Meter über dem Gehsteig.

Ihre Stiefel standen auf einem schmalen, metallenen Vorsprung, der an der unteren Kante der Gebäudefassade fünfzehn Zentimeter herausragte. Der größte Teil ihres Körpers befand sich unterhalb der Glasscheiben, und wenn sie sich duckte, konnte der hübsche Junge sie nicht sehen.

Nur dass sie den Drang verspürte, nach ihm zu gucken.

Denn sie hatte gehört, dass der Aufzug nach unten losgefahren war. Jemand kam herauf!

Und der hübsche Junge würde ihn umbringen.

Ihre Hände zitterten, und ihre Beine waren schwach, als seien ihre Muskeln geschmolzen. Der Wind war kalt hier oben, und die Gerüche waren andere. Unverfälschte. Sie blickte wieder hinab auf die Bruchstellen in der Straße, wo das Kopfsteinpflaster durch den Asphalt kam. Sie schloss die Augen und presste das Gesicht an ihren Arm, um es zu schützen.

Kopfsteinpflaster – die letzte Szene in *Manhattan Beat.* Ruby Dahl, die langsam durch die nasse Straße geht und um ihren gepeinigten Bräutigam weint, der in Greenwich Village erschossen wurde.

Roy, Roy, ich hätte dich auch geliebt, wenn du arm gewesen wärst!

Rune warf einen Blick in den Loft und sah, wie der hübsche Junge leicht das Gewicht verlagerte und das Ohr in Richtung Tür spitzte.

Wer kam da mit dem Aufzug herauf? Sandra? Irgendwelche Bauarbeiter?

Bitte, lass es die Polizei sein – Manelli oder Dixon. Die gekommen waren, um sie wegen der Schießerei in Brooklyn festzunehmen. Sie hatten Schusswaffen. Sie würden gegen den Mörder wenigstens eine Chance haben.

Plötzlich kauerte der hübsche Junge sich nieder und hielt, den rechten Zeigefinger am Abzug, die Pistole mit dem Lauf nach oben. Er schaute sich um und drehte den Kopf wie zum Horchen.

Wer immer es auch war, er rief etwas. Ja, ganz vage konnte sie eine Stimme hören. »Rune? Rune? Bist du da?« Es war ein Mann.

Richard stürmte die Treppe hoch und rief etwas.

Nein, nein, nein!, schrie sie lautlos. Nicht er. Bitte tu ihm nicht weh!

Sie schloss die Augen und versuchte, ihm eine Warnung zuzuschicken. Als sie jedoch aufblickte, sah sie, dass er noch weiter in den Loft eingetreten war. »Rune?«

Der hübsche Junge konnte ihn von der anderen Seite der Mauer nicht sehen. Aber er folgte Richards Schritten mit der Pistole. Rune sah, wie er sie mit seinem langen Daumen spannte und auf die Stelle richtete, wo Richard gleich auftauchen würde.

Oh nein …

Ihr blieb nichts anderes übrig. Sie konnte nicht zulassen, dass jemand anderes ihretwegen verletzt wurde. Sie hob die rechte Faust über das Glas. Sie würde die Scheibe zertrümmern, Richard zuschreien, er solle flüchten. Der hübsche

Junge würde erschrecken und sich umdrehen und sie erschießen. Aber Richard blieb dann vielleicht genügend Zeit, um die Treppe hinunterzustürmen und zu entkommen.

Okay, jetzt! Los!

Als sie jedoch gerade ansetzte, die Faust gegen die Scheibe zu schmettern, blieb Richard stehen. Er hatte den Zettel gesehen – den Zettel, den sie an Sandra geschrieben hatte. Er nahm ihn und las ihn. Dann schüttelte er den Kopf. Er schaute sich ein letztes Mal im Loft um und stieg dann die Treppe hinab.

Der hübsche Junge linste hinter der Wand hervor und steckte die Pistole in den Gürtel. Er stand auf.

Vielen Dank, vielen Dank …

Rune ließ den rechten Arm sinken und hielt sich wieder an dem Sims fest. Der hübsche Junge durchsuchte den Loft noch einmal nach ihr und stieg dann die Treppe hinab. Runes Fingerspitzen waren taub, obwohl ihre Armmuskeln verkrampft waren und sie in den Beinen höllische Schmerzen spürte. Aber sie blieb, wo sie war, bis sie unter sich den hübschen Jungen aus dem Haus sprinten und in östlicher Richtung verschwinden sah.

Sie schleppte sich zu dem kleinen Durchlass und kroch ins Innere. Fünf Minuten lang lag sie auf dem Bett, bevor das Zittern in ihren Muskeln nachließ.

Dann griff sie nach dem Koffer und ihrer Handtasche und verließ den Loft. Sie dachte nicht einmal daran, ihrem Schloss im Himmel Lebewohl zu sagen.

In den Straßen von TriBeCa blieb sie stehen.

Schaute sich um.

Da waren Bauarbeiter, da waren Geschäftsleute, da waren Boten.

Sie hatte geglaubt, der hübsche Junge und Emily seien verschwunden und würden sich nicht mehr um sie kümmern. Aber da hatte sie sich geirrt. Und das bedeutete, dass sie möglicherweise noch andere Partner hatten. Gehörte einer von diesen Leuten dazu?

Verschiedene Gesichter blickten sie an, und ihre Mienen waren düster und argwöhnisch. Sie verkroch sich in eine Gasse hinter einem Müllcontainer. Sie wartete ab, bis es Abend war – nur, um sich zu verstecken – und dann zum Busbahnhof zu trampen.

Dann sah sie einen Penner durch die Gasse auf sich zukommen. Er wirkte nur nicht *ganz* wie ein Penner auf sie. Er war schmutzig wie ein Obdachloser, und er trug abgerissene Klamotten. Aber seine Augen wirkten zu lebendig. Gefährlich. Er schaute auf und sah sie. Verharrte einen winzigen Augenblick zu lange so. Dann senkte er wieder den Kopf und ging weiter.

Beachtete sie nicht. Jedoch deutlich bemüht, sie nicht zu beachten.

Er war auch einer von ihnen!

Los, Mädel. Los! Sie warf sich die Handtasche über die Schulter, packte ihren schweren Koffer und schoss hinter dem Müllcontainer hervor.

Der Penner sah sie, kämpfte einen Moment lang mit sich und fing dann ebenfalls an zu rennen. Direkt hinter ihr her.

Rune konnte nicht schnell laufen, nicht mit dem Koffer. Sie schaffte es bis in die Franklin Street, wo sie keuchend stehen blieb und zu entscheiden versuchte, wohin sie laufen sollte. Der Penner kam immer näher.

Dann eine Männerstimme: »Rune!«

Mit wild pochendem Herzen fuhr sie herum.

»Rune, hier herüber!«

Es war Phillipp Dixon, der US-Marshal. Er winkte ihr zu. Instinktiv lief sie in seine Richtung, blieb dann stehen, als ihr einfiel, dass er einer derjenigen war, die sie verhaften wollten.

Was sollte sie machen?

Sie stand mitten auf der Straße – zehn Meter vom Eingang zur U-Bahn entfernt. Sie hörte unter sich ein Donnern – gerade fuhr ein Zug ein. Innerhalb von fünfzehn Sekunden hätte sie über das Drehkreuz gesprungen und auf dem Weg uptown sein können.

Zehn Meter vor dem Penner, der mit wütendem Gesicht auf sie zurannte.

Zehn Meter von Dixon entfernt.

»Rune!«, rief der Marshal. »Kommen Sie schon. Hier ist es nicht sicher. Die sind hier irgendwo, die Mörder!«

»Nein! Sie wollen mich verhaften!«

»Ich weiß, dass Sie Symington nicht umgebracht haben«, sagte Dixon.

Aber was sonst hätte er sagen sollen? Und wenn er ihr erst einmal die Handschellen angelegt hatte, würde es heißen: *Sie haben das Recht, zu schweigen …*

Der Penner kam immer näher und starrte sie mit düsteren, kalten Augen an.

Der Zug war fast eingefahren. *Na los! Renn!*

»Ich will Ihnen helfen«, rief Dixon. »Ich hatte Angst um Sie.« Er setzte an, über die Straße zu laufen, blieb aber stehen, als sie sich von ihm abwandte und auf die U-Bahn zurannte.

Er hielt die Hände hoch. »Bitte! Sie sind hinter Ihnen her, Rune. Wir wissen, was passiert ist. Die haben Sie reingelegt! Sie hatten nicht damit gerechnet, dass Sie in Brooklyn davonkommen würden. Aber wir *wissen*, dass Sie es nicht getan haben. Sie waren nur zur falschen Zeit am falschen Ort.«

Entscheide dich!, befahl sie sich. *Jetzt!*

Vorsichtig schlug sie die Richtung zu Dixon ein. Der Penner war inzwischen dichter herangekommen und wurde langsamer.

»Bitte, Rune«, sagte der Marshal.

Unter ihren Füßen fuhr der Zug mit quietschenden Bremsen kreischend in die Station ein.

Entscheide dich!

Komm schon, *irgendjemandem* musst du vertrauen …

Sie stürmte auf Dixon zu, schloss zu ihm auf. Er legte den Arm um sie. »Schon gut«, sagte er. »Alles wird gut.«

»Da ist ein Mann hinter mir her«, platzte sie heraus. »In der Gasse.« Jetzt sah sie, dass neben ihnen ein Auto am Bordstein vorfuhr.

Der Penner bog um die Ecke. Er blieb wie angewurzelt stehen, als er sah, dass Dixon seine riesige schwarze Kanone auf ihn richtete.

»Scheiße«, sagte der Penner und hob die Hände. »He, Mann. Tut mir Leid. Ich wollte nur ihre Handtasche. Nichts für ungut. Ich hau gleich wieder …«

Dixon schoss nur einmal. Die Kugel krachte dem Penner in die Brust. Er flog nach hinten.

»Mein Gott!«, schrie Rune. »Wieso haben Sie das gemacht?«

»Er hat mein Gesicht gesehen«, sagte Phillipp ganz nüchtern und nahm Rune den Koffer und die Handtasche ab.

»Komm schon, Haarte«, sagte aus dem Auto, das gerade vorgefahren war, eine Frauenstimme zu Dixon. »Du stehst hier voll in der Sonne. Hier können jede Minute die Cops sein. Fahren wir!«

Rune starrte die Frau an; es war Emily. Und das Auto, das sie fuhr, war der grüne Pontiac, der versucht hatte, sie und die andere Zeugin vor Mr. Kellys Wohnung zu überfahren.

Falscher Ort, falsche Zeit.

Phillipp – oder Haarte – öffnete die hintere Tür des Pontiac. Er schubste Rune hinein, warf ihre Handtasche und den Koffer in den Kofferraum. Haarte setzte sich zu Rune auf den Rücksitz.

»Wohin?«, fragte Emily.

»Besser zu mir«, antwortete er ruhig. »Da gibt's einen Keller. Stiller, du weißt schon.«

24

Verirrt in einem Wald.

Hänsel und Gretel.

Rune starrte an die Decke und fragte sich, wie spät es wohl sein mochte.

Dachte daran, wie rasch ihr das Zeitgefühl abhanden gekommen war.

Ebenso, wie ihr im Laufe der vergangenen Tage ihr Leben abhanden gekommen war.

Es erinnerte sie an die Zeit, als sie als kleines Mädchen mit ihren Eltern Verwandte in Ohio besucht hatte. Sie hatte sich von einem Picknick in einem kleinen Staatsforst abgesetzt und war im Glauben, zu wissen, wohin sie ging und wo der Picknickplatz mit ihrer Familie war, stundenlang durch den Park gestreunt. Ein bisschen durcheinander vielleicht, aber mit solch einer kindlichen Zuversicht und Neugierde, dass sie nicht einmal auf den Gedanken kam, sich verirrt zu haben. Ohne zu wissen, dass Stunden vergangen waren und dass sie sich meilenweit von ihrer in heller Aufregung befindlichen Familie entfernt hatte.

Jetzt *wusste* sie, wie sehr sie in die Irre gegangen war. Und sie wusste auch, wie unmöglich es war, wieder nach Hause zu kommen.

Willkommen in der Wirklichkeit, hätte Richard ihr dazu wohl gesagt.

Der Raum war winzig. Ein Lagerraum im Keller. Er hatte nur ein Fenster, ein ganz kleines, das sie unmöglich erreichen konnte und das mit gedrehten, schmiedeeisernen Stäben vergittert war. Ein Teil des Zementfußbodens fehlte. Die Erde darunter war umgegraben. Als Haarte sie in den Raum geschubst hatte, war ihr *das* gleich aufgefallen: die umgegrabene Erde. Sie redete sich ein, das sei nur, weil er hier unten etwas arbeitete. Neue Rohre verlegen, den Zementfußboden erneuern.

Aber sie wusste, dass es sich um ein Grab handelte.

Rune lag auf dem Rücken und schaute zu der kalten Straßenlampe, die durch das unerreichbare Fenster leuchtete.

Gassenbeleuchtung.

Die Beleuchtung zum Sterben.

Plötzlich ertönte ein metallisches Schnappen, und sie fuhr hoch.

Vor der Tür Fußgetrappel.

Ein zweites Schloss klickte, und die Tür öffnete sich. Haarte stand im Türrahmen. Er war vorsichtig. Er schaute sich in dem Raum um, vielleicht, um zu sehen, ob sie ihm irgendwelche Fallen gestellt oder eine Waffe gefunden hatte. Dann forderte er sie mit einem zufriedenen Nicken auf, mit ihm zu kommen. Tränen der Furcht brannten in ihren Augen, aber sie ließ nicht zu, dass sie flossen.

Er führte sie eine wackelige Treppe hinauf.

Emily beobachtete sie aufmerksam. Belustigt musterte sie Rune, wie eine echte Immobilienmaklerin eine Wohnung begutachtet hätte. Als Rune vor der Tür zögerte, versetzte Haarte ihr einen Stoß. Emily schien dies nicht zu gefallen, aber sie sagte nichts.

Niemand sprach ein Wort. Rune spürte die Spannung in der Luft. Wie in der Szene aus *Manhattan Beat*, wo der Cop dem Blick des Bankräubers standhält. Reglos hält er die Hand ausgestreckt und sagt immer wieder: ›Gib mir die

Pistole, Kleiner. Gib sie mir.‹ Die Ausleuchtung ist hart und voller Schatten, die Kamera fährt dicht auf den Lauf der .38er zu.

Würde der Räuber schießen oder nicht? Man hätte vor Spannung aufschreien mögen.

Haarte schubste Rune auf einen billigen Esszimmerstuhl zu und starrte sie von oben herunter an. Sie wimmerte, fühlte sich kein bisschen erwachsen.

Aber dann, von irgendwo in ihrem Kopf, tauchte ein Bild auf. Eine Illustration aus einem ihrer Phantasybücher. Diarmuid. Dann ein anderes: König Artus.

Sie riss seine Hand von ihrer Schulter. »Fass mich nicht an«, blaffte sie.

Er blinzelte.

Seinen Blick erwidernd, wartete Rune einen Augenblick und ging dann langsam zu dem Stuhl. Sie schob ihn sich so zurecht, dass sie Emily gegenübersaß, und setzte sich. »Können wir reden?«, fragte sie mit einer ausgekochten, toughen Joan-Rivers-Stimme.

Emily blinzelte. Dann lachte sie auf. »Genau das hatten wir vor.«

Haarte zog sich einen Stuhl herbei und setzte sich ebenfalls.

Rune drehte unaufhörlich ihren einzelnen Armreif am Handgelenk, nahm ihn ab und steckte ihn wieder auf. Versuchte, tough zu sein, so hip und zynisch zu wirken, wie es nur ging. Der silberne Reif drehte sich. Sie blickte auf ihn nieder und sah die ineinander verschränkten Hände. Sie versuchte, nicht an Richard zu denken.

»Wir müssen wissen, wem du etwas über Spinello und mich erzählt hast.«

»Ihr habt Robert Kelly ermordet. Wieso?«, blaffte Rune.

Emily schaute Haarte an. »Man könnte sagen, er war selbst schuld daran«, sagte er.

»Was?«

»Er ist in die falsche Wohnung eingezogen«, sagte Emily. »Die Sache war uns peinlich. Ich meine, das wirft kein gutes Licht auf uns. So einen Fehler zu machen. Und er hat uns natürlich auch Leid getan.«

Rune stieß schockiert die Luft aus. »Er war nur ... Ihr habt ihn aus Versehen umgebracht?«

»Nachdem Spinello im Januar in den Korruptionsprozessen in St. Louis ausgesagt hatte«, fuhr Haarte fort, »haben ihn die US-Marshals nach New York gebracht. Zeugenschutz. Sie haben ihm eine neue Identität verpasst – Victor Symington – und ihn irgendwo oben in der Stadt untergebracht, aber, na ja, du hast es ja erlebt, er war ziemlich paranoid. Er ist nicht geblieben, wo sie ihn hingesteckt hatten, und hat sich die Wohnung unten im Village genommen. Er ist in Wohnung 2B eingezogen. Aber dann hörte er, dass im zweiten Stock eine größere Wohnung frei geworden war. Also ist er nach oben umgezogen. Und dein Freund Kelly ist in Spinellos Wohnung gezogen.«

»Die Informationen, die wir von unseren Auftraggebern hatten«, sagte Emily, »besagten, dass die Zielperson in 2B wohnt.«

»Und, na ja, was soll ich sagen?«, meinte Haarte. »Ich habe auf dem Mieterverzeichnis unten in der Lobby nachgeschaut, aber das war so mit Graffiti verschmiert, dass ich überhaupt nichts erkennen konnte. Außerdem haben sich Kelly und Spinello sehr ähnlich gesehen.«

»Sie haben sich kein *bisschen* ähnlich gesehen!«, spuckte Rune.

»Also, für mich schon. He, Unfälle passieren nun mal.«

»Und dann seid ihr zurückgekommen und habt seine Wohnung rein zum Spaß auseinander genommen?«, fragte Rune.

Haarte wirkte gekränkt. »Natürlich nicht. Wir hatten in den Nachrichten gehört, dass da so ein Typ namens Robert Kelly umgebracht worden war. Das war nicht der neue Name der Zielperson. Also kam uns der Gedanke, wir könnten den Falschen erledigt haben. Ich meine, schließlich hast *du* mich bei der Arbeit unterbrochen. Wir hatten keine Zeit, uns zu vergewissern. Später habe ich dann die Wohnung durchsucht und ein Bild von Kelly mit seiner Schwester gefunden und Briefe. Sie sahen echt aus.«

Rune erinnerte sich an das zerrissene Bild. Haarte hatte wahrscheinlich die Beherrschung verloren, als ihm sein Fehler bewusst geworden war, und vor Wut das Foto zerfetzt.

»*So* gründlich arbeitet der Zeugenschutz denn auch nicht, dass er alte Familienfotos fälscht. Also habe ich geahnt, dass wir die Sache vermasselt hatten. Das mussten wir richtig stellen.«

Richtig stellen?, dachte Rune.

»Als Sie dann in dem Laden waren«, sagte sie, »als Sie behauptet haben, Sie seien US-Marshal Dixon, da haben Sie gesagt, Sie seien bei der Mordkommission in Mr. Kellys Wohnung dabei gewesen.«

»Scheiße, natürlich war ich nicht dabei«, lachte Haarte. »Das ist ja der Trick beim Lügen. Denjenigen, den du belügst, zum Partner bei der Lüge zu machen. Ich habe so getan, als sei ich dabei gewesen, und du bist einfach davon ausgegangen.«

Rune erinnerte sich an Mr. Kellys Wohnung, daran, seine Bücher durchsucht zu haben, den Ausschnitt gefunden zu haben, die Hitze und die stickige Luft in der Wohnung. Den grässlichen blutverschmierten Sessel. Das zerrissene Foto.

Rune schloss die Augen. Sie war von Verzweiflung überwältigt. Ihr großes Abenteuer – alles nur wegen eines Versehens. Es gab keine gestohlene Bankbeute. Robert Kelly war nur ein Zuschauer – ein verwirrter alter Mann, der zufällig einen schlechten Film mochte.

»Also, Süße, wir müssen es wissen«, sagte Emily ungeduldig, »wem hast du von mir erzählt?«

»Niemandem.«

»Freunden? Freundinnen? Du hattest jede Menge Zeit, mit Leuten zu reden, nachdem du dich von unserer kleinen Party in Spinellos Haus in Brooklyn abgesetzt hattest.«

»Sie wussten die ganze Zeit über, wo Spinello war?«, fragte Rune. »Und Sie haben mich nur benutzt?«

»Na klar«, sagte Emily. »Ich musste dich nur dorthin führen, über die Bank und den Anwalt, damit es eine Spur gab, die die Polizei würde verfolgen können. Die Cops hätten gesehen, dass du ihn aufgespürt hast, dann hätten sie ihn und deine Leiche gefunden – wir wollten es so machen, dass es aussieht, als hätte er dich erschossen, nachdem du auf ihn geschossen hattest. Sie hätten ihren Schuldigen gehabt. Ende der Ermittlungen. Die Polizei ist wie alle andern auch. Am liebsten ist ihnen so wenig Arbeit wie möglich. Wenn sie erst einmal *einen* Mörder gefunden haben, dann hören sie auf, nach einem anderen zu suchen. Weiter zum nächsten Fall. Du weißt schon. Na los: Wem hast du's erzählt?«

»Wieso sollte ich irgendwem was erzählen?«

»Also, ich bitte dich«, sagte Haarte. »Du siehst, wie jemand vor deinen Augen umgebracht wird, und gehst nicht zur Polizei?«

»Wie denn? In der gesamten Wohnung von Spinello waren meine Fingerabdrücke. Ich *wusste*, dass ich verdächtigt wurde. Ich hab mir gedacht, was ihr tun würdet.«

»Nein, hast du nicht«, sagte Haarte. »So schlau bist du nicht.«

Rune schwieg. Eines wenigstens war gut, dachte sie. Sie wussten nichts von Stephanie.

Urplötzlich sprang Haarte auf, packte Rune an den Haaren und zerrte ihren Kopf so weit zurück, dass sie keine Luft mehr bekam. Sie würgte. Sein Gesicht war ganz nahe an ihrem. »Hör zu, du denkst, es ist besser, zu leben. Egal, was ich mit dir mache. Aber das stimmt nicht. Die einzige Möglichkeit, dich leben zu lassen – und eigentlich haben wir keine Lust, dich umzubringen –, aber die einzige Möglichkeit, dich leben zu *lassen*, besteht darin, dass wir es so machen, dass du niemandem von uns erzählen kannst. Oder sagen wir, uns bei einer Gegenüberstellung zu identifizieren.«

Langsam schob er einen Finger abwärts zu ihrem Auge. Sie schloss das Lid und spürte kurz darauf einen sich steigernden Schmerz, als er fest auf ihren Augapfel drückte.

»Nein!«

Er hob die Finger von ihrem Gesicht. »Es gibt eine *Menge*, was wir dir antun könnten.« Seine Hand massierte ihren Nacken. »Wir könnten dich zu einem Gemüse machen.« Er fasste ihr an die Brust. »Oder zu einem Jungen.« Zwischen ihre Beine. »Oder ...«

Er ließ ihr Haar so rasch los, dass sie aufschrie. Emily schaute ohne Gemütsregung zu.

Rune kam wieder zu Atem. »Bitte, lasst mich gehen. Ich werde kein Wort sagen.«

»Es ist erniedrigend, zu betteln«, sagte Emily.

»Ich gebe euch die Million Dollar«, sagte Rune.

»Welche Million?«, fragte Haarte. »Aus dem alten Film? Das ist doch Käse.«

»Ich tu's. Ich hab sie gefunden!«

»Ach, tatsächlich?«, fragte Haarte zynisch.

»Klar. Was glaubt ihr, wo ich in den letzten vierundzwanzig Stunden war? Habt ihr gedacht, nach dem, was in Brooklyn passiert ist, hänge ich noch lange in der Stadt rum? Wieso bin ich nicht gestern abgehauen, gleich nachdem ihr Spinello umgebracht hattet? Ich bin nicht abgehauen, weil ich eine Spur zu dem Geld gefunden habe.«

Haarte dachte darüber nach. Rune hatte den Eindruck, er habe wirklich angebissen. Die Hände zusammengepresst, knetete sie ihren einzig übrig gebliebenen Silberreif. »Es stimmt, ich verspreche es.«

Er schüttelte den Kopf. »Nein, das macht keinen Sinn.«

»Mr. Kelly *hatte* das Geld. Ich hab's gefunden. Es ist in einem Schließfach am Busbahnhof.«

»Das hört sich an wie aus einem Film«, sagte Emily langsam.

»Egal, wie es sich anhört, es stimmt.«

Inzwischen glaubten sie ihr beide irgendwie. Rune sah es.

Sie fummelte erneut mit dem Armreif. »Eine Million Dollar!«

»Das ist altes Geld«, sagte Haarte zu Emily. »Wie schwer wäre das abzusetzen?«

»Nicht allzu schwer«, sagte sie. »Es tauchen immer mal wieder alte Scheine auf. Die Banken müssen sie annehmen. Und das Gute dabei ist, dass, selbst wenn sie vor Jahren die Seriennummern aufgeschrieben haben, heute keiner mehr die Unterlagen hat.«

»Kennst du jemanden, der die Kohle nehmen würde?«

»Einige. Wahrscheinlich könnten wir siebzig bis achtzig pro Dollar kriegen.«

Aber dann schüttelte Haarte den Kopf erneut. »Nein, das ist verrückt.«

»Eine Million Dollar«, wiederholte Rune. »Habt ihr es nicht satt, euer Geld damit zu verdienen, dass ihr andere Leute umbringt?«

Es trat eine Pause ein. Haarte und Emily vermieden es, sich gegenseitig anzublicken.

Das Zimmer war sepiafarben, dämmrig, beleuchtet von zwei schwachen Birnen. Rune schaute aus dem Fenster.

Draußen war es sehr dunkel, es gab nur die eine kalte Straßenlaterne in der Nähe.

Nervös spielte sie mit ihrem Armreif, drückte ihn.

Haarte und Emily hatten die Köpfe gesenkt und flüsterten miteinander. Schließlich nickte Emily und blickte auf. »Okay, hier ist der Deal. Du nennst uns die Namen von allen, denen du von mir erzählt hast, und gibst uns das Geld, und wir lassen dich leben. Wenn du uns nichts sagst, dann lass ich Haarte dich in den Keller bringen und mit dir machen, was er will.«

Rune dachte einen Augenblick nach. »Was wollen Sie mit ihnen machen? Mit denen, denen ich's erzählt habe?«

»Nichts«, sagte Haarte. »Solange die Polizei nicht hinter uns her ist. Aber wenn doch, dann könnte es sein, dass wir irgendjemandem wehtun müssen.«

Rune drückte den Armreif noch ein paar Mal. Fest. Er zerbrach in zwei Hälften.

Sie blickte auf. »Ihr lügt.«

»Süße …«, setzte Emily an.

Das ist ja der Trick beim Lügen. Denjenigen, den du belügst, zum Partner bei der Lüge zu machen.

»Aber das ist schon in Ordnung«, sagte Rune ganz sachlich. »Ich hab nämlich auch gelogen.« Und sprang von ihrem Stuhl auf.

25

Emily lachte.

Denn Rune hätte zur Eingangstür des Hauses rennen können oder zum Hintereingang. Oder versuchen können, aus einem Fenster zu entkommen. Aber das tat sie auch nicht. Stattdessen stürzte sie auf eine kleine Tür im Wohnzimmer zu.

»Rune«, sagte Emily geduldig, »was meinst du, was du da tust? Das ist ein Schrank.«

Und ein abgeschlossener dazu, erfuhr Rune, als sie an dem gläsernen Knopf zerrte.

Haarte schaute Emily an. Er schüttelte über Runes Dummheit den Kopf. Es gab kein Entkommen. Sie war von selbst in die Falle gegangen. Rune schaute sich nach ihnen um und stellte mit Erleichterung fest, dass sie nicht ahnten, was sie in Wirklichkeit im Sinn hatte.

Bis Rune einen Satz nach der Steckdose machte, die sie seit fünf Minuten im Blick hatte.

»Nein!«, rief Emily Haarte zu. »Sie will …«

Rune stieß die beiden Enden des zerbrochenen Armreifs in die Steckdose.

Der Armreif, Mann, er wird mal wichtig sein in deinem Leben. Sehr wichtig. Tu ihn nicht zu schnell weggeben …

Es gab einen grellen weißen Blitz und ein lautes Krachen. Pures sengendes Feuer schoss ihr durch Daumen und Zeigefinger. Die Lichter im ganzen Haus erloschen, als durch den Kurzschluss die Sicherung durchbrannte. Sie konnte den Gestank nach verkohltem Fleisch von der Brandwunde an ihrem Finger und Daumen riechen.

Den Schmerz nicht beachtend, war sie sofort wieder auf den Füßen und rannte los. Emily und Haarte, die von dem Blitz noch geblendet waren, tappten in Richtung Tür. Rune, die gegen die sprühenden Funken die Augen geschlossen hatte, war bereits zehn Meter vor ihnen, rannte, gebückt und den unbrauchbaren Arm mit der linken Hand festhaltend, vorsichtig auf die Tür zu.

Sie übersah die beiden Stufen, die von dem Flur in die Diele hinabführten, und stürzte schwer nach vorn. Der rechte Arm schoss instinktiv vor, und sie verspürte einen grellen Schmerz, als die verbrannte Hand ihren Sturz abfing. Ihr entfuhr ein gepeinigtes Grunzen.

»Da ... da drüben ist sie«, rief Emily. »Ich krieg sie.«

Rune hörte die spitzen Absätze der Frau hinter sich und rappelte sich auf. Haarte war nirgends zu sehen. Vielleicht war er unten im Keller, um die Sicherung auszutauschen.

Rune, die beim Gedanken an die zweifellos bewaffnete Emily, die ihr auf den Fersen war, von kalter Panik erfasst wurde, machte einen Satz auf die Haustür zu.

Sie streckte die Hand nach dem obersten Riegel an der Tür aus. Dann hielt sie inne und wich langsam zurück, wich zurück an die Wand. Nein! Um Gottes willen, nein!

Draußen stand ein Mann. Durch die Spitzengardinen konnte sie ihn nicht deutlich erkennen, wusste aber, dass es sich nur um den hübschen Jungen handeln konnte. Haartes und Emilys Partner. Im Halo seiner Locken fing sich das fahle Licht von der Straße. Er schien durchs Fenster zu schauen und sich zu fragen, wieso alle Lichter drinnen erloschen waren.

Rune drehte sich um und machte sich zur Rückseite des Hauses auf.

Langsam, auf Emilys Absätze und Haartes Schritte lauschend.

Aber es war überhaupt kein Geräusch zu hören. Waren sie geflohen? Rune bog um die Ecke und erstarrte. Da, nur eineinhalb bis zwei Meter vor ihr, war Emily, die, eine Pistole in der Hand, sich zentimeterweise an der Wand entlangschob. Sie hatte die Schuhe ausgezogen, um barfuß nicht gehört werden zu können.

Rune presste sich an die Wand. Die Frau wandte den Kopf und blinzelte ins Dunkel. Wahrscheinlich hörte sie Runes unterdrücktes Atmen. Rune konnte verschwommen die Silhouette der Frau ausmachen, die nun die Pistole hob. Und damit auf Rune zielte.

Sie hört meinen Herzschlag! Den *muss* sie hören.

Und auf dass es Dir gefallen möge, all jene zu beschützen, die aufgrund ihrer Mühen in Gefahr sind.

Die schallgedämpfte Pistole feuerte mit einem lauten *Plopp*. Es gab ein scharfes Splittern, als die Kugel einen Fuß von Runes Kopf entfernt in den Putz einschlug.

Wir bitten Dich, Herr, erhöre uns.

Noch ein Schuss, näher.

Rune bot ihre gesamte Willenskraft auf, um keinen Laut von sich zu geben.

Emily wandte sich zur Eingangstür. Runes tastende Finger packten den nächsten Gegenstand, den sie fanden – eine schwere Vase auf einem Podest. Sie hob sie und schleuderte sie gegen die Frau. Es war ein Volltreffer. Emily stieß ein schrilles Heulen aus und fiel auf die Knie. Die Pistole verschwand im Dunkel. Die Vase knallte, ohne zu zerbrechen, auf's Parkett.

»Ich kann den Sicherungskasten nicht finden!«, ertönte Haartes Stimme aus nächster Nähe. »Wo ist der, verdammt?«

»Hilf mir!«, schrie Emily.

Haarte drang vor. »Ich kann überhaupt nichts sehen, verflucht.«

Rune wich ihm mit einem Satz aus.

»Dort!«, rief Emily. »Neben dir!«

»Was ...«, setzte Haarte an, als Rune in die Richtung losrannte, in der sie die Hintertür vermutete.

Ja! Da war sie. Sie konnte sie sehen. Und es sah nicht so aus, als ob jemand davor stehen würde.

Von vorn im Haus hörte sie Haartes Stimme, der Emily etwas zurief.

Und da wusste Rune, dass sie es schaffen würde; sie würde entkommen. Sie waren ganz woanders, und Rune hatte nur sechs, sieben Meter bis zur Hintertür zurückzulegen.

Sie knallte die Tür zum Flur zu, klemmte einen Stuhl unter den Knauf und rannte weiter.

In wenigen Sekunden war Haarte an der Tür und versuchte, sie zu öffnen, aber sie war fest blockiert.

Rune sah fahles Licht durch die Spitzengardinen an der Hintertür fallen.

Jetzt konnte sie nichts mehr aufhalten. Sie würde hinauskommen, auf die Gasse, und rennen wie der Teufel. Und vom ersten Telefon aus, das sie finden würde, 911 anrufen.

Haarte warf sich gegen die Tür und konnte sie einen Spalt weit aufstoßen, aber der Stuhl hielt noch.

Fünf Meter. Drei.

Noch ein Schlag.

»Geh hintenrum durch die Küche«, rief Haarte Emily zu.

Aber ihre Stimmen waren meilenweit entfernt. Rune war an der Tür. Sie war in Sicherheit.

Sie löste die Kette. Drehte das Schloss und dann den Knauf. Sie riss die Tür weit auf und trat auf die rückwärtige Veranda.

Und blieb wie angewurzelt stehen.

Oh, nein …

Keinen halben Meter vor ihr stand der hübsche Junge. Er war erschrocken, aber nicht so erschrocken, dass er nicht wie ein Revolverheld seine Pistole gehoben und direkt auf ihr Gesicht gezielt hätte.

Nein, nein, nein …

Sie sank zurück gegen den Türpfosten. Tränen strömten ihr übers Gesicht. Ihre Arme erschlafften, sie schüttelte den Kopf. Oh, nein … Alles vorbei. Alles vorbei.

Aber dann passierte etwas Merkwürdiges, etwas, wie es nur auf der SEITE, im Zauberreich, passierte. Rune schien ihren Körper zu verlassen. Ihr war, als würde sie sterben und sich gen Himmel erheben. Hat er mich erschossen? Bin ich tot?, fragte sie sich ernsthaft.

Sie flog davon. Ohne jede körperliche Empfindung. Segelte hoch in die Lüfte.

Und von dort aus, von einer Wolke aus, die über der SEITE lastete, blickte sie hinab und sah:

Den hübschen Jungen, der den Arm um sie legte und sie von der offenen Hintertür des Hauses wegführte, sie einem anderen Mann übergab, der hinter ihm war, einem Mann in einer blauen Jacke, auf deren Rücken US.MARSHAL stand, und von da noch einem anderen Mann, der etwas trug, das wie eine kugelsichere Weste aussah, auf der die Buchstaben NYPD aufgedruckt waren. Sie wurde bis zum Ende der Reihe durchgereicht, wo schließlich Detective Manelli mit seinen eng zusammenstehenden Augen und dem komischen Vornamen auf sie wartete.

Virgil Manelli.

Der Detective hielt einen Finger an die Lippen, damit Rune keinen Laut von sich gab, und führte sie von dem Haus weg. Sie schaute zurück zu der Reihe von Männern, die sich um die Tür scharten. Es waren große Männer mit steinharten Gesichtern, die Anzüge trugen, die wie dicke, blaue Rüstungen aussahen, und kurzläufige Maschinenpistolen in Händen hielten.

Auf dem Gehsteig reichte Manelli sie ein letztes Mal weiter – an zwei Sanitäter, die sie auf eine Trage legten und sich über sie beugten und kaltes Wasser über ihre verbrannte Hand laufen ließen, die sie dann mit Binden umwickelten.

Rune achtete nicht auf sie. Sie behielt die Männer im Auge, die an der Hintertür standen. Dann sprach der hübsche Junge in ein Mikrofon an seinem Kragen: »Subjekt in Sicherheit. Zugriff, Zugriff, Zugriff!«

Alle auf den Stufen, all die Ritter, drängten in das Haus. »Polizei, Polizei, Bundespolizei …« Das Innere des Hauses wurde von Scheinwerfern erleuchtet.

Rune hörte komische Laute. Gelächter. Sie schaute den Sanitäter an. Aber er lachte nicht. Sein Partner auch nicht. Ihr wurde klar, dass die Laute von ihr selbst kamen.

»Was ist denn daran so komisch?«, fragte einer der beiden vorsichtig.

Aber sie gab keine Antwort. Denn in dem Haus ertönten Schüsse. Dann Rufe: ›Sanitäter, Sanitäter!‹

Und die Männer in dem Notarztwagen ließen sie liegen und rannten mit ihren Taschen und flatternden Stethoskopen auf die Hintertür zu.

26

Sie wich vor ihm zurück. Vor dem hübschen Jungen.

»Ich will etwas sehen. Irgendeinen Ausweis.«

Sie saßen im Fond eines Ford, der roch wie neu. Regierungssache. Manelli stand draußen.

Der New Yorker Detective rieb sich den Schnauzer. »Er ist echt«, sagte er.

»Ich will etwas *sehen*!«, blaffte Rune.

Der hübsche Junge hielt seine Marke und einen Ausweis vor sie hin.

Sie musste dreimal auf die Karte sehen, bevor sie alles gelesen hatte. Sein Name war Salvatore Pistone.

»Nennen Sie mich Sal. Das tun alle.«

»Sie sind also FBI-Agent?«

»Das war jetzt grade eine Beleidigung. Ich bin US-Marshal.« Er lächelte. Aber seine Augen blieben seltsam kalt.

»Das hat Haarte auch behauptet.«

»Ja, ich habe seine gefälschte Marke und seinen Ausweis gefunden. Die gleiche Identität hat er früher schon benutzt.

Mich schaudert's, wie oft die Leute sich einen Scheiß drum kümmern, was auf 'nem Ausweis steht. Wenn Sie's gemacht hätten, hätten Sie gemerkt, dass er falsch war.«

Der Sanitäter kam zu dem Auto. »Weichen Sie die Hand heute Abend in Betadinlösung ein, bevor Sie schlafen gehen. Und morgen gehen Sie zum Arzt. Wissen Sie, was Betadin ist?«

Sie hatte keine Ahnung. Sie nickte ein Ja.

»Der Typ ist tot«, sagte der Mann darauf zu Manelli gewandt.

»Den hab ich dreimal in den Kopf geschossen«, spottete Sal. »Was soll der wohl sonst sein, verflucht?«

»Na fein, das wäre dann bestätigt.«

»Wer?«, fragte Rune. »Haarte?«

»Klar«, sagte Sal. »Haarte.«

»Und die Frau, kommt die in Ordnung?«, fragte Manelli.

»Wahnsinnsbluterguss am Rücken. Habe keine Ahnung, wie sie sich den eingefangen hat ...«

Rune erinnerte sich an die Vase. Wünschte, sie hätte auf Emilys Kopf gezielt.

»... aber abgesehen davon ist sie okay. Das Biest wird auf jeden Fall den Gerichtssaal von innen sehen.«

Manelli straffte sich. »Na schön, Miss, ich übergebe Sie jetzt den Bundestypen. Das ist jetzt deren Fall. Sie hätten auf mich hören und sich da raushalten sollen ...«

»Ich ...«

Er hob wieder einen Finger an die Lippen. »Sie hätten hören sollen.« Er ging zu seinem eigenen Auto. Er schaute sie aus seinen eng zusammenstehenden Augen an, aber sie waren ausdruckslos. Er stieg ein, ließ den Motor an und fuhr davon.

Andere Autos fuhren ebenfalls ab. Ein paar unauffällige Limousinen, einige blau-weiße Streifenwagen. Und die kleinen Mannschaftswagen des Überfallkommandos. Die Männer und Frauen nahmen, wie Soldaten nach der Schlacht, ihre Westen ab und verstauten ihre Gewehre wieder im Kofferraum oder in den Gestellen in den Mannschaftswagen.

»Wer war er?«

»Samuel Haarte«, antwortete Sal. »Profikiller.«

»Ich bin ganz durcheinander.«

Sie studierte Sals Gesicht. Sie fand, er habe etwas leicht Verrücktes an sich. Etwas Fanatisches. So wie bei Sektenmitgliedern. Mit Detective Manelli hatte sie diese Liebe-/Hass-Geschichte gehabt, aber sie hatte ihn gemocht. Sal machte ihr Angst.

»Sie hat Victor Symington umgebracht«, sagte Rune zu ihm. »Emily war's.«

»Dann hat sie also unter dem Namen Emily gearbeitet. Irgendein Nachname?«

»Richter.«

»Haarte hat normalerweise mit jemandem namens Zane zusammengearbeitet. Ich hatte immer gedacht, es sei ein Mann. Aber das muss sie gewesen sein. 'n verflucht toughes Weib.«

Sal kramte auf dem Rücksitz herum, fand eine Thermoskanne und setzte sich. Er goss etwas Kaffee in die Kappe und bot ihn ihr an. »Schwarz. Süß.« Sie nahm ihn an und trank. Er war so stark, dass es sie schauderte.

Sal trank direkt aus der Kanne. »Symington – ich meine Spinello –, der würde noch leben, wenn er keine Panik gekriegt hätte. Er hätte nicht abhauen sollen.«

»Was ist denn passiert?«, fragte Rune.

Er erklärte es. »Ich bin beim Zeugenschutzprogramm. Sie wissen schon, das Kronzeugen eine neue Identität verschafft. Spinello und ein anderer Zeuge ...«

»Der Typ in St. Louis, von dem ich gelesen habe?«

»Genau. Arnold Gittleman. Spinello und Gittleman hatten gegen ein paar Typen vom organisierten Verbrechen im Mittleren Westen ausgesagt.«

»Aber wenn sie schon ausgesagt hatten, wieso wurden sie dann noch umgebracht?«

Sal brach über ihre Naivität in ein kaltes Lachen aus. »Das nennt man Rache, Süße. Um zu verstehen zu geben, dass besser niemand mehr singt. Egal, Spinello ist abgehauen ... er hat uns nicht zugetraut, dass sein Arsch bei uns in Sicherheit ist, und ist auf eigene Faust ins Village umgezogen. Seinem Verbindungsmann hat er kein Wort gesagt. Ich habe zu dem Team in dem Hotel in St. Louis gehört, das Gittleman bewachen sollte.« Für den Bruchteil einer Sekunde wurden seine grauen Augen traurig. Kein Gefühl, an das er gewöhnt war, wie es schien. »Ich war rausgegangen, um ein paar Sandwiches zu holen, und die Arschlöcher haben Gittleman und meine Kollegen erwischt.«

»Das tut mir Leid.«

Er tat ihr Mitgefühl mit einem Achselzucken ab. »Ich bin also undercover gegangen, um mir die Schweine zu schnappen.« Sal schaute zu dem Haus. »Und das ist uns gelungen, wie man sieht. Und es sieht aus, als seien sie die Einzigen gewesen. Wir haben hier gewartet, solange wir konnten, falls noch jemand auftauchen sollte. Ist aber keiner gekommen.«

»Was meinen Sie mit Sie haben so lange gewartet, wie Sie konnten?«

Er zuckte die Achseln. »Wir haben uns hier fünf beschissene Stunden lang die Hacken abgefroren.«

»Fünf Stunden!«, schrie sie. Dann wurde es ihr klar. »*Ich* habe Sie hierher geführt! Ich war der Köder.«

Sal überlegte. »Im Grunde ja. Doch.«

»Sie Mistkerl! Wie lange waren Sie schon hinter mir her?«

»Erinnern Sie sich an den alten blauen Kombi vor Ihrem Loft? Mit den ganzen Strafzetteln?«

»Das war Ihrer?«, fragte sie, aus allen Wolken fallend.

»Klar.«

»Und wieso sind Sie in mein Loft gekommen? Heute vor ein paar Stunden?«

Er runzelte die Stirn. »Ehrlich gesagt, glaubten wir zu dieser Zeit, Sie seien tot. Ich habe nur überprüft, ob Ihre Leiche da oben ist.«

»Jesus Maria ...« Sie nickte in Richtung Tür. Knurrte ihm ein sarkastisches »Ich hoffe, es ist Ihren Plänen nicht in die Quere gekommen, dass ich entkommen bin« entgegen.

»Nee«, sagte Sal und nippte an seinem Kaffee. »Es war gut, dass es so kam, wie es gekommen ist. Sie *hätten* Sie als Geisel nehmen können. Es kam uns – wie würden Sie das ausdrücken? – gelegen, dass Sie es geschafft haben.«

»Gelegen?«, blaffte Rune. »Sie haben mich benutzt. Genau wie Emily. Sie haben mich nach Brooklyn verfolgt, um herauszubekommen, wo Symington war. Und dann sind Sie mir hierher gefolgt, um sie zu erwischen!«

Nun wurde auch Sal böse. »Jetzt hören Sie mal zu. Eine Woche lang dachte ich, *Sie* könnten zu dem Killerteam gehören. Denken Sie darüber mal nach. Wir hatten einen Bericht der städtischen Polizei, dass Sie gleich nach dem Mord an Kelly am Tatort waren. Dann, als ich den Tatort – das Gebäude auf der Tenth Street – beschatte, gehen Sie rein. Dann kommt Spinello rausgerannt und verschwindet, als hätten Sie ihm eine Heidenangst eingejagt. Und dann bekommen wir noch mehr Berichte, dass jemand, auf den – bis auf die Schwangerschaft im neunten Monat – Ihre Beschreibung passt, in Kellys Wohnung eingebrochen ist und sie auseinander genommen hat.«

»Das war ich nicht«, protestierte Rune. »Das waren die.«

»Aber Sie *sind* eingebrochen.«

»Die Tür stand praktisch offen.«

»He, ich bin nicht wegen Einbruchs hinter Ihnen her. Ich erzähle Ihnen nur, wieso ich nicht bei Ihnen reinspaziert bin und mich vorgestellt habe. Scheiße. Und als wir dahinter kamen, dass Sie unschuldig sind, und versucht haben, mit Ihnen zu reden, hat mir Ihre rothaarige Freundin fast die Nase gebrochen, und irgend so ein bescheuerter Bodybuilder hat mir die Kehle zugedrückt.«

»Und woher hätten wir Bescheid wissen sollen?«

»Egal, klar hatte man bei Spinello in Brooklyn im ganzen Haus Ihre Fingerabdrücke gefunden. Aber wir hatten Sie ziemlich gut ausgecheckt, und Sie schienen einfach nicht zu der Sorte zu gehören, die Haarte oder Zane angeheuert hätte. Ich habe mit Manelli über Sie gesprochen, und wir waren uns einig, dass Sie so ziemlich genau das sind, was Sie zu sein schienen. Nur ein kleines Mädchen, das 'n bisschen überdreht ist.«

»Ich bin kein kleines Mädchen.«

»Na, dafür würde ich meine Hand aber nicht ins Feuer legen. Was hatten Sie eigentlich überhaupt in dem ganzen Schlamassel zu suchen?«

Rune erzählte ihm von Mr. Kelly und dem Geld und dem Film.

»Eine Million Dollar?«, lachte Sal. »Jetzt machen Sie aber mal halblang. Spielen Sie lieber Lotto. Oder Lotterie. Da sind die Chancen besser, Süße.« Er nickte. »Aber, doch, Manelli hat es sich gedacht – dass Kellys Tod ein Versehen war. Na, egal ... Das Weib wandert in den Knast. Die gehört jetzt dem Staatsanwalt. Gut, dass wir eine Spitzenzeugin haben.«

»Wen?«, fragte Rune. Er warf ihr einen anzüglichen Blick zu. »He, das können Sie vergessen. Auf keinen Fall. Die hetzen mir doch einen zweiten Haarte auf den Hals.«

»Hey, keine Angst«, sagte Sal und trank den Kaffee aus.

»Das Zeugenschutzprogramm, wissen Sie noch? Sie bekommen eine völlig neue Identität. Sie können werden, wer Sie wollen. Sie können sich sogar selbst Ihren Namen ausdenken.«

Sal runzelte die Stirn: Wahrscheinlich fragte er sich, wieso sie lachte.

»Also, was meinst du?«, rief Rune.

Sie saß wie im Damensattel, fünf Fuß über der Erde auf einem riesigen Ausleger, der phallisch und rostig aus einem komplizierten Gewirr abgewrackter Maschinen aufragte. Sie waren umgeben von Pfeilern aus löchrigem Chrom und Trägern, Draht, Autowracks und Turbinen und Geräten.

Richard bog um die Ecke. »Phantastisch.«

Der Schrottplatz lag jenseits der Seventieth Street im Gewerbegebiet von Queens. Es war jedoch seltsam still. Sie blickten nach Westen, hin zu dem riesigen Streifen orangefarbenen Glühens hinter Manhattan, wo sich die Sonne durch Bänke dunkler Wolken den Weg bahnte.

»Kommst du oft hierher?«, fragte er.

»Nur zu den Sonnenuntergängen.«

Das Licht traf auf das verbogene Metall und schien die verschiedenen Rosttöne zum Vibrieren zu bringen. Tausend Ölfässer wurden schön. Spindeln verbogenen Eisens wurden zu Glühdrähten, und Kabelrollen wurden zu leuchtenden Schlangen. »Komm hier rauf!«, sagte Rune.

Sie hatte noch einmal ihr spanisches Outfit angezogen. Richard kletterte zu ihr hoch, und sie liefen über den Ausleger zu einer Plattform.

Sie hatten eine wundervolle Aussicht auf die Stadt.

Auf der Plattform stand ein alter Picknickkorb. Und eine Flasche Champagner.

»Warm«, entschuldigte sich Rune, die die Flasche im Arm wiegte. »Sieht aber edel aus.«

Als sie eine halbe Stunde zuvor durch den Zaun gekrochen waren, hatte Richard ängstlich nach den Dobermännern geschielt und war starr stehen geblieben, als einer zwischen seinen Beinen geschnüffelt hatte. Rune jedoch kannte sie gut und tätschelte ihnen die glatten Köpfe. Sie hatten mit ihren Stummelschwänzen gewedelt und an den kalten Makkaroni-und-Käse-Sandwiches geschnuppert, die Rune in den Korb gepackt hatte, bevor sie auf ihren federnden Beinen davongetänzelt waren.

Rune und Richard aßen, bis es dunkel wurde. Dann zündete sie eine Petroleumlampe an. Sie legte sich zurück, wobei sie den Korb als Kissen benutzte.

»Ich hab mir einen neuen Antrag für die New School besorgt«, erzählte sie ihm. »Den, den du mir gegeben hast, hab ich irgendwie weggeschmissen.«

»Du willst dich bewerben? Echt?«

»Ich schätze«, meinte sie einen Augenblick später, »dass ich dann Kurse nehmen muss, stimmt's?«

»Das ist ein wesentlicher Teil einer Ausbildung.«

»Das hab ich mir gedacht. Ich bin mir allerdings nicht sicher, ob ich's mache. Das muss ich dir sagen.« Sie warf heimlich einen Blick auf sein Gesicht. »Also, der Typ in der Videothek, Frankie Greek, weißt du noch? Egal, seine Schwester hat kürzlich ein Baby bekommen, und die war Schaufensterdesignerin, und es hat sich herausgestellt, dass ich ihren Job übernehmen könnte, solange sie nicht arbeitet. Ich müsste nur halbtags arbeiten. Da hätte ich Zeit für anderes Zeug.«

»Was für Zeug?«

»Du weißt schon, Zeug Zeug.«

»Rune.«

»Ach, das wär ein Wahnsinnsjob. Voll künstlerisch. In SoHo. Heruntergesetzte Kleider. Schicke Klamotten. Unterwäsche.«

»Du bist hoffnungslos, weißt du das?«

»Na ja, ehrlich gesagt habe ich den Job schon angenommen und den anderen Antrag auch schon weggeworfen.« Sie blickte zu den zwei oder drei Sternen auf, deren Licht stark genug war, um den Stadtdunst zu durchdringen. »Ich musste das machen, Richard. Ich *musste.* Ich hab mir Sorgen gemacht, dass ich, wenn ich irgend so einen Abschluss mache, zu, na ja, zu definierbar werde.«

»Und das würden wir auf keinen Fall ertragen, was?«

Dann waren überhaupt keine Sterne mehr zu sehen, und Richard beugte sich zu ihr und senkte seinen Mund langsam auf ihren. Sie hob ihm den Kopf entgegen. Sie küssten sich lange, Rune erstaunt darüber, dass jemand sie erregen konnte, der ein Button-down-Hemd und Brooks-Brothers-Schuhe trug.

Sehr langsam, alles geschah sehr langsam.

Allerdings nicht wie in Zeitlupe beim Film. Mehr wie kurze Einstellungen, Bild für Bild, wie wenn man bei einem Videorecorder immer wieder den Pausenknopf drückt, um sich eine Lieblingsszene anzuschauen.

So, wie sie *Manhattan Beat* angeschaut hatte.

Standbild: Der Stoff seines Kragens. Sein glatter Hals. Seine gefleckten Augen. Der weiße Verband an ihrer Hand.

Standbild: Sein Mund.

»Ist das auch sicher?«, flüsterte er.

»Klar«, flüsterte Rune. Sie griff in die Tasche ihres Rocks und reicht ihm das kleine, verknitterte Rechteck aus Plastik.

»Eigentlich«, sagte er, »hab ich gemeint, weil wir sechs Meter über der Erde sind.«

»Keine Angst«, flüsterte Rune. »Ich halt dich ganz fest. Ich lass dich nicht fallen.«

Standbild: Sie schlang die Arme um ihn.

27

»Ich kreische nicht.«

Im Loft legte Sandra gerade knallroten Nagellack auf ihre Fußnägel auf. »Das war der Deal«, fuhr sie angesäuert fort, »weißt du noch? Ich kreische nicht, wenn ich mit 'nem Typ im Bett liege, und du machst deinen Dreck weg.«

Sie nickte in Richtung des Durcheinanders, das Rune hinterlassen hatte, als sie panikartig gepackt hatte. »Wenn ich einen drüben bei mir habe, dann bin ich mucksmäuschenstill. *Er* kreischt, dagegen kann ich nichts machen. Aber ich, sag selbst, ich bin doch still, oder was?«

»Du bist still.« Rune bückte sich und las Kleider auf, fegte die zerbrochene Scheibe auf.

»Kreische ich?«

»Du kreischst nicht.«

»Wo warst du übrigens letzte Nacht?«, fragte Sandra.

»Wir sind auf einen Schrottplatz gegangen.«

»Oh Mann, der Junge kann sich ja auf einiges gefasst machen.« Sandra blickte von ihren künstlerischen Nägeln auf und musterte Rune kritisch. »Du siehst glücklich aus. Gut gelaufen, hm?«

»Hat dir deine Mutter nicht beigebracht, dass man nicht schnüffelt?«

»Nein, meine Mutter ist die, die mir beigebracht hat, *wie* man schnüffelt.«

Rune beachtete sie nicht, packte ihre Kleider wieder aus und stellte die Bücher ins Regal zurück.

Dann hielt sie inne. Auf dem Fußboden neben dem Bücherregal lag die zerbrochene Kassette von *Manhattan Beat*. Rune hob sie auf. Die Schlaufen des mattschwarzen Bandes hingen zwischen den zerbrochenen Plastikspulen heraus. Sie schaute es einen Moment lang an. Sie dachte an

Robert Kelly. An den Film. An die Million Dollar Beute aus der Bank, die es nie wirklich gegeben hatte – jedenfalls nicht so, dass *sie* sie finden sollte.

Sie feuerte die Kassette in den Abfalleimer. Dann warf sie einen Blick zu Sandras Seite des Lofts. Sie nahm die Nachricht an sich, die sie ihrer Mitbewohnerin geschrieben hatte. Sie war nicht geöffnet worden. »Liest du deine Post nicht?«, fragte sie.

Die Frau schaute sie an. »Was is'n das? 'n Liebesbrief?«

»Von mir.«

»Und was steht drin?«

»Nichts.« Rune warf auch ihn weg. Dann warf sie sich in ihre Kissen und schaute in den blau-weißen Himmel. Sie erinnerte sich an die Wolken, die in New Jersey über den Rasen des Pflegeheims gezogen waren, als sie neben Raoul Elliotts Rollstuhl gehockt hatte. Damals hatten sie wie Drachen und Riesen ausgesehen, die Wolken. Jetzt beobachtete sie sie eine ganze Weile. Nach den Schrecken der letzten Tage erwartete sie, dass sie ganz einfach wie Wolken aussehen würden. Aber nein, es schienen immer noch Drachen und Riesen zu sein.

Je mehr die Dinge sich verändern, desto mehr bleiben sie sich gleich.

Ein Ausspruch ihres Vaters.

Sie dachte an den alten Drehbuchautor, Raoul Elliott. In der nächsten Woche würde sie hingehen und ihn noch einmal besuchen. Ihm eine neue Blume mitbringen. Und vielleicht ein Buch. Sie konnte ihm vorlesen. Geschichten sind am allerbesten, hatte er gesagt. Was das betraf, gab Rune ihm Recht.

»Scheiße«, sagte Sandra fünf Minuten später. »Hab ich ganz vergessen. So 'n Spinner von dem Laden, wo du arbeitest oder gearbeitet hast, von der Videothek. Hat ausgesehen wie 'n Möchtegern-Heavy-Metal.«

»Frankie?«

»Weiß nicht. Kann sein. Der kam mit 'n paar Nachrichten vorbei.« Sie las von einem Zettel ab. »Eine war von einer Amanda LeClerc. Er hat gesagt, er hätte sie nicht besonders gut verstehen können. Sie ist anscheinend Ausländerin, und er hat gemeint, wenn die in unser Land kommen, wieso lernen sie dann nicht die Sprache.«

»Komm auf den Punkt, Sandra.«

»Also, diese Amanda, die hat angerufen und gesagt, sie hätte was von einem Priester oder Geistlichen oder sonst jemandem in Brooklyn gehört ...« Sandra, die mit dem Nagellack jonglierte, glättete den verknitterten Zettel.

Rune richtete sich kerzengerade auf.

Einem Geistlichen?

Sandra las mühsam weiter. »Also, ich bin wirklich nicht drauf programmiert, die Nachrichtenzentrale zu spielen, weißt du. Ah ja, okay. Ich hab's. Sie hat gesagt, sie hätte mit einem Geistlichen geredet, und der hätte so einen Koffer. Einen, der einem gewissen Robert Kelly gehört.«

Einen Koffer?

»Und er weiß nicht, was er damit anfangen soll, der Geistliche. Aber er hat gesagt, es sei, na ja, sehr wichtig.«

»Ja!«, schrie Rune. Sie rollte auf den Rücken und strampelte mit den Beinen in der Luft.

»Boah, nimm mal 'ne Pille oder was.« Sandra reichte ihr den Zettel.

Sie las ihn durch. Xavier's Church auf der Atlantic Avenue, Brooklyn.

»Ach, und hier ist die andere.« In ihrer Handtasche fand sie einen weiteren Zettel.

Er war von Stephanie. Sie war aus dem Krankenhaus entlassen worden und fühlte sich schon viel besser. Sie würde später vorbeischauen.

»Wunderbar!«, rief Rune.

»Ich bin nur froh, dass *irgendjemand* glücklich ist«, fügte Sandra hinzu. »Ich bin jedenfalls deprimiert. Was natürlich keinen kümmert.« Sie fuhr fort, sorgfältig ihre Nägel anzumalen.

»Ich muss Richard anrufen. Wir machen einen Ausflug.«

»Wohin?«

»Brooklyn.«

»Altersheime, Schrottplätze ... Wieso wundert mich das nicht? He, keine Umarmung. Gib Acht auf den Nagellack.«

Rune erreichte Richard zu Hause.

Das war seltsam. Es war Nachmittag. Was machte er zu Hause?

Ihr wurde bewusst, dass er ihr nicht genau erzählt hatte, *wo* er seine langweiligen Werbeskripts schrieb.

Rune war auf der Straße und telefonierte von einer Zelle aus. »He, wie kommt's, dass du zu Hause bist? Ich dachte, du arbeitest für eine Firma. Zusammen mit wie heißt sie noch? Der zu großen Karen?«

Er lachte. »Ich arbeite meistens freiberuflich. Ich bin eine Art unabhängiger Vertragspartner.«

»Wir müssen nach Brooklyn fahren. Eine Kirche in der Atlantic Avenue. Kannst du fahren?«

»Bist du grade zu Hause?«, fragte er.

»Ich bin in meinem Büro.«

»Büro?«, fragte er.

»Meinem Außenbüro.«

»Ach so.« Er lachte. »Am Münztelefon.«

»Also, können wir fahren?«

»Was gibt's denn in Brooklyn?«

Sie erzählte ihm von der mysteriösen Nachricht des Geistlichen. »Ich habe gerade mit ihm gesprochen«, fügte sie hinzu, »dem Priester, den Amanda entdeckt hat. Ich habe ihm sozusagen eine Notlüge erzählt.«

»Und die war?«

»Dass ich Robert Kellys Enkelin bin.«

»Das ist keine Notlüge. Das ist eine faustdicke Lüge. Vor allem gegenüber einem Mann der Kirche. Du solltest dich schämen. Egal, ich dachte, du wolltest das Geld vergessen.«

»Hatte ich auch. Total vergessen. *Er* hat *mich* angerufen«, versicherte sie ihm. Sagte, dass Mr. Kelly in einem Heim, das zur Kirche gehörte, gewohnt habe, bis er eine Wohnung gefunden hatte. Und dass er dem Pfarrer einen Koffer zur Aufbewahrung gegeben habe. »Er wollte ihn nicht mit sich herumtragen, bis er eine Bleibe gefunden hatte. Er war – hörst du zu? Er sagte, er sei ihm zu wertvoll, um ihn einfach so durch die Straßen der Stadt zu schleppen.«

Pause.

»Das ist total irre«, sagte Richard.

»Und jetzt hör dir das an«, fügte sie hinzu. »Ich hab ihn gefragt, ob es in der Nähe einen Friedhof gäbe ... so wie in dem Film *Manhattan Beat*. Verstehst du? Dana Mitchell, der Cop, verbuddelt das Geld doch in einem frischen Grab. Und so ist es!«

»Ist was?«

»Ein Friedhof. Neben der Kirche. Kapierst du nicht? Mr. Elliott hat Mr. Kelly von der Kirche erzählt, und Mr. Kelly ist hingegangen und hat das Geld ausgegraben.«

»Okay«, sagte er zweifelnd. »Bist du in deinem Loft?«

»In fünf Minuten.«

»Bist du dann alleine dort?«, fragte er anzüglich.

»Sandra ist da.«

»Verdammte Kacke. Kannst du die nicht irgendwohin zum Einkaufen schicken?«

»Wie wär's, wenn wir nach Brooklyn fahren würden? Dann denken wir uns was aus, wie wir allein sein können.«

»Bin schon auf dem Weg.«

Rune kam oben an der Treppe zu ihrem Loft an und blieb stehen.

»Stephanie!«

Die Rothaarige lächelte müde. Sie setzte ich in Runes Hälfte des Lofts auf einen Stapel Kissen. Sie war blass – blasser als gewöhnlich – und trug einen Schal, der einen Bluterguss an ihrem Hals unzureichend verdeckte. Außerdem hatte sie an der Schläfe einen dicken Verband und einen auberginefarbenen Fleck auf der Wange.

»Du meine Güte«, platzte Rune heraus und musterte sie. »Du kriegst *wirklich* leicht blaue Flecken, stimmt's?« Sie umarmte die Frau vorsichtig. »Gut siehst du aus ...«

»Ich sehe furchtbar aus. Du kannst's ruhig sagen.«

»Nicht für jemanden, der von einem Taxi überfahren worden ist.«

»He, du hast's drauf, Komplimente zu machen.«

Einen Augenblick lang trat Stille ein. »Ich weiß nicht, was ich sagen soll, Stephanie.« Rune war nervös und nestelte fahrig an ihren Kleidern. »Ich hab dich in die ganze Sache mit reingezogen. Meinetwegen wärst du fast umgekommen. Und noch so dumm dazu ... wir sind vor einem Bundesmarshal weggelaufen.«

»Einem was?« Stephanie stieß ein Lachen aus.

»Der Typ in der U-Bahn, der, dem du eine verpasst hast – ich dachte, der arbeitet für *sie*. Aber dann hat sich herausgestellt, dass er US-Marshal ist. Ist doch krass, was? Genau wie bei den Texas Rangers.«

Sie erzählte Stephanie von Haarte und Emily.

»Ich habe im Krankenhaus in den Nachrichten etwas darüber gehört«, sagte Stephanie. »Eine Schießerei in seinem Haus in der Stadt. Ich hätte nie gedacht, dass du damit zu tun hast.«

Runes Blick wurde wieder ganz aufgeregt. »Ach, wo wir grade von Abenteuer reden … Sie wollen mich als Hauptbelastungszeugin.«

»Macht dir das keine Angst?«

»Klar. Aber das ist mir egal. Ich will, dass das Biest für lange Zeit hinter Gittern verschwindet. Die haben Mr. Kelly umgebracht. Und sie haben versucht, mich umzubringen … und dich auch.«

»Na ja, ich bin sicher, da passen jede Menge Cops auf dich auf.«

Rune wanderte zum Bücherregal und ordnete ein paar Bücher ein, die sie für zu Hause eingepackt hatte. »Ich hab in der Videothek angerufen. Sie haben gesagt, du hättest gekündigt.«

»Dieser Tony«, sagte Stephanie, »was für ein Arschloch. Ich bin nicht mit ihm ausgekommen – nicht so, wie er dich behandelt hat.«

Rune grinste schüchtern. »Wie ist's, willst du hunderttausend Dollar?«

»Was?«

Rune erzählte ihr von dem Pfarrer. »Das kleine rote Hühnchen, weißt du noch? Du hast an mich geglaubt. Wenn da wirklich Geld ist, dann bekommst du etwas davon ab.«

Stephanie lachte. »Du meinst, da ist was?«

»Ich bin mir nicht sicher. Aber du kennst mich ja.«

»Optimistin«, ergänzte Stephanie.

»Du hast's erfasst. Ich …«

Plopp.

Rune spitzte die Ohren und hörte das gleiche Geräusch noch einmal. Ein Tröpfeln. Leise. *Plopp.*

Sie schaute sich um, woher es kommen mochte – von Sandras Seite der Wohnung.

»Du musst mir wirklich nichts geben, Rune.«

»Ich weiß. Ich *muss* nicht. Aber ich will.«

Plopp, plopp.

Verdammt! Sandra hatte ihren Nagellack verschüttet. Auf dem Boden war ein großer roter Fleck.

»Herrje, Sandra!«

Rune bog um die Ecke und blieb stehen. Vor ihr lag ihre Mitbewohnerin in ihrem dicken, weißen BH und der schwarzen Strumpfhose, den Blick starr zur Spitze des gläsernen Daches gerichtet. Sie lag auf ihrem Futon. Das Einschussloch in ihrer Brust war ein winziger dunkler Punkt. Der Fleck war kein Nagellack. Er wurde von dem Blut gebildet, das über ihren Arm auf den Fußboden tropfte.

Stephanie stand auf und zielte mit der Pistole auf Rune. »Komm wieder hier rüber, Süße«, sagte sie. »Wir beide müssen uns ein bisschen unterhalten.«

28

»Du bist Haartes Partnerin«, flüsterte Rune.

Stephanie nickte. »Ich heiße Lucy Zane«, sagte sie kalt. »Haarte und ich arbeiten seit drei Jahren zusammen. Er war der beste Partner, den ich je hatte. Und jetzt ist er tot. Deinetwegen.«

»Und wer ist dann Emily?«

»Nur Verstärkung. Sie hilft uns manchmal bei Aufträgen an der Ostküste.«

Rune setzte sich kopfschüttelnd auf die Kissen. Vor ihr verschwamm alles – eine einzige Suppe. Richard, das Geld, der hübsche Junge, Emily und Haarte. Robert Kelly. Sie spürte das Hämmern ihres Herzens in der Brust, als sich die Verzweiflung wieder in ihr erhob. Und sie verbarg das Gesicht in ihren Händen. »Oh nein, oh nein«, flüsterte sie.

Sie war zu benommen, um zu weinen. »Aber dein Job in der Videothek«, sagte sie, ohne auch nur aufzublicken. »Wie hast du den Job gekriegt?«

»Na, was meinst du wohl? Ich hab's mit Tony getrieben.«

»Ich hoffe, es war eklig«, blaffte Rune.

»War es. Aber es hat nicht lange gedauert. Eine Minute oder zwei.«

»Aber du warst doch meine Freundin … Du hast mir mit den Kleidern geholfen … Wieso? Wieso hast du das gemacht?«

»Ich habe mich an dich rangemacht, damit wir dir etwas anhängen können. Haarte und ich haben in St. Louis zwei US-Marshals umgelegt. Deshalb waren wir schwer unter Druck. Und wir haben den Spinello-Auftrag im Village verpatzt. Wir brauchten also einen Prügelknaben. Okay, ein Prügel*mädel*. Die Wahl fiel auf dich. Hätte ja auch fast geklappt.«

»Zu dumm, dass das Taxi so gute Bremsen hatte«, sagte Rune kühl.

»Manchmal haben wir auch Glück. Sogar Leute wie ich.«

Rune zitterte vor Wut und Angst.

»Ich habe von Emily gehört«, fuhr Stephanie fort. »Der Richter hat ihren Antrag auf Kaution abgelehnt. Aber sie lässt dir schöne Grüße ausrichten. Sie hofft, wir haben Spaß zusammen. Und ich glaube, das haben wir. Eines allerdings muss ich noch wissen. Hast du den Cops oder den Marshals irgendwas über mich erzählt?«

Hinter ihnen ertönte ein Krachen und ein Knirschen. Runes Augen blitzten auf.

Richard.

»Sag's mir«, sagte sie. »Dann lass ich dich laufen.«

»Schwachsinn.« Rune wühlte sich tiefer in die Kissen, als könnten sie sie vor der schwarzen Pistole beschützen.

»Ich lass dich laufen«, wiederholte Stephanie. »Versprochen.«

»Ich bin die einzige Zeugin. Wie kannst du mich da gehen lassen? Du *musst* mich umbringen.« Sie blickte zu den Wolken, den Drachen, Riesen Trollen, die draußen über dem Loft in großer Höhe vorbeizogen und sich nicht darum scherten, was da unten auf der Erde vorging.

Das Knirschen setzte wieder ein. Der Aufzug kam nach oben.

»Nach dem Unfall musst du ihnen von mir erzählt haben. Hat der Marshal, den ich in der U-Bahn geschlagen habe, angenommen, dass ich zu ihnen gehöre? Hast du ihnen meinen Namen genannt?«

»Der ist falsch.«

»Stimmt, aber ich habe ihn früher schon benutzt. Ich kann über ihn aufgespürt werden.«

Ketten, rasselnde Ketten. Ein Knirschen von Metall auf Metall. Noch ein lautes Krachen, ein Quietschen.

»Wer kommt zu Besuch, Rune?«

»Ich weiß nicht.«

Stephanie blickte zur Treppe. Dann wieder zurück zu Rune. »Na, was hast du da in der Hand?«, sagte sie.

Rune konnte nicht fassen, dass sie es gesehen hatte. Oh, sie war gut. Sie war sehr gut.

»Zeig's mir«, beharrte Stephanie.

Rune zögerte, dann hob sie langsam die Hand und öffnete langsam die bandagierten Finger. »Den Stein. Vom Gebäude der Union Bank. Mein Souvenir. Der, den ich aufgehoben habe, als du mit mir da unten in der Wall Street warst.«

»Und, was wolltest du damit machen?«

»Ihn nach dir werfen«, antwortete Rune. »Dir dein bescheuertes Gesicht einschlagen.«

»Wieso wirfst du ihn nicht einfach zu mir herüber?« Lucy Zane zielte mit der Pistole mit dem Schalldämpfer auf Runes Brust, ohne zu zittern.

Rune warf den Stein weg.

Gerade, als Richard an der Treppe erschien und »Hi« sagte.

Er erstarrte, als er die Pistole in Stephanies Hand sah. »Was soll das denn?«

Stephanie winkte ihn herein. »Okay. Bleib einfach da stehen.« Sie wich zurück, so dass sie sie beide im Blick hatte. Die Pistole hielt sie gerade vor sich gerichtet. Sie war klein, und ihr Metall schimmerte im Sonnenlicht. Der kurze Zylinder des Schalldämpfers war ebenfalls dunkel.

Ihre Stimme klang jetzt schärfer. »Ich habe nicht viel Zeit. Wem hast du von mir erzählt, Rune? Und was hast du denen erzählt? Ich will es wissen. Und zwar sofort.«

»Lass ihn laufen.«

»Was zum Teufel geht hier vor?«, fragte Richard. »Macht ihr Witze, ihr beiden?«

Stephanie streckte ihre linke Hand zu ihm aus. Handfläche nach oben. Die Fingernägel waren sorgfältig lilapink lackiert. »Halt's Maul, Arschloch. Halt einfach dein Maul.« Zu Rune: »*Was* hast du ihnen erzählt.«

Rune fiel, die Hände vor die Augen geschlagen, schluchzend in die Kissen zurück. »Nein, nein … Emily oder sonst jemand ist mir scheißegal. Ich werd nicht aussagen. Ich sag ihnen, dass es nicht Emily war oder du. Mr. Kelly ist tot! Spinello ist tot! Lass uns doch einfach in Frieden.«

»Ich denke vielleicht darüber nach«, sagte Stephanie geduldig. »Du musst das verstehen, Rune. Ich mag dich. Ehrlich. Du bist ... liebenswert. Und ich war echt gerührt, dass du mir etwas von dem lächerlichen Geld abgeben wolltest. Das hätte mich fast irre gemacht. Aber du musst es mir sagen. Rein geschäftlich.«

»Na schön ... ich hab überhaupt niemandem von dir erzählt.«

»Das glaub ich dir nicht.«

»Es stimmt aber! Ich hab nichts weiter getan, als in meinem Tagebuch über dich zu schreiben. Ich habe dich und Emily erwähnt.« Sie setzte sich auf, die Hand in ihrem Schoß, klein, hilflos. »Ich hab gedacht, du seist meine Freundin. Ich hab dich beschrieben und geschrieben, wie nett du zu mir warst, als du mir beim Kleiderkaufen geholfen hast.«

Wenn auch das sie irre machte, dann war Stephanie nichts davon anzumerken.

»Wo ist es?«, fragte sie. »Das Tagebuch. Gib's mir, dann lasse ich dich laufen. Euch beide.«

»Versprochen?«

»Ich versprech's dir.«

Rune kämpfte mit sich und ging dann zu ihrem Koffer und rumorte darin herum. »Ich kann's nicht finden.« Sie schaute auf und runzelte die Stirn. »Ich hatte gedacht, ich hätte es eingepackt.« Sie öffnete ihre Leopardenfell-Handtasche und durchsuchte auch diese. »Ich weiß nicht. Ich ... ach, da ist es ja. Bei den Büchern. Auf dem zweiten Regal.«

Stephanie ging zu dem Regal hinüber. Berührte ein Notizbuch. »Das hier?«

»Nein, das daneben. Gleich das nächste.«

Stephanie zog das Buch aus dem Regal und schlug es auf. »Wo hast du mich ...«

Eine Explosion. Die erste Kugel riss ein riesiges Stück aus der himmelblauen Wand und ließ Bruchstücke von Tuffstein über den Raum herabregnen.

Die zweite durchschlug eine Glasscheibe in der Decke.

Die dritte zerfetzte ein Dutzend Bücher, die wie abgeschossene Vögel durch die Luft segelten.

Die vierte traf Stephanie voll in die Brust, als sie sich mit vor Schreck offenem Mund zu Rune umdrehte.

Vielleicht fiel sogar ein fünfter Schuss. Und ein sechster. Rune war sich nicht sicher. Sie hatte keine Ahnung, wie oft sie den Abzug der Pistole durchdrückte, der Pistole aus dem Faltordner, den sie vor einiger Zeit weggeworfen hatte – in den Abfallkorb neben ihrem Bett.

Alles, was Rune sah, waren Rauch und Papierschnipsel und Wolken und ein blauer Himmel, Beton und zerbrochenes Glas, die um Stephanie herumflogen – die schöne, bleiche Stephanie, die in einer Drehbewegung zu Boden sank.

Und alles, was Rune hörte, war nur ein donnernder Knall aus der Pistole. Welcher nach ein paar Sekunden, als Richard sich vom Boden aufrappelte und zu ihr kam, dem wilden Schrei eines Tieres Platz machte, von dem sie nicht einmal wusste, dass er von ihr kam.

29

Den Kopf gesenkt, verharrte Rune reglos am Altar.

Kniend. Sie hatte gedacht, sie könne sich an alle Worte erinnern. Aber sie wollten ihr nicht einfallen, und so blieb ihr nicht anderes übrig, als immer wieder das Gleiche vor sich hin zu murmeln. »Wir preisen Dich und danken Dir für die Erlösung aus den großen und drohenden Gefahren, denen wir ausgesetzt waren.«

Einen Moment darauf trat sie zurück und ging langsam durch den Mittelgang nach hinten.

»Das ist eine total irre Kirche, Reverend«, sagte sie immer noch flüsternd zu dem Mann in der schwarzen Robe eines Geistlichen.

»Vielen Dank, Miss Kelly.«

An der Tür drehte sie sich um und ging steif in Richtung Altar in die Knie. Der Pfarrer von St. Xavier's schaute ihr verwundert dabei zu. Vielleicht war das Niederknien – was Rune gerade eine Figur in irgendeinem alten Mafiafilm hatte tun sehen – nur etwas für Katholiken. Aber was soll's?, fand sie. In einem hatte Stephanie Recht gehabt: Wenn es sich nicht gerade um Teufelsanbetung und Tieropfer handelte, waren Geistliche und Priester wahrscheinlich, was das Technische betraf, nicht allzu pingelig.

Sie verließen den Altarraum.

»Ihr Großvater hat nichts von Kindern gesagt, als er hier bei uns wohnte. Er sagte, seine einzige Verwandte sei seine Schwester, aber die ist vor ein paar Jahren gestorben.«

»Wirklich?«, fragte sie.

»Aber andererseits«, fuhr der Pfarrer fort, »hat er überhaupt nicht viel über sich selbst gesprochen. In gewisser Weise war er ein bisschen geheimnisvoll.«

Geheimnisvoll ...

»Tja«, sagte sie nach einem Augenblick. »Typisch Großvater. Das sagten wir immer über ihn. ›War Großvater nicht still?‹ Das haben wir alle gesagt.«

»Sie alle? Ich dachte, es hätte nur sie beide gegeben. Sie und Ihre Schwester.«

»Ach, klar, ich meine alle Kinder in der Nachbarschaft. Für die war er auch wie ein Großvater.«

Pass auf, ermahnte Rune sich. Du belügst einen Geistlichen. Und zwar einen Geistlichen mit einem guten Gedächtnis.

Sie folgte dem Pfarrer durch das Pfarrhaus. Es war voll von dunklem Holz und Schmiedeeisen. Die kleinen gelben Lampen verliehen dem Haus eine stark kirchliche Atmosphäre, obwohl sie die schwachen Birnen möglicherweise nur benutzten, um Geld zu sparen. Es war hier ... nun ja, sehr *religiös*. Rune versuchte sich an einen guten Film über Religion zu erinnern, den sie gesehen hatte, aber es fiel ihr keiner ein. Sie neigten dazu, nicht glücklich zu enden.

Sie betraten einen großen Schlafsaal, neuer als die Kirche, obwohl die Architektur die gleiche war – Buntglas, Bögen, blumige Schnitzereien. Sie schaute sich um. Es schien eine Art Wohnheim für ältere Bürger zu sein. Rune warf einen Blick in ein Zimmer, an dem sie vorbeikamen. Zwei Betten, gelbe Wände, nicht zueinander passende Kommoden. Viele Bilder an den Wänden. Gemütlicher, als man gedacht hätte. In dem Zimmer waren zwei ältere Männer. Als sie stehen blieb, um hineinzublicken, stand einer der Männer auf. »Ich bin ein sehr närrischer alter Mann, achtzig und drüber, nicht eine Stunde mehr oder weniger, und, um es frei heraus zu sagen, ich fürchte, ich bin nicht ganz bei klaren Sinnen.«

»Das würd ich aber auch sagen, dass du nicht ganz bei klaren Sinnen bist«, pflichtete sein Freund ihm bei. »Du hast alles durcheinander gebracht.«

»Ach, meinst du, du kannst das besser?«

»Jetzt hört euch das an.«

Seine Stimme wurde leiser, als Rune und der Pfarrer ihren Weg durch den Flur fortsetzten.

»Wie lange war Großvater eigentlich hier?«, fragte Rune.

»Nur vier, fünf Wochen. Er brauchte einen Platz, wo er bleiben konnte, bis er eine Wohnung gefunden hatte. Ein Freund hatte ihn hierher geschickt.«

»Raoul Elliott?« Runes Herz klopfte lauter.

»Ja. Kennen Sie Mr. Elliott?«

»Wir haben uns einmal kennen gelernt.«

Elliott hatte es also durcheinander gebracht. Er hatte Mr. Kelly nicht ins Florence Hotel geschickt, sondern hierher – zu der Kirche. Vielleicht hatte Mr. Kelly im Florence gewohnt, als er den Drehbuchautor besucht hatte, und der arme Mann hatte es in seinem verwirrten Kopf nur verwechselt.

»Wunderbarer Mann«, fuhr der Priester fort. »Ach, er war uns und der Kirche gegenüber sehr großzügig. Und das nicht nur materiell ... Er war auch Mitglied in unserem Gemeinderat. Bis er krank wurde. Ein Jammer, was mit ihm passiert ist, nicht wahr? Dieses Alzheimer.« Der Pfarrer schüttelte den Kopf. »Aber wir haben so wenig Zimmer«, fuhr er fort. »Robert wollte nicht eines besetzt halten – er wollte es für jemanden freimachen, der weniger Glück hatte. Daher ist er für eine Weile ins Florence Hotel umgezogen. Den Koffer hat er hier gelassen und gesagt, er würde ihn abholen, wenn er an einen sichereren Ort umgezogen war. Er hatte Angst vor Einbrechern. Er sagte, er sei ihm zu wertvoll, um zu riskieren, dass er ihm gestohlen wird.«

Rune nickte lässig. Dachte: *Eine Million Dollar.*

Sie folgte ihm in einen Lagerraum. Der Pfarrer schloss die Tür mit Schlüsseln an einer sich selbst aufspulenden Feder auf. »Hat Großvater viel Zeit in der eigentlichen Kirche verbracht?«

Der Pfarrer verschwand in dem Lagerraum. Rune hörte das Geräusch von Kisten, die über den Fußboden geschoben wurden. »Nein«, rief der Pfarrer, »nicht viel.«

»Und wie war es mit dem Grundstück? Dem Friedhof? Hat er dort viel Zeit verbracht?«

»Auf dem Friedhof? Das weiß ich nicht. Könnte sein.«

Rune dachte an die Szene in *Manhattan Beat*, wo der Cop, dessen Leben ruiniert war, in seiner Gefängniszelle gelegen und davon geträumt hatte, die auf dem Friedhof vergrabene gestohlene Million abzuholen. Sie erinnerte sich an die Nahaufnahme seiner Augen, als er aufgewacht war und erkannt hatte, dass es nur ein Traum gewesen war – die Schwärze der Erde, die er mit den bloßen Fingern aufgewühlt hatte, hatte sich beim Aufwachen in die Schatten der Gitterstäbe auf seiner Hand verwandelt.

Der Pfarrer tauchte mit einem Koffer wieder auf. Er stellte ihn auf dem Boden ab. »Da haben wir ihn.«

»Möchten Sie, dass ich eine Quittung oder so unterschreibe?«

»Nein, das ist vermutlich nicht nötig.«

Rune hob den Koffer auf. Er war so schwer, wie man es von einem alten Lederkoffer, der eine Million Dollar enthielt, erwarten durfte. Das Gewicht zog sie zur Seite. Er lächelte und nahm ihr den Koffer ab. Er hob ihn mühelos an und winkte sie zum Seitenausgang. Sie ging vor ihm her.

»Ihr Großvater hat gesagt, ich solle vorsichtig damit umgehen. Er meinte, darin sei sein ganzes Leben.«

Rune warf einen Blick auf den Koffer. Ihre Handflächen wurden feucht. »Komisch, was die Leute für ihr ganzes Leben halten, nicht?«

»Mir tun Leute Leid, die ihr Leben mit sich herumschleppen. Das ist einer der Gründe, weshalb die Kirche dieses Wohnheim hat. Hier fühlt man wirklich, dass es Gottes Werk ist.«

Sie betraten sein kleines Büro. Er beugte sich über den überladenen Schreibtisch und durchsuchte einen dicken Stapel aus Umschlägen. »Ich wünschte, Robert wäre länger geblieben«, sagte er. »Aber schließlich war er unabhängig. Er wollte für sich alleine leben.«

Rune beschloss, der Kirche etwas von dem Geld zu geben. Fünfzigtausend. Dann, einfach so, erhöhte sie den Einsatz auf hundert Riesen.

Er überreichte ihr einen dicken Umschlag, der an ›Mr. Bobby Kelly‹ adressiert war.

»Ach, das habe ich zu erwähnen vergessen ... der ist etwa vor einem Tag an die Adresse der Kirche für ihn angekommen. Bevor ich dazu kam, ihn weiterzuleiten, hörte ich, dass er umgebracht worden ist.«

Rune klemmte ihn sich unter den Arm.

Draußen stellte er den Koffer auf dem Gehsteig für sie ab. »Nochmals mein Beileid an Ihre Familie. Wenn es irgendetwas gibt, was ich für Sie tun kann, rufen Sie mich bitte an.«

»Vielen Dank, Reverend«, sagte sie. Und dachte: Sie haben sich gerade zweihunderttausend verdient.

Kleines rotes Hühnchen ...

Rune nahm den Koffer und ging zum Auto.

Richard beäugte den Koffer neugierig. Sie reichte ihn ihm und klopfte auf die Kühlerhaube des Dodge. Er hob den Koffer hoch und setzte ihn auf dem Auto ab. Sie befanden sich auf einer stillen Straße, aber an der Ecke strömte starker Verkehr. Abergläubisch vermieden sie es, den abgewetzten Lederkoffer anzusehen. Sie betrachteten die einstöckigen Läden – ein Teppichhändler, ein Eisenwarenladen, eine Pizzeria, ein Deli. Die Bäume. Den Verkehr. Den Himmel.

Keiner von beiden berührte den Koffer, keiner sprach ein Wort.

Wie Ritter, die glaubten, den Heiligen Gral gefunden zu haben, und nicht genau wussten, ob sie das wirklich gewollt hatten.

Denn das hätte das Ende ihrer Suche bedeutet.

Das Ende der Geschichte. Zeit, das Buch zu schließen, um ins Bett zu gehen und am nächsten Morgen zeitig zur Arbeit aufzuwachen.

Richard brach das Schweigen. »Ich hab nicht mal daran geglaubt, dass es einen Koffer *gibt.*«

Rune starrte auf das Muster der Flecken auf dem Leder. Um den Griff waren die Gepäckbänder von einem Dutzend Flugabfertigungen geschlungen. »Es gab Momente, da ging es mir auch so«, gab sie zu. Sie berührte die Verschlüsse. Dann trat sie zurück. »Ich kann's nicht.«

Richard übernahm es. »Wahrscheinlich ist er abgeschlossen.« Er drückte auf die Verschlüsse. Sie sprangen auf.

»Glücks...rad«, sagte Rune.

Richard hob den Deckel.

Zeitschriften.

Der Heilige Gral bestand aus Illustrierten und Zeitungen. Alle aus den 40er Jahren. *Time, Newsweek, Collier's.* Rune griff nach einigen und blätterte sie durch. Es flatterten keine Banknoten heraus.

»Man versteckt nicht eine Million zwischen den Seiten der *Time*«, gab Richard zu bedenken.

»Sein ganzes Leben?«, flüsterte Rune. »Mister Kelly hat dem Pfarrer gesagt, hier drin sei sein ganzes Leben.« Sie wühlte sich zum Boden durch. »Vielleicht hat er das Geld in Aktien von Standard Oil oder so was angelegt. Vielleicht gibt es irgendwo ein Börsenzertifikat.«

Aber nein, der Koffer enthielt nichts als Zeitungen und Illustrierte.

Als sie jeden einzelnen Zentimeter untersucht hatte, den Futterstoff herausgerissen, die verschimmelten Nähte abgetastet hatte, ließ sie die Schultern fallen und schüttelte den Kopf. »Wieso?«, fragte sie sich. »Wofür hat er all das aufgehoben?«

Richard blätterte verschiedene Zeitschriften durch. Er runzelte die Stirn. »Komisch. Die sind alle aus ungefähr der gleichen Zeit. Juni 1947.«

Sein Gelächter erschreckte sie, so abrupt kam es. Sie schaute Richard an, der den Kopf schüttelte.

»Was ist?«

Er konnte nicht aufhören zu lachen.

»Was ist los?«

Endlich kam er wieder zu Atem. Seine Augen schielten, als er auf einer zerfledderten Seite las. »Ach Rune ... oh, nein ...«

Sie entriss ihm die Zeitschrift. Mit blauer Tinte war ein Artikel umkreist. Sie las den Absatz, auf den Richard deutete.

> Ausgezeichnet in seiner Rolle ist der aus dem Mittleren Westen stammende junge Robert Kelly, der niemals die Absicht hatte, in Filmen aufzutreten, bevor Hal Reinhart ihn in einer Menschenmenge entdeckte und ihm eine Rolle anbot. Kelly, der Dana Mitchells jüngeren Bruder spielt, der erfolglos versucht, den verzweifelten Polizisten dazu zu überreden, die unrechtmäßig angeeignete Beute zurückzugeben, beweist für einen Mann, dessen einzige Bühnenerfahrung in einer Hand voll Auftritten für die USO während des Krieges besteht, ein erstaunliches Talent. Die Kinogänger werden diesen jungen Mann aufmerksam beobachten, um zu sehen, ob er das nächste Beispiel für den großen Traum von Hollywood sein wird: den des Unbekannten, der über Nacht zum Star wird.

Sie schauten die übrigen Zeitschriften durch. In jeder wurde *Manhattan Beat* besprochen, und in jeder wurde Robert Kelly wenigstens mehrere Male erwähnt. Die meisten kritisierten ihn wohlwollend und sagten ihm eine lange Laufbahn voraus.

Jetzt lachte auch Rune. Sie schloss den Koffer und lehnte sich an das Auto. »*Das* hat er also mit seinem ganzen Leben gemeint. Er hatte mir gesagt, dass der Film der Höhepunkt seines Lebens gewesen sei. Anscheinend hat er nie wieder eine andere Rolle gekriegt.«

In einer der Illustrierten steckte die Kopie eines Briefs, den Mr. Kelly vom Filmschauspielerverband erhalten hatte. Er war fünf Jahre alt.

Sie las ihn laut vor. »›Sehr geehrter Mr. Kelly: Vielen Dank für Ihr Schreiben vom vergangenen Monat. Als Vertragsschauspieler hätten Sie in der Tat Anrecht auf Tantiemen für Ihre Mitwirkung an dem Film *Manhattan Beat*. Wie wir jedoch von dem Studio erfuhren, das derzeit das Copyright des Films besitzt, besteht zur Zeit nicht die Absicht, den Film auf Video herauszubringen. Falls und wenn der Film veröffentlicht wird, haben Sie laut Vertrag Anspruch auf Tantiemenzahlungen.‹«

Rune steckte den Brief zurück. »Als er mir erzählt hat, er würde reich werden – wenn sein Schiff einträfe –, hat er *das* gemeint. Mit dem Geld aus dem Bankraub hatte das gar nichts zu tun.«

»Armer Kerl«, sagte Richard. »Wahrscheinlich hat er einen Scheck über ein paar hundert Mäuse gekriegt.« Er schaute auf und deutete auf etwas hinter ihr. »Schau mal.«

Auf dem Schild an dem Wohnheim stand ST. XAVIER'S – HEIM FÜR SCHAUSPIELER UND SCHAUSPIELERINNEN. »Das hat er hier gemacht. Das hatte nichts mit dem Geld zu tun. Kelly hat einfach einen Platz zum Wohnen gebraucht.«

Richard warf den Koffer auf den Rücksitz. »Was willst du mit dem Zeug machen?«

Sie zuckte die Achseln. »Ich werd alles Amanda geben. Ich glaube, ihr wird es etwas bedeuten. Von der besten

Kritik mach ich mir eine Kopie. Die häng ich mir an die Wand.«

Dann stiegen sie ein. »Weißt du, es hätte dich nur korrumpiert«, sagte Richard.

»Was?«

»Das Geld. Genau wie den Cop in *Manhattan Beat*. Kennst du den Ausdruck ›Macht korrumpiert, absolute Macht korrumpiert absolut‹?«

Natürlich hab ich noch nie davon gehört, dachte sie. »Na klar«, sagte sie jedoch zu ihm. »Ist der nicht auch von Stallone?«

Er schaute sie einen Moment lang ratlos an. »Also«, sagte er dann, »in kapitalistische Begriffe übersetzt, trifft das genauso zu. Das Absolute an so viel Geld hätte deine innersten Werte beeinflusst.«

Mr. Verrückt war wieder da – diesmal allerdings in Gap-Verkleidung.

Rune dachte einen Augenblick darüber nach. »Auf keinen Fall. Aladin hat sich auch nicht korrumpieren lassen.«

»Der Typ mit der Lampe? Du versuchst, ein rationales Argument vorzubringen, indem du ein Märchen zitierst?«

»Ja«, sagte sie. »Tu ich.«

»Na gut, und was ist mit Aladin?«

»Er hat sich Reichtum und eine schöne Prinzessin zur Braut gewünscht, und der Geist hat ihm alles gebracht. Aber die Leute kennen nicht das Ende von der Geschichte. Irgendwann ist er der Erbe des Sultans und am Ende selbst Sultan geworden.«

»Und dann kam Watergate. Und er ist in ein Kamel verwandelt worden.«

»Quatsch. Er war ein beliebter und gerechter Herrscher. Ach ja, und wahnsinnig reich.«

»Märchen haben also nicht *alle* ein glückliches Ende«, sagte er dozierend, »aber manchmal schon.«

»Genau wie im Leben.«

Richard schien sich eine Entgegnung darauf überlegen zu wollen, es fiel ihm jedoch nichts ein. Er zuckte die Achseln. »Genau wie im Leben«, lenkte er ein.

Während sie durch die Straßen von Brooklyn fuhren, kuschelte sich Rune in ihren Sitz und legte die Füße auf's Armaturenbrett. »Deshalb hat er sich den Film also so oft ausgeliehen. Er war sein großer Augenblick des Ruhms.«

»Das ist schon ziemlich abgefahren«, meinte Richard.

»Das finde ich nicht«, widersprach sie ihm. »Eine Menge Leute haben nicht einmal einen großen Augenblick. Und wenn, dann kommt er wahrscheinlich nicht auf Video heraus. Ich sag dir was – wenn *ich* eine Rolle in einem Film bekäme, dann würd ich mir ein Standfoto von mir herauskopieren und es mir an die Wand hängen.«

Er boxte ihr spielerisch auf den Arm.

»Was denn?«

»Also, du hast den Film doch, wie oft, zehnmal gesehen? Ist dir sein Name in den Credits nicht aufgefallen?«

»Er hatte nur eine winzige Rolle. Er wurde nicht im Vorspann genannt.«

»Im was?«

»So nennt man die Credits am Anfang. Und die Kopie, die wir gesehen haben, war die schwarze. Ich hab mich nicht damit aufgehalten, den Abspann mitzukopieren, als ich sie gemacht habe.«

»Apropos Namen, sagst du mir irgendwann mal deinen richtigen?«

»Ludmilla.«

»Du machst Witze.«

Rune sagte nichts darauf.

»Du machst Witze?«, sagte er unsicher.

»Ich versuche nur, mir einen guten Namen für jemanden auszudenken, der in SoHo Schaufenster gestaltet. Mir scheint, Yvonne wäre gut. Was meinst du?«

»So gut wie jeder andere.«

Sie betrachtete den prallen Umschlag, den der Pfarrer ihr gegeben hatte. Der Absender war das Bon Aire Pflegeheim in Berkeley Heights, New Jersey.

»Was ist denn das?«

»Etwas, das Mr. Elliott an Mr. Kelly in die Kirche geschickt hat.«

Sie öffnete den Umschlag. Darin befand sich ein Brief, der auf einem weiteren dicken Umschlag klebte, auf dem in alter, unregelmäßiger Schrift stand: *Manhattan Beat*, Drehbuchentwurf, 5/6/46.

»Oh, schau mal. Ein Andenken!«

Rune las den Brief laut vor. »›Sehr geehrter Mr. Kelly. Ich bin sicher, Sie erinnern sich nicht mehr an mich. Ich bin die Pflegerin auf der Etage, auf welcher sich Mr. Raoul Elliotts Zimmer befindet. Er hat mich gebeten, Ihnen zu schreiben und zu fragen, ob Sie das Päckchen, das ich hier beifüge, an das junge Mädchen weiterleiten könnten, das ihn kürzlich besucht hat. Er war sich nicht ganz sicher, wer sie war – vielleicht ist sie Ihre Tochter oder wahrscheinlich Ihre Enkelin – aber wenn Sie es weiterleiten könnten, wären wir Ihnen sehr verbunden.

Mr. Elliott hat mehrmals davon gesprochen, wie nett er es fand, dass sie ihn besucht und sich mit ihm über Filme unterhalten hat, und ich darf Ihnen versichern, dass ihr Besuch ihm sehr gut getan hat. Er hat die Blume, die sie ihm mitgebracht hatte, auf seinen Nachttisch gestellt, und manchmal erinnert er sich sogar, wer sie ihm geschenkt hat. Gestern hat er dieses Päckchen aus seinem Schließfach geholt und mich gebeten, es ihr zuzuschicken. Danken Sie ihr dafür, dass sie ihn glücklich gemacht hat. Mit meinen besten Wünschen, Joan Guilford, Pflegeschwester.‹«

»Was für ein toller alter Bursche«, sagte Richard, der jetzt durch das Geschäftsviertel von Brooklyn fuhr. »Das war richtig süß.«

Sie riss den Umschlag auf.

Richard hielt an einer roten Ampel an. »Weißt du, vielleicht kannst du's ja verkaufen. Ich hab mal gehört, dass der Originalentwurf für ein Stück von jemandem – Noël Coward, glaube ich – bei Sotheby's für vier- oder fünftausend Dollar wegging. Was meinst du, was das hier wert ist?«

Die Ampel wurde grün, und das Auto fuhr wieder an. Rune hatte nicht gleich geantwortet, aber nach einem Augenblick sagte sie: »Bis jetzt sind's ungefähr zweihundertdreißigtausend.«

»Was?«, fragte er unsicher lächelnd.

»Und ich bin noch am Zählen.«

Richard warf einen Blick auf Rune und brachte den Wagen schlingernd zum Stehen.

In Runes Schoß lagen Geldbündel. Stapel von Scheinen mit Banderolen. Die Scheine waren größer als moderne Banknoten. Die Farbe war dunkler, die Siegel vorne mitternachtsblau. Die Banderolen um die Bündel waren in einer altertümlichen Schrift mit *$10 000* bedruckt. Und außerdem mit *Union Bank of New York*.

»Dreiunddreißig, vierunddreißig ... Mal sehen. Achtunddreißig. Stimmt das? Ich bin so schlecht in Mathe.«

»Herrje«, flüsterte Richard.

Hinter ihnen hupten Autos. Er warf einen Blick in den Rückspiegel, fuhr dann an den Bordstein und parkte vor einem Eissalon.

»Ich kapier nicht ... was ...?«

Rune gab keine Antwort. Sie strich mit den Händen über das Geld, womit sie die tolle Szene wiederholte, in der Dana Mitchell in der Bank ist und den Koffer mit dem Geld öffnet – wobei die Kamera zwischen seinem Gesicht und den Geldstapeln hin- und herschneidet, die so ausgeleuchtet waren, dass sie wie ein Juwelenschatz schimmerten.

»Raoul Elliott«, antwortete sie. »Als er für den Film recherchiert hat, muss er herausgefunden haben, wo das Geld versteckt war. Vielleicht *war* es ja dort vergraben ...« Sie nickte nach hinten in Richtung der Kirche. »Also hat er der Kirche einen Haufen zurückvermacht, und die haben dann davon das Heim für Schauspieler gebaut. Der Pfarrer hat gesagt, er sei sehr großzügig gewesen. Raoul hat den Rest behalten und sich zur Ruhe gesetzt.«

Zwei gefährlich aussehende Jugendliche in T-Shirts und Jeans kamen vorbei und blickten in das Auto. Richard schaute sie an, dann streckte er den Arm über Rune hinweg, verriegelte die Tür und kurbelte die Scheiben hoch.

»He«, protestierte sie, »was soll das? Es ist heiß da draußen.«

»Du bist mitten in Brooklyn mit vierhunderttausend Dollar im Schoß und willst einfach so da rumsitzen?«

»Nein, eigentlich« – sie nickte in Richtung der Eisdiele – »wollte ich mir ein Eis kaufen. Willst du auch eins?«

Richard seufzte. »Wie wär's, wenn wir uns ein sicheres Schließfach besorgen?«

»Aber wir stehen direkt davor.«

»Zuerst eine Bank?«, fragte er. »Bitte.«

Sie strich erneut mit der Hand über das Geld. Nahm ein Bündel. Es war schwer. »Und danach können wir uns ein Eis holen?«

»Tonnenweise. Und Schokostreusel dazu, wenn du willst.«

»Klar will ich.«

Er ließ den Wagen an. Rune lehnte sich in ihrem Sitz zurück. Sie lachte. Schaute ihn spitzbübisch und verschlagen an.

»Du siehst aus, als säße dir der Teufel im Nacken«, sagte er. »Was ist denn so komisch?«

»Kennst du die Geschichte von dem kleinen roten Hühnchen?«

»Nein, kenn ich nicht. Wie wär's, wenn du sie mir erzählst?«

Richard lenkte das alte Auto auf die Brooklyn Bridge und richtete die Kühlerhaube auf die Türme und Zinnen von Manhattan, die in der Abendsonne feurig glühten. »Also, die geht so ...«

Rotbuch
– hat die schönsten Morde

Mickey Spillane
Küß mich, Tod
Aus dem Amerikanischen von
Lisa Kuppler
264 Seiten. TB 1105

Mickey Spillane
Die Rache ist mein
Aus dem Amerikanischen von
Lisa Kuppler
256 Seiten. TB 1072

Mickey Spillane
Regen in der Nacht
Aus dem Amerikanischen von
Lisa Kuppler
280 Seiten. TB 1102

Mickey Spillane
Die Töchter der Nacht
Aus dem Amerikanischen von
Lisa Kuppler
298 Seiten. TB 1049

Mickey Spillane
Tod mit Zinsen
Aus dem Amerikanischen von
Lisa Kuppler
282 Seiten. TB 1128

Mickey Spillane
Tote kennen keine Gnade
Aus dem Amerikanischen von
Lisa Kuppler
250 Seiten. TB 1120

Mickey Spillane
Verkorkst
Aus dem Amerikanischen von
Lisa Kuppler
242 Seiten. TB 1111

Dominique Sylvain
Blutsschwestern
Aus dem Französischen von
Olga Linz
236 Seiten. TB 1078

Mark Timlin
Die Frau im Rollstuhl/
Shooting Stars
Zwei packende Nick-Sharman-Krimis
in einem Band
Aus dem Englischen von
Jürgen Bürger und Ulrich Hoffmann
446 Seiten. TB 1123

Mark Timlin
Schnee von gestern
Aus dem Englischen von
Ulrich Hoffmann
232 Seiten. TB 1106

Mark Timlin
Die verlorene Tochter
Aus dem Englischen von
Ulrich Hoffmann
232 Seiten. TB 1057

Mehr Morde lesen unter:
www.rotbuch.de

ROTBUCH VERLAG • HAMBURG

Rotbuch – Literatur von heute